Saskia Louis

Miss
Ich-Bin-Nicht-Verliebt

© 2015 Saskia Louis

Umschlaggestaltung, Illustration: Antonia Sanker, Saskia Louis
Lektorat, Korrektorat: Simone Burgherr

Verlag: **Buchtalent** - eine Verlagsmarke der tredition GmbH, Hamburg
www.buchtalent.de
www.tredition.de

Printed in Germany

ISBN 978-3-8495-7245-7 (Paperback)
ISBN 978-3-8495-9857-0 (e-Book)

Das Werk, einschließlich seiner Teile, ist urheberrechtlich geschützt. Jede Verwertung ist ohne Zustimmung des Verlages und des Autors unzulässig. Dies gilt insbesondere für die elektronische oder sonstige Vervielfältigung, Übersetzung, Verbreitung und öffentliche Zugänglichmachung.

*Für meine Mutter,
weil sie Leopardenmustern wirklich nichts abgewinnen kann*

Prolog

„Mama! Er ist ein Arsch, das weißt du. Er hat bestimmt kleinen Mädchen Kaugummis in die Haare gesteckt, als er zur Schule ging. Also vor zwei Jahren!" Ich trat durch die durchsichtige Drehtür und raffte den blauen Satinstoff um meine Beine hoch.

„Er ist kein Arsch", flötete meine Mutter durch die Ohrmuschel meines Handys.

Wütend zog ich die Haarklammern aus dem sorgsam hochgesteckten Knoten und warf sie wahllos auf den Boden. „Du musst doch langsam dazu lernen. Such dir einen Spielgefährten in deinem Alter! Oder nimm gleich einen elektronischen Freund."

„Wo bleibt denn da der Spaß?"

„Mutter!" Ich konnte es nicht fassen! Das konnte mir meine Mutter nicht noch einmal antun. Immer und immer wieder waren ihr irgendwelche Kerle wichtiger als ich. Ihr einziges Kind!

„Sum, Schätzchen. Sei nicht so melodramatisch. Er ist 33, kein Kind mehr. Außerdem hast du deinen Mitschülerinnen auch Kaugummi in die Haare geklebt."

„Nein", sagte ich seufzend und nahm das Telefon in die andere Hand, um mich mit dem Arm auf der Rezeption abstützen zu können. „Das verwechselst du. Ich war es, die das Kaugummi in den Haaren hatte."

„Oh." Schweigen. „Richtig. Das hatte ich vergessen." Na, vielen Dank auch. Ich hatte einen Jungenhaarschnitt bekommen und war für immer damit in der Abizeitung verewigt, und meine Mutter hatte nicht einmal die Erinnerung daran behalten. „Nun ja. Das ist ewig her. Du solltest das mal abhaken." Erneute Stille und ein kleines Kichern. Dann: „Ich muss los, Schätzchen, Simon ist da. Wir holen das ein anderes Mal nach. Einen schönen Geburtstag!" Ein Schmatzgeräusch hallte durch die Ohrmuschel, dann klickte es. Sie hatte aufgelegt und mich einsam und allein in dieser viel zu großen Eingangshalle zurück gelassen.

Warum hatte ich nicht damit gerechnet, dass meine Mutter mich versetzte? Nur weil sie nicht aus ihren Fehlern lernte, sollte doch für mich nicht das Gleiche gelten.

„Und was mach ich jetzt?", rief ich an die hohe Decke und in den menschenleeren Raum hinein. Meine eigene Stimme antwortete mir mit einem: *Ich jetzt ... ich jetzt ...?*

Das war mal wieder typisch. Mein ganzes Leben bestand aus einem Haufen Gegenfragen! Auf Probleme folgten neue Probleme.

Ich rückte mir den tiefen Ausschnitt meines Kleides zurecht und lugte in einen Spiegel hinter der verlassenen Rezeption.

Ich sah fabelhaft aus. Das Kleid war umwerfend und meine blonden Haare lagen in Wellen über meinen Schultern und verdeckten die spießigen Perlenohrringe, die ich nur meiner Mutter zuliebe angesteckt hatte.

Ich war es wert, zur Kenntnis genommen zu werden, und sei es nur von einem schmierigen Barmann. Wo ich schon einmal hier war - in diesem Hotel, dem bekannten Sinsa Black, das aussah, als würde eine Nacht hier ungefähr so viel kosten wie mein Monatsgehalt bei der Eisdiele, in der ich jobbte -, konnte ich genauso gut etwas trinken. Oder etwas mehr.

Ich würde mit der Kreditkarte meines Vaters bezahlen. Sein Geschenk an mich, wenn er schon nicht anrief, um mir zu gratulieren.

Ich raffte meinen Rock zusammen und reckte mein Kinn, als ich in Richtung der ausgeschilderten Bar schritt. Das hochnäsige Getue hätte ich mir sparen können. Außer einem pickligen Jungspund war niemand am Holztresen anzutreffen. Er schien der Barkeeper zu sein. Zumindest trug er eine alberne Weste und ein Namensschild.

Stöhnend ließ ich mich auf einen der Hocker sinken und legte meine Handtasche auf die Theke.

„Herr ... äh ... Barmann?" Ich klopfte unsicher auf den Tresen. Womit sprach man einen Barkeeper an? Etwa mit seinem Vornamen?

„Ja?" Er wandte sich mit einem Lächeln zu mir um. „Was kann ich für Sie tun?"

„Ich hätte gerne einen Drink, oder nein ..." Mitten im Satz besann ich mich anders. Alkohol würde niemandem helfen! „Ich hätte gerne ein Choclate Chip Eis. Von Häagen Dazs. Oder so etwas Ähnliches. Egal. Hauptsache Schokolade und Eis."

Tom - so hieß er zumindest gemäß seinem Namensschild - wurde rot. „Entschuldigen Sie, Miss, aber Eis bieten wir hier nicht an."

„Ist das Ihr Ernst?" Ich zog die Augenbrauen bis zum Haaransatz hoch. „Sie bieten hier kein Eis an?"

„Nun ja - wir sind eine Getränkebar."

„Wollen Sie mir weismachen, dass nicht öfters verzweifelte Damen hier sitzen, denen es nach nichts anderem gelüstet als nach Schokolade in Form von Eis? Oder einer heißen Nacht mit einem völlig Fremden?"

„Nun ja ... schon." Dem Mann war sichtlich unwohl. Pech gehabt.

„Und jedes Mal schmettern Sie diese ab!? Wissen Sie, dass fehlende Schokolade schon zu Selbstmorden geführt hat?" Das war bestimmt nicht gelogen. Ich konnte mich nur gerade nicht spezifisch an solch einen Fall erinnern.

„Nein, das war mir unbekannt, Miss!"

Ungehalten tippte ich mit meinen Fingerkuppen auf den Tresen. „Und trotz dieser verzweifelten Damen haben Sie nicht daran gedacht, es in Ihr Sortiment zu nehmen?"

„Ja, wissen Sie", stotterte Tom, „ich fürchte, dafür bin ich nicht zuständig ..."

„Wer denn dann?"

„Der Geschäftsführer, denke ich, ich ..."

„Und wer ist dieser Geschäftsführer? Ein kaltherziger alter Greis, der noch nie Liebe erfahren hat? Auf welcher Welt leben wir denn hier!"

„Miss, es tut mir leid, wenn Sie wollen, kann ich in den nächsten Supermarkt ..."

„Nein, schon gut", ruderte ich zurück und seufzte. „Es ist ja nicht Ihre Schuld. Tut mir leid. Machen Sie mir einen ... einen Wodka Tonic."

Tom schluckte, öffnete den Mund, vielleicht, um mich nach meinem Ausweis zu fragen, besann sich dann aber eines Anderen. Zu seinem Besten.

„Wodka Tonic, kommt sofort", sagte er schließlich nur und wandte mir den Rücken zu.

Ich fühlte mich schlecht. Ich hatte ihn unnötig angebrüllt. Ich kannte ihn ja gar nicht. Er sah nicht aus, als hätte er Mädchen je Kaugummi ins Haar geschmiert.

Ich machte gerade den Mund auf, um mich zu entschuldigen, als ich hörte, wie der Hocker neben mir zurückgeschoben wurde und eine dunkle Stimme fragte: „Darf ich mich zu Ihnen setzen?"

Ich hob meinen Kopf und sah mich einem hochgewachsenen, braunhaarigen Mann gegenüber. Er trug ein weißes Hemd mit einem dunkelroten Pullover darüber.

Witzig. Eigentlich hatten meine Mutter und ich vorgehabt, uns hier hinzusetzen, um gerade solche Spießer abzuschmettern. Aber eine kleine Planänderung tat nichts mehr zur Sache.

Ich schüttelte den Kopf und lächelte. „Natürlich. Setzen Sie sich ruhig."

Er lächelte zurück, seine Zähne so weiß, als hätte er sie mit Bleiche eingerieben, und rückte seinen Hocker näher.

„Was machen Sie hier so mutterseelenallein? Eine so hübsche Frau wie Sie?"

Mutterseelenallein. Das traf den Nagel auf den Kopf. Ich seufzte. Ich sollte ihm wahrscheinlich sagen, er solle zur Hölle fahren. Andererseits … was sollte es? Ich wollte nicht allein an dieser Bar hocken und ich würde diesen Typen nie wieder sehen. Da konnte ich ihm genauso gut mein Herz ausschütten. Außerdem war ich heiß!

Ich seufzte erneut, diesmal theatralischer, kippte den Wodka herunter, den Tom eben vor mich hingestellt hatte, und wandte mich dem Kerl zu. „Ich bin versetzt worden. Von meiner Mutter. Für einen Typen. Für einen Typen, der kaum zehn Jahre älter ist als ich."

„Autsch."

Ich prustete. „Autsch? Wohl kaum. Nein, daran bin ich gewöhnt. Wissen Sie, was das Verwerfliche daran ist? In zwei Monaten werde ich einen Anruf von ihr bekommen. Sie wird heulen und mich hysterisch darum bitten, sofort zu ihr zu kommen, damit ich ihre Welt wieder in Ordnung bringe. Ich werde hinfahren, sie wird mir erzählen, dass ihr Typ sie verlassen hat - üblicherweise mit der Begründung, der Altersunterschied sei zu groß, wobei alle wissen, dass es daran liegt, dass meine Mutter nicht zum Aushalten ist - und dann wird sie mir die schlimmste aller Fragen stellen. Sie wird fragen, ob ich finde, sie sei alt. Und wissen Sie, was? Ich sage ihr die Wahrheit, denn Herrgott, ja! Sie ist alt. Und schließlich, aus lauter Schuldgefühlen, weil es doch ein wenig taktlos von mir war, sie nicht anzulügen, werde ich mich dazu überreden lassen, ihren Ex zu verfolgen, nur um zu bemerken, dass er bereits eine andere, jüngere Freundin hat. Dann werde ich sie, da sie das Ganze ohne Alkohol natürlich nicht überstehen kann, im völlig besoffenen Zustand nach Hause fahren und ihr sagen, dass alles wieder gut wird, obwohl ich es besser weiß. Zum Schluss bleibt mir nur die Hoffnung, dass sie möglichst lange braucht, um einen neuen Freund zu finden. Bis jetzt wurde ich aber immer enttäuscht."

„Wow." Der Fremde klang amüsiert. „Sie scheinen dieses Schema schon öfters mitgemacht zu haben."

„Seit ich einen Führerschein habe. Das sind jetzt genau fünf Jahre."

„Unglaublich."

„Soll ich Ihnen noch etwas Unglaublicheres erzählen?" Ich war so richtig schön in Fahrt. „Meine Eltern konnten nicht zu meinem Abiball erscheinen, weil sie einen Termin beim Scheidungsanwalt hatten. Wovon ich nichts wusste. Das war mein Geschenk zum Abi."

Der Mann schwieg kurz, dann sagte er: „Ich weiß, ich kenne Sie nicht, aber Sie scheinen für diese Art von Leben, das Sie hinter sich und noch vor sich haben, doch erstaunlich gut geraten zu sein."

Ich lachte frustriert und sah in das leere Glas vor mir. „Ja, nicht? Das denke ich auch jeden Tag."

Ich drehte das Glas für einen Moment in meinen Fingern. „Soll ich dem Ganzen noch die Krone aufsetzen?", fragte ich und wies Tom an, mir Wodka nachzuschütten.

„Es gibt noch eine Krone?"

„Heute ist mein Geburtstag", sagte ich und stürzte den Wodka hinunter.

„Autsch", wiederholte der Fremde nun lachend, „und herzlichen Glückwunsch. Wie alt sind Sie geworden?"

„Ich …"

Ein leises Prusten hinter mir machte es mir unmöglich zu antworten. Es hatte sich so gekonnt verächtlich angehört, dass ich automatisch meinen Kopf nach der Geräuschquelle umdrehte.

„Was?", fragte ich und konnte nicht verhindern, dass mein Herz plötzlich in meine Kehle sprang.

Dieser Kerl war - mir fiel kein besseres Wort dafür ein - ein Mann.

Er war groß, vielleicht fünfzehn Zentimeter größer als ich mit meinen 1.70, trug Jeans und eine Lederjacke über einem gelben T-Shirt. Seine schwarzen Haare hingen ihm wirr in die Stirn, als hätte er nicht daran gedacht, sie heute Morgen zu kämmen, und seine Augen waren dunkler als Zartbitterschokolade, hatten aber den gleichen Mundwasser-zusammenlauf-Effekt wie diese.

Er stieß sich von dem Türrahmen ab und kam auf uns zu. Sein Grinsen war einfach nur unverschämt.

„Ich bitte Sie", sagte er ruhig und deutete mit seiner flachen Hand auf den Mann neben mir. „Als würde es ihn wirklich interessieren, wie alt Sie sind. Er würde Sie auch anmachen, wenn Sie noch minderjährig wären." Er überlegte einen Moment und sah meine Bekanntschaft durchdringend an, dann sagte er: „Mhm ... vielleicht gerade dann."

„Entschuldigen Sie, aber haben wir Sie gebeten, sich in unser Gespräch einzumischen?", erwiderte mein Bekannter, der sich sichtlich angegriffen fühlte.

Würde ich auch, wenn man mir unterstellt hätte, ich wäre pädophil.

Der Fremde zuckte die Schultern. „Das gebietet einem der Anstand."

Wow. Das interessierte mich nun wirklich. „Von welchem Anstand reden Sie?", fragte ich und schenkte ihm ein süffisantes Lächeln. Unbeabsichtigt. Ich konnte nicht anders, er war ... lustig.

„Ach kommen Sie", sagte er beinahe entrüstet. „Als würden Sie das nicht sehen!" Er warf einen vielsagenden Blick auf das Hemd unter dem Pullover. „Er ist viel zu langweilig für Sie!"

Ich unterdrückte ein Lachen, während sich der Mann neben mir versteifte. „Sie entschuldigen mich", sagte er schließlich mit einem verkniffenen Zug um den Mund. „Offenbar werde ich hier nicht mehr gebraucht." Ehe ich mich versah, war er aus der Tür gefegt.

Enttäuschend. Ein Kampf um meine Ehre wäre mir gerade recht gekommen.

Ich lehnte mich auf meinem Hocker zurück und starrte missbilligend nach oben. „Jetzt haben Sie ihn vertrieben", sagte ich seufzend. „Dabei hatte ich eben begonnen, eine emotionale Bindung aufzubauen."

Der Typ ließ sich neben mich fallen und wies Tom an, ihm ein Bier zu bringen.

„Sie sind mir etwas schuldig", sagte der Mann nach dem ersten Schluck. „Ich habe Sie vor diesem Spießer gerettet, der sie offensichtlich nur ins Bett bekommen wollte."

„Wollte er, ja? Und wie kommen Sie zu dieser unglaublichen Einsicht?"

Er prustete leise in sein Glas und ein Lächeln umspielte seine Lippen, als er mir direkt in die Augen sah. Irgendwie war dieser Blick intimer als die letzte Beziehung, die ich gehabt hatte. „Ich bitte Sie. Ihre so schön aufgewärmte Familientragödie war ja wohl so etwas wie eine Aufforderung!"

Ungläubig hob ich meine Augenbrauen. „Wie bitte?"

Ein spöttischer Zug umspielte seine Mundwinkel. „Sie hätten gleich sagen können, Sie seien emotional angeschlagen und leicht zu haben."

„Ich bin nicht leicht zu haben!", sagte ich empört.

Er zuckte mit den Schultern. „Ich weiß das. Sie haben diese Ausstrahlung, die die Männer wissen lässt, dass Sie sich für etwas Besseres halten, aber darüber sehen manche Kerle gerne großzügig hinweg."

„Ahja", sagte ich und verschränkte meine Arme. „Und Sie - als so unglaublich guter Menschenkenner - wissen natürlich genau, was in dem Kopf des Typs vorging, den Sie mir verscheucht haben?"

„Klar." Er strich den Kragen seiner Lederjacke glatt und ein Kribbeln in meinen Fingerspitzen sagte mir, dass ich seinen Händen nur zu gerne gefolgt wäre. Unter die Lederjacke vor allem.

Nun wurde mir wirklich heiß, nicht nur aus Scham wegen meiner Gedanken.

„Er hat Sie sich gerade nackt in seinen Armen vorgestellt."

Die Stimmung war vorbei. Jetzt wurde ich aufmüpfig. Dieser Kerl hielt offenbar sehr viel von sich und seiner Fähigkeit, Menschen einzuschätzen. „Ach. Und Sie stellen sich mich also nicht nackt vor?"

„Das habe ich nie behauptet", sagte er grinsend. „Ich meine, sehen Sie sich in diesem Kleid an. Selbst der Papst würde Sie gerne mit auf sein Zimmer nehmen."

„Wow. Ich bin geschmeichelt. Alte, enthaltsame Säcke stehen also auf mich."

Der Mann lachte ein tiefes, heiseres Lachen, das mir die Rückenhaare aufstellte. „Die und alle anderen auch."

„Mhm." Ich rührte mit dem Papierschirmchen in meinem leeren Glas herum. „Und was unterscheidet Sie von all diesen Männern?"

Er lehnte sich näher zu mir. „Ich biete Ihnen, bevor ich mit Ihnen schlafe, noch eine einmalige Unterhaltung, die übers Wetter und ein „Autsch" hinausgeht. Ich bin Ihr Typ. Er war es nicht. Er wäre nur Mittel zum Zweck gewesen, während man mit mir … Spaß haben kann."

Mein Körper glaubte ihm. Mein Gehirn war eher misstrauisch. Allerdings nicht gegenüber diesem heißen Typen. Eher mir selbst und meiner nicht sehr One-Night-Stand tauglichen Seele gegenüber. Aber … Ich war jetzt dreiundzwanzig. Alt genug.

„Spaß haben klingt gut", sagte ich leise und ließ ihn nicht aus den Augen. Er tat es mir gleich, sprach aber weiter.

„Was haben Sie jetzt vor? Sich betrinken?"

Ich schüttelte den Kopf und lächelte. In seiner Gesellschaft kam ich mir so... frei vor. Er kannte mich nicht. Ich könnte alles sein. „Das gehört nicht zu den Optionen."

„Ach ja. Ihre zwei Optionen: Eis oder eine Nacht mit einem Fremden. Richtig?" Er nahm noch einen Schluck von seinem Bier. „Interessante Logik."

Ich wurde rot. Er hatte also gelauscht. Und wenn schon. Nie wieder. Ich würde ihn nie wieder sehen. Plötzlich wurde ich wagemutig. Vielleicht lag es an den zwei Wodka Tonic, vielleicht an meiner Frustration über meine Lebenssituation - blöder Job, verantwortungslose Mutter, enttäuschter Vater, kein Freund in Sicht. Vielleicht fand ich den Kerl einfach so furchtbar anziehend, dass ich vollkommen vergaß nachzudenken, und vielleicht dachte ich, es sollte nicht umsonst sein, dass ich ihn heute getroffen hatte.

„Finden Sie das interessant?", fragte ich und ließ meine Haare auf meine Schultern fallen. „Vielleicht haben Sie es gehört ...", sagte ich langsam. „Es gibt kein Eis. Und die zweite Möglichkeit ... können Sie mir sagen, wo ich einen Fremden herbekomme?"

Er kniff seine Augen leicht zusammen, als überlegte er, ob er mir trauen konnte. In ihnen blitzte so etwas wie Sorge auf. Aber nicht Sorge um ihn, sondern um - mich? Wusste er womöglich, dass ich eigentlich keine großartige Verführerin war? Nein. Wie sollte er.

„Wie heißen Sie?", brach ich die Stille.

„Jayce."

Ich hob die Augenbrauen. „Jayce? Das hört sich nicht sehr deutsch an."

„Ich komme ursprünglich aus England."

„Dafür sprechen Sie aber gut Deutsch", sagte ich mit einem Lächeln. „Von dem berühmt berüchtigten englischen Charme hingegen kann ich nicht viel entdecken."

„Danke." Er klang belustigt. „Sie sprechen auch sehr gut Deutsch."

„Tja, ich komme ja auch von hier."

„Wie heißen Sie denn?"

„Summer."

„Auch nicht sehr landesüblich."

„Mein erster Name ist Marie. Mein Rufname Summer. Meine Mutter liebt den Sommer. Ich bin im Herbst geboren: So hat sie sich an mir gerächt."

„Mhm."

„Was?"

„Einen Fremden, was?"

„Einen Fremden."

„Um noch einmal auf meinen Charme zu sprechen kommen …"

Ich lachte. „Ja?"

Ohne Vorwarnung zog er mein Gesicht zu sich heran und küsste mich. Aber nicht einfach so.

Sein Mund nahm von meinen Lippen Besitz und Hitze breitete sich in meinem Körper aus.

So schnell, wie der Kuss angefangen hatte, beendete er ihn. Lächelnd sah er mich an. „Der Rest liegt bei dir."

Er sah perfekt aus. Wie er da lag, schlafend in den weißen Laken, die Sonne in seinen Haaren. Braune Haut auf weißem Stoff. Er war der perfekte Mann. Zumindest von der äußeren Erscheinung her.

Ich atmete einmal tief ein, band mir mein Kleid auf dem Rücken zu und legte seufzend einen Untersetzer unter ein angefangenes Bier auf der Kommode.

Als ich den Raum verließ und die Tür leise hinter mir schloss, wurde mir etwas klar: Ich würde nie wieder so eine vollkommene Nacht erleben wie diese, und ich würde diesen Mann nie wieder sehen.

Beinahe konnte ich fühlen, wie mir bei diesem Gedanken das Herz ein Stückchen brach.

Kapitel 1

I don't take care
I don't "have in mind"
I know life isn't fair
But I'm not going to be left behind

5 Jahre später ...

Das Ziel einer jeden Frau ist es, keine Wärmflasche mehr benutzen und/oder besitzen zu müssen.
Ich hatte mindestens zwanzig.

Eine als Pinguin verkleidet, eine mit Herzchen bedruckt und eine mit Leopardenfell überzogen. Eine, die kochend Wasser beständig ist, eine, die nur für lauwarmes Wasser geeignet ist, und eine, die überhaupt nicht für Wasser geeignet ist, aber niedlich aussieht. Sie haben verschiedene Formen und Farben, sind von guter und schlechter Qualität, einige halten länger als andere.

Jede Einzelne habe ich mir nach einer weiteren gescheiterten Beziehung zugelegt (und das innerhalb der letzten fünf Jahre!). Jede Wärmflasche repräsentierte also einen Exfreund und langsam hatte ich keinen Bock mehr auf Wärmflaschen. Vielleicht sollte ich mich auf Kirschkernsäckchen umpolen oder irgendwas, aber das war nicht der Punkt. Ich hatte keinen Bock mehr auf das, was damit zusammenhing. Das ewige Kennenlernen, die ersten Momente, der erste Kuss, das erste Mal.

Ich weiß, viele meinen, das wäre das Aufregendste in der Beziehung, aber meiner Meinung nach sind das nur die Leute, die ihren Freund oder ihre Freundin dann auch für den Rest des Lebens behalten. In meinem Fall ist diese Umfrage also völlig irrelevant.

Aber ab heute, ab meinem 28. Geburtstag, würde ich keine einzige Wärmflasche mehr kaufen müssen. Und zwar, weil ich erst eine Beziehung eingehen würde, wenn ich mir bei dem Kerl sicher war. Wenn ich mir sicher war, dass die Beziehung nicht scheitern würde.

So. Ich war nun 28, mitten im überteuerten Germanistik-Studium - nach drei Semestern Jura und dem frühzeitigen Abbruch -, hatte theoretisch zwei Jobs und trotzdem Geldnot, keine Zeit mehr für und keine Lust mehr auf Männer, bei denen ich über eine Zukunft erst nachdenken musste, eine Mutter, die mich mit ihrem Liebesleben total überforderte und einen Vater ... sagen wir, ich hatte einen Vater. Mehr kann ich dazu nicht sagen.

Das war doch keine Grundlage für eine positive Zukunft!

Deswegen: Noch ein Mann und keine Wärmflasche mehr.

Noch einmal ranklotzen: Meine Abschlussarbeit schreiben, die letzte Prüfung mit Bestnote bestehen, eine gut bezahlte Arbeit bei einem Verlag bekommen - und dann konnte ich den Spaß meines Lebens haben. Mit wem und wie ich wollte

„Auf Summer! Darauf, dass sie langsam eine wirklich alte Frau wird!"

Gläser wurden gehoben und es wurde angestoßen, so laut, dass selbst die Musik übertönt wurde, die meinen Nachbarn bestimmt den Schlaf raubte.

„Ellie!", schrie ich meine beste Freundin lachend an. „Du bist vier Monate älter als ich!" Sie zuckte die Schultern. „Ich bin eben auch eine wirklich alte Frau." Dann zog sie den nächstbesten Mann zu sich heran und gab ihm einen saftigen Zungenkuss. Sie zwinkerte mir zu. „Aber ich fühle mich nicht so…" Der Mann starrte sie an. „Zieh Leine!", winkte sie ihn lachend von sich. „Du warst nur mein Opfer!" Der Kerl verschwand mit düsterer Miene und ich prustete den Sekt auf Olivier, meinen besten, französischen und ziemlich schwulen Freund.

„Hör nicht auf Ellie, Summer!", schalte er meine Freundin und stopfte sich etwas vom Restbestand meines Geburtstagskuchens in den Mund. „Du bist nicht alt. Allerdings könnte man auf die Idee kommen, dich nun mit Madame anzureden …" Feixend stellte er fünf kleine Wodka Pinnchen vor mir auf. „Wenn du das nicht in einem Wisch wegfegst …"

Das hatte er geplant. Da war ich mir sicher! Er wusste, wie leicht man mich vom Hocker hauen konnte.

Ich verengte meine Augen und fixierte den Wodka vor mir. Er sah so unscheinbar aus, so … durchsichtig. Und so viel war es doch wirklich nicht. Achtundzwanzig war noch nicht alt. Wenn ich die vor fünf Jahren noch hatte kippen können …

„Danke, dass du mir die Haare hältst", würgte ich hervor, während ich meine Hände auf die kalte Kloschüssel stützte.

Ellie kicherte und hockte sich neben mich. „Man wäscht sich die Hände gegenseitig."

„Das heißt: Eine Hand wäscht die andere", bemerkte ich und übergab mich wieder. Ellie versetzte mir einen Klaps auf den Hinterkopf und mir wurde augenblicklich so schwindelig, dass ich fast umgekippt wäre - was Ellie wenig zu stören schien. „Wenn du es nicht verdienst, dein Germanistik-Studium abzuschließen, dann weiß ich auch nicht wer", murmelte sie und zog sich fluchend ihre High Heels von den Füßen, die überall rote Druckstellen hinterlassen hatten.

„Ha", brachte ich hervor, ließ meinen Kopf aber vorsichtshalber da, wo er war, und spuckte mehrmals, um den Geschmack aus meinem Mund zu bekommen. „Wenn ich das Geld für das nächste Semester zusammen kriege, habe ich das Studium so gut wie sicher!"

Ellie zögerte und strich mir eine feuchte Strähne aus der Stirn. „Ich weiß, du wirst jedes Mal wütend, wenn ich dir das sage, aber du müsstest dir das Ganze doch nicht so schwer machen, wenn du einfach ..."

„Wenn du weißt, dass ich wütend werde, dann sprich das Thema einfach nicht mehr an!" Zornig stand ich auf und hätte mich durch die ruckartige Bewegung fast auf Ellies atemberaubendes rotes Kleid übergeben.

Meine Freundin tappte mit ihrem Fuß ungeduldig auf den kalten Fliesenboden. „Ja, ja", meinte sie unwirsch. „Ich verstehe nur nicht, warum ..."

„Darum."

Damit war das Thema für mich beendet. Ich unterstrich das mit meiner nächsten Frage. „Sind alle gegangen?"

Sie zuckte die Schultern und pulte mit ihren rot lackierten Fingernägeln zwischen den Fliesen herum. „Fast. Ich glaube, Olivier und Paul schlafen auf deinem Sofa."

Meine Augen weiteten sich. „Sie ..."

Ellie lachte. „Nein, sie schlafen wirklich nur."

„Gut." Diese Art von Flecken wollte ich morgen früh wirklich nicht entfernen müssen. Erschöpft legte ich meinen Kopf auf die Toilettenschüssel. „Ellie ...", sagte ich nach einigen Momenten. „Wegen den zwei Mieten, die ich dir noch schulde …"

Ellie strich mir sanft über den Kopf. „Mach dir keine Gedanken. Das geht schon in Ordnung. Du kannst sie mir zurückzahlen, wenn du wieder einen Gig hast."

Ich hätte sie gern umarmt, war aber zu schwach dafür. Deswegen musste ein leises „Danke. Hab dich lieb" genügen.

„Ich dich auch … aber wenn ich jetzt nicht ins Bett komme, könnte sich das ändern", stöhnte sie und versuchte, wieder aufzustehen. Ihre Knochen knackten und ihre schwarzen Ringellocken schienen den ganzen Raum einzunehmen.

„Das ist eine gute Idee. Ich glaube, da kommt jetzt nichts mehr aus mir raus."

Wir schlichen auf Zehenspitzen aus dem Bad und durch das Wohnzimmer, das aussah, als hätten hier die Ritterspiele 2015 stattgefunden. Ich musste mich beinahe wieder übergeben, als ich den großen Puddingfleck - Puddingdusche meinerseits! - auf dem Teppich sah und daran erinnert wurde, wie viel Zeit ich morgen damit verbringen würde, ihn abzuwaschen.

„Nicht hinsehen, einfach nicht hinsehen. Lass das Biest in dir nicht herauskommen! Wir räumen morgen auf", sagte Ellie und legte ihre Hand über meine Augen, damit ich das Chaos nicht länger ansehen musste. Sie wusste genau, was gerade in meinem Kopf vorging. Ich war dabei, die Fliesen zu putzen, den Teppich zu staubsaugen, die Wände zu scheuern - rein mental versteht sich.

Ellie brachte mich noch in mein Zimmer, das so ordentlich und aufgeräumt war, dass ich die Unordnung hinter mir sofort vergaß.

Naja. Fast.

„Schlaf schön", flötete sie, zwinkerte mir zu und schlug die Tür hinter sich zu.

Ich blieb alleine in dem quadratischen und beschaulichen Raum stehen und versuchte, den Faden wieder zu finden.

Was hatte ich tun wollen? Achja. Kleider ausziehen. Oder aufräumen. Nur ein bisschen. Den gröbsten Teil.

Leise öffnete ich meine Schlafzimmertür …

„Summer, wenn du es wagst, auch nur einen Pappbecher anzurühren, schmeiß ich dich raus!"

Ich sollte mich wohl besser schlafen legen.

Als ich am nächsten Morgen um sieben Uhr meine Augen aufschlug, hätte ich schwören können, dass ein Elefant auf meiner Schläfe stand. Nachdem ich meinen Kopf jedoch ohne jede Schwierigkeit wenden konnte - das Geschepper, das der ständig rotierende Kreisel in meiner Innenhirnwand hinterließ, mal außen vor gelassen -, erinnerte ich mich, dass ich es gestern ein wenig mit dem Wodka übertrieben hatte. Richtig. Ich hatte meine Trinkfestigkeit beweisen wollen. Das war mir wohl nicht geglückt. Mhm. Zum Kotzen.

Da ich die Kotzerei schon hinter mir hatte, entschied ich mich, lieber mit dem Aufräumen anzufangen.

Nach einer zügigen Dusche schlüpfte ich in meine Pantoffeln und schlurfte durchs Wohnzimmer in die eingebaute Küche. Ich war gerade dabei, mehrere gelbe Säcke aus der Tür unter dem Spülbecken zu ziehen, als eine verschlafene Stimme hinter mir fragte: „Sum?"

Erschrocken fuhr ich zusammen. „Was zum …?" Ich wandte mich um und ließ erleichtert meine Schultern sinken. „Olivier!" Den hatte ich vollkommen vergessen.

Ich sah über seine Schulter auf die Couch. „Wo ist Paul?"

Er ließ sich auf den nächst besten Stuhl plumpsen und runzelte die Stirn. „Ahja. Richtig. Weiß nicht. War er hier?"

Ich verkniff mir ein Lächeln. Wenigstens war ich mit meinem übermäßigen Alkoholkonsum gestern nicht alleine gewesen. Ich nickte. „Ja, war er."

„Oh."

„Ja. Oh."

„Mhm. Bin ich als sein fester Freund dafür zuständig, ihn zu suchen?"

Ich zuckte die Achseln. „Willst du, dass er dein Freund bleibt?"

Unter viel Gestöhne stand Olivier auf. „Schön. Ich hab es verstanden. Ich gehe ja schon ... Putzfreak."

„Das habe ich gehört!"

Er streckte mir die Zunge heraus. „Ich hab es ja auch nicht leise gesagt", erwiderte er und zog sich seine Designerjeans über seine Designerboxershorts, die die passende Farbe zu seinen Designersocken hatte. Als Concierge im Ritz verdiente man offenbar nicht schlecht. Vielleicht sollte ich mein Studium einfach hinwerfen und Zimmermädchen werden. Die hatten bestimmt weniger Geldprobleme als ich.

Olivier räusperte sich. „Wir haben doch nichts ... ähm ... Unzüchtiges auf deiner Couch gemacht?"

Ich schlug den gelben Sack auf und hob meine Augenbrauen. „Das hoffe ich für dich, sonst war es nämlich das letzte Mal, dass ich dir einen Platz auf meiner Couch angeboten habe."

„Schön. Dann ist ja alles paletti." Er fuhr sich durch seine braunen Haare und grinste mich an. „Ich geh mal

Paul suchen ... wahrscheinlich sitzt er bei Starbucks und weint."

„Weint?"

„Weil er sich einredet, mich gar nicht verdient zu haben", sagte Olivier in einem Tonfall, der verlauten ließ, dass ich das hätte wissen müssen. Fehlendes Selbstvertrauen war noch nie sein Problem gewesen.

Ich beließ es bei einem kurzen „Ah". Er hob noch einmal die Hand zum Abschied, wünschte mir einen schönen Tag, dankte mir für die super Party und war verschwunden.

Lächelnd sah ich die Tür an.

Schön. Ich mochte kein Geld haben, aber wenigstens hatte ich die besten Freunde, die man sich wünschen konnte.

Naja, abgesehen davon, dass sie mich immer wieder darauf hinwiesen, dass ich einen Putzfimmel hatte. Meine Frage wäre: Warum hatten sie keinen? Putzen war wie Therapie!

Ich packte meine Gummihandschuhe aus der Spüle, zog sie über und atmete ein paar Mal tief durch. Erleichtert, alleine zu sein und endlich Ordnung zu schaffen. Wenn Menschen um einen herum sind, ist das nämlich gar nicht so einfach, wie manche denken. Sie kommen auf die Idee, dir helfen zu wollen, und bringen dich dabei zur Weißglut. Menschen haben da ein Händchen für. Sie nehmen den Staubsauger und vergessen, dass er Kratzer auf dem Parkett hinterlässt, wenn man ihn nicht für den richtigen Boden einstellt. Sie benutzen Lappen, die nur für Gläser geeignet sind, um Töpfe zu reinigen. Ich habe da schon die verrücktesten Dinge erlebt.

Nur um das gerade zu rücken: Ich bin keine Bree van de Kamp, wie in Desperate Housewives. Ich bin keine psychotisch-neurotische Ordnungsfanatikerin, die alles perfekt haben muss.

Ich mag es eben nur sauber und bin mir der Tatsache bewusst, dass alle anderen um mich herum unfähig sind zu putzen. So einfach ist das.

Ich holte mir drei Messer aus der Küchenschublade, hielt sie prüfend hoch und entschied mich dann für das mit der stumpfen Klinge. Zuerst wollte ich mir den Puddingfleck vornehmen - nachdem ich beim Duschen sogar in meinen Haaren Überreste davon entdeckt hatte, erschien er mir wie das dringendste Problem.

Ich hockte auf den Teppichboden und hatte die vertrocknete Schicht abgekratzt, als es an der Tür klingelte. Mein Blick fiel auf die Wanduhr über dem Fernseher. Es war acht Uhr an einem Montagmorgen. Keine beliebte Zeit für Besuch.

Mein Mund verzog sich. Irgendwie ahnte ich, wer das sein könnte, und auf dieses Treffen hatte ich wirklich keine Lust.

Ich stand stöhnend auf und bewegte mich auf die Tür zu, an die jetzt hektisch geklopft wurde. Als ich durch den Spion sah, bestätigte sich mein Albtraum.

„Marie Summer Sanddorn! Du machst sofort diese Tür auf! Ich weiß, dass du wach bist, du stehst doch jeden Morgen um sieben Uhr auf, außerdem musst du gleich zur Uni! Ich kann hier auch so lange warten bis …"

Entnervt riss ich die Tür auf. „Mama! Würdest du ein bisschen leiser reden, meine Mitbewohnerin schläft noch!"

Pikiert sah meine Mutter auf ihre knatschroten Fingernägel, die „Nimm mich!" zu schreien schienen. „Ich hätte nicht so laut geklopft, wenn du mir gleich geöffnet hättest."

„Ich war im Badezimmer!"

„Das ist gelogen und das weißt du."

Wusste ich. Kein Grund, es nicht zu leugnen. „Mutter, ich lüge dich nicht chronisch an."

„Natürlich, Liebes", sagte sie nur und trat über die Schwelle.

Sie trug ein rotes Kostüm, passend zu ihrem Lippenstift und ihren High Heels, die jede Nutte in den Schatten gestellt hätten. Wenn ich diesen Kommentar laut ausgesprochen hätte, wäre sie wahrscheinlich rot geworden. Vor Freude.

Sie strich sich mit ihren Nägeln durch das auftoupierte, wasserstoffblonde Haar und sah sich in der Wohnung um. Dann rümpfte sie angewidert die Nase.

„Hier sieht es ja aus wie im Saustall!", bemerkte sie und taxierte die herumliegenden Becher und den Puddingfleck mit angeekelter Miene.

„Jap …" Ich verkniff mir ein: Das bist du doch gewöhnt. „Ich war gerade dabei, aufzuräumen."

„Mhm. Lass dich nicht davon abhalten." Sie drückte mir den gelben Sack in die Hand, den ich zuvor aufgeschlagen hatte. „Woher kommt der ganze Dreck denn?"

„Wie du vielleicht weißt, hatte ich gestern Geburtstag."

Sie riss ihren Mund auf. „Ihr habt eine Party gefeiert? Und mich nicht eingeladen!" Sie wirkte ernsthaft gekränkt.

„Tja, weißt du, Mutter", sagte ich ruhig, „nachdem du mich die letzten Jahre an meinem Geburtstag immer versetzt hast, habe ich mir eine sichere Methode ausgedacht, nicht frustriert … "

„Aber es ist doch wirklich immer etwas Wichtiges dazwischen gekommen", beschwerte sie sich und strich über ihren Rock.

Ich konnte meine ungläubige Miene nicht verbergen.

Etwas Wichtiges? Brot für die Welt, SOS Kinderdorf, Sagrotan und meine nächste Miete waren etwas Wichtiges. Aber ihre jungen Kerle?

„Ja. Etwas Wichtiges. Etwas Wichtiges für dich."

Eingeschnappt holte sie Luft. „Willst du damit etwa sagen, dass ich egoistisch bin und mich nicht um das Wohl meiner einzigen Tochter sorge?"

„Nun ja ... ja. Nein. Nur selbstverliebt. Und eigennützig. Und selbsteingenommen. Ja, nein." Ich zuckte mit den Schultern. „Egoistisch ist wohl schon das richtige Wort."

Meine Mutter presste ihre Lippen aufeinander. Emotionaler würde sie nicht werden, das wusste ich, da musste ich mir keine Sorgen machen.

„Nun", sagte sie mit hoher Stimme, „ich bin eigentlich nur vorbeigekommen, um dir noch einmal zum Geburtstag zu gratulieren. Persönlich. Aber da ich so eine eigennützige Person bin, tue ich das wahrscheinlich auch nur zu meinem Wohl!"

„Mein Gott, Mama", stöhnte ich und warf einen Plastikbecher in den gelben Sack. „Werde doch nicht immer gleich so dramatisch. Außerdem kannst du mir nichts erzählen. Du willst doch irgendetwas von mir. Du kommst nicht um acht Uhr morgens zu mir, um mir nachträglich persönlich zu gratulieren."

„Doch", beharrte meine Mutter.

„Na dann. Danke sehr." Weitere Becher landeten im Sack. „Dein Geschenk ist übrigens angekommen. Danke für die Schuhe." Aus ihrem Schrank. Wir hatten die gleiche Größe und sie schenkte mir einfach die Schuhe, die sie zu oft getragen hatte. Aber ich wollte mich nicht beschweren. Sie waren immer noch in einem tadellosen Zustand und sie gab sich Mühe, Schuhe auszusuchen, die mir gefielen. Das musste ich ihr lassen.

„Bitte sehr. Ich fand die Farbe passend zu deinen Augen. Außerdem haben grüne Schuhe etwas Extravagantes. Das kann nicht jede Frau tragen, Schätzchen."

Das war Mamas Art, Komplimente zu machen.

„Danke. Kann ich dir vielleicht irgendetwas anbieten? Einen Tee, Kaffee?"

Meine Mutter setzte sich auf die Couch, sprang aber gleich wieder auf, weil sie sich auf eine dreckige Socke gesetzt hatte. Die gehörte wohl Paul. Sie schlenderte zum Fenster und hob den Vorhang an.

„Ähm. Nein danke, Schätzchen … zieht jemand bei euch ein?"

Ich zuckte die Achseln und folgte ihrem Blick auf die Straße, wo ein breiter Umzugswagen die Einfahrt versperrte. „Mhm. Sieht so aus. Wahrscheinlich wird die Wohnung nebenan endlich wieder vermietet. Die steht schon seit Monaten leer."

„Aber warum? Diese Gegend ist doch sehr beliebt."
Da hatte sie Recht. Man erreichte von hier das Universitätsgelände mit dem Fahrrad in nur zehn Minute und die coolsten Bars lagen direkt nebenan. Die Gegend hatte allerdings einen Nachteil.

„Die Wohnung kann sich einfach keiner leisten."

Meine Mutter hob ihre dünn gezupften Brauen. „Wieso das denn? Du wohnst doch auch hier."

Ich seufzte. Das hatte ja kommen müssen. „Ja, aber ich teile mir die Miete mit Ellie." Mein Zimmer leisten konnte ich mir eigentlich trotzdem nicht. Wie mein

Bankkonto mir jeden Monat mitteilte. Ich wollte nicht näher darüber nachdenken. Geld frustrierte mich.

„Ich meine ja nur …", sagte sie und ließ den Vorhang wieder fallen. „Apropos Geld." Sie faltete ihre Hände und sah mir in die Augen. Erstes Anzeichen für mich, nervös zu werden.

„Was ist mit Geld?"

„Dein Vater hat mir immer noch nicht seine Unterhaltskosten zukommen lassen. Für den Oktober ist er wirklich überfällig! Ich sollte das Geld immer am Ersten des Monats bekommen!"

„Mhm." Ich nickte steif. „Und warum erzählst du mir das? Wieso sagst du das nicht ihm?"

„Ich hab es ja versucht!"

„Versucht?", fragte ich langsam und ließ mir das Wort auf der Zunge zergehen. *Versucht* kam bei meiner Mutter *gedacht* gleich. „Wie hast du es versucht?"

„Ich habe ihn angerufen." So, wie ich meine Mutter kannte, hatte sie bei ihm zuhause angerufen, als sie genau wusste, dass er im Büro war, und auch nicht auf den Anrufbeantworter gesprochen.

„Wie oft?"

„Mehrmals! Aber das tut nichts zur Sache. Er hört sowieso nicht auf mich. Er will mir gar nicht zuhören!"

Ich verschränkte meine Arme. „Noch einmal: Warum erzählst du mir das?"

„Nun ja." Sie lächelte mich liebevoll an. „Ich dachte, wenn du es mal bei ihm versuchen …"

„Nein!" Mein Kopf lief augenblicklich rot an und meinem Herz wurde ein Stich versetzt. „Mit mir will er genauso wenig reden! Wir haben keinen Kontakt, das weißt du."

„Naja, er hat dir ein Päckchen zum Geburtstag geschickt, ich habe es im Flur gesehen, mir schenkt er nie etwas." Sie schien beleidigt.

Ich schnaubte. „Mich angerufen und mir gratuliert hat er aber nicht. Und um das Geschenk hat sich bestimmt seine neue Frau oder Sekretärin gekümmert. Egal was drin ist, ich will es nicht."

„Willst du es denn nicht aufmachen?"

„Sollte ich?"

„Naja, damit du dich dafür bedanken kannst."

„Bedanken?"

„Ja, die Höflichkeit würde ein Dankeschön verlangen."

„Ja? Nun. Höflichkeit wurde in unserer Familie schon immer missachtet, falls es dir noch nicht aufgefallen ist. Warum sollte ich diese Tradition aufgeben?"

Meine Mutter wechselte schnell das Thema. „Bitte, Schätzchen. Tu's für mich. Rede mit deinem Vater. Du weißt doch, was passiert, wenn er und ich in einem Raum sind. Das tut mir überhaupt nicht gut!"

„Es tut dir auch nicht gut, zu viel Wein zu trinken, und das hält dich trotzdem nicht davon ab!"

Meine Mutter umklammerte ihre Handtasche. „Bitte, Schätzchen."

„Mama, ich habe wirklich keine Lust, mich darum zu kümmern. Regele deine Angelegenheiten endlich allein."

„Ich brauche das Geld", quengelte sie wie eine Fünfjährige, anstatt wie die fünfzigjährige Frau, die sie war.

„Du brauchst kein Geld", belehrte ich sie. „Du brauchst jemanden, der dir beibringt zu sparen. So jemanden wie mich!" Wenn es ums Sparen ging, war ich die Nummer eins. Ich sparte Strom, Wasser, Geld, Gedanken. Alles. Ich war unschlagbar.

„Ja, du sparst", prustete meine Mutter. „Das sieht man. Nur schon an deinen Kleidern. Ich bin nicht so stillos wie du!"

Nicht wütend werden, nicht wütend werden, flüsterte ich mir in meinem Kopf zu, doch irgendwie ... „Mutter! Ich habe Stil! Ich stehe nur nicht wie du auf den billigen Schlampenlook, der mich aussehen lässt, als wäre ich für fünf Euro zu haben!"

Meine Mutter fühlte sich keineswegs gekränkt. Meine Kritik an ihrem Auftreten bestärkte sie nur in ihrem Gefühl, gut auszusehen. Was ich stilloses Mädchen als stillos empfand, konnte ja nur Stil haben. So ungefähr.

Sie schnalzte mit der Zunge und zog übertrieben ihre Nase hoch. „Also? Wenn du mit deinen Anschuldigungen fertig bist: Wirst du deinen Vater daran erinnern, pünktlich zu zahlen?"

„Mama, ich will wirklich nicht dazwischen ..."

„*Achtzehn* Jahre meines Lebens! Achtzehn Jahre habe ich dir geopfert." Sie presste ein paar Tränen aus ihrem Augenwinkel. „Ich habe dich gut erzogen, dir alles gegeben, was du brauchtest, und was ist der Dank? Gezeter an meinem Aussehen und nicht einmal einen klitzekleinen Gefallen willst du mir tun."

O Gott. Wie ich das hasste! Sie wusste genau, dass sie mir lange nicht alles gegeben hatte, was ich brauchte, dennoch appellierte sie jedes Mal an mein schlechtes Gewissen, weil ich ihre Figur ruiniert hatte! Und ich sprang jedes Mal darauf an. Ich konnte mir nicht helfen, ich gab nach.

„Schön", murrte ich und verschränkte die Arme vor der Brust. „Ich rede mit ihm. Aber ich werde mich nicht für mein Geschenk bedanken."

Die Augen meiner Mutter waren schlagartig trocken. „Oh, danke Schätzchen. Und natürlich musst du dich nicht bedanken. Höflichkeit ist wirklich ein Fremdwort für diese Familie."

„Mhm", murmelte ich und begann wieder, den herumliegenden Müll in den gelben Sack zu werfen. Meine Mutter schaute zu. „Und wie geht es deinem Freund?", fragte ich nach einer Weile, nicht weil ich es wirklich wissen wollte - ich machte mir auch schon lange nicht mehr die Mühe, mir die Namen zu merken -, sondern um die Stille zu überbrücken.

Mama strahlte mich an: „Sieh mal, was er mir geschenkt hat." Sie streckte ihren Arm aus und hielt mir ein glitzerndes, protziges Diamantarmband mit diversen Anhängern unter die Nase.

„Wunderschön", bemerkte ich trocken. Meine Mutter hatte bestimmt mehr solcher Schmuckstücke als ich Wärmflaschen.

„Genau wie seine Trägerin, das hat er gesagt", schwärmte sie und klatschte aufgeregt in die Hände.

„Er ist ein Traum", flötete sie weiter und setzte zu der Rede an, die ich bereits auswendig kannte, so oft hatte ich sie von ihr gehört, kaum war die Tinte auf ihren Scheidungspapieren getrocknet. „Ich glaube, diesmal hält es. Er ist so liebenswert und gut aussehend und so ... so ..."

„Vermögend?", half ich ihr nach.

Meine Mutter verdrehte ihre leuchtenden Augen. „Wie kommst du denn darauf?"

Ich runzelte die Stirn und nickte auf ihr Armband. Sie folgte meinem Blick und fing erneut an zu kichern. „Ach ja, richtig. Vermögend ist er auch. Diesmal ist es wirklich der Richtige."

„Wie lange seid ihr denn schon zusammen?"

„Schon über einen Monat."

„Wow", sagte ich und meinte es so. Die wenigsten Beziehungen meiner Mutter hielten so lange.

„Es ist immer noch wie beim ersten Mal", säuselte meine Mutter. „Er ist einfach so ..."

„Und wie alt ist er?", unterbrach ich sie, um mir nicht länger ihre Schwärmerei anhören zu müssen.

Auch wenn ich die Antwort ahnte, so erstaunte mich jedes Mal wieder die Dummheit ... der Männer.

„Er ist vor einer Woche vierzig geworden."

„Wow. Diesmal ist er ja wirklich ein Mann", bemerkte ich trocken. Meine Mutter hörte den bitteren Unterton gar nicht erst heraus. Stattdessen strahlte sie mich immer noch glückselig an und trippelte dann in die Küche, wo sie sich hüstelnd Wasser in ein leeres Glas goss, das noch von gestern auf der Anrichte stand. Als ich all die leeren Chipstüten und Erdnusspäckchen, all die Krümel und Fettspritzer auf dem Küchenboden sah, begannen meine Fingerspitzen zu kribbeln. „Mama, ich möchte nicht unhöflich sein, aber ..."

„Wie läuft es eigentlich mit dir und diesem Tim?" Sie hob beide dünn nachgemalten Augenbrauen. „Wollt ihr nicht bald zusammenziehen?"

Ich guckte sie einen Moment verständnislos an. Tim? Dann dämmerte es mir. Mama und ich hatten echt lange nicht mehr vernünftig miteinander geredet. „Ähh ... ich fürchte nicht", sagte ich. „Wir haben uns getrennt. Vor fünf Monaten."

„Ach so", erwiderte sie beiläufig und trank einen Schluck Wasser. „Wirklich schade. Er wäre ein guter Fang gewesen." Tim war ein angehender Musikproduzent - woraus meine Mutter natürlich geschlossen hatte, dass er sehr bald zu einer Menge Geld kommen würde, womit er in ihren Augen automatisch Heiratsmaterial war.

„Du solltest dir solche Männer warm halten."

„Mhm", erwiderte ich nur und beäugte den Puddingfleck zu meinen Füßen. Vielleicht mit einem Essiglöser einweichen und dann Scheuermilch verwenden? Oder sollte ich den Teppich lieber gleich entsorgen? Ich mochte ihn nicht wirklich. Ellie hatte ihn aus London mitgebracht, wo sie ihn aus einem Hotel hatte mitgehen lassen.

„Weißt du, Sum", meine Mutter überprüfte ihre Frisur in einem Löffel. „Wir Frauen brauchen Kerle, die für uns sorgen."

Ich biss mir auf die Zunge, um nicht los zu schreien, und murmelte nur „Du, ja", was meine Mutter aber geflissentlich überhörte.

„Schön, schön", flötete sie und warf den Löffel achtlos auf den Boden. „Ich muss dann los. Du weißt schon. Termine, Termine."

Sie traf also ihren Loverboy. „Termine, Termine", wiederholte ich und dachte daran, was dieses Wort für mich bedeutete.

Sauber machen, zur Uni gehen und meine Hausarbeit abgeben, meinen Vater um Geld für meine Mutter anbetteln.

Nein. Heute würde keiner meiner Lieblingstage werden.

„Lass dich drücken, meine Kleine", säuselte meine Mutter, drückte mich kurz an ihre Brust und gab mir zwei Küsschen, jeweils auf jede Wange eines. „Vielen Dank für das mit deinem Vater", flüsterte sie. Ich wusste, wie viel es sie kostete, diese Dankbarkeit zu zeigen. Irgendwie war ich gerührt, wie offen sie mir ihre Zuneigung zeigte.

„Ist okay. Ich hab dich lieb, Mama", murmelte ich und leider Gottes war das die Wahrheit.

Kapitel 2

I reach as far as I can see
I know I will get there, soon
And as long as I keep on being me
I'd bet I could fly to the moon

Der Puddingfleck war unbesiegbar. Nachdem ich ihn eine Stunde erfolglos bearbeitet hatte, war ich drauf und dran, mir ein Feuerzeug zu schnappen und den Fleck auszubrennen. Ich hätte bestimmt auch eine so drastische Maßnahme ergriffen, hätte ich in diesem Augenblick nicht auf die Uhr gesehen und bemerkt, dass ich soeben meinen Bus zum Unigelände verpasst hatte.

Draußen war es kalt und ich würde den ganzen Weg über fluchen, aber es blieb mir nichts anderes übrig, als das Fahrrad zu nehmen. Fahrig schnappte ich mir meine Tasche, stopfte meine Hausarbeit hinein, die ich eigentlich noch einmal auf Rechtschreibung hatte überprüfen wollen - solche Fehler kamen bei einem Germanisten nie so gut an - und schlüpfte in meine Schuhe. Als ich die Tür aufriss, wäre ich beinahe mit einem Flachbildfernseher kollidiert, der gerade in sein neues Zuhause gebracht wurde. Verfolgt wurde er von einem schwarzen Ledersofa - ich spreche hier von echtem Leder! - und einem Schreibtisch, den man bestimmt nicht bei Ikea kaufen konnte. Getragen wurden all diese Habseligkeiten von mehreren bulligen Typen, die geradezu nach Umzugsfirma schrien.

Oh Mann. Mein neuer Nachbar oder meine neue Nachbarin hatte definitiv das Geld, diese Wohnung zu finanzieren.

Wie die Wohnung wohl von innen aussah?

Ich war zwar unter Zeitdruck, doch meine Neugierde gewann die Oberhand über meinen Drang, pünktlich zu sein.

Ich bückte mich und tat so, als müsste ich mir meine Schuhe zu binden, während ich meinen Blick möglichst unauffällig durch die offen stehende Tür schweifen ließ. Moderne Möbel, teurer Stil und bullige Typen, soweit das Auge reichte. Vor dem eben abgesetzten Ledersofa stand ein Mann und fuchtelte mit den Händen. Die Männer folgten seinen Anweisungen, also musste er wohl der Mieter sein. Leider drehte er mir den Rücken zu. Den würde ich später unter die Lupe nehmen müssen. Jetzt galt es erst einmal, meine Vorlesung nicht zu versäumen.

Das war schon schwierig genug!

„Nachdem Sie Ihre Hausarbeiten vorne bei mir abgelegt haben, können Sie gehen." Professor Siepe schlug in einem mir unbekannten Takt mit seinem Bleistift auf das Pult, während er jedem einzelnen Studenten ins Gesicht sah. „Sollte ich ein einziges Substantiv in Ihren Texten finden, das klein geschrieben wurde, werden Sie sich überlegen müssen, ob dieser Kurs tatsächlich der Richtige für Sie ist, und ich persönlich werde Ihnen bei dieser Entscheidung behilflich sein!" Allgemeine Stille. „Sie dürfen gehen."

Hastig fischte ich meine Arbeit aus der Mappe und überflog diverse Seiten, um mögliche Fehler noch zu korrigieren. Ich fand nichts. Ach, egal. Ich konnte so oder so nicht alles innerhalb der nächsten zwanzig Sekunden kontrollieren, also konnte ich es ganz lassen.

Gerade als ich meine Mappe auf dem Pult abgelegt hatte und mich umdrehen wollte, rief mich Siepe zurück.

„Frau Sanddorn, haben Sie vielleicht einen Moment Zeit?"

Mir wurde schwer ums Herz. Ich hatte da so meine Ahnung, um was es gehen würde, und das war nicht meine Rechtschreibung.

Ich setzte ein Lächeln auf und wandte mich um. „Natürlich, Herr Professor. Was ist denn?"

Ich verschränkte meine Arme hinter meinem Rücken und zupfte nervös an meinen Fingern, während Siepe mich durch seine Brille hindurch scannte.

Schließlich seufzte er und nahm die Brille ab, um sie mit seinem Ärmel zu putzen.

Völlig sinnlos. An so ein Glas musste man mit einem Erfrischungstuch oder etwas Pril dran, das wusste doch jeder!

„Frau Sanddorn", begann er schließlich, „ich weiß, es geht mich eigentlich nichts an, aber darf ich Sie fragen, ob es Ihnen gut geht?"

Verdutzt sah ich auf. Wie kam er darauf? „Ähm. Ja. Mir geht es bestens."

Er setzte seine - genauso schmutzige - Brille wieder auf und musterte mich: „Nun, dann muss ich nachfragen, ob Sie Ihr Studium, insbesondere diesen Kurs, ernst nehmen?"

Bestürzt schluckte ich mehrmals. Man konnte mir vieles vorwerfen, angefangen bei meinem Putzfimmel bis zu meiner Schwäche für Grey's Anatomy, aber bestimmt nicht, dass ich nicht alles in meinem Leben tat, um dieses verdammte Studium abzuschließen.

„Sie können sicher sein, dass ich mein Studium mehr als ernst nehme." Ellie nach zu urteilen, übertrieb ich es sogar mit meiner Ernsthaftigkeit und zerstörte damit meine sonst lustige und lebensfrohe Persönlichkeit. „Ich habe noch nie eine Hausarbeit nach dem vereinbarten Termin abgegeben und ..."

„Das ist mir durchaus bewusst, Frau Sanddorn", unterbrach mich mein Dozent, „aber mir ist aufgefallen, dass Sie in letzter Zeit kaum eine Vorlesung von mir besucht haben und im Lektürekurs müsste ich Sie eigentlich rauswerfen, da Sie mehr als zweimal unentschuldigt gefehlt haben. Sie scheinen Ihr Pensum dennoch bewältigen zu können, aber wie lange halten Sie das noch durch, ohne die Kurse zu besuchen?"

„Herr Professor Siepe, Sie müssen sich keine Gedanken machen, ich besuche die Kurse, so oft ich kann."

Zugegeben, das war nicht so oft, wie es sein sollte, aber ich konnte eben nicht gleichzeitig bei der Arbeit und an der Uni sein, und ich musste jobben, um mir das Studium, die Miete und mein Essen zu finanzieren. „Ich muss zurzeit nur einige ... äh ... Geldprobleme in den Griff bekommen."

Der Professor wirkte immer noch besorgt. „Gibt es denn keinen, der Ihnen mit dem Geld aushelfen kann?"

Mein Kiefer spannte sich an. „Nein, gibt es nicht." Ich nahm meine Tasche vom Boden auf, hängte sie mir um und murmelte: „Wenn Sie mich jetzt entschuldigen würden. Ich komme sonst zu spät zu einem Termin."

Das war nicht die beste Art, sich von seinem Dozenten, der seine Abschlussarbeit benoten würde, zu verabschieden. Aber ich war es leid, dass alle der Meinung waren, ich benötige Hilfe. Erst Ellie, dann meine Mutter, nun auch noch mein Professor. Was hatten die Leute nur für ein Problem? Wieso durfte ich mein Geld nicht alleine verdienen wollen!

Ich hastete die Treppen des Hörsaals hinauf und kommentierte Professor Siepes Hinweis auf die großen Abschlussprüfungen in fünf Monaten nur mit einer gehobenen Hand. Als ob mir deren Wichtigkeit nicht bewusst wäre! Dieser bescheuerte Termin verfolgte mich bis in meine Träume. Ich konnte nicht mehr zählen, wie oft ich schweißgebadet aufgewacht war, nur um zu merken, dass ich gar nicht nackt zur Prüfung erschienen sein konnte, weil sie noch vor mir lag.

Was irgendwie auch kein Trost war.

„Was hast du so lange gebraucht?"

Ich zuckte so heftig zusammen, dass mir die Tür aus der Hand glitt und mit einem Knall ins Schloss fiel.

„Meine Güte, Fynn, musst du mich so erschrecken? Was, wenn ich einen scharfen Gegenstand in der Hand gehabt hätte? Ich bin zwar klein, aber wenn ich nach vorne falle, kann ich eine ganz schöne Kraft erzeugen!" Ich machte mich auf den Weg zum Ausgang. Fynn folgte mir grinsend.

„Du könntest mir nie etwas antun."

„Ach?" Ich warf ihm einen belustigten Seitenblick zu. „Wer sagt denn so etwas?" Hatte er mich schon einmal erlebt, wenn einer meiner Freunde keinen Untersetzer benutzte? Nein. Also konnte er meine Aggressionen und Fähigkeiten, anderen Schmerz zuzufügen, keineswegs richtig und objektiv einschätzen.

„Wenn mir etwas passieren würde, hättest du niemanden mehr, der dir seine Notizen leiht."

Auch wieder wahr. Ohne seine Notizen wäre ich aufgeschmissen.

„Schön. Punkt für dich."

Wir gingen durch die Halle mit den schwarzen Brettern und erreichten den Ausgang. „Noch einen schönen Kater gehabt heute Morgen?", wechselte Fynn das Thema und hielt mir die Tür auf.

Ich wiegte meinen Kopf hin und her. „Nein. Durch die ganze Kotzerei bin ich dem entkommen."

Er grinste. „Ja, du warst ziemlich übel dran. Aber wo du jetzt wieder fit bist ... Was machst du am Wochenende?"

Ich stöhnte. Jetzt ging das wieder los! Fynn war wirklich ein toller Kerl und ich verbrachte liebend gerne meine Studienzeit mit ihm, aber mehr war da nicht.

„Ich werde nicht mir dir ausgehen", ersparte ich ihm die Frage und schüttelte den Kopf, während wir quer über den Rasen auf die Fahrradständer zugingen.

„Nenne mir einen Grund, warum nicht!"

„Wenn es schlecht läuft, wirst du nie wieder Siepes Vorlesungen für mich aufzeichnen."

Er überlegte kurz. „Und wenn ich dir schriftlich gebe, dass ich es doch tue?"

Ich lachte und verdrehte die Augen. „Fynn! Bist du es nicht langsam leid? Wie oft muss ich dir noch einen Korb geben?"

„Bis du Ja sagst."

Er konnte echt hartnäckig sein. Aber auf eine liebenswerte Art.

„Ich werde nicht Ja sagen. Ich habe gar keine Zeit dafür, Ja zu sagen! Eigentlich habe ich sogar keine Zeit dafür, Nein zu sagen oder diese Unterhaltung hier zu führen."

„Summer, Summer. Es ist immer Zeit für die Liebe", stellte er belehrend fest und blieb neben mir und meinem Fahrrad stehen.

„Ich habe nicht einmal Zeit zu essen, da kann ich nicht noch auf Cupido Rücksicht nehmen."

Abgesehen davon, dass ich mir gestern ja geschworen hatte, erst wieder eine ernste Beziehung einzugehen, wenn ich wusste, dass es meine letzte sein würde. Und ich war nicht bereit, Fynn als diesen Letzten zu betrachten.

„Ich kann dich auch gerne für die Zeit, die wir zusammen verbringen, bezahlen."

Ich prustete leise und schloss mein Rad auf. „Prima. Einem Mädchen anzubieten, sich zu prostituieren, ist der richtige Weg, es für sich zu gewinnen."

„Ich kenne mich eben mit Frauen aus."

„Mit welchen?", grinste ich. „Denen aus Plastik?"

Fynn seufzte und salutierte. „Du bist herzlos, Summer."

„Noch ein Grund, warum die Liebe keine Chance bei mir hat."

Ich umarmte ihn kurz und stieg auf den Sattel. „Ich muss los."

Fynn schüttelte gespielt traurig den Kopf. „Deine Seele ist verloren. Ich hoffe für dich, dass du jetzt zu einem heißen Kerl fährst und dein Desinteresse nur vorgetäuscht war." Er zwinkerte mir zu und wandte sich um.

„Ha", murmelte ich frustriert. „Ein Kerl ist er. Und heiß wird mir gleich auch werden…"

Allerdings eher aus Wut. Oder Scham. Oder gleich beidem.

Oh Mann. Das Wetter war viel zu schön, um zu meinem Vater zu fahren und mir meine Stimmung zu vermiesen.

Obwohl ... Stimmung? Meine Miete musste bezahlt werden, meine Masterarbeit geschrieben, die große Prüfung stand so gut wie bevor, alle dachten, ich bräuchte Hilfe, keine Aussicht auf Sex ... meine Laune war eh schon im Keller, ein Besuch bei meinem Vater konnte sie auch nicht tiefer sacken lassen.

Ich stöhnte noch einmal und trat dann so kräftig wie möglich in die Pedale - vielleicht konnte ich so meine bereits jetzt angestaute Wut loswerden. Nun war ich froh, mit dem Fahrrad gekommen zu sein. So verschob sich das Gespräch um mindestens eine halbe Stunde. Plötzlich wurde ich unwirsch von einem Klingeln aus dem Takt meines gleichmäßigen Geschnaufes geholt.

Mein Handy machte sich in meiner Hosentasche bemerkbar und da vor mir die Ampel sowieso auf Rot sprang und ich die Hoffnung noch nicht aufgegeben hatte, es wäre meine Mutter, die mir sagen wollte, dass das Geld doch schon überwiesen war, hielt ich an und hob ab.

„Summer Sanddorn."

„Spreche ich mit Summer Sanddorn?", fragte eine weibliche Stimme zurück.

„Ja, sagte ich doch", erwiderte ich leicht genervt. „Wer ist denn dran?"

„Ach, hallo. Gott sei Dank erreiche ich Sie! Sie spielen doch auch in Bars, oder?" Ich wollte ihre Frage bejahen, kam aber nicht zu Wort. „Ich hatte gestern einen Live-Abend in meiner Bar, der ‚Blauen Kuh', angekündigt und überall hängen schon Plakate aus! Und gerade ruft die Band an - und sagt einfach ab!" Die Frau klang richtig panisch. „Die sagen mir einfach ab. Können Sie sich das vorstellen!?"

„Nein. Überhaupt nicht."

„Richtig! Also, ich brauche Ersatz und da habe ich Ihre Anzeige in der Zeitung gelesen ... Sie sind doch gut, nicht? Haben Sie eine Band?"

„Nein, ich singe und spiele Gitarre, aber ich kann Ihnen versichern, dass ich gut bin."

„Gut, dann ... was ist das für ein Geräusch?"

Das waren die hupenden Autos hinter mir. „Einen Moment, bitte", sagte ich möglichst höflich, drückte das Handy an meine Brust, stieg gemächlich ab und stellte mein Rad auf den Bürgersteig neben mir.

Gleich vier Mittelfinger auf einmal wurden gezückt und viele der Autofahrer waren wirklich kreativ, was ihre Schimpfworte anging. Aber das störte mich nicht. Ich hatte endlich mal wieder einen Gig! Hoffentlich gut bezahlt ... das hatte ich bitter nötig.

Die hysterische Frau an der anderen Leitung überschlug sich geradezu mit Dank, als ich zusagte, und versicherte mir, dass mein Honorar gut sei.

Ich stellte mein Fahrrad auf die Fahrbahn zurück, auf der die Ampel inzwischen wieder Rot zeigte, und setzte mich auf den Sattel.

Meine Stimmung hatte sich schlagartig gebessert. Nun konnte ich die Uni bezahlen und einen Teil an Ellie und vielleicht blieb sogar noch was übrig, das ich in meinen Kühlschrank investieren konnte. Sonst konnte ich wenigstens weiter auf meine Linie achten.

Schrilles Gehupe riss mich aus meinen Gedanken und fast vom Sattel. Wütend wandte ich mich um. „Was!?", fragte ich laut den Besitzer des roten Passats hinter mir, dessen Gesicht genauso rot angelaufen war. Mit verzerrter Miene fuchtelte er mit einer Hand in Richtung der Ampel, die andere ließ er auf der Hupe.

Ich blickte auf den grün erleuchteten Kreis vor mir.

„Kein Grund, so aggressiv zu werden!", rief ich und trat in die Pedale, während die Autos an mir vorbei rasten, allesamt laut hupend.

Warum regten sich alle so auf!?

Eile mit Weile. Das sollte ihr Lebensmotto sein.

„Ich fahre doch schon, Herrgott", schrie ich, während ein kleiner blauer Ford so knapp an mir vorbei zischte, dass ich beinahe auf den Bordstein gefallen wäre. Ich erhaschte gerade noch einen Blick auf den Fahrer und ... und ... ich schnappte nach Luft. Das konnte nicht wahr sein ... Der Mann, der da am Steuer saß ...Nein.

Nein.

Langsam atmete ich wieder aus und schüttelte verärgert den Kopf.

Jedes halbe Jahr bildete ich mir aufs Neue ein ... das war Blödsinn. Es war fünf Jahre her. Außerdem hatte er gesagt, er lebe in London. Und überhaupt, selbst wenn - er interessierte mich nicht. Ich kannte ihn ja gar nicht! Ich dachte auch gar nicht an ihn. Tagsüber.

Nein. Nie. Eigentlich nie.

Tagsüber.

Mist.

Nicht einmal mich selbst belügen konnte ich.

Das Gebäude, in dem mein Vater arbeitete, lag über einer luxuriösen Ladenpassage, in der man für eine einfache Jeans mindestens fünfhundert Euro hinblätterte. Wenn man in dieser Gegend sein Büro hatte, benutzte man Geld als Toilettenpapier.

Eine Aushilfe von Papas Sekretärin hatte mir mal erzählt, dass mein Vater einem kleinen Jungen, der in der Einkaufspassage vor dem Bürogebäude Blockflöte gespielt hatte, die Polizei auf den Hals gehetzt hatte. Aufgrund von Ruhestörung und Arbeiten ohne schriftliche Befugnis der Stadt oder so.

Ich hielt dies für ein Gerücht.

Mein Vater hätte nicht die Polizei gerufen. Unter keinen Umständen. Seit Toto und Harry im Fernsehen lief, verurteilte er jede Art von Gesetzeshüter. Nein. Mein Vater wäre persönlich auf die Straße gegangen, hätte dem Jungen die Flöte entrissen und sie zerbrochen. Daraufhin hätte er ihm einen Fünf-Jahres-Finanzplan gereicht und ihm empfohlen, sich einen richtigen Job zu suchen. Für Spielereien habe er noch Zeit, wenn er in Rente gehe.

Zur näheren Erläuterung: Germanistin gehörte seiner Ansicht nach auch nicht zu der Sparte dieser „richtigen Jobs".

Aber ich will keinen falschen Eindruck erwecken. Mein Papa ist nicht herzlos. Er ist nur ein wenig kalt, bestimmend und akzeptiert keine Missachtung seiner Regeln. Als Tochter, die Regeln verabscheut, habe ich da nicht so gute Karten.

Ich schloss mein Fahrrad ab, prüfte in einer Fensterscheibe mein Aussehen und wischte rasch einige Krümel Puderzucker aus den Mundwinkeln - ich hatte einen Berliner als Mittagessen missbraucht. Zucker beruhigt meine Nerven - und das war vor einem Besuch bei meinem Vater überlebensnotwendig.

Sonst hatte ich an meiner Erscheinung nichts auszusetzen. Aber mein Vater würde schon etwas finden. Er würde mir nicht ins Gesicht sagen, was ihm nicht passte, sondern würde es mich unterschwellig wissen lassen. Ich seufzte laut. Dann schritt ich zügig durch die Drehtür, bevor ich es mir anders überlegen konnte.

„Na, wen haben wir denn da?", brummte eine tiefe Stimme.

„Hallo Frank", grüßte ich den Sicherheitschef.

„Lange nicht mehr gesehen", sagte er und musterte mich lächelnd. „Gut siehst du aus. Und? Wie geht's? Wie läuft das Studium?"

„Vorlesungen, Prüfungen, wenig Schlaf. Wie es sollte, also", erwiderte ich ebenso lächelnd.

Eine helle Glocke kündigte den Fahrstuhl an.

„Lass dich bald wieder blicken", sagte Frank, als ich in den Lift stieg.

Ich biss mir auf die Lippen. „Nicht, wenn es sich vermeiden lässt", antwortete ich wahrheitsgemäß.

„Hmh." Frank sah mich missbilligend an, während er auf den Knopf drückte, damit die Lifttüren offen blieben. „Ihr solltet die alte Klamotte begraben. Wenn du mich fragst, seid ihr beide Sturköpfe." Da hatte er den Nagel auf den Kopf getroffen. Und Frank musste es wissen, er kannte mich seit meinem fünften Lebensjahr, wo ich hier unten in der Lobby mit ihm Verstecken gespielt hatte, während ich auf meinen Vater wartete.

„Ich werde sie begraben", sagte ich mit erhobenen Händen. „Sobald er mir mein eigenes, unabhängiges Leben zugesteht."

Der große, schwarze Mann räusperte sich und seine Uniform wölbte sich über seiner Brust. „Er will dich beschützen, Summer."

„Nein, du willst mich beschützen", lächelte ich ihn an. „Er will mich kontrollieren. Das ist ein Unterschied."

„Weißt du, Summer, dein Vater tut es aus Liebe."

Ich öffnete den Mund, doch Frank hatte die Fahrstuhltür bereits zuschnappen lassen.

Das gleichmäßige Ruckeln des Lifts besänftigte mein Gemüt keineswegs. Je länger ich diese glänzende Chromwand und den blitzblanken Spiegel ansah, desto wütender wurde ich. Die ganze Kabine drückte einen hochnäsigen Wohlstand aus, dem jede meiner Poren widerstrebte.

Als der Aufzug mit einem sanften Ruck und einem ebenso sanften hellen Ton im sechsten Stock zum Stillstand kam, hatte ich alle Mühe, nicht einfach nur die Sekretärin böse anzufunkeln und dann auf dem Absatz kehrtzumachen.

Oh Mann. Was hatte ich eigentlich für emotional aggressive Probleme? Ich musste dringend wieder zu einer Yogastunde. Blöd nur, dass ich mich danach drei Tage nicht mehr bewegen konnte.

„Hallo Gabi", begrüßte ich die Frau, die hinter der mit teurem Holz bekleideten Rezeptionstheke saß. „Ist er da?"

Ihre perfekt maniküren, rosafarbenen Fingernägel flogen über die Tastatur. Sie schaute gar nicht erst auf. „Er ist in einer Besprechung."

„Ich schätze, eine unglaublich wichtige Besprechung? Eine, die die Sicht auf die Welt, wie wir sie kennen, für immer ändern wird!?" Meine Stimme hatte einen dramatischen Unterton bekommen.

Gabi verdrehte die Augen. „Dein Vater ist ein sehr gefragter Mann, Summer."

„Ja. Ich weiß. Kann ich ihn trotzdem sehen? Oder sitzt Angela Merkel hinter dieser Tür?"

„Es dauert nur noch einige Momente", erklärte Gabi und deutete auf einen Stuhl gegenüber der Rezeption. „Setz dich doch. Ich bin sicher, er wird für dich einige Minuten Zeit haben."

Ich nickte nur, setzte mich - wenn auch widerwillig - und gab mich meiner Lieblingsbeschäftigung hin: dem Aufzählen der Dinge, die ich noch erledigen musste.

Zum einen war da die Hausarbeit in Sprachwissenschaften, die ich in den Semesterferien etwas vernachlässigt hatte. Dann musste ich zu Ende aufräumen und den Puddingfleck entfernen. Die Setliste für den Auftritt zusammenstellen und vielleicht noch einmal üben. Meinen Vermittler von Gelegenheitsjobs anrufen und um einen besser bezahlten Job bitten (sonst konnte ich Ellie die ausstehenden Mieten nie und nimmer bezahlen und das würde womöglich unsere Freundschaft belasten). Dann war da noch der Lernplan, den ich mir schon seit Längerem erstellen wollte.

Moment. Was war der erste Punkt gewesen?

Ich seufzte, zog meine Handtasche auf den Schoß und fahndete nach Stift und Papier, um meine imaginäre Liste schriftlich festzuhalten. Sonst würde ich wieder alles vergessen. Bis auf den Puddingfleck. So etwas vergaß man nicht.

Lippenstift, Schlüssel, Portemonnaie, Handy …

Die Tür neben mir wurde mit einem lauten Lachen aufgestoßen und der Duft nach Sieg, Überlegenheit und Kontrolle - den mein Vater auf unnatürliche Art und Weise ausstrahlte und den nur ich riechen konnte - stieg mir in die Nase.

„Ich bin mir sicher, Ihre Golfschläger werden sich bald wieder auf dem alten Platz einfinden, Herr Saltz", dröhnte Papa und ein weiteres Lachen folgte.

„Ich danke Ihnen, Sanddorn. Nach diesem Gespräch bin ich sehr zuversichtlich, was meinen Fall angeht." Natürlich war er das. Das Wort Zuversicht hing ja auch in Verbindung mit einem großen Bild über Papas Schreibtisch. „Ich weiß Ihre Herzarbeit zu schätzen."

Ich verschluckte mich an meinem plötzlichen Lacher und fing an zu husten. Als ich meine Augen wieder öffnete und aufsah, starrten mich zwei Augenpaare an. Das eine vorwurfsvoll, das andere verwundert.

„Entschuldigen Sie, ich habe eine leichte Erkältung, ich wollte Ihr Gespräch nicht unterbrechen", sagte ich und stand auf.

Die Handtasche fiel von meinem Schoß und der gesamte Inhalt rutschte über den Boden. Der Klient starrte verwirrt auf die Habseligkeiten vor unseren Füßen.

„Herr Saltz. Ich melde mich bei Ihnen, sobald der Termin der Anhörung feststeht", sagte mein Vater lächelnd, als wäre nichts geschehen und als würde er mich nicht kennen.

Das kannte ich bereits. So hatte er mich schon als Kind für meine Unaufmerksamkeit und meine Schusseligkeit bestraft. Ich war froh, dass es mir heute nicht mehr so zusetzte wie damals.

„Gerne, Herr Sanddorn, und nochmals herzlichen Dank für Ihre Bemühungen", sagte der Klient und stieg dann über meinen Handtascheninhalt hinweg zur Fahrstuhltür, die Gabi schon vorsorglich geöffnet hatte. Als hätte sie geahnt, dass ich als Vorzeigetochter mal wieder versagen würde. Man gewöhnte sich dran.

Als der Lift geschlossen war, hob Papa die Augenbrauen und schritt zurück in sein Büro. „Räum deine Sachen aus dem Weg, bevor sich noch jemand ernsthaft verletzt."

Das Büro meines Vaters sprach Bände.

Nicht nur darüber, wie erfolgreich er in seinem Beruf war, sondern auch darüber, wie er seine Prioritäten setzte. Ich konnte mich nicht daran erinnern, hier je ein Familienfoto gesehen zu haben. Aber an jeder Wand hingen pompöse Bilder mit Aufschriften wie ERFOLG und DURCHSETZUNGSVERMÖGEN.

Sobald ich die schwere Holztür hinter mir geschlossen hatte, fühlte ich mich wieder wie dieses sechzehnjährige Mädchen, das seinen Vater bat, mit Florian Kammer ausgehen zu dürfen, weil er der süßeste Junge der Schule war. Klar war seine Antwort nicht so ausgefallen, wie ich es mir erhofft hatte.

„Setz dich." Keine Bitte. Ein Befehl.

Ich setzte mich. Wie einer seiner Klienten.

„Tut mir leid, ich wollte deine Arbeit nicht unterbrechen."

„Hast du nicht."

Ich wusste, dass es eine Lüge war und er in Wirklichkeit mit seinen Gedanken bereits bei seinem nächsten Termin war, deshalb schwieg ich nur.

Schweigen. Das passte nicht zu mir. Mein ganzes Verhalten passte nicht zu mir! In Anwesenheit meines Vaters wurde ich zu einem schüchternen Mädchen, das rebellisch alles verneinte, aber in einem Tonfall, als würde es sich am Liebsten auf die Knie werfen.

„Wie hat dir mein Geschenk gefallen?", brach Papa schließlich das Schweigen. „Ich habe keine Dankeskarte erhalten."

„Eine Dankeskarte?"

„Die Höflichkeit hätte dies verlangt."

Höflichkeit.

Warum hatten sich Mama und Papa noch gleich scheiden lassen? Sie schienen doch die gleichen verqueren Ansichten zu haben.

Ich schluckte leer und überschlug meine Beine. Da ließ er durch seine Sekretärin ein Geschenk schicken, hielt es aber nicht für nötig, mich an meinem Geburtstag anzurufen, und verlangte von mir ein „Danke".

„Höflichkeit, Papa", sagte ich nach Beherrschung ringend, „würde persönliche Glückwünsche beinhalten. Und die habe ich nicht erhalten. Die Brieftaube muss wohl gegen mein Fenster geflogen sein."

„Hat es dir jetzt gefallen oder nicht?"

Ich biss mir auf die Lippen. So machte er das immer. Ich versuchte mich zu verteidigen und er ignorierte es oder strafte mich mit Verachtung. „Ich habe es nicht geöffnet", sagte ich kühl. „Aber ich bin mir sicher, dass Gabi meinen Geschmack getroffen hat."

Die blauen Augen waren härter als Stahl. „Gut."
Ich nickte.

„Wie geht es dir bei deinem Studium?"

„Gut." Das hätte ich auch gesagt, wenn es nicht so gewesen wäre. Sein Versagen vor meinem Vater zuzugeben, war der größte Fehler, den man machen konnte. Er war Anwalt und somit darauf abgerichtet, Schwachpunkte zu erkennen und auszunutzen. Das hatte ich bereits als Kind gemerkt, als ich meine Zuneigung gegenüber meinen Barbiepuppen zu deutlich gezeigt hatte. Hawaii Barbie wurde entführt und mir erst wieder zurückgegeben, als sich meine Mathematiknoten gebessert hatten. Da war ich noch in der Grundschule gewesen.

„Diesmal willst du es zu Ende führen?"

„Ja. Ich bin ja auch bald fertig."

„Keine Reue?"

„Nein."

„Schön. Dann können wir jetzt ja zu dem Grund kommen, aus dem du hier bist."

„Es ist wegen Mama", sagte ich ohne Umschweife, da ich wusste, wie Papa es verabscheute, Zeit mit leeren Floskeln zu verschwenden. „Sie will ihr Geld haben."

Mein Vater schnaubte. „Was? Und für Geldfragen schickt sie dich? Weil du ja so begabt darin bist, jemanden um Hilfe zu bitten? Vor allem in finanziellen Dingen?"

„Ich brauche keine Hilfe. Warum sollte ich dann um welche bitten?", fragte ich verkniffen.

„Du bist so exzentrisch wie deine Mutter."

„Ich bin nicht exzentrisch, ich komme nur alleine mit meinem Leben zurecht. Und diese Fähigkeit besitzt deine Exfrau definitiv nicht."

Papa faltete die Hände zusammen und klopfte sich mit den Fingerkuppen auf die Handknöchel. Das kannte ich. Der Ich-weiß-es-besser-Move.

„Schön. Schön, schön. Deine Mutter bekommt ihr Geld. Sag ihr das", bemerkte er trocken. „Ich hatte nur vergessen, den Dauerauftrag zu erneuern."

„Gut." Ich erhob mich. „Mehr wollte ich auch nicht." Ich nahm meine Handtasche vom Boden und wollte dem großen schwarzen Sessel gerade den Rücken zuwenden, als sich mein Vater noch einmal räusperte.

Ich hielt inne. „Gibt es noch etwas?"

„Wir erwarten dich zum Abendessen. Nach Weihnachten."

„Es ist Oktober", antwortete ich verwirrt.

Papas Augen glänzten. „Also schätze ich, du hast noch nichts geplant für den zweiten Weihnachtstag?"

Also auch noch keine Ausrede parat. Mist. Er war wirklich gut.

„Nein, habe ich nicht."

„Also wirst du kommen? Mit Begleitung?"

„Mit Begleitung?", fragte ich dümmlich nach.

„Deine Mutter erwähnte neulich einmal einen festen Freund, der ziemlich erfolgreich sein soll. Ich würde ihn gerne kennen lernen."

Ich stöhnte innerlich. Meine Mutter hatte natürlich mit meinem Freund, dem Musikproduzenten, angeben müssen.

Der jetzt nicht mehr mein Freund war!

„Natürlich. Ich bringe ihn mit. Er will dich auch gerne kennen lernen." Was für einen Blödsinn gab ich da von mir? Wie sollte ich innerhalb der nächsten zwei Monate einen Mann finden, mit dem ich es ernst meinte? Wo ich mir doch eben erst geschworen hatte, nur wieder eine Beziehung einzugehen, wenn ich mir eine Zukunft mit diesem Mann vorstellen konnte.

„Das freut mich. Dann ist das ein fester Termin? Der zweite Weihnachtstag?" Er hob seine Augenbrauen. „Sagen wir so um acht?"

Ich nickte steif. „Klar." Zur Not konnte ich immer noch einen Schauspieler anheuern.

„Ich werde dann gehen", sagte ich ein wenig unsicher.

Papa nickte, lehnte sich in seinem Sessel zurück und musterte mich. „Weißt du", sagte er fast bedauernd. „Du wärst eine gute Anwältin geworden. Du verstehst dich darauf, deine Gefühle zu verbergen und sachlich zu bleiben."

Da war er der Erste, der das von mir dachte.

Sachlichkeit war eines der wenigen Dinge, die nicht zu meinen Stärken gehörte. Ich zuckte deshalb nur die Achseln und schloss wortlos die schwere Holztür hinter mir.

Kapitel 3

I speak when I want
I say what I've to tell
I won't stop, I can't
Otherwise, I wouldn't feel well

„So ein Mist! Verdammter, bescheuerter, widerlicher Mist …!"

Grinsend schloss ich die Tür hinter mir. Ellie konnte einen sofort aufmuntern. „Funktioniert die Mikrowelle wieder nicht?" Das Tourette-Syndrom bei Ellie fand seinen Ursprung meistens in einem technischen Gerät.

„Nein, ja …" Ellie stand in der Küche und schlug die Tür der Mikrowelle mehrmals hintereinander zu, nur um zu sehen, wie sie wieder aufsprang. „Mann! Da hab ich heute mal einen freien Abend und wollte schön ausgehen und jetzt kann ich vorher nichts essen! So eine Kacke!"

Ich warf meine Handtasche auf die Couch. Und natürlich fiel mein Blick auf den Puddingfleck dahinter. Diesem Biest würde ich schon noch den Garaus machen!

„Du gehst aus? Mit einem Mann? Warum isst du nicht dort etwas?"

Sie verdrehte die Augen in meine Richtung und stach mit aggressiven Stößen auf die Folie der Fertiglasagne ein. „Ich werde ja etwas essen. Aber ich glaube, er ist einer der Typen, die auf Mädchen stehen, die sich im Restaurant nur einen Salat bestellen." Ein Schlag gegen die Mikrowelle. „Einen Salat! Kannst du dir das vorstellen!? Davon wird man doch nicht satt. Deswegen muss ich erst etwas essen, bevor ich mit ihm ausgehe. Damit ich nicht gefräßig wirke."

Ich lachte. „Aber du bist gefräßig!"

Jetzt grinste sie ebenfalls. „Und? Das muss er doch nicht gleich wissen."

Ich wiegte meinen Kopf hin und her. „Ja. Wo du Recht hast." Ich würde meinem Date ja auch nicht gleich von meinem Putzfimmel berichten. Oder von meinem Laster, oftmals nachts meinen Bettnachbarn aus den Laken zu treten. Oder von meiner Angewohnheit, Ketchup für fünf Sterne Menüs zu missbrauchen. „Was für ein Typ ist er so?"

„Ein Dozent aus Spanien, der seinen Urlaub in Hamburg genießen will", flötete sie und griff sich einen Hammer aus der Schublade.

Ich sog scharf die Luft ein, machte einen Schritt auf sie zu, zog ihr energisch den Hammer aus der Hand, stellte die Lasagne in die Mikrowelle und klemmte einen Holzpfannenwender zwischen Tür und Rahmen, sodass sie nicht mehr aufspringen konnte.

„Ich kann ihn gerne fragen, ob er nicht einen Freund aus Spanien mitgenommen hat oder ob er was gegen zwei Frauen in seinem Bett hat", bot Ellie schelmisch an und drehte die Mikrowelle auf drei Minuten.

Ich streckte ihr die Zunge raus. „Sonst immer, aber heute habe ich schon eine Verabredung."

Ellie verschränkte die Arme. „Mit dem Puddingfleck oder was?"

Ich grinste. „Du kennst mich zu gut."

Sie stöhnte laut. „Du musst mal rauskommen. Party machen. Kerle abschleppen! Dein Leben ist doch sonst trostlos."

Wie nett von ihr, mich auf diesen Umstand aufmerksam zu machen. „Wir hatten gerade gestern eine Party, erinnerst du dich?"

Ellie machte eine wegwerfende Handbewegung und verschwand den Flur hinunter in ihr Zimmer.

„Aber abgeschleppt hast du niemanden!", rief sie laut aus ihrer offenen Zimmertür. „Schulmädchenrock oder scharfes Kleid?"

„Ich war zu sehr damit beschäftigt, die Kloschüssel zu küssen. Scharfes Kleid!", brüllte ich zurück.

„Netzstrumpfhose?"

„Willst du vom Straßenrand aufgegabelt werden?"

„Also keine … Und wie lange ist es her, seit du ein Date hattest? Oder auch nur mit einem Kerl geschlafen hast?"

Ich sah in den Kühlschrank. Gähnende Leere. Genervt schlug ich die Tür zu. Kein Essen, kein Kerl, kein nichts!

„Ich hab keine Lust auf jemanden!"

Ein leises Prusten war zu vernehmen. „Lust hat man immer."

„Nicht man. Du! Du hast immer Lust!"

„Blödsinn! Du hast auch Lust. Du arbeitest nur zu viel, um es zu bemerken."

Da war etwas dran. Lust auf einen Kerl hatte ich nämlich schon. Aber ich hatte mir ja versprochen … Andererseits: Mit jemandem zu schlafen, hieß ja nicht gleich, eine Beziehung einzugehen.

„Wie sehe ich aus?" Ellie kam in die Küche, drehte sich in einem tief ausgeschnittenen roten Fetzen einmal vor mir im Kreis, zog ihre schwarzen Locken hinter sich her und zwinkerte mir dann zu.

Ich imitierte einen Ohnmachtsanfall. „Warum sind wir nicht vom anderen Ufer?", seufzte ich. „Dann wären wir ein Paar und müssten uns nicht mit diesen ganzen Kerlen herumschlagen."

Ellie lachte und nahm ihre Lasagne, die ich bereits auf die Theke gestellt hatte. „Aber das ist doch gerade das Lustige am Leben. Das Herumschlagen - manchmal auch wortwörtlich."

„Ohh ...", stöhnte ich. „Behalte deine sexuellen Praktiken bei dir im Schlafzimmer."

Eine Gabel Lasagne verschwand in ihrem Mund. „Wenn du es mit deinen Putzpraktiken auch tust", grinste sie mit vollem Mund.

Ich schnappte nach Luft. „Meine Putztipps sind wertvolles Gut, das du einmal an deine Kinder weitergeben wirst!"

Sie lachte. „Apropos Kinder. Deine Mutter hat angerufen."

So schnell konnte man mir die Laune verderben. „Was wollte sie?"

„Irgendwas mit Geld und deinem Vater. Ich habe mir erlaubt, es vom Anrufbeantworter zu löschen." Sie schob einen weiteren Bissen in ihren Mund, sorgsam darauf bedacht, keine Tomatensoße auf ihr teures Kleid tropfen zu lassen.

Ich sah sie dankbar an. „Du kennst mich wirklich zu gut. Und jetzt werfe ich mich in Schale."

Ich konnte Ellies Stöhnen beinahe gegen meinen Rücken schlagen spüren. „Du meinst damit doch nicht deine Putzklamotten, oder? Diese Schmuddelhose und dieses Schmuddelshirt?"

„Ich glaube, das ist nicht der politisch korrekte Ausdruck für eine Jogginghose und ein T-Shirt!"

„Man darf dieses Ungetüm doch nicht als Jogginghose bezeichnen!"

In diesem Moment klingelt es an der Tür. Mein Glück. Diese Schmuddeldiskussion konnte bei uns beiden ungeahnte Formen annehmen. „Dein Lover ist da! Viel Spaß also ... und hör auf, meine Putzsachen zu diskriminieren! Diese Wohnung wäre ein Dreckloch ohne mich!"

„Ich stehe auf dreckig, weißt du nicht mehr?", hörte ich sie noch dumpf flöten.

Ich schüttelte den Kopf.

Meine Freundin war nicht direkt eine Schlampe. Dennoch wollte mir partout kein anderes Wort für sie einfallen. Aber das liebte ich an ihr. Genauso wie ihre direkte Art, Leute zu kritisieren. Mich mit eingeschlossen.

Manche schreckte das ab - Nein: Sehr viele schreckte das ab. Menschen, die zu klein waren, über ihr Ego hinwegzusehen und zu verstehen, dass sie nicht perfekt waren.

Ellie öffnete ihren Freunden die Augen gegenüber ihren Fehlern, nur um uns zu sagen, wir sollten uns bloß nicht ändern, weil diese Fehler uns zu dem machten, was wir waren.

Auf magische Art und Weise schaffte sie es, dass man sich nach einer ihrer Beleidigungen auch noch besser fühlte als zuvor.

Ellie ... wenn ich sie nicht als Freundin hätte. Sie schaffte es als einzige, dass ich meine Sorgen und mein Pflichtgefühl ab und zu hinter mir lassen und gegen eine Portion Lebensfreude eintauschen konnte.

Doch jetzt wartete der Puddingfleck. Ich zog meine Schlabbersachen über und schlenderte in die Küche. Auf der Spültheke stand noch ein Rest Lasagne, den ich mir in den Mund stopfte. Aber mein Magen knurrte weiter. Und der Kühlschrank war und blieb leer. Seufzend wählte ich die Nummer eines Lieferservices. Eigentlich konnte ich mir das nicht leisten. Doch was sollte ich tun? Verhungern?

Ich bestellte mir eine Pizza. Extra viel Peperoni, extra scharf, extra viel Käse. Mein Lieblingsessen, seit mein Vater mir gesagt hatte, Käse würde die Arterien verkalken und Peperoni die Schleimhäute kaputt machen.

Zuvor aber wollte ich diesen elendigen Puddingfleck weg haben. Ich griff mir Gummihandschuhe, Scheuermilch und einen Schwamm und machte mich dahinter.

Nach zehn Minuten war der Teppichrand erbleicht und meine Geduld hing an einem seidenen Faden. Nach weiteren zehn Minuten hatte ich das Gefühl, die Scheuermilch ätzte mir Löcher durch die Handschuhe und meine Geduld hatte sich am seidenen Faden erhängt.

Wütend starrte ich den Flecken an. Langsam begann ich, ihm die Schuld für mein kompliziertes Leben zu geben. Dieser Fleck wurde zum Inbegriff meines Zorns auf alles.

Kurz entschlossen marschierte ich in die Küche, riss wahllos Schubladen auf und fluchte vor mich hin. Konnte Ellie denn nie Ordnung halten … Wenn man etwas brauchte … Endlich hatte ich das Feuerzeug gefunden.

Ich hockte mich neben den Teppich und fing an zu kokeln.

Mhm. Ich sollte öfter mit Feuer spielen. Das beruhigte die Nerven und erinnerte an kühle Abende vor dem

Lagerfeuer, mit einem Stockbrot und einer Menge Marshmallows. Weißen, fluffigen, leckeren ... oh ...

Hastig zog ich das Feuerzeug zurück. Der Teppich war schon ganz schwarz und verbrannt. Gott sei Dank hatte ich ein Küchentuch daneben gelegt, mit dem ich die ersten Flammen ersticken konnte.

Wie sollte ich das nachher Ellie erklären? Egal. Morgen war auch noch ein Tag. Mein heutiges Lebensmotto.

Es klingelte an der Haustür. Das musste der Pizzabote sein. Ich erhob mich vom Boden und hüpfte auf einem Bein zur Tür, während ich mir gleichzeitig den linken Socken, der voller Ruß war, auszog und ihn auf den Boden schleuderte.

Mit einem „Ich habe riesigen Hunger!" öffnete ich schwungvoll die Tür - und sah mich einem breiten, in brauner Lederjacke verpackten Rücken gegenüber. Mein Kopf befand sich ungefähr in Gegend der Schulterblätter. Wenn ich wählen könnte zwischen heißem Sex mit diesem Rücken oder der Pizza - ich würde wohl das Essen wählen. So nötig hatte ich es auch nicht. Und wie schlecht der Belag oder der Teig bei einer Pizza auch sein sollten - befriedigt wurde man am Ende immer. Bei Männern war das keine gegebene Tatsache.

Der Rücken bewegte sich nicht, dabei dachte ich bestimmt schon seit mehreren Sekunden über diese hypothetische Entscheidung nach.

„Hunger. Ich. Haben", sagte ich langsam und deutlich im yodaischen Stil. Außerdem, weil ich nicht wie eine völlig Durchgeknallte wirken wollte, setzte ich noch ein „Bitte, hallo?" dahinter.

„Was?" Der Mann drehte sich um.

Meine Augen wurden so groß wie Tennisbälle und ich vergaß vollkommen zu atmen.

Plötzlich hätte ich doch den Sex gewählt. Weil ich aus Erfahrung wusste, dass eine Pizza nichts dagegen war!

„Geht es Ihnen nicht gut?", fragte der Pizzabote belustigt und besorgt zugleich, während er seine schwarzen Haare aus der Stirn strich. Wie zum Teufel war…?

„Nein, ja, doch …", stammelte ich. „Es ist …" Mein Hirn hatte völlig ausgesetzt. Das war unmöglich. Er wohnte in London! Ich schluckte, öffnete den Mund, schloss ihn wieder, bis ich endlich ein „Ja … äh … alles okay" herausbrachte.

„Dann ist ja gut."

Ich starrte ihn unverwandt an. Das war alles? Keine überraschte Miene? Kein „Was für ein Zufall!"? Oh mein Gott. Das hieß ja … Er erinnerte sich nicht an mich! Er erinnerte sich nicht an mich!? Ernsthaft? In dem Kleid, was ich angehabt hatte!

Ich schluckte und sah hoch in die schwarzen Augen. Das letzte Mal als ich sie gesehen hatte, waren sie noch viel dunkler gewesen. Dieser Kerl war doch unglaublich! Wie konnte er wagen, mich zu vergessen!?

Ich räusperte mich. Wusste aber nicht, was ich sagen sollte, und kramte stumm ein paar Scheine aus meiner Hosentasche.

Der Kerl trat einen halben Schritt näher und schnupperte: „Hier riecht es verbrannt."

„Tatsächlich? Ach, das ist wohl der Teppich, den ich abgefackelt habe", sagte ich und drückte ihm das Geld in die Hand.

„Natürlich. Klar. Der abgefackelte Teppich. Daran hätte ich denken sollen."

Ich nahm mir die Pizza, murmelte „einen schönen Abend noch", schloss die Tür und sank keuchend auf den Boden. Mein Herz schien gegen meine Schläfe zu klopfen. Hatte er mich damals angelogen? Kam er etwa nicht aus London? Und wie konnte er mich einfach vergessen! War ich so schlecht im Bett gewesen?

Frustriert öffnete ich den Pizzakarton. Essen würde mich beruhigen. Der hatte vermutlich jede Nacht eine andere Frau im Bett, da konnte man die eine oder andere schon vergessen. Und überhaupt. Ich hatte ja auch nie mehr an ihn gedacht. Eigentlich. Fast nie, wenigstens. Nur ab und zu. Manchmal …

Ich schob mir einen Riesenbissen Pizza in den Mund und wurde noch wütender, als ich bemerkte, dass keine Spur von extra Peperoni zu schmecken war.

Wieso erinnerte er sich nicht … Andererseits. Ich wandte meinen Kopf und sah in den Ganzkörperspiegel neben mir. Ich stöhnte laut auf. Kein Wunder, dass er mich nicht erkannt hatte oder schlichtweg nichts mit mir zu tun haben wollte!

Schließlich hatte ich damals absolut heiß ausgesehen und heute … Verdammt! Warum musste ich auch in Schlabbersachen putzen? Und nicht in kurzem Nachthemd und High Heels, so wie jeder andere vernünftige Mensch auch! Jetzt hatte dieser Kerl vor mir gestanden, in dunklem Hemd und Sakko und in teuren Schuhen und hatte einfach umwerfend ausgesehen - wie viel bezahlte man Pizzaboten heutzutage? Vielleicht sollte ich mich in dieser Branche mal nach einem Job umsehen - während ich ihn in unförmiger Kleidung, mit nur einem Socken und Gummihandschuhen an, mit riesigen Augen angestarrt hatte. Warum war die Welt so unfair! Ich …

Es klopfte erneut. Schnell biss ich noch ein Stück Pizza ab, auch den extra Käse vermisste ich, und öffnete kauend die Tür. Der Pizzabote grinste mich an.

Mein Kopf musste wohl wie eine Glühlampe leuchten, die soeben an einen Schaltkreis angeschlossen worden war.

„Ich fühle mich diskriminiert", eröffnete er das Gespräch und lehnte einen Arm an den Türrahmen, sodass er noch größer wirkte, als er ohnehin war.

Verständnislos sah ich ihn an. „Reicht Ihnen das Trinkgeld nicht?"

„Nein, ich …" Er sah auf seine Hand. „Ein Euro? Das ist dein Trinkgeld?"

„Die Pizza ist nicht das, was ich verlangt habe!", entrüstete ich mich. „Also vergessen Sie es." Ich wollte die Tür schon wieder zuwerfen, da schob er einen Fuß zwischen die Tür und den Rahmen.

„Ich will nicht mehr Trinkgeld."

Zögerlich öffnete ich die Tür wieder. „Was dann?"

Der Mann presste seine Lippen zusammen, als würde er sich einen Lachanfall verkneifen müssen. „Also eigentlich wollte ich dir keine Pizza bringen, sondern nur sagen, dass dein Schlüssel noch steckt."

Mein Herz sank mir in meinen rechten Fuß und das Blut pochte in meinen Wangen. „Sie sind kein Pizzalieferant?", fragte ich langsam und sah auf die angebissene Pizza hinab.

Er hob eine Augenbraue. „Nein. Und darin besteht auch die Diskriminierung. Wie kommst du drauf, dass ich ein Pizzabote bin?"

„Naja", stammelte ich. „Die Pizza in der Hand habe ich als ein Indiz gewertet." Ich schluckte und räusperte mich. „Also, die Pizza, die …"

Plötzlich schob Jayce eine Hand unter mein Kinn und hob es an, sodass ich in sein lachendes Gesicht sehen musste.

„War nicht für dich. Aber behalte sie ruhig." Er zog seine Hand weg, lehnte sich leicht zu mir vor und neigte seinen Kopf an mein Ohr. So nah, dass ich seinen Atem spüren konnte. „Behalt sie als Dankeschön für unsere letzte Nacht", flüsterte er. Dann richtete er sich auf und steckte einen Schlüssel in die Tür direkt neben unserer. „Man sieht sich, Summer", sagte er sachlich. „Ach. Und Happy Birthday, nachträglich."

So ließ er mich - vollkommen überfordert - zurück.

Ich blinzelte mehrmals, zog dann den Schlüssel aus meiner Haustür, ging in die Wohnung, schloss die Tür und zog mich aus. Dann warf ich meine Schlabbersachen in den Müll.

So was sollte mir nie wieder passieren.

„Du musst dein Chakra fokussieren!"

Mit angehobenen Augenbrauen sah ich Olivier an. „Ollie. Sieht dieser Teppich aus, als könne ich mein Chakra fokussieren?" Ich deutete auf das Brandloch vor meinen Füßen.

Sein Blick flog darüber und er seufzte. „Du brauchst dringend einen Psychiater. Oder Aggressionsbewältigungstraining."

Ich zuckte die Schultern. „Ich kann sehr gut mit meinen Aggressionen umgehen. Siehst du doch. Ich habe mich nicht an Menschen vergangen."

Olivier schnalzte mit der Zunge und lehnte sich auf unserem Sofa zurück. „Wütender Sex kann ziemlich geil sein."

Ich fing an zu lachen und zog meine Beine aufs Sofa. „War das die Aufforderung, mich nächstes Mal doch an einem Menschen zu vergehen?"

„Gibt es denn jemanden, an dem du dich gerne vergehen würdest?", fragte Olivier neugierig.

Ich grinste und musste automatisch an Jayce denken, der jetzt wahrscheinlich keine vier Meter entfernt war. „Nein. Eigentlich nicht."

Er seufzte. „Das ist doch gelogen. Du hattest schon seit vier Monaten und drei Tagen keinen Sex mehr! Das ist nicht normal."

Ungläubig starrte ich ihn an. „Was denn?! Führst du etwa Buch darüber, wann ich mit wem schlafe?"

Olivier sah mich entsetzt an. „Um Gottes willen! So etwas würde ich nie machen", wehrte er sich. Fügte dann aber leise hinzu: „Paul trägt allerdings in sein Notizbuch ein, ab welchem Zeitpunkt du durchgängig schlechte Laune hattest. Der Rest lässt sich leicht errechnen. Er hofft, dein Verhalten irgendwann in seiner Doktorarbeit über frustrierte Frauen mittleren Alters einfließen lassen zu können."

„Ich bin achtundzwanzig!"

„Ich sagte doch: mittleren Alters."

Entnervt schob ich meine Arme ineinander. Nicht nur, dass Olivier Recht hatte mit dem Zeitpunkt und meiner schlechten Laune, er schaffte es auch noch, Abstinenz als etwas völlig Negatives hinzustellen! Dabei musste ich mich doch wirklich auf andere Aspekte meines Lebens konzentrieren. Nicht, dass die besonders erfolgreich wären, aber konzentriert war ich dennoch.

„Ach, das ist doch alles blöd. Kein Geld, keine Lust, keine Kerle", fluchte ich und sah Olivier vorwurfsvoll an. Als hätte er Schuld daran.

Olivier verdrehte die Augen. „Hör auf zu meckern. Du kannst wenigstens die letzten zwei Dinge ändern!"

„Kann ich nicht. Ich habe mir an meinem Achtundzwanzigsten geschworen, dass ich erst wieder eine Beziehung anfange, wenn … "

„Firlefanz!", unterbrach Olivier mich und kramte nach seinem Handy, das angefangen hatte zu klingeln. „Ich habe nie etwas von Beziehung gesagt. Spaß kann man auch so haben!" Er sah auf den Display und legte es dann auf den Tisch, wo es weiter vor sich hin summte.

„Ich kann keinen Spaß haben, ohne emotional …"

„Firlefanz!", wiederholte er sich. „In keiner deiner Beziehungen warst du je emotional involviert!"

Ich schob meine Unterlippe vor. „Das ist unfair. Das ist nämlich nicht wahr."

Er zeigte mit zwei Fingern auf sich und dann auf mich. „Schau mir in die Augen und sag mir, dass du schon einmal richtig verliebt warst."

Ich sah ihm in die Augen und öffnete meinen Mund. Mehr machte ich nicht. Bei solchen Dingen log man seinen besten Freund nicht an.

„Siehst du", sagte er selbstgerecht und zupfte an einem Kissen. Das Handy klingelte immer noch. „Eigentlich schaffst du dir nur Freunde an, weil du eine weitere Wärmflasche in deiner Sammlung haben willst."

„Du bist fies."

Olivier grinste spöttisch.

Das konnte ich auch. Ich griff nach dem Handy, auf dem wie erwartet Pauls Foto leuchtete, und drückte auf den grünen Hörer.

„Hey Paul, ich bin's, Sum. Ich wollte dir nur sagen, dass Olivier schon die ganze Zeit neben seinem Handy sitzt und mit Absicht nicht dran geht. Bis dann."

Herausfordernd sah ich Ollie an. Er seufzte und schüttelte resigniert den Kopf. „Du. Brauchst. Sex", sagte er schließlich sachlich. „Ohne wirst du öfters zu einer herzlosen Hexe, die versucht, andere Beziehungen zu sabotieren."

Ich fläzte mich aufs Sofa. „Du brauchst Hilfe in deiner Beziehung. Du bist nämlich ein Idiot, dass du Paul so hängen lässt. Einen Besseren wirst du nicht finden. Nicht du, du egomanisches, herrschsüchtiges, rechthaberisches und selbstgerechtes Objekt! Wenn dich je jemand so lieben wird, wie Paul es tut, werde ich nie wieder deine Sprache kritisieren!"

Ein Lächeln zog sich von Ollies einer Gesichtshälfte zur anderen. „Wow. Du bist dir ziemlich sicher."

„Die Frage ist, warum du nicht?"

„Er ist vielleicht nicht der Richtige."

„Richtige gibt es doch gar nicht. Das hat dir deine Mutter erzählt, damit du aufhörst zu jammern, dass dich nie jemand lieben wird."

„Glaubst du nicht an Schicksal?"

„Ich glaube an Liebe." Ha. „Naja. An eure Liebe."

„Und wenn noch was Besseres kommt?"

„Wird es nicht. Wie oft noch. Du bist verrückt nach diesem Kerl! Und ich bin unglaublich eifersüchtig auf ihn, weil er wahrscheinlich der Grund dafür sein wird, dass du nicht mehr hetero wirst und wir eine Handvoll niedlicher Kinder zusammen haben werden!"

Ollie prustete. „Ich und hetero! Du bist heute ziemlich makaber."

Ich legte eine Hand auf Ollies Knie. „Glaub mir, als ich dich kennen gelernt habe, hatte ich mir vorgenommen, dich umzudrehen. Bis du Paul kennen gelernt hast. Da wusste ich, dass ich verloren hatte", sagte ich übermäßig dramatisch. Dann zuckte ich die Schultern. „Obwohl: So ein guter Fang bist du gar nicht. Paul ist da um einiges mehr Wert. Ich meine ... mit seinen Muskeln kannst du nicht mithalten."

Olivier lächelte und wischte sich eine Fluse von seiner Hose. „Ich mag dich auch, Sum."

Ich verdrehte die Augen und schlug mit einem Kissen nach ihm. „Wieso werden wir immer so gemein zueinander, wenn wir dem anderen weismachen wollen, was er an seinem Leben ändern muss?"

Ollie grinste. „Das ist unser Ding. Anders erreichen wir den anderen einfach nicht."

„Das ist nicht unser Ding, das ist traurig", grinste ich ebenfalls.

„Traurig wäre es, wenn wir nicht ehrlich zueinander sein könnten", berichtigte er mich. Dann durchleuchtete er mich scharf. „Und jetzt erzähl mir endlich, um wen es hier geht!"

Ich starrte auf den angekokelten Teppich. „Von was redest du?"

„Welcher Mann dich so frustriert. Das würde ich gerne wissen."

„Es gibt keinen Mann."

„Mach mir nichts vor. Es gibt immer einen Mann."

Ich starrte weiter auf den Teppich.

Ollie schnalzte mit der Zunge. „Muss ich dich erst stalken, um Informationen zu bekommen?"

Ich ließ meine Fingerknöchel knacken. „Du lässt nicht locker, was?"

„Dass du das auch noch fragen musst."

Seufzend legte ich meinen Kopf in den Nacken. „Da gibt es vielleicht einen Nachbarn, der neu eingezogen ist, mit dem ich vor fünf Jahren vielleicht, möglicherweise einmal einen One-Night-Stand hatte", hustete ich hinter vorgehaltener Hand.

„Was!?" Ollie schlug theatralisch eine Hand vor den Mund. „Der Typ von 2b?! Ich hatte gehofft, dass er sich seiner Sexualität noch nicht gewiss ist!"

Wenn ich da an unsere Nacht dachte … Ich musste breit grinsen. „Ohh. Glaub mir. Er weiß, auf was er steht!"

„So gut?"

Was sollte ich sagen. Widersprechen konnte ich schlecht.

„Und wie geht eure Geschichte weiter? Habt ihr euch noch mal gesehen?" Ollie runzelte die Stirn und verengte die Augen.

Ich schlug ihn auf die Schulter. „Hör auf, dir mich beim Sex vorzustellen!"

„Wer spricht denn von dir? Ich stelle mir den heißen Nachbarn vor."

Verärgert sah ich ihn an. „Schluss mit dreckigen Tagträumen!"

„Schön. Wie wäre es dann, wenn du mir die Einzelheiten berichtest?"

„Nein!"

Er hob entschuldigend die Hand. „Sorry. Manchmal vergesse ich, dass du prüde bist."

Stöhnend vergrub ich mein Gesicht in meinen Händen. „Du bist wie meine Mama! Ich hätte es dir nicht erzählen sollen."

„Sum, du sollst mir alles erzählen, also, wie ging es weiter?"

Ich ließ meinen Kopf, wo er war. „Gar nicht. Ich bin am nächsten Morgen aus dem Zimmer geflohen und bis zum gestrigen Tag habe ich ihn nicht wieder gesehen. Ich dachte, er wohnt in London oder so!"

„Auch noch ein Engländer! Hat er einen Akzent?"

„Hallo?", sagte ich dumpf durch meine Arme und deutete auf meinen Kopf. „Können wir mein Problem behandeln?"

„Sum, schau mal hoch."

Ich tat, wie geheißen. „Was?", fragte ich mit zerknautschtem Gesicht.

Er lächelte. „Du hast kein Problem. Du hast die Lösung."

„Philosophisch, doch ich kann nicht folgen."

„Du willst Sex. Er ist Sex!"

„Ich will keinen Sex! Ich gehe erst wieder eine Beziehung ein, wenn …"

„Keine Beziehung. Sex. Sex. Keine Beziehung!" Das Wort Sex verdeutlichte er jeweils mit einem Schnipsen.

Einem Schnipsen, das irgendwie pervers klang.

Ich sah ihn lange und ernst an. Dann formte ich meine Gedanken zu einem Wort. „Nein."

Olivier seufzte. „Da ist die prüde Sum wieder."

„Das hat nichts mit prüde sein zu tun! Ich bin nur nicht so ein Mädchen."

„Ha! Glaub mir. Jedes Mädchen ist *so ein* Mädchen."

Beleidigt schob ich meine Unterlippe vor. „Ich nicht."

„Gut." Er warf sein Handy in seine Tasche.

„Gut?"

„Schön", drückte er sich anders aus. „Ich sehe, ich kann dir nicht weiterhelfen. Außerdem muss ich jetzt gehen …" Er warf sich seine Jacke über, umarmte mich kurz und ging zur Tür. Einen Fuß schon über die Schwelle, drehte er sich mit einem diabolischen Blick zu mir um. „Aber zuerst …" Er legte eine dramatische Pause ein. „Zuerst werde ich noch nebenan klingeln und so tun, als würde ich zu dir wollen und ganz verrückt nach dir sein! Dann weiß der Mann schon einmal, dass du Verehrer hast und nicht leicht zu haben bist!"

Er schlug die Tür zu, bevor ich auch nur meinen Mund öffnen konnte.

Für einige Momente saß ich perplex auf dem Sofa und stellte mir die Folgen von Ollies Unterfangen vor. Ich gab mich gar nicht erst der Illusion hin, dass er nur gebluff haben könnte. So etwas tat er nicht.

Stöhnend sprang ich vom Sofa auf und drückte mein Ohr gegen die Haustür. Ich vernahm ein Klopfen - wahrscheinlich hatte der Idiot auch noch gewartet, bis er sicher sein konnte, dass ich eine Position gefunden hatte, wo ich alles mit anhören konnte - und danach Schritte, die von links durch die Wand drangen.

Mist. Er war Zuhause.

„Ja?" Das war Jayce.

„Hallo? Oh. Was machen Sie denn hier?" Ollie hatte wohl eben seine Miene aufgesetzt, mit der er fand, dass er verwirrt und entrüstet aussah. In Wirklichkeit wirkte er damit nur wie ein verstörtes Kätzchen, das seine Schale Milch nicht fand. Ich legte meine Hand über die Augen.

„Ich wohne hier", sagte Jayce ruhig.

„Tatsächlich? Sie wohnen mit Summer zusammen? Ich dachte, sie hätte eine Mitbewohnerin! Mir hat sie gesagt, sie hätte eine weibliche Mitbewohnerin."

„Was wollen Sie denn von ihr?"

Bitte, Ollie, bitte ...

„Ich gehe mit ihr aus. Wir sind verabredet. Schon zum dritten Mal."

„Aha. Und Sie wissen immer noch nicht, dass sie eine Tür weiter wohnt?"

Olivier ließ sich nicht aus der Ruhe bringen. „Ich habe sie noch nie abgeholt. Sie ist sehr zögerlich, was Beziehungen angeht."

Ein tiefes Lachen. „Da habe ich anderes gehört."

Das schien Ollie die Sprache verschlagen zu haben. Aber nur für den Moment. „Nun. Das muss an ihrer unglaublichen Schönheit liegen, dass alle Männer von dieser Annahme ausgehen."

Oh. Mein. Gott.

Noch einmal ein Lachen. „Da bin ich mir sicher."

„Schön. Dann werde ich jetzt wohl mal eine Tür weiter gehen. Sie wartet sicher schon auf mich."

„Bestimmt."

Ruhe trat ein.

Erleichtert ließ ich mich an die Tür sinken. So peinlich war es gar nicht ...

„Darf ich Sie noch etwas fragen? Wo haben Sie Ihre Schuhe her?"

Ich stöhnte und schlug dreimal mit der flachen Hand gegen meine Stirn, dann verließ ich meinen Horchposten und warf mich bäuchlings auf die Couch.

Den Rest der Unterhaltung wollte ich mir nicht antun. Olivier hatte mich eben zu einer Frau gemacht, die mit einem schwulen Mann schon drei Dates gehabt hatte.

Naja. Ich konnte mich damit beruhigen, dass Jayce auch noch dachte, ich sei leicht zu haben!

Kapitel 4

I don't wait for anyone
So don't take your time!
What I say, consider it done
And what I want will be mine

Ollie rief mich eine Stunde später an, um mir zu sagen, dass es gut gelaufen sei und dass Jayce auf jeden Fall darauf hineingefallen wäre. Ich fragte mich, ob Ollie wirklich so kurzsichtig war oder mir nur ein gutes Gefühl geben wollte. Es war wohl ein bisschen was von beidem. Jedenfalls erwähnte ich meine Zweifel nicht.

Dann setzte ich mich an meine Gitarre und klimperte unkonzentriert darauf herum, bis ich mich seufzend auf mein Bett warf. Ich hatte schon seit zwei Jahren nicht mehr an einem Song gearbeitet. Größtenteils spielte ich sowieso Covers, aber ich fand, ein richtiger Künstler durfte auch ein paar seiner eigenen Stücke untermischen. Da ich mich selbst allerdings nicht für einen richtigen Künstler hielt, spielte ich pro Set höchstens ein Lied von mir.

Früher, mit etwa zwanzig, schwirrte mein Kopf voller Melodien und Gedanken, aber mit dem Anfang des Studiums hatte sich das gelegt.

Ich hatte keine Zeit mehr, keine Inspiration und auch keine Motivation.

Was brachte es mir, Lieder zu schreiben, wenn ich stattdessen lernen oder schlafen konnte? Es war ja nicht so, dass ich ernsthafte Musikerin werden würde.

Trotzdem vermisste ich das Glücksgefühl, das sich einstellte, wenn man ein fertiges Werk niedergeschrieben hatte, und die Aufregung, wenn man es zum ersten Mal jemandem vorspielte und sich verzweifelt wünschte, dass es demjenigen gefiel.

Was sollte es. Das Gefühl würde schon wiederkommen, sobald ich mein Studium beendet hatte.

Das Telefon klingelte. Ich stand vom Bett auf, lief in die Küche und nahm ab. Hätte ich doch besser erst auf die Anruferkennung geschaut.

„Danke sehr! Das Geld war so schnell auf meinem Konto, ich hatte gar keine Zeit, meinen Lipliner nachzuziehen." Es kicherte auf der anderen Seite und ich hielt den Hörer von meinem Ohr weg, weil es darin kitzelte.

„Kein Problem, Mama."

Ich wollte keine Diskussion anfangen, deswegen hielt ich ihr keinen Vortrag über die Selbständigkeit einer Frau. Ich wollte nur mit einer Wärmflasche ins Bett.

„Sonst noch irgendwas? Ich bin ziemlich beschäftigt."

„Ja, Schätzchen, es gibt noch etwas", flötete sie. „Wie sieht es aus, du und ich? Heute Abend auf die Piste?"

„Mutter!", stöhnte ich. „Es ist Dienstag und morgen ist Mittwoch und das heißt, dass ich um acht Uhr an der Uni sein muss." Wenn ich mit rot unterlaufenen Augen und einem Restalkoholpegel bei Siepe aufkreuzen würde, mutmaßte er womöglich noch, ich würde Drogen missbrauchen. Kein anderer Dozent interessierte sich für seine Studenten, nur ich musste einen haben, der sich zweihundert Gesichter einprägen konnte!

„Du bist so langweilig."

„Nein, so etwas nennt man Verantwortungsbewusstsein."

„Verantwortung ist langweilig, Schätzchen. Du brauchst Spaß!"

Was ich brauchte, war eine Aspirin. „Ich gehe nicht mit."

Sie seufzte theatralisch. „Nie unterstützt du mich bei den Dingen, die mir wichtig sind!"

„Tut mir leid. Ich bin eben ein böser Mensch", sagte ich tonlos und ging mit untergeklemmten Hörer zur Tür, um sie zu öffnen.

Ellie stand davor, ihren Schlüssel schon in der Hand.

Kopfschüttelnd sah sie mich an. „Du bist gruselig. Als würdest du mich auf fünfzig Meter Entfernung spüren."

Ich grinste und zuckte bedauernd die Schultern, während meine Mutter damit fortfuhr, dass meine Pflichten als Tochter - das sollte man sich mal vorstellen! - Hand in Hand mit Spaß gehen könnten.

„Wer ist das?", wollte Ellie wissen und warf ihre Jacke auf das Sofa. Ich las sie auf und hängte sie an die Garderobe, dann formte ich „Meine Mutter" mit den Lippen.

Sofort brach Ellie in hysterisches Geschrei aus. „Feuer! Aliens! Terroristen! Heiße Cowboys fallen mich an …"

„Mama", prustete ich in den Hörer, „es ist gerade schlecht, meine Mitbewohnerin hat einen Zusammenbruch. Ich glaube, sie atmet nicht mehr! Mein Gott, ich muss den Krankenwagen anrufen … und eine Eule ist auch gegen das Fenster geflogen, ich glaub, sie steht unter Tierschutz! Tut mir leid, ich rufe dich später zurück!" Aufgelegt.

Ellie grinste und streifte ihr Schuhe ab, bevor sie sich auf die Couch sinken ließ. Ich fläzte mich neben sie. „Schönen Tag gehabt?"

„Wunderschön", strahlte sie. „Gerade hab ich ein unglaubliches Angebot von zwei süßen Kerlen bekommen."

Ich verdrehte meine Augen. „Solange es nicht in unserer Wohnung ist ..."

Sie lachte. „Nein. Ich spreche nicht von so was! Sie haben mich nach einem Date für heute Abend gefragt. Also der eine. Aber er meinte, er würde nur mit mir ausgehen, wenn sein Freund auch mitkommen dürfe. Er sei neu in der Stadt und müsse mal in das richtige Leben eingeführt werden ... oder so ähnlich. Irgendeine männliche Logik."

„Och, nö." Ich ahnte, was kommen würde.

Ellie stieß sanft mit ihrer Faust gegen meine Schulter. „Na, komm schon. Huh? Lust auf ein Doppeldate?"

Ich legte meinen Kopf in den Nacken. „Wer ist das, mit dem du ausgehen willst?"

„Der Sänger einer britischen Popgruppe."

„Ernsthaft? Das hat er nicht behauptet, um dich rumzukriegen?"

„Das habe ich auch erst vermutet, aber ich habe eine CD bekommen, die das Gegenteil beweist."

Ich stöhnte und schloss meine Augen. Ich hatte wirklich keine Lust, mit einem fremden Typen auszugehen. „Ist die Musik wenigstens gut?"

„Grauenvoll. Aber er hat blonde Haare und braune Augen!"

Ahja. Ellies Schwachstelle.

Ich warf ihr einen Blick aus meinen Augenwinkeln zu. „Was ist mit deinem Latino?"

Sie machte eine wegwerfende Handbewegung. „Ah. Zu gebildet. Er hat einfach nicht aufgehört, über Kunst und kulturelle Werte zu schwafeln!"

„Aha. Ein dumpfer Sänger ist da besser?"

„Hey, er wusste, wer der Bundespräsident von Deutschland ist!"

„Vielversprechend", lachte ich.

„Komm schon, Sum! Du tätest mir einen riesigen Gefallen. Dann gebe ich dir auch mal wieder einen aus … außerdem …" Sie hob ihre Augenbrauen und zwinkerte mir zu. „Außerdem ist dein Kerl nicht von schlechten Eltern, für meinen Geschmack ein wenig zu dunkelhaarig, aber sonst … Ich glaube, ehrlich gesagt, dass er genau dein Typ ist."

„Glaubst du das wirklich oder sagst du das, weil du dieses Date so verzweifelt willst?"

Ellie hob ihre Hand und überkreuzte Zeige- und Mittelfinger. „Ich schwöre. Auf das Grab von Heath Ledger und Paul Walker."

Jetzt fuhr sie aber die harten Geschütze auf. Widerwillig sah ich sie an. „Ich hab bald meine wichtigen Prüfungen. Ich muss lernen."

„Die sind in drei Monaten, du lernst morgen … und jeden anderen Tag! Du hast dir einen Abend Auszeit verdient."

Da hatte sie Recht. Das hatte ich mir. Außerdem hatte ich keine Lust zu lernen.

Ich schwieg einen Moment, dann setzte ich mich auf und sah sie prüfend an. „Dunkle Haare?" Ich mochte dunkle Haare.

Ellie nickte. „Und dunkle Augen. Wie Zartbitterschokolade."

Ich mochte Schokolade.

„Mhm. Sonst noch irgendetwas Wissenswertes?"

Sie schüttelte den Kopf. „Ich wüsste ... oh ... warte. Ich weiß nicht, wie ich das vergessen konnte, aber er meinte, er kennt dich."

Ich hob meine Augenbrauen. Jetzt wurde es interessant. „Inwiefern?"

Sie zuckte die Schultern. „Keine Ahnung, aber er meinte, du würdest ihm noch eine Pizza schulden."

Mein Mund blieb offen stehen. Mehrere Sekunden regte ich mich nicht. „Was?", fragte ich mit trockenem Hals.

Interessiert sah Ellie mich an. „Du kennst ihn wirklich, was?"

„Okay" sagte ich. „Ich komme mit. Aber nicht, weil ich auf den Typen stehe, sondern schlicht, weil ich ... es könnte ein sehr interessanter Abend werden!"

Ellie nickte und grinste. „Alles klar. Du stehst voll auf ihn!"

Wie gesagt. Es lohnte sich nicht zu lügen.

Ich hätte heute noch vor meinem Kleiderschrank gestanden, wenn Ellie nicht entnervt in mein Zimmer gestürmt wäre und ein Paar Jeans und ein Top mit tiefem Ausschnitt vor mich hingeworfen hätte. „Hey, was soll das", grummelte ich, zog mich aber brav an. Im Grunde war ich froh um ihre Hilfe, denn ich steckte in einer Zwickmühle. Einerseits wollte ich sexy und begehrenswert wirken. Andererseits aber auch nicht leicht zu haben oder so, dass er dachte, ich wolle ihn beeindrucken. Obwohl. Nach dem gestrigen Auftritt in meinen Putzsachen konnte jedes Outfit nur so wirken, als wolle ich ihn beeindrucken.

„Vorwärts jetzt", herrschte Ellie mich an, während sie in ihr Zimmer zurück hetzte. „Wegen dir kommen wir noch zu spät! Und du, du kommst nie zu spät!" Das hörte sich wie ein Vorwurf an.

„Ich dachte, wenn man unpünktlich kommt, gibt ein Mann sich umso mehr Mühe - zumindest in deiner Welt", brüllte ich ihr hinterher und zog mir die Jeans an.

„Ja, natürlich. Aber doch nicht bei Engländern! In England ist das einfach nur unhöflich."

Das hatte sie bestimmt aus einem ihrer Klatschmagazine.

„Ja, aber überpünktlich zu einem Date zu kommen, heißt in England wahrscheinlich wie in Deutschland: Oberpeinlich!"

„Blödsinn." Sie kam in mein Zimmer gehetzt und drehte mir ihren Rücken zu. „Kannst du mal den Reißverschluss zuziehen?"

Mein Mund blieb offen stehen. „Ist das dein Ernst? Du ziehst *das* an und gibst mir eine Jeans?"

Ihr Körper war in einen blauen Hauch von Spitze gehüllt. Das Kleid wäre im Duden als T-Shirt vermerkt worden.

Sie sah mich über ihre Schulter hinweg an. „Ich will heute mit diesem heißen blonden Kerl nach Hause gehen. Du willst deinem Kerl nur zeigen, dass du eigentlich gar nicht interessiert, aber trotzdem heiß bist. Ich habe also die perfekte Wahl getroffen!"

Ich bekam eine Gänsehaut und zog ihr den Reißverschluss zu. „Wieso hast du noch nicht bei Uri Geller angeheuert? Deine Gedankenlesekunst wird jeden Tag besser."

„Ich sehe in Gewändern von Zauberern mindestens fünf Kilo schwerer aus! Außerdem mag ich keine verbogenen Löffel. Was für eine Silberverschwendung."

Ich lachte und ging ins Bad, um mir eine Schicht Mascara aufzutragen. Auch wenn es wenig nützen würde. Neben Ellie konnte man nicht umwerfend wirken. Man konnte nur ganz hübsch sein. Gewöhnlich konnte ich das akzeptieren, aber heute ... heute störte mich das mehr als sonst. Ich warf noch einen kurzen Blick in den Spiegel, zuckte die Achsel und zog mir meine Jacke über. „So. Können wir dann gehen?"

„Du bist heiß auf deinen schwarzhaarigen Gott, was?"

„Nein, ich brauche nur ein wenig Aufregung in meinem Leben." Das brauchte ich wirklich! Ich wollte endlich einmal wieder nervös sein und einen Grund haben, in mich hineinzugrinsen. Wie ich diesen Zustand erreichen wollte, ohne etwas mit irgendwem anzufangen, musste ich noch näher ergründen.

„Wenn ich Germanistik studieren würde, bräuchte ich mehr als ein bisschen Aufregung. Ich müsste mir jeden Abend Spaß direkt ins Blut spritzen, weil: ich will nicht vollkommen vor lauter Langeweile eingehen."

Das war gemein. Die deutsche Sprache konnte viel Spaß machen! Klar, nicht jeder Aspekt war spannend, aber bei welchem Studienfach war das schon so? „Wenn du Germanistik studieren würdest, hättest du dir vielleicht endlich angewöhnt, deine Kausalsätze mit einem Prädikat zu beenden!", schrie ich zurück. „Es heißt: *Weil ich nicht vor lauter Langeweile eingehen will!*" So, da machte sich jetzt keiner mehr drüber lustig!

Es prustete und im Spiegelbild neben mir erschien Ellies Gesicht. „Kannst du mir einen Gefallen tun und Worte wie Kausalsatz heute aus deinem Wortschatz streichen, ja? Nur so lange, bis ich weg bin. Sonst wirke ich nämlich so furchtbar dumm neben dir."

„Mein Ideenreichtum reflektiert die Konstante meines stetig zunehmenden Intellekts. Wenn du das nicht verstehst, kann ich dir auch nicht helfen", sagte ich grinsend und zog meinen Lidstrich ein letztes Mal nach.

Ellie schlug mir auf den Hinterkopf. „Genug geschlaumeiert, wir gehen!"

„Aber mein Ideenreichtum ...!" Ich nahm meine Handtasche und folgte ihr zur Tür.

„Den kannst du heute Abend noch auf verschiedene Weisen einsetzen, glaub mir."

Ich gab mir Mühe, das nicht sexistisch aufzufassen.

Die Bar, die Ellie ausgewählt hatte, war kaum hundert Meter von unserer Haustür entfernt. Die beiden warteten schon davor und als ich Jayce erblickte, begann mein Herz in der Frequenz eines Kolibriflügels zu schlagen. Es war seine lässige Haltung, die mich irgendwie ... anmachte. Ich stöhnte und holte tief Luft. Wieso war ein Mann in der Lage, mich nur auf Grund seiner Haltung anzumachen? Der blonde Jüngling neben ihm - er sah auch echt gut aus, Ellies Geschmack war tadellos - hatte in keinster Weise so eine Wirkung auf mich!

Es würde peinlich werden. Furchtbar. Scheußlich. Er würde merken, wie langweilig und gar nicht abenteuerlustig ich war und dann würde er sich fragen, warum er je mit mir ins Bett hatte gehen wollen!

Das Tolle an einem One-Night-Stand war, dass man sich danach nie wieder sah. Aber doch nicht so! Man sollte sich nicht fünf Jahre danach noch mal treffen.

Mir schnürte es die Kehle zu, als ich ihn da stehen sah. Die Hände in der Jeans und darüber die Lederjacke. Die gleiche, die er vor fünf Jahren getragen hatte. Ich fragte mich, ob er das mit Absicht getan hatte. Nein, er war ein Mann und konnte unmöglich noch wissen, was er vor fünf Jahren angehabt hatte.

Oh. Mein. Gott. Ich war noch nicht so weit! Ich wollte nach Hause und den Herd sauber machen. Oder noch besser: Den Ofen! Der war richtig dreckig.

„Du bist ja total nervös", kicherte Ellie neben mir. Sie ließ sich nie aus der Ruhe bringen wegen einem Mann.

„Ich will nach Hause!", flüsterte ich verzweifelt. „Ich kann das nicht mehr!"

„Was? Atmen? Du keuchst nämlich ziemlich."

„Haha. Nein, daten!"

„Quatsch. Ich bin ja bei dir. Da kann dir nichts passieren!"

Ha! Das sagte sie jedes Mal. Bevor sie mit dem nächst besten Typen abhaute, stimmte das auch. Aber danach ...

Sie warf ihre Haare zurück und lächelte. „Du siehst umwerfend aus. Du bist schlau. Du bist witzig - wenn du nicht gerade über den Ernst des Lebens nachdenkst. Jeder Kerl will dich! Also fühl dich geil und zeig es auch."

Kurz vor dem Pub sahen uns die beiden und kamen uns ein paar Schritte entgegen. „Hey, wie geht's?", flötete Ellie, während sie erst den Blonden und dann Jayce umarmte. „Das ist Billy." Sie lächelte dem Blonden zu. „Und Jayce ... kennst du ja schon. Und das ist meine Freundin Summer." Ich schluckte und starrte auf den Boden. Der Kaugummifleck dort war echt faszinierend. Ellie gab mir einen leichten Schubs. „Nett, euch kennen zu lernen. Oder ... äh ... wieder zu sehen", murmelte ich und machte die Umarmung so kurz wie möglich.

Doch keine Umarmung war kurz genug, um mich nicht spontan fünf Jahre in der Zeit zurückzuversetzen, wo Jayce nicht ganz so viele Kleidungsschichten angehabt hatte.

„Sollen wir reingehen?" Ellie schritt zielstrebig auf den Eingang zu, ohne die Antwort abzuwarten. Ich schlüpfte hinter ihr in den Pub. Es war voll, Jazzmusik spielte im Hintergrund und es roch nach Bier.

„Und?", flötete Ellie und warf ihrem Date einen vielsagenden Blick zu. „Gibt es so was auch in England?"

Ich grinste zum ersten Mal an diesem Abend. Nein. Pubs waren an der englischen Kultur komplett vorbeigegangen.

Wir setzten uns an einen Tisch direkt neben der Bar. Ich neben Ellie, Billy neben Jayce. In London, erzählte Billy, gäbe es sogar Bars, die überall Aquarien stehen hätten, damit man sich sein Fischgericht selbst fangen konnte.

„Wow." Ellie beugte sich nach vorne und Billys Blick flog zu ihrem Ausschnitt. „Das ist ja eine unglaublich gute Idee."

In dem Restaurant, das sie führte, hatte einer ihrer Köche ihr einmal Ähnliches vorgeschlagen. Sie hatte es Zuhause als „absolut schwachsinnigste Idee, seit es den Regenschirmhalter gibt" bezeichnet.

Ich lächelte in mich hinein. Während Jayce und ich uns Drinks bestellten, redete Ellie weiter auf Billy ein und beugte sich noch etwas mehr nach vorne. „Magst du Aquarien? Ich finde Fische unglaublich faszinierend."

Ich hustete und hielt mir die Hand vor den Mund.

„Alles in Ordnung?" Jayce schien amüsiert.

Ich nickte. „Klar. Ich hab nur versucht, gleichzeitig zu atmen und zu schlucken, tut mir leid."

Ich wandte mich an Ellie. „Was wolltest du gerade über diese unglaublich faszinierenden Geschöpfe sagen?"

Meine beste Freundin sah mich tadelnd an.

„Sorry", meinte ich. „Fische sind wirklich majestätisch!"

Nicht etwa hässlich, dumm und langweilig, wie Ellie letzte Woche behauptet hatte, als Olivier mit uns zu Sea World hatte gehen wollen. Irrte ich mich oder machte Jayce nichts anderes, außer mich anzustarren? Das irritierte mich! Fand er mich albern?

Ellies Fuß setzte meinem unter dem Tisch zu. „Also, wo waren wir?"

„Bei den majestätischen, faszinierenden Fischen", half ihr Jayce nach und ich musste einfach lachen.

Ellie sah mich böse an. Ich zuckte die Schultern, sah wieder auf Jayce Kinn und nahm meinen Drink entgegen.

Billy lachte jetzt auch. „Also, Ellie, ich mag Aquarien auf jeden Fall sehr, um auf deine Frage zurück zu kommen."

Jetzt strahlte sie natürlich wieder. „Was für ein Zufall! Wir haben zuhause ein riesiges Becken! Mit Clownfischen." Diese Art kannte sie aus *Findet Nemo*. „Guppies." Von denen fand sie den Namen so lustig. „Und Rochen." Das musste sie irgendwo mal aufgeschnappt haben.

„Wow!" Billy schien begeistert. „Das würde ich unglaublich gerne mal sehen."

Ellie strahlte ihn weiter an. „Ich würde dir das auch wirklich unglaublich gerne zeigen! Wie wäre es mit … direkt jetzt? Wenn unsere Freunde nichts dagegen haben?"

Ihr Blick sagte mir, dass ich nicht die Wahl hatte, etwas dagegen zu sagen. Wenn sie das Wort „unglaublich" inflationär benutzte, hatte ich die Klappe zu halten. „Nein. Mach ruhig." Lass mich nicht mit ihm allein!

„Jayce?", fragte Billy. „Ihr beide kennt euch ja, da ist es doch kein Problem, wenn …?"

„Kein Ding. Ich bin hier in … sehr guter Begleitung. Guckt ihr euch ruhig dieses Aquarium an."

Enthusiastisch sprang Ellie auf. „Danke sehr. Wir holen das hier ein anderes Mal nach." Billy stand ebenfalls auf, hob kurz die Hand und verschwand dann hinter meiner Freundin. Ich sah auf meine Uhr. Es waren zehn Minuten vergangen, seit wir hier eingetroffen waren. Ich würde sagen, das war ein neuer Rekord, den Ellie gerade aufgestellt hatte. Und genau deswegen konnte mir wohl was passieren, wenn sie dabei war!

Ich schluckte, schlug meine Beine übereinander und bemerkte trocken: „Das Witzige ist, dass wir kein Aquarium besitzen. Außer Ellie hat Fische in ihr Wasserbett gesetzt."

Jayce lachte und brachte mich damit auch zum Lächeln. „Ich glaub, Billy weiß das."

Eine Minute lang schwiegen wir uns an. Seine Hände ruhten verschränkt auf dem Tisch, während ich meinen Drink umklammerte. Dann ergriff Jayce das Wort.

„Dir ist das Ganze sehr unangenehm, oder?"

War das so offensichtlich?

Ich sah auf, um wenigstens einen Rest meiner Würde zu behalten. „Wie kommst du denn auf die Idee?"

„Du hast mich den ganzen Abend noch kein einziges Mal direkt angesehen."

Ich blickte ihm in die Augen. Diese dunklen, schokoladigen, puren Sex ausstrahlenden …

„Zufrieden?"

Oh Gott. Ich würde meinen Blick nicht mehr abwenden können. Das war wie mit Schokolade. Hatte man einmal angefangen, aß man so lange weiter, bis sie alle war! Aber diese Augen würden nie leer sein! Ich würde immer und immer weiter ...

„Der Anfang ist gemacht." Sein Blick hatte etwas Intensives. Meine Haut kribbelte und ich spürte, wie sich ein Kloß in meinem Hals formte. Ein Kloß aus Aufregung und Nervosität, der mich in die neunte Klasse zurückversetzte.

„Hi", grinste Jayce und wuschelte sich durch die Haare.

„Hi", murmelte ich und biss auf meine Lippen.

Er richtete sich etwas auf und stützte sein Kinn auf die Hand. „Jetzt, wo wir die Floskeln hinter uns gelassen haben: Warum bist du hier? Ich hatte schon fast mit einem Rückzieher gerechnet. Auf Grund unserer ... Vergangenheit."

„Ich bin mitgekommen, weil ich Ellie einen Gefallen tun wollte", erklärte ich sachlich und nahm einen Schluck von meinem Gin Tonic.

Er lächelte mich von oben herab an. „Ach, ist das schön. Jetzt weiß ich schon zwei neue Sachen über dich. Du magst deine Pizza mit viel Käse, und du bist eine unglaublich schlechte Lügnerin."

Empört faltete ich meine Hände. „Du kannst dir einbilden, über mich zu wissen, was du willst. Ich weiß nicht, wie das in England aussieht, aber hier in Deutschland hat man das freie Recht zu denken, was man will."

Er sah aus wie ein Fünfjähriger, der sich schwer zurückhalten musste, damit vor Lachen nicht gleich sein Wasser aus der Nase floss. Oder in diesem Fall sein

Wodka Lemon. „Soll ich dir sagen, warum du gekommen bist?"

Ich blickte möglichst unbeteiligt einem Kellner nach. „Oh bitte. Ich wollte schon immer wissen, was ich denke."

„Du kamst hierher, weil du wissen wolltest, ob der Typ, mit dem du geschlafen hast, auch ansatzweise akzeptabel für eine Beziehung wäre." Ich öffnete meinen Mund, doch er ließ mich nicht zu Wort kommen. „Aber nicht etwa, weil du in Erwägung ziehen würdest, mit ihm etwas Derartiges einzugehen - obwohl du mit ihm den besten Sex deines Lebens hattest -, sondern nur, weil du damit dein schlechtes Gewissen darüber, etwas Verbotenes, Unangemessenes getan zu haben, beruhigen kannst."

Ich hob meine Augenbrauen und sah ihn lange an. Dann legte ich meinen Kopf schief und verengte meine Augen. „Ja. Ja. Doch. Du hast Recht. Bis auf den Fakt mit dem besten Sex. Aber sonst ... ja. Und darf ich dir jetzt eine Frage stellen?"

„Natürlich."

„War dein Ego immer schon so groß? Ich meine, wie bist du damit aus dem Mutterkanal überhaupt hinausgekommen! Ich weiß, es ist riesig, so hatte ich es in Erinnerung, aber heute Abend dachte ich mir: Nein. So überdimensional, wie ich es vor fünf Jahren aufgefasst habe, kann es nicht sein! So überzeugt von sich selbst kann keiner sein!"

Jayce grinste immer noch unverhohlen. „Wirklich?", fragte er. „Und das ist das Einzige, was du als überdimensional groß in Erinnerung hast? Mein Ego?"

Oh mein Gott. So eine sexistische Anspielung hatte ich seit meinem zwölften Geburtstag nicht mehr gehört.

„Mhm." Ich sah an die Decke. „Deine Füße waren, glaube ich, auch sehr groß. Obwohl ich das unter den Socken, die du anbehalten hast, nicht wirklich erkennen konnte."

Er lachte laut. „Okay. Das hab ich verdient. Also. Was machst du so?"

Fragend hob ich meine Augenbrauen. „Was?"

Er lächelte. „Was du so machst. Arbeitest du? Oder rettest du vom Aussterben bedrohte Fischarten? Irgendwelche Hobbies?"

Ich sah ihn verwirrt an. „Ist das dein Ernst?"

Er runzelte die Stirn. „Das mit den Fischarten war ein Witz, aber der Rest, ja."

Ich lehnte mich auf dem Stuhl zurück. „Du möchtest mich also … kennen lernen?"

„Naja. Ich hielt es für angebracht, da wir wohl noch eine Weile hier sitzen werden. Nach Hause kannst du vermutlich nicht und für mich - als Gentleman - wäre es unverzeihlich, eine Frau alleine sitzen zu lassen."

Mhm. Da hatte er auch irgendwo Recht.

„Ich studiere hier. Germanistik."

„Oha."

„Was!?"

Er zuckte die Schultern. „Klingt trocken."

„Ist es nicht!", verteidigte ich mich. „Es ist total interessant! Man lernt alles über die Sprache, den Hintergrund der Grammatik …"

„Du willst mich überzeugen, dass Germanistik nicht trocken ist, und wählst diese Punkte als Argumente aus?"

Ich seufzte. „Mir gefällt es."

„Okay. Du bist also eine Streberin."

Da hatte er Recht. „Nein. Ich interessiere mich eben nur für Sprache und nehme das sehr ernst!"

Er lächelte und um seine Augen bildeten sich kleine Falten. „Okay."

Ich verschränkte meine Arme. „Okay. Dann du. Was machst du denn für unglaublich spannende Sachen in deinem Leben?"

„Ich arbeite im Hotelmanagement. Deswegen bin ich auch hierher gezogen. Ich bin für ein Hotel hier zuständig."

Ich hob meine Augenbrauen. „Und das ist interessanter als Germanistik? Ich dachte, du kommst jetzt mit Freeclimbing oder Partnervermittler!"

„Partnervermittler?", lachte er.

„Für einen Mann wäre das eine sehr interessante Wahl", sagte ich.

„Ich weiß nicht, ob es dir aufgefallen ist, aber beziehungstechnisch bin ich nicht der Begabteste."

„Und woran liegt das wohl?", fragte ich weise.

„Willst du jetzt wieder auf mein Ego hinaus?"

„Nein. Da bist du von ganz selbst draufgekommen", lächelte ich breit und strich mir meine Haare aus der Stirn.

Jayce beugte sich nach vorne und sah mir in die Augen. „Bist du etwa Beziehungsexpertin?"

Sein Gesicht war etwa vier Handbreit von meinem entfernt.

„Ähm ..." Expertin im Vergeigen, ja, das schon. „Naja. Ich konzentriere mich im Moment auf andere Dinge."

Nein. Im Moment konnte ich mich auf gar nichts konzentrieren.

Er nickte und dachte gar nicht daran, seinen Blick von mir abzuwenden. „Hat dir schon mal jemand gesagt, dass du verdammt schöne Augen hast?"

„Ja", kiekste ich. „Höre ich ständig. Sie sind ganz hellgrün."

Er lachte leise. „Ich weiß. Aber manchmal sind sie auch ziemlich dunkel."

Mein Magen machte sich selbständig. Er hüpfte auf und ab und auf und ab und auf und ab ...

„Und deine Lippen sind auch sehr sehr schön."

Wie waren wir von meinem Studium zu meinen Lippen gekommen?

„Wirklich?" Ich biss auf meine Unterlippe.

Jayce lächelte, lehnte sich nach vorne und küsste mich plötzlich. Ganz kurz und sanft. Als wäre gar nichts dabei.

Ungläubig sah ich ihn an. Er konnte doch nicht ... das war doch ... Was erlaubte er sich eigentlich! Mich und dann auch noch ... also wirklich!

„Was sollte das denn!?"

Sein Gesicht befand sich immer noch auf meiner Höhe. „Ich dachte, das Lippenkauen wäre eine Einladung gewesen", meinte er schulterzuckend.

„Zum Küssen!?", fragte ich perplex und lehnte mich automatisch zurück. Damit er nicht auf die Idee kam, das Ganze zu wiederholen! Das wollte ich nämlich ... ich wollte das überhaupt nicht!

„Ich war schon immer ein schlechter Zeichenleser."

Mein Mund blieb offen stehen. „Du ... ich ..." Ich schloss ihn wieder. Es hatte keinen Sinn, etwas zu sagen. Es würde in meinen Gedanken Sinn machen, doch sobald ich es ausgesprochen hätte, wären wir beide verwirrt.

„Ich glaube, wir zahlen jetzt besser." Ich schluckte und sah meine Füße an. Meine Lippen kribbelten immer noch und ich schämte mich dafür. Das Dumme war, dass mich sein Kuss an eine Situation erinnerte, die etwa fünf Jahre zurücklag. Eine Situation, die ich damals so genossen hatte! Die Empfindungen, die ich gehabt hatte, waren unglaublich gewesen und ich würde der Erinnerung eigentlich gerne nachhelfen …

Nein! Wollte ich nicht. Natürlich nicht. Das wäre furchtbar unangemessen. Nur weil der Vollidiot auf der anderen Seite des Tisches seinen Mund nicht bei sich behalten konnte, waren meine Gedanken noch lange nicht vernebelt! Wer wusste denn, wo diese Lippen schon alles gewesen waren!

Ich hob meine Hand, um den Kellner dazu zu bewegen, zu unserem Tisch zu kommen.

Jayce holte sein Portemonnaie aus seiner Hosentasche. „Weißt du …", fing er an. „Ich wollte eigentlich dich bezahlen lassen, du weißt schon, wegen der Pizza, die du mir noch schuldest. Aber ich weiß, wie schlecht das Trinkgeld bei dir ausfällt, und der Service heute Abend war echt gut. Für die halbe Stunde, die wir hier waren, hatte ich nichts zu meckern."

Ich verschränke meine Arme vor der Brust. Erst küsste er mich einfach, dann tat er so, als wäre nichts dabei, und jetzt warf er mir vor, geizig zu sein?

„Naja", sagte ich angriffslustig. „Vielleicht gebe ich ja sogar sehr viel Trinkgeld. Aber eben nur bei Pizzajungen, die gut aussehen und nicht so unhöflich sind und alles machen, wozu sie sich berechtigt fühlen!"

Jayce lehnte sich in seinen Stuhl zurück, legte seinen Arm über die Lehne und musterte mich interessiert über den Tisch hinweg. „Du stehst darauf, Kontra zu geben, oder? Ich meine, egal ob dir was gefällt oder nicht: Du musst erst einmal sagen, dass du dagegen bist oder dass es dir egal ist oder dass der Andere falsch liegt in dem, was er denkt, tut und sagt."

Ich musste unabsichtlich grinsen. „Kommt immer auf mein Gegenüber an. Und jetzt tu bloß nicht so, als würdest du es nicht mögen, wenn eine Frau dir Kontra gibt, nur um ihr nachher zu beweisen, dass sie auch willig in deinen Armen liegen kann!"

Sein Mundwinkel zuckte. „Sehr bildlich und treffsicher beschrieben, danke."

Ich blickte ihn überlegen an. „Und jetzt fühlst du dich in deinem Stolz verletzt, weil ich mich nicht so verhalte, wie es Frauen in deiner Gegenwart sonst tun!"

„Nein", meinte er und schien nachzudenken. „Ehrlich gesagt, macht es dich unglaublich interessant. Außerdem ..." Er grinste. „Das willig in meinen Armen liegen hatte ich vor fünf Jahren mit dir. Ich weiß also, wie es sich anfühlt."

Entrüstet schnappte ich nach Luft und stand von meinem Hocker auf. „Du bist unmöglich!" Ich kramte in meiner Handtasche nach Geld und warf es auf den Tisch. „Nur weil ich damals vielleicht verzweifelt und betrunken genug war, um mit ..."

„Du hattest einen einzigen Wodka Tonic!"

„Zwei!"

„Anderthalb!"

„Naja, vielleicht vertrage ich nicht viel!", verteidigte ich mich und schob den Stuhl an den Tisch. Jayce stand ebenfalls auf und legte sein Geld zu meinem.

„Wirklich?", er sah mich ironisch an. „Gib es doch einfach zu! Du fandest, ich war eine gute Gelegenheit!"

Ich warf ihm einen entgeisterten Blick zu und ging Richtung Tür. Er folgte mir.

„Gib es zu", flötete er in mein Ohr und hielt mir die Tür auf. „Gib es einfach zu ... du wolltest jemanden und ich war die beste Partie im Raum."

Wütend drehte ich mich um und stieß meinen Zeigefinger gegen seine Brust. „Und selbst wenn es so wäre!", schrie ich. „Du hast nicht das Recht, mir das vorzuhalten! Ich dachte, ich würde dich nie wieder sehen und ... überhaupt! Was sollte das alles heute Abend?" Mit zusammengekniffenen Augen sah ich zu ihm auf. „Ernsthaft? Was denkst du dir bei deinen Aktionen? Erst ziehst du zufällig neben mir ein - gut, dafür kannst du vielleicht nichts -, aber dann willst du auf ein Doppeldate mit mir und meiner Freundin? Und dann ..." Ich schnappte nach Luft. „Dann ziehst du deine beschissene Lederjacke an, die du vor fünf Jahren getragen hast, und bist unglaublich nett und charmant, total ungezwungen und locker! Du fragst mich persönliche Dinge, als würde es dich interessieren!" Ich fuchtelte aufgebracht mit meinen Händen vor seine Augen hin und her. „Du bist witzig und ich denke gerade darüber nach, ob wir nicht doch, trotz der Umstände, Freunde werden können und dann ... Dann küsst du mich! Du küsst mich. Einfach so! Aus heiterem Himmel. Ich meine, was denkst du dir bei so was? Glaubst du, dass Frauen das toll finden und direkt in dein Bett fallen? Jetzt ehrlich mal: Was hast du dir dabei gedacht!?"

Erwartungsvoll sah ich zu Jayce hoch. Der stand da und sah mich fest an. Seine Hände wieder in den Taschen und seine Schultern hoch gezogen.

„Ich hab mir gedacht: Oh Mann. Ich muss diese Frau jetzt einfach küssen. Und dann habe ich das gemacht."

Einige Sekunden sah ich ihn stumm an. Dann bekam ich einen Lachanfall. „Jetzt ernsthaft? Aber warum?"

Er zuckte die Schultern und machte einen Schritt auf mich zu. Ich musste mich beherrschen, um nicht zurückzuweichen.

„Keine Ahnung. Sag du es mir. Ich kann dich nicht ansehen, ohne dass ich dich küssen will. Das muss einfach Körperchemie sein."

Noch einen Schritt näher.

Ich strich meine Haare hinter die Ohren, hob den Kopf und sah ihm flüchtig in die Augen. Noch einen Schritt. Ich konnte seinen Atem auf meinem Kopf spüren. „Körperchemie?", fragte ich ernst. „Wirklich? So willst du mich rumkriegen? Funktioniert das bei anderen Frauen?"

Er legte seine Hand um meine Wange und sein Daumen strich über meinen Wangenknochen. „Keine Ahnung. Das ist das erste Mal, dass ich diesen Spruch verwende."

Ich schluckte und versuchte damit das Kribbeln in meinem Bauch zu verdrängen. „Wirklich?"

„Wirklich", flüsterte er und sein Gesicht kam meinem immer näher.

„Mhm", flüsterte ich und mein Blick huschte von seinen Augen zu seinem Mund. Hin und her. Was tat ich hier eigentlich? Ich sollte mich seinen Berührungen entwinden. Ich sollte mich nicht in seine Arme fallen lassen und ihn mit mir machen lassen wollen, was immer er für richtig hielt.

Ich kannte diesen Mann doch überhaupt nicht! Ich konnte doch keinen Mann küssen wollen, von dem ich nur wusste, dass sein Erscheinungsbild mich umhaute und dass er im Hotelmanagement tätig war.

„Du stehst auf die Lederjacke?", flüsterte er und seine Lippen strichen sanft über meine Wange. Wie der Flügelschlag eines Schmetterlings.

Ich schloss meine Augen und bemühte mich, meinen Atem ruhig zu halten. „Ja", murmelte ich und hielt mich an ihr fest. „Ich mag den Stoff." Und was darunter ist.

„Tatsächlich?"

Jayce nahm eine meiner Hände und küsste mich auf einen Mundwinkel. Das Kribbeln, das der Kuss und das Kratzen seines Dreitagebartes hinterließen, zog sich bis in meine Fingerspitzen.

Wie kam es, dass ich so etwas bei meinen festen Freunden noch nie empfunden hatte?

„Ja. Ich mag den Stoff wirklich sehr." Seine Berührungen mochte ich noch viel lieber.

Seine Finger zogen Kreise in meiner Handfläche und er küsste mich auf die andere Seite.

„Weißt du", hustete ich leise, „ich habe meine Prinzipien!"

„Mhm. Die hat doch jeder."

„Ja schon, aber …" Oh mein Gott, was machte er da an meinem Hals! „Aber …" Ich hatte eine leichte Konzentrationsschwäche.

„Ja?"

„Ich … hmm … ich habe eine sehr strenge Disziplin, was sie angeht!"

„Glaub ich dir aufs Wort."

Ach, Mist.

Mein Rücken wurde gegen einen harten Gegenstand gepresst. Vielleicht ein Nachtschränkchen?

„Ich möchte eines klarstellen!", keuchte ich und knöpfte sein Hemd auf. „Ich bin keine Schlampe!"

Er lachte heiser in mein Ohr und ich hörte für kurze Momente auf zu atmen, als er seine Hände unter mein Top schob. „Nein. Auf keinen Fall", flüsterte er und küsste meinen Hals. „Eine Schlampe hätte heute Abend ein rotes Kleid mit tiefem Ausschnitt angezogen, damit sie mich auf jeden Fall ins Bett bekommt. Außerdem besagt die Regel, dass man mindestens drei Mal mit einem Fremden schlafen muss, bis man sich diese Bezeichnung auf die Stirn tätowieren lassen darf. Du bist also noch in der sicheren Zone!"

Ich hätte einen Lachanfall bekommen, wenn ich meinen Atem nicht für andere Dinge hätte aufsparen müssen.

„Und falls ich mich dir schlafe sollte ..."

„Du meinst, sobald wir miteinander geschlafen haben."

Ich hob meine Arme, damit er mir das Top darüber ziehen konnte. „Nein." Bloß nicht aufhören! „Falls." Wem log ich hier eigentlich was vor? „Dann ist das kein Freifahrtsschein für ein nächstes Mal."

Jayce hörte auf, mich zu küssen, und stemmte seine Hände auf beiden Seiten neben meinen Kopf. „Süße. Lass mich mal machen. Danach können wir darüber reden, wie viele Freifahrtsscheine du mir gerne ausstellen möchtest."

Jesus, Maria.

Kapitel 5

I do what I think is right
I don't take your advice
I fight my own fights
When I need to, using sugar and spice!

Das ist nicht gut, das ist nicht gut, das ist nicht gut ... Nein, nein, nein.
Nein. Nein.
Oh mein Gott. Mein Gott. Oh. Mein. Gott.

Ich lag nackt in Jayce Armen. Mein Rücken an seinen perfekten Muskeln. Wäre ich nicht gerade panisch, hätte ich es vielleicht genießen können. Aber ich hatte gerade ein heftiges Déjà-vu-Gefühl.

Ich konnte doch nicht schon wieder einen One-Night-Stand mit diesem Mann gehabt haben. Obwohl. So betrachtet, war es wohl ein Two-Night-Stand. Das machte es nicht weniger schlimm! Ich musste hier raus, bevor er aufwachte und ich das letzte bisschen Selbstachtung verlor.

Langsam drehte ich mich auf den Rücken. Jetzt lag sein Arm auf meinen Brüsten. Na super. Da hatte er noch weniger verloren!

Ich hob vorsichtig seinen Arm von mir und schlüpfte unter dem Laken hervor. Dann legte ich ihm ein Kissen in den Arm. Ich war ja schließlich kein Unmensch. Die Illusion, dass ein Mädchen in seinem Bett lag, wollte ich ihm nicht nehmen.

Eilig stieg ich von der Matratze, konnte es mir aber nicht verkneifen, noch einen Blick auf ihn zu werfen. Da ich fest vorhatte, ihn nie wieder so zu sehen - nackt und schlafend - war doch ein letzter Eindruck nicht zu viel verlangt.

Hätte ich es nur sein lassen. Seine schwarzen Haare waren noch verstrubbelter als sonst und sein Oberarm war perfekt! Perfekter Bizeps. Perfekte Haut und …

Abrupt legte ich eine Hand auf meine Augen. Ich sollte mir das wirklich nicht länger ansehen. Ich wandte ihm den Rücken zu und schlich auf nackten Füßen aus dem Zimmer - stilvoll und schlicht, mit weißen und schwarzen Möbeln. Unterwegs sammelte ich meine Kleider ein, die eine feinsäuberliche Spur zur Tür bildeten.

Mein Ordnungsdrang schien mich zu verfolgen.

Rasch zog ich mich an und … Verdammt, wo war mein Schlüssel?

Ich durchforstete meine Hosentaschen und fand ihn schließlich in der Gesäßtasche.

Gott sei Dank. Ich hatte schon befürchtet, wieder in den Raum gehen zu müssen, in dem ich diese Nacht Dinge getan hatte, für die eine Frau sich schämen sollte!

Eine Frau wie ich zumindest. Ellie wäre hin und weg.

Ich schloss meine Augen, trat aus Jayce' Wohnung und öffnete zehn Sekunden später meine eigene Tür.

Auf Zehenspitzen durchquerte ich das Wohnzimmer und …

„Stopp!"

Erschrocken fuhr ich zusammen und ließ meinen Schlüssel fallen. „Was ist denn?"

Ellie lag auf der Couch und sah mich mit leuchtenden Augen an. „Wo kommst du her?"

Ich gab mir alle Mühe, nicht schuldbewusst auszusehen. „Ich dachte mir, dass du die Wohnung für dich alleine brauchst, da habe ich einfach bei Olivier geschlafen …"

„Ha!" Überlegen deutete sie mit einem Zeigefinger auf mich. „Du bist von Olivier, der auf der anderen Seite der Stadt wohnt, barfuß hierher gekommen!?"
Verdammt.
„Erwiiiiischt!", flötete sie. „Jemand hatte heute Sex mit dem heißen Nachbarn!"
Ich wurde rot und sah sie böse an. „Du hast kein Recht, mich zu verurteilen! Ich will nicht wissen, was gestern Nacht hier abgegangen ist."
Sie legte entsetzt eine Hand auf ihre Brust. „Ich? Dich verurteilen? Ich freue mich! Erzähl! Wie ist es passiert?"
Ich stöhnte. „Vergiss es. Es gibt nichts zu erzählen."
„Dein Sex-Gesichtsausdruck erzählt aber eine ganz andere Geschichte, meine Liebe."
Mein Sex-Gesichtsausdruck? Wirklich!? Ich seufzte und fuhr mir durch die Haare. „Wie viel Uhr ist es eigentlich?", fragte ich zur Ablenkung.
„Kurz nach acht."
Mein Mund klappte auf. „Nein! Nein! Oh nein!" Panisch rannte ich in mein Schlafzimmer. „Mist! Mist! Mist!", fluchte ich und schlüpfte in eine frische Unterhose.
Das konnte nicht sein! Ich verpasste gerade meine Vorlesung bei Professor Siepe. Das konnte ich mir nicht erlauben.
„Ellie, ruf Ollie an! Er muss mich fahren ...", brüllte ich und zog mir die erstbesten frischen Kleider über.
„Ich will von deiner Nacht hören!"
„Ruf ihn an! Sofort!"
Keine Antwort nahm ich als Zeichen dafür, dass sie es tat. Der Kommentar „Er ist in fünf Minuten da" bestätigte mir das.

Fahrig durchkämmte ich meine Haare schon einmal mit meinen Händen, während ich ins Bad stürmte, um mir den Rest Schminke aus dem Gesicht zu wischen.

„Ist er gut?", rief Ellie.

Ich warf mein Wattepad ins Klo, rannte weiter ins Wohnzimmer und befüllte meine Tasche mit Stiften und Collegeblock, die praktischerweise noch auf dem Küchentisch lagen.

„Sag schon! Ist er gut?"

Stirnrunzelnd überflog ich meine Notizen. Wo waren die zur letzten Stunde?

„Sum!"

Entnervt richtete ich mich auf. „Was soll das? Was willst du Ellie?"

„Ich will doch nur wissen, wie er im Bett ist", sagte sie kleinlaut.

Ungläubig sah ich sie an. „Ich habe gerade andere Probleme! Ich muss zur Uni. Und das eigentlich schon vor zwanzig Minuten!"

„Du musst immer zur Uni!"

Wütend sah ich sie an. „Ja. Stimmt. Ich muss jeden Tag zur Uni, außer es ist Wochenende. So wie du jeden Tag zur Arbeit musst!"

„Ja. Aber ich habe noch Spaß im Leben! Bei dir gibt's nur Uni, Uni, Uni. Und dann noch deine Jobs."

Ich zog mir meine Socken über, die ich auf den Tresen gelegt hatte. „Was willst du eigentlich von mir. Ich war doch gestern mit dir aus! Und ich muss nun einmal Geld verdienen, damit ich deine Miete bezahlen kann! Und ich muss gut in der Uni sein, damit ich endlich fertig werde und mein Leben anfangen kann!"

Ellie sah mich ruhig an. „Mein Punkt ist, dass du es dir viel schwerer machst, als es ist. Du könntest studieren, Spaß und einen Freund haben! Du könntest jetzt schon anfangen, richtig zu leben! Alles, was dir im Weg steht, ist dein Ego."

Ich stöhnte und schloss die Augen. „Wieso kommst du immer wieder damit an! Warum kommt *jeder* damit an!"

„Weil du alles mit einem Schlag lösen könntest, es aber nicht tust. Dein Vater würde dich unterstützen, aber nein, du musst ihm beweisen, dass du es alleine kannst!"

„Und!? Ich will ihm nun mal nicht das Gefühl geben, dass er sich meine Liebe erkaufen kann."

Ellie sah mich traurig an. „Das verstehe ich ja. Aber du machst dich kaputt. Du arbeitest nur noch. Und wenn du nicht arbeitest, lernst du."

„Ich werde ihn nicht um Geld bitten", sagte ich leise.

„Gut. Dann mach so weiter."

„Werde ich auch. Ich hab es bald geschafft."

„Ich weiß."

„Gut. Und jetzt muss ich wirklich los."

„Mhm." Ellie sah mich auffordernd an. „Ich will trotzdem alles über gestern Abend wissen. Jetzt. Erzähl es mir, sonst bin ich beleidigt."

„Ich muss los!" Ich hob abwehrend meine Hände. „Ich habe keine Zeit, darüber zu reden."

„Komm schon! Ich will Näheres wissen …"

Ich grinste und schlurfte zur Garderobe, um meine Schuhe … Mist! Mir wurde schlecht. Mist, elender Mist! Meine einzigen Schuhe, die nicht mit Löchern durchsät oder völlig unwintertauglich waren oder einen zwanzig Zentimeter Absatz hatten, waren bei dem Typen, aus dessen Bett ich mich gerade gestohlen hatte.

Das war definitiv nicht mein Tag.

„Was ist?", wollte Ellie wissen. „Wieso bist du auf einmal so weiß?"

„Meine Schuhe sind noch drüben!", stöhnte ich. „Ollie wartet, mein Professor wartet und meine Schuhe liegen bei meinem One-Night-Stand, Schrägstrich Nachbarn!"

Meine beste Freundin fing lauthals an zu lachen. „Oh Mann. Oh Mann. Da musst du wohl durch."

Ich wurde noch bleicher. „Du verstehst das nicht. Er war noch am Schlafen! Ich habe mich raus gestohlen."

Sie lachte umso lauter. „Nicht gerade die feine Art, Sum."

„Das weiß ich selbst!", fauchte ich. „Deshalb ..." Ich sah sie flehend an. „Deshalb musst du sie holen gehen!"

Sie tippte sich an die Schläfe. „Bist du verrückt? Das wird der Höhepunkt meines Tages! Du blamierst dich sonst nie!"

„Ellie, komm schon. Ich kann da nicht rüber. Nicht nach dieser Nacht! Dafür werde ..."

Unser Telefon klingelte und Ellie hob ab. „Hey, Ollie. Ja. Sie kommt gleich. Allerdings liegen ihre Schuhe noch bei unserem Nachbarn. Ja, genau, dem heißen. Und sie hat es die liebe lange Nacht mit dem Kerl getr... Was!? Das ist schon ihr zweites Mal!" Ellies starrte mich mit großen Augen an.

Okay. Jetzt wurde es hier drinnen auch unangenehm, da konnte ich ebenso gut meine Schuhe holen gehen.

„Sag Ollie, ich bin schon da", flötete ich, warf mir meine Tasche um und lief auf Socken in den Flur.

Oh Mann. Ich wollte da nicht rein. Er schlief wahrscheinlich noch. Und hatte keine Ahnung, dass ich mich aus seinem Bett gestohlen hatte.

Erneut.

Schön. Jetzt fühlte ich mich schuldig. Dabei war er es gewesen, der mich regelrecht verführt hatte! Er hatte mich geküsst, er hatte mich mit zu sich nach Hause genommen. Nur weil ich mich nicht dagegen gewehrt hatte, hieß das noch lange nicht, dass ich es für gut hielt!

Ich hatte also gar keinen Grund, mich in irgendeiner Weise zu rechtfertigen.

Schnell klingelte ich, bevor ich es mir noch anders überlegte.

Es dauerte mehrere Sekunden, bis ich Schritte vernahm - und obwohl ich mir ja nichts zu Schulden hatte kommen lassen, hämmerte mein Herz in der Brust. Außerdem zitterten meine Knie. Aber meine Tasche war auch echt ziemlich schwer …

Jayce öffnete die Tür. Halbnackt, gähnend, mit einem Bettlaken um die Hüfte und einer Hand in seinen verwuschelten Haaren stand er vor mir und als er mich erblickte, stahl sich ein Lächeln in seine Züge.

„Was? Du kommst zurück, um zu kuscheln?!"

Ich erstarrte. „Äh…"

„Das wird wohl eine schlechte Angewohnheit von dir, was? Einfach so zu verschwinden."

Das Blut floss mir nun literweise in den Kopf. „Ich hab meine Schuhe vergessen", murmelte ich leise, „und ich muss zu einer Vorlesung, könntest du also bitte …?"

Er schüttelte grinsend den Kopf und trat hinter die Tür. „Wenigstens hast du eine Ausrede dafür, dass du einfach so verschwunden bist. Und du hast nicht gesagt, dass du gestern zu betrunken warst und dich an nichts erinnern kannst. Das rechne ich dir hoch an!"

Er reichte mir meine Stiefel und ich sah ihm einen kurzen Augenblick in die Augen.

Schokolade. Ich hatte Hunger auf Zartbitterschokolade.

„Tja", murmelte ich und nahm meine Schuhe entgegen, „ähm ..." Oh Gott, war das unangenehm! „Ich muss dann jetzt." Ich hob lahm die Hand. „Man sieht sich."

Man sieht sich?

Schnell drehte ich mich um und lief den Gang entlang, bevor mir noch etwas anderes Blödes einfiel, das ich sagen konnte.

Vor dem Haus wartete schon Olivier. Er hob zweimal seine Augenbrauen, als ich mich neben ihn setzte.

„Na?", grinste er.

Ich verschränkte meine Arme. „Ich will nicht darüber reden. Und jetzt: Fahr!"

Meine Lungen brannten, meine Augen tränten. Ich hielt mir die Seiten. So konnte ich nicht in die Vorlesung kommen. Damit würde ich die Befürchtung von Siepe, ich sei drogenabhängig, sicher beflügeln und demnächst stände ein Studienpsychologe vor meiner Tür.
Nein, danke. Das hatte ich auf dem Gymnasium zur Genüge gehabt! Und was hatte ich davon? Menschen mit Monokel und bedauerndem Gesichtsausdruck jagten mir eine Heidenangst ein und mehr auch nicht.

Ich glaube, die Besuche bei Psychiatern haben mich mehr geschädigt, als die Probleme, über die ich mit ihnen hätte reden sollen!

Egal.

Ich nahm ein Taschentuch aus meiner Tasche und wischte mir den Schweiß von der Stirn. Dann beäugte ich mein Gesicht in dem kleinen Handspiegel, den eine Frau immer in ihrer Handtasche haben sollte.

Ich sah furchtbar aus. Aber wahrscheinlich besser als vor drei Minuten. Und vermutlich würde eh niemand bemerken, dass ich eine halbe Stunde zu spät in die Vorlesung kam. Leise und vorsichtig öffnete ich die schwere Holztür und bemerkte erleichtert, dass sämtliche Studenten ihre Aufmerksamkeit auf Siepe gerichtet hatten, der etwas an die Tafel schrieb.

Erlöst ließ ich die Tür los.

RUUMMMMS!

Ups. Ich hätte die Tür wohl leise schließen sollen.

Hundert Köpfe wandten sich zu mir um und Siepe legte seine Kreide auf sein Pult.

„Oh. Frau Sanddorn. Wie ich sehe, haben Sie sich meine gestrigen Worte sehr zu Herzen genommen."

Ich schluckte.

„Ist Ihnen bewusst, dass Sie eine halbe Stunde zu spät kommen?"

Ich nickte. „Ja, Professor. Es tut mir leid, ich habe ver…"

Er ließ mich nicht ausreden. „Dann ist Ihnen auch bewusst, dass Sie soeben den ganzen Kurs, mich eingeschlossen, gestört und davon abgehalten haben, den Gedankengang zu Ende zu führen."

Etwas in meiner Brust zog sich zusammen. „Ja, Professor", stammelte ich mit hochrotem Kopf. „Es … es tut mir leid."

„Schön. Mir tut es auch leid. Aber ich fühle mich gezwungen, Sie von der heutigen Vorlesung auszuschließen." Er verzog keine Miene. Ich sah ihm an, dass er glaubte, seine gestrige Besorgnis wäre mir vollkommen egal gewesen.

„Professor Siepe …"

„Sie dürfen jetzt gehen. Nächste Woche erwarte ich Sie wieder. Pünktlich."

Was hätte ich noch sagen sollen? Ich bemerkte, wie Fynn mir bedauernd zunickte, während er mit den Lippen formte: „Geh lieber".

Draußen atmete ich mehrmals laut und tief durch.

Ich hörte schon die Stimme meines Vater in meinem Kopf: *„Siehst du? Schon wieder hast du dich ablenken lassen. Du wirst dein Studium nie vollenden, wenn dir nicht jemand in den Hintern tritt und dir hilft! Du kannst dich einfach nicht auf die wichtigen Sachen im Leben konzentrieren! Du verlierst dein Ziel zu schnell aus den Augen!"*

Das Schlimmste war, dass er in diesem Fall Recht hatte. Ich hatte mich ablenken lassen. Und das, obwohl ich mir zu meinem Achtundzwanzigsten geschworen hatte, nichts mit Kerlen anzufangen, bis ich mir sicher war, dass es der Mann wert war. Und Jayce: Er war es definitiv nicht.

Ich war so kurz vor der Ziellinie! Ich war so kurz davor, mir - und all den anderen - zu beweisen, dass ich es auch alleine konnte. Wie hatte ich mich so schnell gehen lassen können? Wütend warf ich meine Tasche über die Schulter. Ich würde nach Hause fahren und meinen Gig für heute Abend vorbereiten. Dann würde ich mir einen neuen Teilzeitjob suchen und überpünktlich zu meiner nächsten Vorlesung gehen.

Genervt sah ich in den Himmel. Jayce würde sich jemand anderen zum Spielen suchen müssen.

„Natürlich verstehe ich etwas von Modelleisenbahnen! Wer tut das nicht?" Ich zum Beispiel. Ernsthaft. Eisenbahnen waren ja schon langweilig, aber dann noch kleine Eisenbahnen zum Spielen für zu Hause? Für erwachsene Männer? Ich schämte mich nicht, dass ich keine Ahnung hatte.

Ich schob mein Fahrrad weiter vor mir her und warf einen Blick auf meine Uhr. Noch zehn Minuten, bis ich in der Bar sein sollte. Noch Zeit für ein bisschen Schleimerei.

Ich lachte künstlich. „Ich bin mehr als qualifiziert für diesen Job!" War ich nicht. „Ich werde hart arbeiten!" Keine Frage. Ich brauchte das Geld. „Bitte, ich nehme den Job!" War das zu verzweifelt?

Der Arbeitsvermittler räusperte sich. „Nun, Frau Sanddorn. Wenn Sie wirklich nichts dagegen einzuwenden haben, können Sie ihn natürlich haben."

Ja! „Natürlich habe ich nichts dagegen!"

„Gut. Allerdings können Sie erst nächste Woche anfangen."

„Okay." Würde ich mich halt eine Woche von Spaghetti ernähren, damit ich Ellie wenigstens die Miete von vor drei Monaten geben konnte.

„Schön. Nähere Kontaktdaten werde ich Ihnen mailen. Auf Wiederhören."

„Wiederhören", flötete ich und ließ erschöpft das Handy sinken.

Mit dem Geld von heute Abend und den Auszahlungen meines Studienkontos Ende Freitag - meine Tante hat mich lieb gehabt - würde ich eine Miete bezahlen können und mehrere Packungen Spaghetti. Was wollte man mehr?

Ich schwang mich wieder auf mein Fahrrad und legte den letzten Kilometer zur Bar zurück, mühsam darauf bedacht, meine Gitarre nicht fallen zu lassen.

Das Gute daran, kein Geld zu haben, war, dass ich das schlechte Essen, das ich mir davon leisten konnte, direkt mit meinem Fahrrad abtrainieren musste, weil ich mir kein Ticket für den Bus kaufen konnte.

Die Bar war dunkel und überschaubar. Außerdem genau mein Stil. Die Gäste saßen an runden Tischen und sahen direkt zur Bühne und die Theke war antik, wirkte aber sauber. Und dieser Geruch nach Rauch und Bier! Ich liebte ihn, seit meine Mutter mich mit fünf Jahren an genau so einen Ort mitgeschleppt hatte.

Ich fing an zu lächeln. Für solche Momente lohnte es sich, so hart zu arbeiten.

Doch dann war der Moment vorbei.

Ungläubig sah ich in die Ecke direkt neben der Bühne, auf der eine mittelmäßige Folksängerin Klavier spielte.

Es war unverkennbar Jayce, der da in der Ecke saß.

Wenn das ein Zufall war, hatte ich keine Wärmflaschen zuhause.

Ich hätte Ellie nicht den Namen der Bar geben dürfen! Wieso lernte ich nicht aus meinen Fehlern?

Jayce' Blick schweifte über die Tische und er fing an zu grinsen, als er mich mit meiner Gitarrenbox in der Tür stehen sah. Dann hob er die Hand und winkte mir zu.

Ich machte gar nichts. Ich musste mich auf meine Atmung konzentrieren, weil ich vergessen zu haben schien, wie das ging. Außerdem kam ich mir dann so vor, als würde ich etwas Nützliches machen. Atmen war lebensnotwendig und somit nützlich.

„Frau Sanddorn?" Ein untersetzter Mann mit Glatze sprach mich an.

„Ja?" Ich zwang mich zu einem Lächeln.

Sein Gesicht erhellte sich und er reichte mir die Hand. „Klaus Malve. Ich bin der Besitzer. Sie haben mit meiner Frau gesprochen."

„Oh. Sicher." Ich nickte immer noch lächelnd und schüttelte seine Hand. „Sehr nett."

Er lächelte zurück. „Schön, dass Sie da sind. Sie sind in wenigen Minuten dran. Ihr Geld kriegen Sie natürlich direkt nach dem Auftritt. Setzen Sie sich doch so lange zu Ihrem Freund."

Ich blinzelte. „Entschuldigen Sie. Mein Freund?"

Verdutzt sah er mich an, dann deutete er auf die Ecke, in die ich lieber nicht sehen wollte. „Ihr Freund. Ein gewisser Herr Brooks. Er hat schon nach Ihnen gefragt."

Herr Gleich-Tot-Brooks? Ach der! Warum sagte er das nicht gleich!

Ich tat alles, um mein Lächeln auf dem Gesicht zu behalten und die Gänsehaut und mein klopfendes Herz zu ignorieren. „Natürlich. Ich hatte ihn gar nicht gesehen. Sie sagen mir Bescheid, wenn ich aufbauen soll?"

„Sicher." Verschwunden war er. Ich war wütend und vollkommen überfordert - mal wieder! Am liebsten hätte ich Jayce angeschrien. Nein. Wir befanden uns in der Öffentlichkeit. Ich würde ihm nur dezent gegen das Schienenbein treten.

Was wollte er hier? Ich hatte mit ihm geschlafen und ihn am nächsten Morgen ohne ein Wort sitzen gelassen. Zweimal! Ich fühlte mich ja schon schlecht, weil ich unter meiner Würde gehandelt hatte und in seiner Gegenwart so schwach war. Aber er? Ihm war das anscheinend egal.

Was denn! Waren wir in einer blöden Soap Opera, in der Figur eins aka Jayce unbedingt noch mal mit Figur zwei aka ich ins Bett wollte und keine andere Möglichkeit sah, als sie zu stalken?

Ich war an dem Tisch angekommen und holte tief Luft. Jayce schwarze Augen funkelten zu mir hoch. Er hatte wieder seine Lederjacke an. Natürlich. Ich verschränkte meine Arme und ließ den Gitarrenkoffer wie zufällig fallen. Direkt auf seinen Fuß. Doch als hätte er so etwas in der Art erwartet, zog er ihn zurück, bevor ich größeren Schaden anrichten konnte.

„Was zum Teufel machst du hier!", zischte ich.

Er zog seinen rechten Mundwinkel hoch. „Wir hatten heute Morgen keine Möglichkeit zu reden."

Ich lachte trocken. „Ja. Weil *ich* gegangen bin. Du musst also kein schlechtes Gewissen haben."

Er zuckte die Achseln. „Ich hatte heute Abend noch nichts vor, ich sollte die Stadt kennen lernen. Warum also nicht mit einer alten Freundin in einer Bar rumhängen und ein bisschen quatschen?"

Ich riss meine Augen auf. „Wir sind nicht befreundet und ich habe hier einen Auftritt! Das ist ein Job! Ich habe keine Zeit, um zu reden!"

„Ich weiß. Du hast aber auch viele Pausen und da brauchst du jemanden, der dir die Zeit vertreibt."

„Wie kommst du auf die Idee, dass ich will, dass du dieser jemand bist?"

„Du willst das nicht. Ich will das."

„Warum!", fragte ich verzweifelt. Ich konnte keine Ablenkung gebrauchen, weder bei der Uni, noch bei einem Job!

„Ich habe halt Lust dazu", erklärte er und sah mich an, als müsse ich das doch verstehen.

„Lust dazu? Mich zu entnerven?"

„Gestern Nacht habe ich dich nicht genervt." Er grinste anzüglich und mein Hals wurde trocken.
„Das war ein Versehen! Eine einmalige Sache!"
„Einmalig?"
Ich verdrehte die Augen. „Zweimalig."
„Und gestern war, weil ...?"
„Es war ein Versehen!", wiederholte ich.
„Jaja. Der viele Alkohol."
„Nein! Ich war ... ich ... warum rechtfertigte ich mich überhaupt?"
„Keine Ahnung. Offenbar hast du das Gefühl, du müsstest es tun", spekulierte Jayce.
„Muss ich nicht! Du hast mich verführt!", flüsterte ich und sah ihn böse an. „Du hast mich einfach geküsst und wenn ich dir sage, dass ich dich nicht hier haben will, muss ich dir das auch nicht begründen."
Meine Argumentation war entwaffnend blöd für eine Germanistikstudentin!
Er nickte langsam. „Ja. Richtig. Aber gehen muss ich deswegen immer noch nicht."
„Aber warum!?", fluchte ich verzweifelt. „War der Sex so atemberaubend, dass du ihn nicht mehr vergessen kannst, oder was ist es?"
Er lachte laut auf. „Das auch. Aber weißt du, irgendwie ..." Seine Augen blitzen auf. „... forderst du mich heraus. Jedes Mal, wenn du mir einen Korb gibst, will ich dich ein Stückchen mehr."
Meine Kehle wurde ganz trocken bei seinen Worten und ich räusperte mich. „Also, ich kann dem nur entgegenwirken, indem ich ...?"
„Indem du nicht mehr ‚Nein' sagst."
„Ach so." Mein Herzschlag beschleunigte sich.

„Frau Sanddorn?" Herr Malve tippte mir auf die Schulter. Ich hatte gar nicht bemerkt, dass die Folksängerin ihre Sachen gepackt hatte. „Sie sind dran. Brauchen Sie einen Soundcheck?"

Verwirrt sah ich auf und blinzelte mehrmals. Dann nickte ich. „Ja. Das wäre nett."

Soundcheck. Verstandscheck. War doch alles dasselbe.

Jayce sah mich die ganze Zeit an.

Bei keinem Song wandte er seine Augen von mir und jedes Mal, wenn ich seinen Blick aufs Neue bemerkte, bekam ich beinahe ein Schluckauf und vergaß meinen Text. Trotz dieser Umstände war der Auftritt fantastisch gut. Jayce weckte meinen Ehrgeiz. Ich wollte es ihm beweisen. Ich konnte Gitarre spielen. Ich konnte singen! Nicht überdimensional super, aber schon ganz ordentlich, wenn ich einen guten Tag hatte, und heute übertraf ich mich. Ich spürte nicht einmal, dass meine Fingerkuppen so ab dem dritten Lied anfingen wehzutun, weil ich so enthusiastisch in die Saiten griff.

Trotzdem nahm kaum ein anderer Gast mich oder meine Musik wahr. Aber das war ich gewohnt. Das war einer der Gründe, warum ich es so liebte, in Bars zu spielen. Die Leute waren mit ihren Drinks beschäftigt, mit ihren Begleitern, mit ihren Leben. Sie achteten nicht auf die Musik und dennoch wusste ich, dass ich mit ihr ihre Stimmungen beeinflussen konnte. Ich hatte Macht über sie, ohne dass sie es wussten.

Als ich mein erstes Set beendet hatte, sah ich mit einem mulmigen Gefühl zu dem Tisch direkt vor der Bühne.

Jayce sah mich immer noch an. Ich konnte mich nicht daran erinnern, dass mir ein Mann schon einmal derart viel Aufmerksamkeit geschenkt hatte.

Ich atmete tief durch, stellte die Gitarre ab, stieg von der Bühne und schon fing mein Herz an zu hämmern und meine Beine wurden zu Wackelpudding. Das war doch albern! Ich war doch kein pubertärer Teenager! Ich war eine erwachsene Frau, die zwei Mal mit jemanden geschlafen hatte, bei dem sie sich nicht einmal sicher war, ob sie ihn mochte! Lange kein Grund, Panik zu schieben. Pffffp. Da stand ich doch drüber!

Meine Pheromone hatten allerdings eigene Pläne und feierten in meinem Magen Karneval.

Noch zwei Schritte bis zum Tisch. Die Schmetterlinge tanzten. Noch einer. Hinsetzen.

Ich hatte nicht einmal die Chance, mit sinnlosem Gerede eine peinliche Stille zu überbrücken, denn Jayce ergriff sofort das Wort. „Du bist gut", sagte er schlicht und trank einen Schluck, dann setzte er amüsiert lächelnd hinzu: „Also, im Singen jetzt."

„Ähm ... Danke." Das hatte seit Längerem keiner mehr zu mir gesagt.

Er legte seine Hände in seinen Nacken. „War der letzte Song von dir selbst?"

„Ja." Ich versteifte meinen Rücken und richtete mich auf. „Warum?"

Er sah mir in die Augen. „Weil der Text angriffslustiger war als bei den anderen. Da habe ich eins und eins zusammengezählt.

Jetzt musste ich doch lachen. Unfreiwillig natürlich. Aber was konnte ich schon dafür, dass mein Gehirn Jayce lustig fand?

„Angriffslustig?", fragte ich tadelnd nach. „Du kennst mich nicht gut genug, wenn du glaubst, dass ich aus reiner Angriffslust handele."

Langsam ließ er seine Hände sinken und sah mir dabei unentwegt in die Augen. „Da magst du wohl Recht haben."

Ich schluckte und senkte meine Augen auf den Tisch. Diese Situation war surreal. Vor zwölf Stunden hatte ich noch nackt in seinen Armen gelegen und jetzt saßen wir uns zivilisiert gegenüber und unterhielten uns. Was noch viel faszinierender war: Wir redeten über mich!

Es gab einen Mann, der freiwillig nicht über sich und seine Fähigkeiten sprach.

Dieser Kerl machte mich wirklich fertig.

„Was fandest du so angriffslustig?"

Er sah auf die Bühne und auf die Gitarre. „Du hast die Akkorde härter gespielt und sie folgten schneller aufeinander. Außerdem hast du die Augen während des Spielens geschlossen. Deshalb glaube ich, dass es dir wichtig war." Er trommelte mit seinen Fingern auf den Tisch. „Dann wäre da natürlich noch der Text: *So don't say I waste my time, please don't say I try to hide, all I want is trying to define my life.*" Er schüttelte lachend den Kopf. „Hast du das geschrieben, weil du den Überblick über dein Leben verloren hast oder weil du gehofft hast, ein Englischlehrbuch nimmt diesen Satz auf, damit eine Horde Schüler sich daran den Kopf zerbrechen kann?"

Erstaunt sah ich ihn an. Er hatte mir wirklich zugehört. Mich nicht nur angestarrt, damit ich nachher beeindruckt war und wieder mit ihm ins Bett ging. Unglaublich.

„Eigentlich wollte ich damit Hoffnung geben. Der Song sollte Kontrolle ausstrahlen. Dass man sein Leben selbst definieren kann. Dass man in jeder Unordnung oder schweren, verwirrenden Zeit dennoch die Kontrolle über sein Leben haben kann."

Er hob seine Augenbrauen. „Und?"

„Und was?"

„Hast du sie? Die Kontrolle."

Zu dem jetzigen - also genau diesem Zeitpunkt - musste ich zugeben, dass es mir an Kontrolle mangelte. Nicht nur Jayce brachte mich durcheinander. Es war die Uni, das Geld, meine Mutter ... alles schien irgendwie aus dem Ruder zu laufen. Oh Mann. Wenn ich mich nicht zurückhielt, würde ich gleich noch einen Seufzer von mir geben! Das war zu viel Sentimentalität für einen Tag.

Ich verschränkte meine Arme in meinem Schoß. „Eigentlich", fing ich an und tippte mit den kleinen Fingern gegeneinander, „gibt es kaum Momente, in denen ich nicht kontrolliert bin."

Naja. Ich war mir sicher, dass Jayce sich an den ein oder anderen erinnern würde.

„Aha. Also ein Kontrollfreak."

„Nicht Freak. Ich kann nur gut organisieren!" Solange der Inhalt dieser Organisation keinerlei Verbindung zu meinem Leben hatte, stimmte das sogar.

„Jetzt will ich es aber wissen." Jayce beugte sich über den Tisch. „Bist du oder bist du nicht jemand, der beim ersten Date Karteikarten mit sich herumträgt, auf denen Themen stehen, über die man sich unterhalten kann?"

Mit was für schrägen Frauen war Jayce denn schon ausgegangen? „Nein. Ich habe die Einstellung: Wer mich nicht unterhält, hat mich nicht verdient!"

Er grinste. „Und? Wie schlage ich mich so für unser erstes Date?"

Also, unterhaltsam war er auf jeden Fall ... und witzig ... und intelligent ... und diese Augen. Schon alleine dieser Blick war ... Moment. Stopp.

„Das ist kein Date!", fuhr ich auf und zeigte mit meinem Zeigefinger auf ihn. „Du stalkst mich! Das hat nichts mit einer freiwilligen Verabredung zu tun, die aus irgendeiner Art von Sympathie hervorgeht. Ich habe einen Job und du bist mein Groupie!" Das war auf absurde Art und Weise eine coole Vorstellung. Ich musste unwillkürlich in mich hinein lächeln - bis ich bemerkte, was ich da wieder so unüberlegt von mir gegeben hatte.

„Naja." Er tat, als überlege er. „Ich wäre natürlich gerne dein Groupie, aber so insgesamt: Eine gewisse Sympathie hege ich schon für die Personen, mit denen ich schlafe. Du nicht?"

Perplex sah ich ihn an. „Das ..." Ich schüttelte den Kopf, öffnete mehrmals den Mund, doch es wollte mir keine intelligente Antwort einfallen. „Das ist kein Date!", wiederholte ich mich schließlich.

„Aber es könnte eines sein."

„Könnte? Wann?"

„Sobald du „Ja" sagst."

Ich prustete. „Ähhh ... Nein!"

„Nein? Echt?"

„Ja!"

Er grinste, lehnte sich plötzlich nach vorne und küsste mich auf meine Wange. Also eigentlich war es eher mein Mundwinkel. Was wohl daran lag, dass ich bei meinem Versuch, seinen Lippen zu entgehen, irgendwie doch in ihre Richtung gerückt war. Ganz blöder Zufall war das.

Wissend - als könne er in meinen Kopf sehen - lehnte er sich zurück und sah mich an. Dann stand er auf, ging um den Tisch herum und lehnte sich über meine Schulter, ganz nah an mein Ohr. „Diese Runde habe ich wohl gewonnen", flüsterte er, „und jetzt entschuldige mich kurz. Ich will noch die Toilette benutzen, bevor die atemberaubende Künstlerin von gerade hier wieder anfängt."

Ungläubig sah ich ihm nach. Dann blickte ich kurz auf seinen Hintern. Oh Mann.

Was wollte dieser Kerl von mir? Er musste doch irgendeine Art Plan verfolgen. Ich nahm einen Schluck aus seinem Getränk. So langsam begann ich daran zu glauben, dass *ich* sein Plan war. Aber warum. Ich meine: Er kannte doch sein Spiegelbild! Sex konnte er von allen haben.

Vielleicht bist du ja so unglaublich gut im Bett ... Dieser Gedanke gefiel mir zunehmend. Er war das Realistischste, was mir einfiel. Das musste es also sein.

Das zweite Set verlief identisch zu dem ersten. Ich spielte. Und Jayce sah mir zu. Ich war in Hochform. So viel Spaß hatte mir ein Auftritt schon lange nicht mehr gemacht.

Ich beendete das Set wieder mit einem eigenen Song und schlenderte dann, um einiges gefasster als zuvor, zu Jayce. „Okay." Ich setzte mich und zog meinen Stuhl näher an den Tisch. „Ich hab nachgedacht ..."

„Normalerweise folgt nichts Gutes auf so eine Ankündigung. Zumindest bei einer Frau."

„Ich ignoriere die sexistische Bemerkung mal, weil die Pause nur eine Viertelstunde dauert. Du schuldest mir nämlich noch eine Antwort."

„Aha." Er schaute mich weiter undurchdringlich an.

Ich räusperte mich. „Ich will wissen, was du von mir willst."

„Wirklich?" Er grinste selbstsicher. „Ist das nicht eindeutig?"

Verärgert nahm ich ihm seinen Drink weg und trank einen Schluck. „Nein. Ist es nicht! Ich spreche nicht von ... von solchen Dingen! Ich will wissen, was das hier soll! Ich kann dich nämlich partout nicht einordnen!"

„Ach." Seine Augen blitzten. „Ich verunsichere dich, was?" Er lachte auf. „Es tun sich gerade Welten auf! Ich wünschte, ich könnte jede heiße Blondine verunsichern."

„Siehst du! Schon wieder!", entgegnete ich entrüstet und hob meine Arme über den Kopf. „Du beantwortest meine Frage nicht und machst mich stattdessen an."

„Ich mache dich an?"

Mir wurde heiß. „Du weißt, wie ich das meine", sagte ich möglichst ruhig. „Außerdem: Du kennst mich doch überhaupt nicht! Woher willst du wissen, dass ich nicht ein brutales und herzloses Miststück bin, das Kerle wie dich zum Frühstück verspeist?"

„Du achtest eben auf deine Figur."

„Wow."

Er lachte. „Soll ich ehrlich sein?"

„Nein. Ich möchte gerne angelogen werden."

Er ignorierte den Sarkasmus. „Es sind deine Hände."

Ich brauchte einige Sekunden, bis mir klar wurde, dass er es ernst gemeint hatte.

„Meine Hände?" Ich sah mir meine Handinnenflächen an. „Was denn? Ist meine Lebenslinie etwa so gebogen, dass sie für Sensibilität und ein großes Herz spricht?"

Das Grinsen auf Jayce' Gesicht, das mit jedem meiner Worte breiter geworden war, erleuchtete nun den ganzen Raum. „Also, ich will deinen sicher ausgesprochen sanften Handlinien ja nicht zu nahe treten, aber eigentlich hatte ich mit Händen deine Art, mich zu berühren, gemeint."

Mein Hals wurde trocken. „Oh." Ich blinzelte. „Und du hast Erfahrung mit Miststücken, die dich gröber anfassen?"

Er zuckte die Schultern. „Es gibt diese und jene Frauen."

„Und ich?"

„Du?"

„Ähm ..." Ich wurde rot. „Ich meine ... mich würde interessieren, wie du mich so einschätzt."

Wie alt war ich? Fünfzehn?

„Mhm." Jayce sah auf einen Punkt über meiner Schulter. „Du ... du bist ein einziger Gegensatz", sagte er schließlich langsam, „und ich glaube, du gibst dich anders, als du bist."

Ich lachte. Diesen Spruch hatte jede Möchtegern-Wahrsagerin parat. „Wie gebe ich mich denn?"

„Langweilig", stellte er fest. „Aufmüpfig, aber kontrollierend, steif und bedacht - langweilig eben. Sobald es darum geht, spontan zu sein, weichst du aus und rennst weg." Er zog einen Mundwinkel hoch. „Oder steigst aus dem fremden Bett."

Ich lehnte mich weiter nach vorne. „Schön, Herr Freud. Und warum glaubst du, dass ich nicht wirklich dieses verklemmte und langweilige Wesen bin, das du soeben beschrieben hast?"

„Ich kaufe es dir einfach nicht ab."

„Was gibt es denn da abzukaufen? Ich verhalte mich so, wie ich bin."

„Eben. Du verhältst dich, wie du bist. Und Süße, ich weiß, wie du dich im Bett verhältst, und das ist weder verklemmt noch langweilig." Er richtete sich wieder auf und legte seine Hände keusch auf den Tisch. „Deswegen bin ich hier."

„Lieber Gott, Jayce, kannst du dich einmal klar ausdrücken!", stöhnte ich. „Ich verstehe kein Wort! Bist du jetzt hier, weil du mir beweisen willst, dass ich nicht langweilig bin?"

„Nein. Sieh es als ein Experiment: Was muss ich tun, um die Summer, die ich kennen gelernt habe, aus ihrem Versteck zu holen." Sein selbstgefälliger Blick brachte mich in Rage.

„Du glaubst ernsthaft, du hättest mich durchschaut, oder?" Ich lachte sarkastisch auf. „Nur weil ich zweimal mit dir geschlafen habe und dabei etwas temperamentvoller und weniger steif war? Findest du nicht, dass das ein wenig überheblich ist! Ich weiß nicht, wie beschränkt dein Horizont ist, aber hast du einmal darüber nachgedacht, dass sich jeder Mensch im Bett anders verhält als im Alltag? Du weißt überhaupt nichts über mich." Ich sah ihn böse an. „Du weißt weder, wer ich bin, noch, wie ich zu dem geworden bin. Herrgott! Damit habe ich ja selbst meine Schwierigkeiten. Und hiermit verbiete ich dir, mich zu verfolgen, bevor du nicht weißt, wer ich bin und was mich ausmacht. Was ich für Träume habe, was für Ängste und was mich beeinflusst! Punkt!"

Jayce hatte nicht mit einer Wimper gezuckt. „Gut. Dann geh mit mir aus. Dann kann ich dich kennen lernen. Und dann brauche ich dich auch nicht zu verfolgen."

Mir blieb die Spucke weg. Der Kerl hatte echt Schneid, mich das zu fragen, nachdem ich ihm so eine Ansage gemacht hatte.

„Ich denk ja nicht mal dran! Du willst doch sowieso nur auf unbedeutenden Sex heraus."

„Also bitte. Findest du das nicht ein wenig schnell urteilend?"

„Ich habe bereits mein halbes Leben Umgang mit Männern wie dir. Also: Nein!"

„Du willst, dass ich dich kennen lerne, aber nicht, dass ich mit dir ausgehe. Wie lässt sich das vereinbaren?"

Ungläubig sah ich ihn an. „Wie kommst du jetzt darauf? Ich habe nie gesagt, dass ich will, dass du mich kennen lernst."

„Doch, hast du. Du hast gesagt, ich darf dich erst wieder verfolgen, wenn ich weiß, wer du bist und was dich ausmacht."

„Aber das war doch keine Bitte, das zu tun!"

Er zuckte die Achseln. „Hm. Ich hab es so aufgefasst. Das nächste Mal musst du dich einfach ein bisschen eindeutiger ausdrücken."

„Ich studiere Germanistik, ich kann mich sehr gut artikulieren!", schrie ich.

Jayce blieb ungerührt. „Nur, weil du ein Fremdwort benutzt hast, bedeutet das nicht, dass das so ist."

„Du bist Engländer! Deutsch ist nicht mal deine Muttersprache, wieso glaubst du, sie besser zu beherrschen als ich!?"

Ich wurde so langsam wütend. Niemand bemängelte meine Sprache! Ich war diejenige, die sich über die Ausdrucksweise anderer aufregte!

„Schlimm, nicht wahr?", bemerkte Jayce süffisant. „Ein Ausländer, der nicht nur Englisch, sondern auch Deutsch besser beherrscht als du."

Oh. Mein. Gott. Ich war keine gewalttätige Frau, aber ich hatte das Gefühl, meine Faust würde gerade unglaublich gut in sein Gesicht passen!

„Ich gebe auf. Kapitulation!" Ich hob meine Hände über meinen Kopf und rückte etwas von dem Tisch ab. „Du bist einfach ein Idiot. Wieso sollte ich dagegen ankämpfen. Manche Dinge kann man nicht ändern."

Wir schwiegen einige Sekunden. Dann: „Warum willst du nicht mit mir ausgehen?"

Ich konnte nicht anders. Ich musste lachen.

„Du hast gesagt ich wäre langweilig und dein Experiment!"

„Du *gibst* dich langweilig und mein Experiment zu sein, ist eine Ehre!"

„Du bist ein solcher Vollidiot. Mit Idioten fange ich grundsätzlich nichts an."

Jayce prustete. „Also bitte. Ich wette, deine letzten beiden festen Freunde waren auch Idioten."

Leider war da ein Fünkchen Wahrheit dran. „Ich gehe trotzdem nicht mit dir aus!"

Er nickte langsam. „Gut. Das akzeptiere ich." Stille. „Wenn du mir einen guten Grund dafür gibst."

„Ich habe nun mal keine Lust auf dich."

„Ungültig. Du hast bereits zweimal mit mir geschlafen. Daran kann es also nicht liegen."

Mist. Auch wieder ein Fünkchen Wahrheit dran. „Ich gehe nicht mit Nachbarn aus."

„Soll ich wiederholen, dass du bereits mit mir geschlafen hast!"

Ich lächelte. Langsam bekam ich einen Krampf in meinen Mundwinkeln. Nur, weil ich ihn immer noch gerne schlagen würde, hieß das nicht, dass er nicht witzig war. „Ich bin aber nicht an etwas Ernstem interessiert."

Er deutete mit seinen Fingern auf sich. „Entschuldige. Sehe ich nach einem Kerl aus, der Material für etwas Ernsthaftes ist? Meine ernsteste Beziehung habe ich mit meinem Papageien geführt."

Wieder lachte ich. „Ich will aber auch nichts Lockeres!"

„Warum?"

Ich seufzte. „Ich weiß, es klingt blödsinnig und wie eine Ausrede, aber ich brauche im Moment Zeit für mich. Ich bin auf einer Art Selbstfindungstrip! Ich kann da keinen Kerl gebrauchen. Keinen Sex, keine Zeitverschwendung."

Jayce nickte langsam. „Ja. Das klingt blödsinnig. Nicht nur, dass Sex eine Zeitverschwendung sei. Auch das Andere mit der Selbstfindung. Außerdem ist das nicht gut durchdacht. Wie willst du dich selbst finden, wenn du nicht weißt, wie du dich in der Nähe eines Mannes verhältst, der dich dreckig träumen lässt?"

Ich prustete. „Dreckig träumen? Das ist deine Fantasie?"

Er nickte und seufzte dramatisch. „Weißt du, was das Traurige daran ist? Du stellst es dir nur vor, dabei könntest du es direkt haben."

Nein. Das Traurige war, dass ich mir ihn sofort nackt vorgestellt hatte, sobald ich das Wort Fantasie benutzt hatte. Ach, was heißt hier vorgestellt. Es war ja nicht so, dass ich nicht bereits wüsste, wie er aussah!

„Direkt?" Ich beugte mich nach vorne. Gott sei Dank, hatte mein T-Shirt einen Ausschnitt. „Also, wenn du von direkt sprichst …" Ich hielt inne und strich mit meinen Fingerkuppen über seinen nackten Unterarm. „Dann meintest du jetzt. Sofort? Hier?"

Wer wurde denn da kurzatmig? Erfrischend, mal nicht die Person zu sein, die in die Enge gedrängt wurde.

Jayce' Augen blitzten auf, als er mich ansah. „Du könntest alles von mir haben. Jederzeit."

Kaum zu glauben, aber ich genoss es. Das Ganze hier. Die Macht, das Spiel. In seiner Gegenwart fühlte ich mich seit Langem wieder mal wie jemand Besonderes.

Ich leckte mir über meine Lippen und kam mir vor wie Marylin Monroe im Einundzwanzigsten Jahrhundert. Um dem Ganzen die Krone der Übertreibung aufzusetzen, seufzte ich kehlig und beugte mich noch näher vor, sodass ich davon ausgehen konnte, dass er meinen Atem auf seinem Gesicht spürte. „Wow. Das sollten wir unbedingt tun, sofort, wenn …" Ich schnipste ihm gegen den Kopf. „Wenn ich nicht so etwas wie Selbstachtung, Würde und Anstand hätte!" Ich stand auf und streckte ihm die Zunge raus. „Wie leicht zu haben sehe ich eigentlich aus?", beschwerte ich mich aufgebracht. „Denk dir fürs nächste Mal bitte bessere Sprüche aus! Und jetzt kannst du gehen. Dein Verfolgungsverbot setzt nämlich genau jetzt ein!"

Jayce' Gesicht sah man an, dass er dagegen ankämpfte, in Gelächter auszubrechen. Er zog sich seine

Lederjacke über und warf mir einen vielsagenden Blick zu, der es mir kalt den Rücken hinunter laufen ließ.

„Vielen Dank", sagte er schließlich und schob seinen Stuhl an den Tisch.

„Was?", fragte ich verdutzt.

„Danke dafür, dass du mir so eben bestätigt hast, dass es ein nächstes Mal geben wird." Er hob überlegen grinsend seine Hand und stapfte zur Tür hinaus.

Mir blieb nur noch eines übrig: Den Kopf in den Nacken legen und kräftig stöhnen!

Kapitel 6

I live my life my way
I'm not looking for you or him
I will rest when I want to stay
I don't tolerate another way of livin'

Wann war ich so müde geworden? War es, als ich aus der Bar herausgekommen war oder als ich auf das Fahrrad stieg? Oder als mir klar wurde, dass ich morgen um sechs aus dem Bett musste?

Seufzend und gähnend schloss ich meine Tür auf und warf dabei noch einen Blick auf den Eingang neben mir. Aus dem Schlitz drang Licht. Nicht, dass mich interessierte, ob er da und wach war oder nicht.

Ich zog meine Schuhe aus und erstarrte. „Ollie. Wieso isst du eine Familienpackung Eis? Und wieso tust du das hier und nicht bei dir zuhause … und warum benutzt du keinen Untersetzer für dein Glas?!"

Genervt holte ich einen aus der Küche und legte ihn unter sein leeres Bierglas. Neben rund ein halbes Dutzend leere Flaschen.

Olivier hielt mit einem Arm die 500ml Packung Ben & Jerry's fest und blickte konzentriert auf einen Punkt auf der Wand. Ich legte meinen Arm um ihn. „Hast du diese Flaschen alle alleine ausgetrunken?"

Ollie zuckte die Achseln. „Nein. Anfangs hat mir Ellie geholfen. Dann hatte sie eine Verabredung und hat mich einfach alleine gelassen."

Ich seufzte. Wenn Ollie - und danach sah dieser Tatort aus - Liebeskummer hatte, konnte er ungemein anstrengend sein. Ich wollte eigentlich nur noch ins Bett, aber Ollie war mein Freund.

„Leg los", sagte ich darum. „Was ist? Hattest du Streit mit Paul?"

Er nickte. „Er hat mich einfach so rausgeschmissen!"

Ich strich ihm über den Arm. „Sei ehrlich zu mir. Was hast du gesagt?"

Er schob sich einen Löffel Eis in den Mund. Ich war so müde, dass ich nicht einmal Lust auf Eis hatte.

„Ollie. Ich bin kaputt. Wenn du mir jetzt nicht erzählst, was für einen Blödsinn du mal wieder gemacht hast, nehme ich dein Eis und sprühe es mit Fensterpolierer ein. Und dann werfe ich dich aus der Wohnung."

„Ich bin emotional angeschlagen!", sagte er leicht aggressiv. „Sei lieb zu mir!"

Ollie trauerte auf eine andere Art und Weise als jeder Mensch, den ich kannte. Er weinte nicht. Er wurde wütend und gab der Welt die Schuld an seiner Misere. Wenn man darauf einging, war man verloren. Darum blieb ich hart. „Was. Hast. Du. Gesagt."

Er kratzte mit dem Löffel im Eis herum.

„Ollie …!"

„Ich habe möglicherweise gemeint, dass ich nicht wüsste, ob er der Richtige ist!"

Stöhnend sackte ich in mir zusammen und schlug die Hände über mein Gesicht. „Und was lernen wir daraus, Olivier?", sagte ich mit gedämpfter Stimme.

„Dass er nicht tolerant ist!"

„Nein." Ich presste meine Finger auf meine Augenlider. „Wir lernen, dass du vollkommen unwissend bist! Er ist der Eine! Er ist der Einzige! Er ist dein Gegenstück!"

„Woher willst du das wissen!"

„Ollie … bitte. Du sitzt starr, mit einer Menge Eis und Alkohol auf meiner Couch! Du hältst nichts von

Alkohol, weil er fett macht, Eis ist der pure Tod für den Körper und einfach nur da hocken findest du noch viel dämlicher als Big Brother! Trotzdem machst du genau all das, wegen Paul! Wegen diesem Kerl wirfst du all deine Prinzipien über Bord. Wie richtig geht es denn noch!?"

Eine Weile hörte ich nichts mehr. Dann wurde ein Eisbecher geschlossen.

„Gehst du jetzt zu ihm?", fragte ich hoffnungsvoll.

Olivier hatte seine Arme verschränkt. „Nein. Ich muss erst noch eine oder vielleicht auch zwei Nächte darüber schlafen."

Ich schluckte ein paar Mal leer. „Schön, gut, okay", gab ich mich geschlagen. „Wer schläft auf der Couch?"

Bestürzt sah er mich an. „Niemand, natürlich! Wir schlafen zusammen in deinem Bett. Es ist groß genug."

Ja. Es war groß genug für mich und jede andere Person auf der Welt. Außer Olivier! Ich wusste nicht, wie Paul zusammen mit ihm auf einer Matratze liegen konnte - noch ein Punkt, der für ihn sprach -, aber Olivier hatte so seine ... Schlafschwächen. Aber mit einem Mann mit gebrochenem Herzen konnte man nicht diskutieren. „Schön. Aber ich kriege die Fensterseite."

Wenigstens auf die Wärmflasche würde ich heute Abend verzichten können.

Um sechs musste ich aufstehen. Um fünf stand ich auf.

Ich war die Nacht über getreten, gebissen und gekratzt worden. Entweder träumte Olivier sehr lebendig oder er war einfach durchgeknallt. Ich wollte die Wahrheit gar nicht wissen. Ich wollte nur so schnell wie möglich aus einem Bett mit ihm. Meiner Übermüdung tat das zwar nicht gerade gut, aber was sollte es?

Ich setzte mich mit einer Tasse Kaffee an meinen Computer, um mich auf die Uni vorzubereiten. Ich schlief über der Tastatur ein.

Gott sei Dank hatte ich meinen Wecker nicht ausgeschaltet und wurde pünktlich um sechs Uhr geweckt.

Ich wollte eben meine Tasche für die Uni packen, da klopfte es an der Tür. Olivier schlief noch selig in meinem Bett, Arme und Beine über die Matratze verteilt - wie viele hatte er von denen? - und Ellie schnarchte friedlich vor sich hin.

Neugierig ging ich auf Zehenspitzen zur Tür und sah durch den Spion.

Mein Stalker. Nein, ich wollte eigentlich nicht aufmachen.

Es klopfte nochmals.

Widerwillig zog ich die Tür auf. „Ja?"

„Lust auf ne Mitfahrgelegenheit?"

Ich sah Jayce von unten her an. „Mhm."

„Was guckst du so?"

„Ich traue dir nicht."

„Ahh ...", er tippte mit seinen Schuhen auf den Boden. „So wenig, dass du lieber durch den Regen radelst?"

Gutes Argument. Klar, ich hätte den Bus nehmen können, aber ich wollte den Busgott nicht schon wieder herausfordern. Ich war überzeugt, dass er längst ein Auge auf mich geworfen hatte, und mit dem war nicht zu spaßen. Manchmal verlangte er nämlich aus dem Nichts, dass man sechzig Euro bezahlen solle.

„Naja. Ich überlege noch."

„Was gibt's denn da zu überlegen."

„Ich weiß nicht, was du im Schilde führst!"

„Nichts. Ich dachte mir nur, solange du noch nicht auf ein Date mit mir einwilligst …" Er hob die Hand, um mich davon abzubringen, ihn zu unterbrechen. „Ich dachte, wir können bis dann zumindest Freunde …" Er sah meinen Gesichtsausdruck und grinste. „… zumindest gute Nachbarn sein."

Er wollte guter Nachbar sein, ich wollte trockene Kleidung behalten.

Das war doch eine Nimm-Nimm-Situation.

„Gut", willigte ich ein und nickte. „Wann musst du bei deinem Hotel sein?"

Er sah auf seine Uhr. „Vor zwanzig Minuten."

„Oh. Und warum bist du dann nicht da?"

Er grinste. „Ist das nicht klar? Ich bin hier. Wie sollte ich da sein?"

Ich verdrehte die Augen. „Philosoph bist du jetzt also auch noch."

„Naja. Außerdem bin ich der Chef, das heißt, ich kann es mir sozusagen erlauben."

„Ist mir egal", sagte ich ruhig und zog meine Jacke und Schuhe über. „Hauptsache du fährst sicher Auto. Ich meine, dir ist bewusst, dass wir hier auf der rechten Seite fahren?"

Er schloss die Tür hinter mir. „Ich habe meinen Führerschein in Deutschland gemacht: Also ja."

War er als Kind hier aufgewachsen oder in England? Die Frage lag mir auf der Zunge, doch ich wollte sie nicht stellen. Ich hatte das Gefühl, damit eine Schwelle zu übertreten. Dinge aus der Kindheit konnten sehr persönlich und ernüchternd sein. Keines von Beidem wollte ich herausfordern.

Wir liefen schweigend auf den Parkplatz und blieben vor einem blauen kleinen Ford stehen. Mir klappte die Kinnlade herunter. Ich hatte am Montag also doch keine Halluzinationen gehabt.

„Du warst also wirklich der Idiot, der mich Montag beinahe überfahren hat!"

Er zuckte bloß die Schultern. „Du warst eine Idiotin, die telefonierend mit ihrem Fahrrad mitten auf der Straße stand. Ich wollte dir nur zeigen, dass das gefährlich ist."

„Nein. Wirklich? Das hast du für mich getan? Wie liebenswert aber auch. Noch nie hat mir jemand so drastisch gezeigt, wie wichtig es ihm ist, dass ich in Sicherheit bin! Danke. Diese Methode sollte sich jeder zu Herzen nehmen!"

„Ich wette, seither standest du nie wieder so unüberlegt auf der Straße. Und: Immer gerne. Du brauchst dich nicht zu bedanken. Wir können das aber gerne noch einmal mit meinem Motorrad wiederholen, wenn du ganz sicher sein willst, dass du die Lektion gelernt hast."

Was sollte man dazu sagen? Am besten nichts.

„Los", sagte ich darum nur und stieg bei der Beifahrertür ein, „wir fahren. Du bist schließlich neu hier. Wer weiß, ob du den Weg findest?"

Er fand den Weg. Als führe er jeden Tag an der Uni vorbei.

Seine Arme lagen lässig auf dem Lenkrad und seine Finger klopften im Takt mit der Musik aus dem Radio.

Er hielt mit quietschenden Reifen, stieg aus, lief um den Wagen, öffnete meine Tür und reichte mir einen Regenschirm. „Ich hätte dir auch einen roten Teppich besorgt, damit deine Füße nicht den schmutzigen Boden berühren müssen, aber das war einfach nicht mehr in meinem Zeitplan drin", sagte er gespielt reumütig.

Ich biss auf meine Unterlippe und lachte still. „Ist okay. So eine Tussi bin ich nun auch wieder nicht. Außerdem wäre das für einen guten Nachbarn doch etwas übertrieben."

„Achja. Gute Nachbarn." Er grinste. „Das werden wir dann ja noch sehen."

„Hm." Ich stieg aus dem Wagen und spannte den Schirm auf. „Dein Optimismus ist bemerkenswert. Wie gut, dass du keine Gedanken lesen kannst, sonst wärst du nicht so guter Dinge. Aber danke für die Fahrt. Nachbar." Ich warf die Tür zu und winkte durch das geschlossene Fenster.

„Nachbarn haben nicht so unglaublichen Sex!", hörte ich ihn noch rufen, obwohl ich dem Auto bereits den Rücken zugewandt hatte.

Ich sah nicht mehr zurück, als der Motor anging. So wirkte es irgendwie souveräner.

„Warum lächelst du? Ist dir gerade klar geworden, dass du doch unbedingt mit mir ausgehen willst?"

Vor Schreck ließ ich beinahe den Schirm fallen, unter den sich eben noch jemand gesellt hatte. „Herrgott, Fynn. Erschreck mich doch nicht immer so. Du bist wie ein Luchs auf Beutezug."

„Kein Luchs. Aber auf Beutezug." Er zwinkerte mir zu.

„Dir ist vollkommen egal, dass ich dauernd „Nein" sage", stellte ich eher für mich als für ihn fest, während wir zusammen auf das Hauptgebäude zugingen.

„Ja. Schon. Irgendwie."

Ich fing an zu lachen. „Okay. Dann macht es dir ja nichts, wenn ich dir sage, dass ich nicht mit dir ausgehen werde."

„Du meinst, in nächster Zeit?", fragte er langsam und auffordernd.

„In nächster Zeit. Und in der danach."

„Das ist mir genug", sagte er fröhlich und legte einen Arm um mich.

Ich schubste ihn freundschaftlich und immer noch lachend gegen die Brust. „Halt dich zurück!"

Abwehrend hob er die Hände. „Ich mache nichts, was Freunde nicht auch tun. Kommst du jetzt zur Vorlesung?"

„Klar, ich will Siepe ja ..." Mein Mund blieb offen und ich kniff ungläubig meine Augen zusammen. Sah ich nicht richtig oder kam da tatsächlich meine Mutter aus einem der Studentenwohnheime? Sie musste es sein. Niemand sonst trug so knallpinke High Heels, dass man sie in einem Schneesturm und Tornado zusammen gesehen hätte.

Ich schob meine Tasche höher auf meine Schulter und ließ meine Mutter nicht aus den Augen. „Sorry, Fynn", murmelte ich und legte ihm eine Hand auf die Schulter. „Ich muss kurz weg. Bin aber gleich in der Vorlesung."

„Okay ..." Er klang irritiert. „Dann, bis dann."

Ich nickte und eilte meiner Mutter hinterher, die sich immer wieder zum Eingang des Wohnheims umdrehte. Was wollte sie hier? Ihrer verlorenen Jugend nachweinen? Quatsch. Das machte sie bei mir.

„Mama?" Außer Atem klopfte ich ihr auf die Schulter. „Was machst du ..."

„Kshh!", zischte sie und schubste mich aus ihrem Sichtfeld. „Aber schön, dass du hier bist! Jetzt muss ich mich nicht mehr so unauffällig verhalten." Sie winkte einem jungen Studenten zu, der an uns vorbeilief. „Huhu! Ich besuche nur meine Tochter. Nichts weiter."

Was hatte ich bei ihrer Erziehung nur falsch gemacht?

„Mama! Was tust du hier? Und warum benutzt du mich als dein Alibi?"

Sie verengte ihre Augen und sah über meine Schulter hinweg wieder zum Eingang. „Auf drei drehst du dich um und sagst mir, wer am schlampigsten aussieht, okay? Eins ... zwei ..." Sie schlug gegen meinen Arm. „Drei!" Ich war so perplex, dass ich mich kurz umdrehte. Die Mädchen trugen alle etwas zu kurze Röcke. Aber würde meine Mutter daneben stehen, hätten wir die Gewinnerin.

„Also?"

„Keine Ahnung", seufzte ich. „In Bezug auf was schlampig?"

Mama blickte mich verständnislos an. „Luderschlampig, natürlich. Was gibt es denn sonst für Arten von schlampig?"

Stöhnend legte ich eine Hand über meine Augen. „Keine Ahnung."

„Warum fragst du dann?"

„Ich will wissen, warum du das wissen willst!"

Meine Mutter sah mich verstört an. „Es ist schrecklich", sagte sie. „Eigentlich will ich es dir gar nicht erzählen. Du bist zu jung, um die böse Wahrheit zu erfahren."

Oh Gott. „Was für eine Wahrheit, Mama?", hakte ich ungeduldig nach. Diesmal würde ich meine Vorlesung bestimmt nicht verpassen.

Sie seufzte kummervoll. „Summer. Nicht alle Männer sind nur auf die große Liebe aus. Manche von ihnen tun auch böse Dinge."

Ich stand einen Fingerbreit vor einem Lachanfall. „Nein! Was du nicht sagst."

„Du machst dich über mich lustig", sagte meine Mutter resigniert, „dabei will ich dich nur warnen! Und dir einen Rat geben. Ich bin nicht ganz unerfahren in Bezug auf Männer."

Ich blickte meine Mutter bemüht ernst an. „Leg los, Mama. Ich mache mich bestimmt nicht lustig."

Sie holte tief Luft. „Trau keinem Mann! Sie lügen und betrügen und fahren mehrgleisig. Und du bist am Ende die Idiotin, die es als Einzige nicht weiß!"

Ich war ungerührt, gab mir aber Mühe, das nicht zu zeigen. „Danke für diesen Rat", sagte ich und legte meine Hand auf meine Brust - ich musste einfach übertrieben reagieren, das machte die Anwesenheit meiner Mutter mit mir. „Und warum gibst du ihn mir jetzt? Und warum sollte ich gerade ein Flittchen identifizieren?" Mich beschlich da so eine Ahnung und ich betete, dass ich falsch lag. Sonst würde ich in einer der folgenden Nächte keinen Schlaf bekommen.

„Du wirst geschockt sein!" Meiner Mutter stiegen Tränen in die Augen. „Ich kann es ja selbst nicht glauben. Aber ... Ich habe Grund zur Annahme, dass mein Freund mich hintergeht! Mit einer anderen Frau. Einer Studentin!"

Ich runzelte meine Stirn. „Warst du nicht am Montag noch so glücklich?"

Sie nickte wild: „Ja! Er hat mir doch das wunderschöne Armband geschenkt. Aber weißt du, was ich glaube? Er hat es mir aus einem schlechten Gewissen heraus geschenkt!"

„Hhm."

„Genau! Das habe ich auch gedacht."

„Nein. Ich meine, Schmuck als Geschenk aufgrund eines schlechten Gewissens gilt erst, wenn die Beziehung schon länger als ein Jahr geht." Das hatte ich aus der Bild der Frau. Bei meinem Zahnarzt lagen solche Zeitschriften rum!

Mama rollte mit den Augen. „Ich weiß nicht, woher du diesen Schwachsinn hast, nach einem Monat geht das auch!"

„Er wollte dir wahrscheinlich nur eine Freude machen und du hast keinen Grund, dich zu sorgen."

„Doch!"

„Warum?"

„Ich habe in seinem Terminkalender einen Namen gesehen, den er eingekreist hat, und dazu diese Adresse! Warum sonst sollte er das tun?"

Ich zuckte die Schultern. „Vielleicht will er etwas spenden."

Sie machte eine wegwerfende Handbewegung. „Sei nicht albern. Diese Art von Männern hatte ich noch nie!"

Ich sah ein, dass Mama gar nicht vom Gegenteil überzeugt werden wollte. Sie wollte Dramatik, suchte Bestätigung.

„Du hast wahrscheinlich recht", gab ich mich geschlagen. „Er treibt es bestimmt gerade mit einer jungen Studentin auf einem teuren Schreibtisch in einem der Hörsäle."

Die Augen meiner Mutter weiteten sich. „Die Hörsäle! Daran habe ich gar nicht gedacht. Ach, das ist alles so schrecklich. Kannst du dir das vorstellen? Ein Vierzigjähriger mit einer Zwanzigjährigen! Das ist doch ekelig. Menschen in diesem Alter sollten wissen, wo ihre Grenzen sind!" Ihre Stimme überschlug sich.

Ich konnte mir das Lachen gerade noch verkneifen. Mama hatte exakt ihr eigenes Leben beschrieben.

„Tja. Du kannst dich hier ja noch umsehen. Ich muss jetzt zu einer Vorlesung."

Mama nickte und umarmte mich fest. „Ich wusste, dass du hinter mir stehst."

„Natürlich. Immer."

„Danke, dass ich dich anrufen darf, falls sich etwas Neues ergibt."

Davon hatte ich zwar nichts gesagt, aber sie würde es ja eh tun. „Kein Problem."

Sie verdrückte noch eine Träne. „Danke. Du bist wirklich eine gute Tochter. Und jetzt lauf zu deiner Schule. Deine Kameraden sollen ja nicht auf dich warten."

Ich lächelte und eilte in die entgegengesetzte Richtung, während ich mich fragte, ob meine Mutter je damit aufhören würde, ihre Beziehungen zu sabotieren und ob sie jemals einen Mann ihres Alters in Erwägung gezogen hatte. Ich wusste die Antwort bereits.

Als ich nach Hause kam, lag Olivier auf unserem Sofa und sah fern. Wenigstens schaufelte er nicht mehr kiloweise Eis in sich hinein.

„Und?", fragte ich, während ich meine Einkäufe auf die Anrichte stellte. „Hast du darüber nachgedacht?"

Ollie verzog keine Miene. „Worüber?"

„Über Paul!"

„Mhm. Habe ich. Und ich bin zu dem Schluss gekommen, dass er noch zwei oder drei Nächte bestraft werden sollte."

Die Einzige, die hier bestraft wurde, war ich!

„Das ist eine blöde Idee", murmelte ich und begann, die Milch in den Kühlschrank zu räumen.

„Das hab ich gehört!"

„So was hört er."

„Das auch!"

Ich seufzte. „Natürlich."

„Kannst du mit deinem Sarkasmus aufhören?", beschwerte sich Ollie und schaltete den Fernseher aus. „Du verletzt meine Gefühle."

Ich konnte nicht umhin zu lächeln. „Wenn das deine Gefühle verletzen würde, wären wir nie Freunde geworden."

Er schlurfte in die Küche. „Deiner Logik kann keiner entkommen", meinte er, während er sein zerknautschtes Hemd glatt strich.

„Mhm. Das hat mein Professor heute auch gesagt."

Er bewarf mich mit einem Küchentuch. „Angeberin."

Ich streckte ihm die Zunge heraus. „Steh nicht so hier herum. Wenn du schon bleibst, hilfst du mir dann wenigstens, einen Kuchen für Ellie zu backen?"

„Warum backst du denn einen?" Er lugte über meine Schulter auf die Schokotropfen, die ich soeben auf dem Tresen aufgereiht hatte. Ollie stand Schokolade genau so ergeben gegenüber wie ich. Der Unterschied war nur, dass er sich beherrschen konnte. Ich hatte schon längst aufgegeben.

„Weil ich ihr so viele Mieten schulde und sie mir das nicht die ganze Zeit vorhält. Außerdem kann ich ihr jetzt eine oder zwei zurückzahlen. Und mein letztes Semester hat angefangen! Das sollte gefeiert werden!"

Olivier öffnete eine Schokoladenpackung und steckte sich einen Tropfen in den Mund. „Das hat schon letzte Woche angefangen."

„Willst du jetzt einen Kuchen oder nur weiter meckern, weil du Paul vermisst?"

Entrüstet plusterte er sich auf. „Ich vermisse niemanden. Höchstens mein Bett." Das vermisste ich auch!

„Schon klar", grummelte ich und bückte mich, um die restlichen Zutaten aus der Vorratsschublade zu holen. Wo aber war …?

„Ollie? Wo ist das Mehl? Heute Morgen hatten wir noch welches."

Er sah an die Decke und tat, als ob ihm plötzlich ein Licht aufgehen würde. „Richtig. Ich habe mir zum Frühstück Pancakes gemacht."

Ich sah ihn seufzend an. „Und woher bekomme ich jetzt Mehl?"

Er fing an zu grinsen. „Es gibt bestimmt einen netten … Nachbarn. Huh?"

„Sag mal", ich musterte ihn misstrauisch, „hast du das geplant? Dass ich heute Abend ohne Mehl dastehe und unbedingt welches benötige?"

„Wie hätte ich ahnen sollen, dass du einen Kuchen backen willst!"

Stimmte auch wieder.

Ollie grinste breit. „Aber schön wie die Dinge zusammen passen, oder?"

„Du gehst. Ich will nicht."

„Aha." Er hustete. „Fehaheigliahang."

„Ich bin kein Feigling."

„Wer hat das denn gesagt? Vielleicht war das nur deine innere Stimme."

Entnervt stieß ich mit dem Fuß die Vorratsschublade zu. „Schön! Ich gehe. Aber nur, um dir zu beweisen, dass überhaupt nichts dabei ist. Und wehe, du gibst irgendeinen Kommentar ab."

„Ich doch nicht", flötete Ollie mit Unschuldsmiene.

Die Tür sah so nett aus. So ungefährlich. Nicht männlich oder dunkelhaarig. Bereits zweimal geschlafen hatte ich auch nicht mit ihr.

Das waren einige Pluspunkte. Vielleicht sollte ich einfach ein paar Minuten vor ihr stehen bleiben, dann zurückgehen und sagen, dass Jayce kein Mehl gehabt hatte. Das Problem war nur: Die Wahrscheinlichkeit, dass Olivier in genau diesem Moment durch den Türspion sah, war ungefähr gleich hundert Prozent.

Ich klopfte, bevor meine Hand es sich anders überlegte, und konnte nicht verhindern, dass mein Herz wummerte, als ich Schritte hörte. Mein Kopf schämte sich für meinen Körper, obwohl auch ihm bewusst war, dass mein Nachbar einfach heiß war. Die Tatsache, dass Jayce ein Aufreißer war und niemand, der auf meiner Liste der beziehungstauglichen Männer weiter oben gestanden hätte, interessierte ihn wenig.

„Moment", hörte ich seine tiefe Stimme rufen und dann klackte das Türschloss.

Sein Mundwinkel zuckte, als er mich vor seiner Tür stehen sah, aber sonst änderte sich nichts an seiner geschäftsmäßigen Miene und seiner gerunzelten Stirn. „Ja, mir ist vollkommen bewusst, dass die Umsätze hochgehen müssen, und ich habe dazu auch einige Ideen, aber

Mike, ich rufe dich später zurück, okay?" Jayce winkte mich mit seiner freien Hand herein. „Nein, ich ... wie bist du denn jetzt auf das Thema gekommen?" Er nickte mehrmals. „Nein, Mike. Der Gast hat sogar Recht, wenn er falsch liegt. Du bist seit fünfzehn Jahren Concierge und jetzt im Management tätig - das solltest du wissen." Er schloss die Tür und stöhnte.

Verdammt. Irgendwie machten mich seine autoritäre Ausstrahlung und sein Chefgetue total an. Aber vielleicht war auch nur sein Aufzug in Jeans und Hemd, das halb aus der Hose heraus hing, schuld. Oder es waren seine Haaren, die wild in alle Richtungen standen.

„Mike, du bringst mich um! Mach deinen Job, dafür bezahle ich dich. Und hör auf, die Zimmermädchen zu belästigen, sie haben sich wegen deiner Blicke beschwert." Ich grinste in mich hinein. Ich glaub, er war ein ziemlich cooler Chef. „Es ist mir egal, ob deine Frau sich nicht mehr darum schert, heiß für dich auszusehen! Rede mit ihr darüber! Ich verlasse mich darauf, dass heute Abend alles glatt läuft. Du wolltest mehr Verantwortung und jetzt hast du sie. Ich kann und will nicht immer vor Ort sein. Wenn ich noch länger arbeite, kann ich mir gleich ein Zimmer buchen." Er raufte sich seine Haare und lief zum Kühlschrank, nahm zwei Bier heraus und stellte mir eins auf den Wohnzimmertisch. Er benahm sich so, als sei es vollkommen normal, dass ich mich in seiner Wohnung aufhielt.

Dann konnte ich mich ja auch setzen.

„Mike! Ich habe noch ein Leben, lass mich mit dem Blödsinn in Ruhe! Du bekommst genug Gehalt, um dir einen Psychiater und ein schickes Kleid für deine Frau zu leisten."

Ich legte mich in eine Ecke des gemütlichen Sofas und zog meine Beine an. Das Polster war so weich und breit. Fast so toll wie mein Bett.

„Mike." Jayce' Stimme wurde ganz ruhig. „Wenn du nicht innerhalb der nächsten Sekunden ‚Tschüss Boss' sagst, verrate ich deiner Frau, was du mir eben gesagt hast."

Das Leder roch auch so unglaublich gut. Es hatte Ähnlichkeit mit dem Geruch von Jayce. Pure Männlichkeit und Kekse.

„Tschüss, Mike. Wir sehen uns morgen." Es piepte und er hatte aufgelegt.

Ich gähnte und blinzelte. „Du hast also noch ein Leben neben der Arbeit?"

Er nickte und ließ sich neben mich fallen. „Naja. Im Moment gibt es da ja noch dich."

Ich lächelte. „Ich bin dein Leben? Nicht ein bisschen zu früh? Du kennst mich seit drei Tagen und ich habe dir theoretisch nur eine Abfuhr nach der anderen gegeben."

„Ich kenne dich seit fünf Jahren und drei Tagen."

Ich schloss meine Augen. Nur für einen Moment. Dann würde ich nach dem Mehl fragen und gehen. „Was ist mein zweiter Vorname?"

„Summer. Dein richtiger Name ist Marie."

Ich runzelte leicht die Stirn. Hatte ich ihm das schon einmal erzählt? „Mhm. Und was ist meine Lieblingsfarbe?", flüsterte ich und kuschelte mich noch tiefer in meine Sofaecke. Es war wirklich gemütlich.

„Keine Ahnung."

Ich gähnte wieder. „Siehst du? Du kennst mich nicht."

Er atmete gleichmäßig neben mir. Wie eine Meditations-CD. Sehr entspannend, und riechen tat er besser als das Sofa.

„Summer? Was ist deine Lieblingsfarbe?"

„Grün", murmelte ich und drehte mich etwas mehr auf die Seite. Meine Füße streiften sein Bein. „Aber gelb ist auch okay. Und rot bei Blumen ist sehr schön. Außer bei Rosen." Es kam mir so vor, als ob meine Stimme immer leiser wurde. Sein gleichmäßiges Atmen verlangsamte meinen Herzschlag. „Rote Rosen sind kitschig. Frauen tun nur so, als würden sie ihnen gefallen."

Etwas strich über meinen Kopf und meine Wange.

Vielleicht eine Schneeeule. Ja. Ich glaube, sie hatte sich soeben über meine Schultern gelegt. Sie waren jetzt warm und kuschelig.

„Und was für Blumen sind nicht kitschig?"

„Selbstgepflückte Gänseblümchen." Danach wurde alles dunkel.

Kapitel 7

I'm restless and confused
I'm looking for an excuse
To leave, to run, but it's quite hard
To fall, to lose, to just give up

Ein Klingeln weckte mich. Erst war ich davon überzeugt, der Eismann käme vorbei. Ich plante schon, was ich mir bestellen würde, bevor ich realisierte, dass ich in Jayce' Wohnung in seinen Armen lag und deshalb ... Moment. In seinen Armen!?

Ich schlug ruckartig meine Augen auf, aber ich hatte wider Erwarten noch alle meine Kleider an.

Es klingelte weiter und ich blinzelte gegen die Dunkelheit an. Etwas kitzelte in meiner Hose und da es nicht Jayce' Finger sein konnten, die lagen nämlich allesamt um meine Hüften, folgerte ich, dass es mein Handy sein musste.

Vorsichtig, ohne zu schnelle, ruckartige Bewegungen zu machen, hob ich meinen Hintern an, um es aus meiner Hosentasche zu holen. Jayce' Arme klammerten sich automatisch fester an mich und beinahe hätte ich angefangen zu lachen. Wie waren wir hier nur gelandet?

„Hallo?", flüsterte ich in das Telefon und nahm vorsichtig einen von Jayce' Armen von meinem Körper.

„Kind? Bist du das?"

Mist. „Ja, Mama. Bin ich." Ich erhob mich vorsichtig, wechselte die Hand, in der ich das Telefon hielt, und setzte mich auf den Sessel schräg gegenüber. „Was ist los?"

„Ich stehe vor dem Four Seasons." Erst jetzt fiel mir auf, dass sie ebenfalls flüsterte. Das konnte nichts Gutes bedeuten.

„Warum sprichst du so leise, Mama?"

„Ich beschatte meinen Freund, was denkst du denn?"

Natürlich. Was für eine dumme Frage von mir.

„Mama, warum? Ist das wirklich nötig?" Auf der Couch regte sich etwas und ich sah, wie Jayce sich aufrichtete. Auch das noch.

„Ob das nötig ist!?" Sie klang, als hätte ich sie persönlich angegriffen. „Er hat mich eben angerufen und behauptet, sein Geschäftsessen würde noch länger dauern. Es ist ein Uhr nachts! Wer ist noch um ein Uhr nachts auf einem Geschäftsessen?"

„Keine Ahnung", sagte ich erschöpft. „Vielleicht die Freunde der Mütter, die ihre Töchter um ein Uhr nachts ohne jegliche Bedenken auf dem Handy anrufen."

„Es ist keine Zeit, Witze zu machen!", fuhr sie entrüstet auf.

„Da hast du Recht. Um ein Uhr nachts macht man keine Witze!"

„Summer." Ihre Stimme stieg um zwei Hysteriepunkte. „Du musst herkommen! Sofort. Ich schaffe das nicht alleine. Er könnte in diesem Moment mit einer anderen Frau zusammen sein."

„Oder er ist noch mit einem Kunden zusammen und nimmt gerade seinen letzten Drink!"

„Lächerlich! Im Four Seasons?"

„Da gibt es eine super Bar. Und warum sollte er dir sagen, wo er ist, wenn er dort mit einer anderen Frau wäre?", sagte ich etwas lauter als gewollt. Jayce sah mich an. Er hatte seine Füße auf den Wohnzimmertisch gelegt und trank das Bier, das ich vorhin stehen gelassen hatte, direkt aus der Flasche.

„Komm her!", bettelte sie. „Ich brauche dich. Hilf mir dabei! Ein letztes Mal."

„Nein", zischte ich. „Ich helfe dir nicht! Wenn du meinst, du müsstest deinen Freund beschatten, mach es allein. Außerdem: Du sagst immer, es ist das letzte Mal. Und es ist mitten in der Nacht! Ich habe noch ..."

„Was hast du noch? Du hast doch nur deine Uni. Du hast keine Arbeit, keinen Freund. Du hattest bestimmt schon seit Wochen keinen Sex mehr. Und jetzt willst du mir erzählen, dass du keine Zeit hast, mich ausnahmsweise mal zu unterstützen?"

Ich blickte zu Jayce. Meine Mutter hatte keine Ahnung. „Viel Spaß noch", sagte ich ruhig, legte auf, schaltete das Handy aus und ließ mich stöhnend zurück in den Sessel fallen.

„War das deine Mutter am Telefon?" Jayce' Stimme klang ganz kratzig vor Schlaf. „Und sie wollte, dass du ihren Freund ausspionierst?"

Ich wurde rot. Aber es war ja dunkel. „Ja. War sie. Wollte sie."

„Passiert das öfter?"

„Mhm." Wahrheit oder Lüge? „Doch. Tut es schon."

Er lachte leise. „Wow. Scheint eine spannende Persönlichkeit zu sein, die dich da aufgezogen hat."

Ich prustete. „Ja, sicher. Sie mich aufgezogen. So herum kann man es auch betrachten."

Jayce schaltete eine kleine Tischlampe an. „Willst du auch ein Bier?", fragte er. Für ihn schien es das Selbstverständlichste der Welt zu sein, dass ich einfach bei ihm eingeschlafen war.

„Gerne", nickte ich.

Während er zum Kühlschrank ging, setzte ich mich zurück auf die Couch. Der Stuhl war wirklich nicht im Geringsten so bequem. Er stellte das geöffnete Bier für mich ab und setzte sich neben mich.

Ich sollte jetzt wirklich gehen.

„Also. Was ist deine Mutter für eine Person?"

Ich nahm einen Schluck von dem Bier. „Meine Mutter ist die selbstsüchtigste, uneigenständigste Person, die ich kenne. Und das sage ich, obwohl ich sie wirklich liebe!"

Jayce legte seine Beine wieder auf den Tisch und sein Kopf sackte auf meine Höhe. „Scheint ja kein großes Vorbild für dich gewesen zu sein."

Gedankenverloren pulte ich an dem Etikett. „Nein. Nicht echt. Irgendwie war sie immer ein Vorbild für das, was ich nicht sein wollte."

„Ist was Gutes bei raus gekommen", stellte er fest.

Ich sah auf meine Füße und lächelte. „Danke. Ich finde auch, dass ich das ganz gut gemacht habe."

„Was würdest du denn sagen, macht sie aus?"

Da musste ich nicht überlegen. „Meine Mutter hat ein Faible für alles Auffällige."

„Zum Beispiel?"

Ich zögerte. „Also das letzte Mal, als ich sie in ihrer Wohnung gesehen hatte, trug sie einen Leopardentanga - und nichts anderes. Als ich sie auf ihre Freizügigkeit ansprach und die viel zu viel sichtbare - schlaffe - Haut, hat sie nur die Nase gerümpft und gemeint, es wäre Badesaison."

„Teilst du das Hobby?" Sein Blick senkte sich auf meine Füße, die in übermäßig großen Indianer-Mokassins steckten.

„Ähhh … nein." Mir wurde heiß. „Das war ein Geschenk und mir käme es unhöflich vor, sie nicht zu tragen." Außerdem sahen sie einfach geil aus!

„Ach so." Er genehmigte sich auch noch einen Schluck. „Also habt ihr kein so enges Verhältnis?"

Ich neigte meinen Kopf zur Seite. „Doch theoretisch schon. Nur eben sehr einseitig, was den Informationsaustausch angeht."

„Soll heißen?"

„Sie redet eigentlich nur über sich", erklärte ich und zog ein Bein unter mich. „Ich glaube, mein Leben ist ihr einfach nicht interessant genug - und da muss ich ihr auch Recht geben."

Forschend sah er mich an. „Finde ich nicht. Dein Leben ist weitaus realer."

„Das macht es ja so uninteressant für sie. Das echte Leben macht keinen Sinn für sie. Sie ist total besessen von der Idee, dass ihr Leben wie ein Film wäre!"

Jayce nahm mir meine leere Bierflasche aus den Fingern und stellte sie neben seine auf den Tisch. Wann hatte ich die denn ausgetrunken?

„Du wirkst wütend."

„Gott! Sie regt mich so auf! Sie ruft an, wenn sie will, sie verlangt, was sie will, und wenn sie es nicht bekommt, bin ich plötzlich diejenige, die sich bei ihr entschuldigen muss. Ich meine … das ist doch nicht richtig. Sie hat diese seltsame Vorstellung, dass sie alles über mein Leben wüsste. Dabei weiß sie noch nicht einmal, was für ein Fach ich studiere!" Ich fuchtelte wild mit meinen Armen herum. „Sie hat immer noch das Bild von mir im Kopf, das ich mit achtzehn abgegeben habe!"

Jayce sah mich für einige Momente fragend, aber still an. Dann sagte er: „Was denkt sie denn von dir?"

„Sie glaubt, ich sei unschuldig und naiv. Ich würde Träumen hinterher jagen, die nie erfüllt werden könnten. Ich hätte kein Privatleben, nur die Uni. Außerdem meint sie, ich würde mich nie fallen lassen können. Ich würde immer nach Ausreden suchen, um keinen Spaß haben zu müssen."

„Spaß haben?"

Ich schluckte. „Sie glaubt, ich hätte seit einem halben Jahr keinen Sex mehr gehabt."

Er grinste. „Sie hat ja wirklich keine Ahnung von deinem Leben."

Ich sah ihm in die Augen. Diese Augen, die mich zu verschlingen schienen. Die Augen, bei denen ich jedes Mal seufzen wollte. „Nein. Hat sie nicht", murmelte ich leise und sah ihn weiter an.

Jayce schob die Bierflasche auf dem Tisch weiter nach hinten und seine Hand strich wie versehentlich über mein Bein. Mein Nacken und meine Kopfhaut wurden von einer Gänsehaut überzogen.

„Und was gedenkst du, dagegen zu unternehmen?"

„Ich ... ich ... also im Moment ..." Ich biss auf meine Unterlippe und mein Verstand setzte aus. „Im Moment würde ich ihr gerne beweisen, dass ich nicht so bin, wie sie glaubt."

„Tatsächlich?" Seine Finger streichelten über meinen nackten Arm und mein Herz machte einen Hüpfer. „Und wie genau willst du das erreichen?"

Oh Mann. Er würde nicht wieder anfangen.

Jetzt war ich an der Reihe.

„Mhm. Schlag was vor."

„Keine Ahnung. Was schießt dir als Erstes in den Kopf?"

„Das." Ich lächelte breit und küsste ihn einfach. Ich nahm mir, was ich wollte.

Nimm das, Mutter!

Jayce hob die Augenbrauen. „Das war alles, was du geben kannst? Also ich möchte ja wirklich nicht meckern, aber …"

Ich griff in sein Hemd, zog ihn zu mir heran und küsste ihn wieder. Besitzergreifend legte er eine warme Hand in meinen Nacken und strich mit seinen Lippen über meinen Kiefer. Ich fühlte mich geborgen und auf seltsame Art und Weise frei. Wie vor fünf Jahren.

Ich schob seine Beine mit meinen vom Tisch und er fiel eher ungewollt als geplant auf mich, hörte aber nicht auf, mich zu küssen. Ich auch nicht. Ich legte meine Arme um seinen Hals und zog ihn näher zu mir heran, so dass er der vollen Länge nach auf mir lag. Das war eine gute Idee, wieso hatte ich je daran gezweifelt?

„Nur fürs Protokoll", flüsterte Jayce in mein Ohr und küsste die Stelle dahinter und darunter und weiter darunter. „Diesmal war nicht ich es, der angefangen hat! Eine Verführung kann mir also nicht angehängt werden."

Ich lachte laut und legte meinen Kopf in den Nacken, damit er meinen Hals besser erreichen konnte. „Solange du nicht aufhörst …", hauchte ich und drehte mich auf ihn drauf - ohne von der Couch zu fallen. „Solange du nicht aufhörst, kannst du gerne das Opfer sein."

„War das ein Versprechen?"

Ich grinste und küsste ihn wieder. „Finde es doch einfach selbst heraus."

Und das tat er.

Meine Augen öffneten sich und ich wurde vom Licht geblendet, das durch den Vorhang in Jayce' Schlafzimmer fiel. Panisch schaute ich auf den Wecker - und ließ mich zurück ins Kissen fallen. Heute war Freitag und mein erstes Seminar begann erst um zwei Uhr. Ich schloss meine Augen wieder und atmete den Geruch von Jayce' Haut ein.

Jayce hatte Recht. Ich dachte zu viel nach. Ich musste ihn ja nicht heiraten, aber für seinen jetzigen Zweck war er mehr als überqualifiziert. Sein Arm zog sich enger um meine nackten Schultern.

„Bist du wach?", murmelte er verschlafen.

Ich nickte und küsste ihn auf die Brust.

„Sicher, dass du keine Halluzination bist? Ich meine ... Du bist nicht abgehauen, ohne dich zu verabschieden?" Als Antwort schlug ich auf seine Schulter. „Also doch real", lachte er. Ich schlang ein Bein um seine Hüften - aus Bequemlichkeitsgründen!

„Leg es nicht darauf an", gähnte ich. „Nur weil ich jetzt hier bin, heißt das nicht, dass ich dich gern habe."

Ich bemerkte, wie er mich scheel ansah. Ich sah zurück. „Was?"

„Gib es zu. Ein bisschen magst du mich doch", sagte er triumphierend.

Ich knuffte ihn in die Seite und schüttelte den Kopf: „Nein. Kein bisschen."

Er grinste und deutete an seinem Körper herunter. „Du hast innerhalb von einer Woche zwei Mal mit mir geschlafen. Und das zweite Mal aus deiner Initiative heraus. Das muss doch etwas bedeuten."

„Tut es auch." Meine Mundwinkel zuckten. „Mein schwuler Freund belegt mein Bett und er tritt und schnarcht. Dein Bett schien mir eine angenehme Alternative."

„Ahh ..." Er tippte sich mit seinem rechten Zeigefinger gegen die Schläfe.

„Genau." Ich sank noch ein wenig mehr in die Laken und schmunzelte in mich hinein.

Jayce legte seinen Kopf schief und runzelte die Stirn. „Du sprichst hier doch von deinem schwulen Freund, der so getan hat, als wolle er mit dir ausgehen, damit ich weiß, wie begehrt du bist, oder?"

Ich trat ihm unter dem Laken gegen das Schienenbein. „Du bist gemein! Das war nicht meine Idee."

„Schon klar." Jayce zog sein Bein weg. „Was wollte er mit seinem Auftritt denn erreichen?"

„Mhm. Ich glaube nichts. Er wollte dich einfach nur sehen."

„Und was hält er von mir?"

„Er fand deine Schuhe toll. Den Rest hat er nicht erwähnt", antwortete ich schnippisch.

Jayce grinste. „Ach, so war das. Außerdem: Du solltest dir einmal die Zehennägel schneiden. Da ist ja, als würdest du fünf kleine Küchenmesser in meine Wade rammen."

Ich nahm meinen Kopf von seiner Brust, zog meine Füße unter meinen Po und lag nun halb sitzend im Bett. „Freut mich, dass es die gewünschte Wirkung erzielt hat."

Jayce kniff mir in den Oberarm und ich schrie auf. „Was soll das denn!"

Er zuckte die Schultern. „Da ich soeben mitbekommen habe, dass du keine Lady bist und du mich nicht magst, darf ich mich rächen. So machen wir das in England."

Ich rieb mir die Stelle am Arm. „Du bist aber viel stärker."

Jayce prustete. „Ich bitte dich. Du hast die Waffen einer Frau. Was könnte da stärker sein?"

Meine Mundwinkel zuckten wieder einmal. Das taten sie in seiner Gegenwart verdächtig oft. „Darauf weiß ich keine Antwort", gab ich zu.

„Dachte ich es mir doch."

Mein Grinsen wurde breiter. „Heißt das jetzt, wenn ich dir meine Brüste zeige, bist du so vernebelt, dass ich alles von dir verlangen könnte … du würdest Ja sagen?"

„Oh …" Er grinste ebenfalls. „So einfach ist das auch nicht, Schätzchen. Du musst mir schon gewisse Dienstleistungen erbringen."

„Machst du mich gerade zur Nutte?"

„Um Gottes Willen … Nur wenn du mich darum bittest, Geld auf deinem Nachttisch zu hinterlassen."

„Mhm." Ich legte meinen Kopf schief. „Bin ich wirklich so gut im Bett, dass du mich dafür bezahlen würdest?"

Seine Augen wurden groß und ernst: „Besser, Summer. Besser."

Ich lachte laut und ließ mich wieder in die Kissen fallen. „Du bist unmöglich! Aber es reicht mir, wenn du mich mit Eis bezahlst. Oder Kuchen. Wahlweise."

„Eis wird es sein. Kuchen krümelt im Bett zu sehr."

Er dachte also voraus. „Sehr gut. Und jetzt …" Ich richtete mich auf. „… muss ich wirklich gehen."

„Uni?"

„Nein. Olivier. Sobald er wach ist, wird sich seine Fantasie überschlagen und ich will ihm nicht zu viele Reize bieten."

„Dann solltest du dich vielleicht anziehen. Ich befürchte aber, die Sachen sind noch im Flur. Oder im Wohnzimmer. Oder in der Küche."

Ich biss mir lächelnd auf die Lippe. „Mhm. Dann musst du jetzt wohl halbnackt aufstehen und mir die Sachen holen gehen, während ich mich zurücklehne und mir das Geschehen freudig ansehe."

Er schlug die Bettdecke zurück. „Du bist die erste Frau, die offen zugibt, dass sie das genießt, deswegen tue ich dir den Gefallen."

„Gut." Oh Ja! Dieser Anblick war meine Ehrlichkeit definitiv wert.

Er brachte mir meine Sachen und ich zog mich an. Er nicht. Er streifte sich schnell ein T-Shirt über, legte sich ins Bett zurück und sah mir zu. Wie ein Striptease, nur in die andere Richtung. Als ich fertig war, brachte er mich zur Tür und die Stimmung wurde merkwürdig. Betreten. Keiner wusste, was er sagen sollte. Zwar hatte ich mir schon gestern Abend - bevor ich den ersten Schritt gemacht hatte - überlegt, was ich sagen würde, aber es auszusprechen …

Ich gab mir einen Ruck. „Hey", flüsterte ich und malte mit meinen Fingern Muster auf seine Brust. „Können wir das hier ohne Namen lassen? Ich möchte keine Beziehung. Ich möchte keine Verpflichtungen oder Bedingungen. Können wir nicht einfach Spaß haben? Uns treffen, wann wir wollen, und wenn einer mal nicht will, ist der andere nicht sauer? Und wenn jemand keine Lust mehr hat - dann hat eben jemand keine Lust mehr."

„Sicher, dass du real bist?" Eine Hand auf dem Türrahmen abgestützt, lehnte Jayce sich nach vorne und küsste mich. „Mit dem, was du da vorschlägst, bist du nämlich der Traum eines jeden Mannes."

„Na, dann hoffe ich für dich, dass du in nächster Zeit nicht aufwachst." Ich ließ ihn sanft los und schloss meine Tür auf. „Wir sehen uns."

„Bestimmt."

Wow. Ich hatte soeben meine erste Affäre begonnen.

Ich ging in die Küche, um mir einen Kaffee zu machen. Während die Maschine arbeitete, räumte ich die Schüsseln, die noch von gestern auf dem Tresen standen, vorläufig zurück. Das Mehl hatte ich natürlich vergessen. Ich hatte alles getan, nur nicht das, was ich eigentlich gewollt hatte. Das war wie bei Ikea.

„Machst du mir auch einen Kaffee?" Ellie stand im Nachthemd und mit verschlafener Miene im Türrahmen.

„Klar", nickte ich.

„Gut." Sie setzte sich und schaute mir beim Aufräumen zu. Ein seltsames Schweigen breitete sich in der Küche aus. Ellie holte mehrmals tief Luft, als ob sie etwas sagen wollte, es kam aber nichts. „Heute ist Freitag", brachte sie schließlich heraus.

Ich nickte: „Ich weiß."

„Heute ist Mietzahltag."

„Ich weiß."

Wieder ein Seufzen. „Sum, du weißt, wie ungern ich darüber rede, aber ich brauche nun einmal auch Geld und du schuldest mir noch vier Mieten. Mit der nächsten wären es schon fünf…"

Lächelnd sah ich sie an. „Ich kann dir keine fünf anbieten, aber zwei. Und einen Kuchen dafür, dass du so geduldig bist, gibt es heute Abend auch noch."

„Oh." Ihr Gesicht erhellte sich. „Danke! Die drei Mieten im Rückstand sind vollkommen okay."

„Gut. Aber die kriege ich bestimmt auch schnell zusammen. Montag habe ich einen neuen Job. Dann wird das schon", gab ich optimistisch bekannt und wischte eine Pfanne aus.

„Gut, ich …" Plötzlich runzelte sie die Stirn. „Moment. Was ist denn mit dir los? Gestern warst du doch noch total Antiglück und jetzt? Dein Gesicht leuchtet so … so als wärst du radioaktiv."

„Mir geht es nur gut."

„Sie hat mit dem Nachbarn geschlafen!", rief jemand aus meinem Schlafzimmer.

„Na, Ollie, in meinem eigenen Bett konnte ich ja nicht schlafen, also mach mir keine Vorwürfe!", schrie ich zurück.

„Mach ich nicht! Ich bin eifersüchtig. Er ist heiß."

„Uhhhh …" Ellies Augen wurden riesig. „Hast ihn dir also wieder geschnappt, was? Was wird das denn jetzt? Eine ernste Sache?"

Ich reckte mein Kinn und schüttelte stolz den Kopf. „Nein. Das wird ganz locker. Wir beide haben keine Lust auf eine feste Beziehung, deswegen …"

„… schlaft ihr einfach ein bisschen miteinander?", lachte Ellie. Dann verstummte sie abrupt und schaute mich ernst an.

„Was guckst du so? Du machst das doch auch andauernd. Mit irgendwem einfach schlafen."

„Ja. Sicher. Aber … aber … na ja, ich bin ja auch ich und du … bist nun einmal du."

Verärgert stemmte ich meine Arme in die Hüfte. „Was soll das denn wieder heißen?"

„Du bist nicht für sowas gemacht, Sum", belehrte sie mich. „Dein Lieblingsbuch ist Rapunzel! Du glaubst an die große Liebe, an Märchen. Nicht an die Macht von purem Sex."

„Ich wurde bekehrt! Und Rapunzel ist nicht mein Lieblingsbuch. Ich habe es nur gerne neben meinem Bett liegen."

„Mhm." Sie nahm sich einen Joghurt. „Ich gebe dir zwei Monate, dann bist du hoffnungslos in ihn verliebt und wünschst dir, dass ihr ein richtiges Paar wärt."

„Ich gebe ihr nur einen!"

„Misch dich nicht ein, Ollie! Und ich kann sehr wohl Sex haben ohne eine Beziehung. Jayce ist ohnehin kein Heiratsmaterial."

„Das ist kein Mann." Ellie schob sich Joghurt in den Mund. „Aber Frauen glauben daran, dass sie diese Tatsache ändern können."

Meine Augen verengten sich zu Schlitzen. „Okay. Die Wette steht. Wenn ich mich verliebe, mache ich zwei Monate den Abwasch. Wenn nicht - machst du ihn."

„Oh, das wirst du bereuen." Wir schlugen ein.

Diese Wette konnte sie nur verlieren. Jayce war niemand zum Verlieben. Man konnte Spaß mit ihm haben, aber nicht über ernste Themen sprechen, und das brauchte ich bei einem Mann, bei dem es ernst werden sollte.

Ich lächelte. „Und jetzt backe ich einen Kuchen. Um meinen Sieg schon einmal im Voraus zu feiern."

„Ich wette auf Ellie!"

„Halt die Klappe, Ollie!"

Mit einem leicht schlechten Gewissen trat ich am Montag meinen neuen Job an. Ich hatte mich am Wochenende im Internet über Modelleisenbahnen schlau machen wollen, war stattdessen aber mit einem vollen Einkaufswagen auf Zalando gelandet - den ich dann wieder gelöscht hatte, weil mir Essen doch wichtiger war.

Aber wie schwer konnte es schon sein, mit Eisenbahnen umzugehen? Oder sie zu verkaufen! Ich studierte, das sollte also kein Problem werden.

Während ich mein Fahrrad parkte, schaute ich durch die matten Fensterscheiben des Modelleisenwarenhandels, der in einem schmalen Backsteingebäude untergebracht war. Der Laden sah etwas mitgenommen aus und schien nicht gut besucht. Das ließ meine Hoffnungen auf eine entspannte Zeit noch steigen.

Ich trat ein und strich meine Jacke glatt. Es hatte aufgehört zu regnen, dafür war es eiskalt geworden. Der Laden war klein und gemütlich. Überall standen Eisenbahnen herum. In allen möglichen Größen, Formen, Farben und Beschriftungen.

Eine Glocke kündigte mein Erscheinen an und ein alter Mann, mit grauem Bart und leichtem Glatzenansatz trat hinter einem Tresen hervor.

Er wirkte wie der nette Großvater von nebenan, der den Kindern des Nachbarn immer Kaugummi zuschob.

„Kann ich Ihnen helfen?", kam er auf mich zu. Ich hatte das Gefühl, dass eher ich diese Frage stellen sollte. Einem alten Kerl, der sein Leben in Eisenbahnen investierte, die nicht mal in der Lage waren, Holzkohle oder Gold zu transportieren, musste doch irgendwie geholfen werden können.

„Ja", sagte ich lächelnd und reichte ihm die Hand. „Ich bin Ihre neue Aushilfe."

Sein Gesicht erhellte sich. „Ach, richtig. Die Agentur sagte, sie würde heute jemanden vorbei schicken. Auermann mein Name. Sie haben also Erfahrung mit Eisenbahnen und ihrer Benutzung?"

Benutzung? Was gab es denn da zu benutzen. Man schaltete sie an und stellte sie auf die Schienen. „Ja, habe ich", konnte ich deswegen mit einiger Überzeugung sagen. „Ich hatte als Kind selbst eine." Dass es eine Briobahn gewesen war, musste er ja nicht wissen.

„Großartig." Er wirkte richtig begeistert. „Dabei dachte ich, Frauen wären nicht an solcher Art von Spaß interessiert." Womit er verdammt Recht hatte.

„Ach." Ich machte eine wegwerfende Handbewegung. „Frauen lieben Eisenbahnen. Nicht alle natürlich. Aber immer mehr."

Sein väterliches Lächeln wurde noch ein Stückchen breiter. „Dann brauche ich Sie ja gar nicht weiter einweisen? Wenn Kunden kommen, beraten Sie diese, und die Kasse lässt sich ganz einfach bedienen."

Mir wurde nun doch etwas mulmig zumute. „Könnten Sie mir trotzdem noch zeigen wie …"

„… man die Kasse bedient?"

Ich schluckte leicht. „Ja. Äh. Genau." Beraten. Mhm. Konnte ja nicht so schwer sein. Die eine Lok da zum Beispiel, die auf dem Tresen ausgestellt war, sah irgendwie süß aus. Sie war rot und schwarz und hatte ein niedliches Rauch-Auspuff-Dings auf dem Dach. Okay. Für den Begriff Rauch-Auspuff-Dings musste ich mir vielleicht etwas anderes überlegen. Aber ich war kreativ. Das sollte doch funktionieren.

Der Ladeninhaber zeigte mir kurz, wie man die Kasse bediente - kinderleicht - und erklärte mir, ab welcher Summe man einen Gutschein fürs Internet ausstellen sollte, dann war ich startklar.

In der ersten Stunde stand ich still an der Kasse und verkaufte eine Weiche. So jedenfalls nannte der Kunde den Gegenstand, den ich ihm in eine Tüte packte. Dann kamen zwei Kunden in den Laden und fragten nach Beratung. Herr Auermann schritt auf den ersten zu und wies mit seinem Kopf auf den Mann dahinter.

„Wollen Sie diesen Kunden nicht übernehmen, Frau Sanddorn?"

Das war der Moment, vor dem ich Angst gehabt hatte. Doch ich ließ mir nichts anmerken. „Klar, sehr gerne", nickte ich.

Auermann winkte fröhlich und verschwand mit seinem Kunden hinter einem Regal.

Ich entschloss mich erst einmal dazu, freundlich auszusehen, und setzte ein Lächeln auf. „Wie kann ich Ihnen denn helfen?"

Der Kunde stapfte unangenehm berührt von dem einen auf das andere Bein. „Ich möchte eine Modelleisenbahn kaufen."

Ach. Nicht wirklich. „Nun. Was stellen Sie sich denn so vor? Wie Sie sicherlich sehen, haben wir hier eine große Auswahl."

Er zuckte unentschlossen mit den Schultern. Das nahm ich als ein gutes Zeichen. Er schien genauso viel von Eisenbahnen zu verstehen, wie ich es tat. Das könnte ich zu meinem Vorteil nutzen.

„Soll es denn ein Wagon sein oder eine Lok? Haben Sie bereits die passenden Schienen? Ist es ein Geschenk? Für wen?"

Der Kunde war von den vielen Fragen offensichtlich überfordert, deswegen holte ich noch einmal Luft. „Für wen ist die Bahn denn?"

Er räusperte sich. „Für meine Frau. Zu unserem zehnten Hochzeitstag. Sie liebt diese Teile."

„Ach so." Ich gab mir alle Mühe, nicht allzu ungläubig zu klingen. „Und besitzt sie bereits eine Sammlung?"

Er nickte. „Ja. Deswegen bin ich mir auch nicht sicher, was ich für sie kaufen soll. Aber sie hat in der letzten Woche so eine Andeutung gemacht."

„Was denn?"

„Sie sagte, sie wünsche sich eine Lok, bevor ich mit nichts dastünde." Er wurde dunkelrot und schob seine Hände in die Jackentaschen.

Ich lachte. Diese Frau war sympathisch. „Gut. Dann wissen wir doch, wonach wir suchen müssen."

Der Kunde folgte mir unbeholfen in einen der Gänge, in dem ich beim Hereinkommen Loks gesehen hatte.

Er sah von einem Regalbrett zum anderen. „Und wo liegt an den verschiedenen Modellen der Unterschied? Ich habe nämlich keine Ahnung. Wirklich."

Da waren wir schon zwei. Ich lächelte aufmunternd. „Die Unterschiede liegen im Detail. Für einen Nichtkenner mögen sie unsichtbar sein, aber für jemanden, der sich mit diesen Modellen beschäftigt, sind sie ziemlich offensichtlich." Das war wirklich ein schöner Satz. Das musste ich mir lassen!

Der Mann nickte. „So jemanden wie Sie?"

Ich konnte ein Prusten gerade noch unterdrücken. „Ja. Genau. So jemanden wie … wie mich."

Er hob verschiedene Lokomotivköpfe an und stellte sie wieder zurück. „Welche können Sie mir denn empfehlen?"

Wahllos griff ich nach einer schmalen schwarzen Lok. „Diese hier läuft sehr leise und ist ein … anerkanntes Sammlerstück", erklärte ich mit der seriösesten Ernsthaftigkeit, die ich aufbringen konnte.

„Aha." Der Arme schien zu Tode gelangweilt.

„Genau." Ich legte sie auf meine flache Hand. „Hat Ihre Frau denn irgendwelche Vorlieben?"

Der Kunde hob die Augenbrauen. „Sie sollte fahren können." Er seufzte. „Nichts für ungut. Ich bin mir sicher, Sie verstehen etwas von Ihrem Fach. Aber können Sie mir nicht einfach zeigen, wie sie läuft, und dann nehme ich sie?"

Erleichtert atmete ich aus. „Ja. Sicherlich. Ich demonstriere Ihnen einfach die Funktion."

„Damit täten Sie mir einen ungeheuren Gefallen."

Ich bahnte mir einen Weg durch die Regale und hielt nach den Probeschienen Ausschau, die Herr Auermann erwähnt hatte. Sie waren zum Glück nicht schwer zu finden. Sie zogen sich sozusagen durch den ganzen Laden.

„Also." Ich drehte die Bahn um und suchte nach einem Schalter. Aber da war kein Schalter. Da war nur blanke Fläche. „Ja, Sie betätigen den Anschalter." Auf der oberen Seite war auch kein Schalter. Nur so ein schwarzes Viereck zwischen hinterem Rad und vorderer Lokführerkabine. Vielleicht ein Druckknopf?

Ich drückte mit meinem Zeigefinger drauf, doch er gab nicht nach. Möglicherweise musste man doch ziehen. Ich klemmte das Eck zwischen meine Nägel und - oh. Jetzt lag es in meiner Hand.

Der Mann sah über meine Schulter. „Ist was kaputt?"

Schnell schüttelte ich den Kopf. „Nein! Das ist nur die Sicherheits-, die Sicherheitskapsel, die gibt es bei jeder Bahn!" Mit heißem Kopf hielt ich das abgebrochene Stück in meinen Händen und umschloss es.

„Ähm. Ich muss nur mal hinten den … Barcode überprüfen gehen. Bin gleich wieder da!"

Mist! Das konnte so nicht stimmen.

Eilig durchquerte ich die Regale und ging zum Tresen. Herr Auermann hatte seinen Kunden bereits bedient und lächelte mich an. „Und? Alles problemlos?"

Ich hustete. „Ja. Nein. Also keine Probleme."

Er blickte auf die Lok in meiner Hand. „Ahhh! Da haben Sie ja wirklich was Feines herausgesucht. Das einzige Unikat hier und deswegen von besonderem Wert."

Oh, wow. Von all diesen Lokomotiven suchte ich mir das einzige Unikat aus und riss dann auch noch das Viereckdingensteil ab! Das konnte nicht gut sein.

„Ist der Kunde denn interessiert daran?"

„Ja, doch, es gibt nur technische Schwierigkeiten."

Herr Auermann legte seine Stirn in Falten. „Technische Schwierigkeiten? Ich habe die Schienen gerade noch benutzt. Bei mir traten keine Fehler auf."

„Tja, also, diese Bahn wollte nicht fahren", sagte ich ruhig und hielt die Lok hoch.

„Was? Zeigen Sie mal?" Er streckte seinen Arm aus und ehe ich widersprechen konnte, hatte er sie in der Hand.

Zentimeter für Zentimeter suchte er sie mit seinen Augen ab. „Also die Kontakte sind noch vollkommen in Ordnung."

Puterrot im Gesicht und mit trockenem Mund stotterte ich: „Tja. Ähhh, das Problem lag beim Anschalter."

„Anschalter?" Seine Miene hätte verwirrter nicht sein können.

„Ja. Ich habe nur versucht sie anzuschalten und dann ist der Schalter direkt abgebrochen! Das muss mangelhafte Ware sein."

Er sah mich merkwürdig resigniert an. „Diese Bahnen haben keinen Anschalter. Man muss sie nur auf die Stromschienen legen und sie fahren von selbst."

Oh.

Ups.

„Was haben Sie denn hier?" Herr Auermann deutete auf meine Hand, in der ich das Viereckdingensteil hielt. Seine Lippen wurden auffällig schmal. „Das ist der eingebaute Kohleofen! In feinster Arbeit zum Miniatur gemacht! Ein Unikat!"

„Nun." Ich schluckte. „Ich werde den Schaden natürlich bezahlen ..."

Mein Chef sah mich kalt an. „Das hoffe ich doch."

Ich drehte die Lok um, um mir das Preisschild anzusehen ... und bekam beinahe einen Herzinfarkt.

600 Euro!

Ich hatte keine 600 Euro. Und es war mir schleierhaft, wie *irgendein* Mensch auf dieser Welt 600 Euro für so einen Mist übrig haben konnte!

„Kann ich das Geld abarbeiten?", fragte ich mit trockener Kehle.

Auermann runzelte die Stirn. „Hatte ich noch nicht gesagt, dass Sie gefeuert sind?"

„Okay", sagte ich kleinlaut, „aber ich fürchte, ich muss es Ihnen in Raten zahlen."

„In Raten?"

„Ja." Was glaubte dieser Typ? Dass ich arbeiten ging, weil ich gerade so flüssig war?

„In Ordnung. Und jetzt verlassen Sie bitte meinen Laden, bevor Sie noch irgendetwas anderes kaputt machen."

Kapitel 8

Oh, sweet dreams of mine
You well-formed ideas
All those feelings in my heart
Aren't you supposed to be in line?

„Frau Sanddorn. Ich fürchte, nach allem, was Sie mir gerade erzählt haben, könnte es einige Zeit dauern, bis ich wieder ein Angebot für Sie habe. Entschuldigen Sie, aber Sie müssen verstehen, dass es keinen guten Eindruck macht, wenn man bei der letzten Anstellung nach anderthalb Stunden Arbeit Eigentum zerstört hat und gefeuert wurde und das auch noch aufgrund falscher Angaben zu seinem Werdegang."

Ich trat gegen den Bordstein. „Natürlich. Verstehe." Ich hielt eine Hand an meine Stirn, die andere drückte ich an die kalte Hauswand. „Aber gibt es nicht irgendetwas, einen Job, den niemand machen will? Ich arbeite auch als Putzfrau. Ich bin sehr begabt im Putzen! Egal was! Ich brauche nur wirklich das Geld."

„Nein. Zurzeit gibt es keine Stellenangebote, die nicht jeder meiner Klienten mit Kusshand nehmen würde. Alle brauchen das Geld."

„Okay", sagte ich ernüchtert und ein Kloß bildete sich in meinem Hals. „Trotzdem, vielen Dank."

„Ich rufe Sie an, sobald sich etwas ergibt."

„Natürlich. Danke."

Dieser Anruf würde nicht innerhalb der nächsten zwei Monate kommen. Wenn überhaupt je wieder. Nur das Ding war: Ich musste arbeiten. Ich musste Geld verdienen. Wenn sich nicht zufällig eine Not an Barmusikerinnen auftat, würde ich ganz schnell kein Essen und kein Zuhause mehr haben.

„Scheiße!", fluchte ich und wischte mir eine Träne aus den Augenwinkeln.

Warum musste ich diesen Job auch so beschissen gemacht haben? Warum hatte ich so unbeholfen und unvorsichtig sein müssen!? Statt Geld hatte ich Schulden.

Es ist zu spät, Summer. Es lohnt sich nicht, sich jetzt aufzuregen. Es ist vorbei. Du kannst nichts mehr ändern.

Doch diesmal halfen mir meine Selbstgespräche nicht. Mein Leben lief auf eine Wand zu und in meinem Kopf spielten sich alle möglichen Horrorszenarien ab, die ich nicht stoppen konnte.

Wütend stieg ich auf mein Rad. Den ganzen Heimweg über dachte ich über mein Geldproblem und mögliche Lösungen nach. Wo bekam ich Geld her, ohne danach das Bedürfnis zu haben, mir eine Gabel ins Auge zu stechen?

Die Antwort war: nirgendwo.

Es gab nur zwei Möglichkeiten: Entweder ich fand mich damit ab, dass ich auf der Straße wohnen und verhungern würde, oder ich musste meinen Stolz runterschlucken.

Beides war Mist - aber das Essen gewann.

Nachdem ich mein Fahrrad in unserer Garage abgestellt hatte, ließ ich mich auf die Stufen vor den Hauseingang sinken und kramte in meiner Tasche nach dem Handy. Es hatte keinen Sinn, das Gespräch unnötig lange hinauszuzögern.

Es klingelte zweimal, dann antwortete es auf der anderen Leitung.

„Kanzlei Christopher Sanddorn, was kann ich für Sie tun?"

„Hi Gabi", sagte ich möglichst fröhlich. „Hier ist Summer."

„Summer?" Sie klang nicht gerade begeistert. „Was kann ich für dich tun?"

Ich räusperte mich und streckte meinen Rücken durch. Als könne sie mich dabei beobachten, wie ich wie ein Häufchen Elend auf unserer Treppe kauerte. „Ist mein Vater gerade im Haus?"

„Ja."

„Kannst du mich zu ihm durchstellen?"

„Einen Moment."

Ich schloss meine Augen. Es piepte in meinem Ohr.

„Sanddorn."

„Hey, Papa. Ich bin es. Summer."

Einen Moment trat die Stille ein, die es jedes Mal zwischen uns gab. Dann fing er sich. „Summer. Was für eine Überraschung. Was kann ich denn für dich tun?"

„Ich ... also." Ich holte tief Luft. „Ich wollte wissen, ob du vielleicht eine zweite Sekretärin gebrauchen könntest. Oder eine Assistentin."

Wieder Stille. „Wen stellst du dir für diese Stelle vor?"

„Ähm ... mich", sagte ich kleinlaut.

Ich konnte quasi hören, wie sein Gehirn arbeitete. Dann sagte er ruhig: „Du weißt, dass ich dir das Geld geben würde."

„Ja. Aber ich möchte es mir verdienen."

Ruhe. „Morgen um 16 Uhr. Zu deinem alten Tarif. Auszahlung jeweils am Ende des Monats."

„Ja", sagte ich. „Danke."
„Bis morgen." Er legte auf.

Stöhnend legte ich meinen Kopf auf meine Arme und wollte abwechselnd schreien und erleichtert anfangen zu weinen. Ich sollte mich freuen. Mein Vater bezahlte wirklich gut. Warum fühlte ich mich dann, als hätte ich versagt?

Ich stützte mein Gesicht in meine Hände und hatte plötzlich Beine und den Saum einer Lederjacke in meinem Sichtfeld.

„Was ist los?"

Ich sah zu Jayce auf und legte meinen Kopf schief. „Lust auf Sex?"

Verdrängung?
Blödsinn.
Sich mit Fernsehen ablenken?
Völlig überschätzt!
An Dinge denken, die gut in seinem Leben sind?
Ernsthaft!?
Sex mit seinem Nachbarn haben?
Unglaublich, aber wahr: Das beste Mittel zu vergessen!

Früher wäre ich vor dem Fernseher versunken und hätte eine Schokoladentafel nach der anderen weg gehauen. Aber jetzt? Jetzt verbrauchte ich sogar noch Kalorien! Das war legendär. Warum war ich da nicht schon früher drauf gekommen?

Naja. Vielleicht, weil ich bis vor einer Woche noch keinen so heißen Nachbarn gehabt hatte. Aber ab diesem Tag war klar: Nie mehr Frustessen, solange man es besser haben kann. Das mochte zwar ein kleiner Schritt für die Menschheit sein, aber für mich war es so etwas wie ein Lebenssprung!

Wahre Liebe, der Richtige, Märchen.

Alles schön und gut. Aber Sex konnte man trotzdem für andere Dinge benutzen. Ellie hatte ja so recht gehabt. Die ganze Zeit!

„Okay, Moment!" Völlig außer Atem rückte Jayce von mir weg. „Ich find das ja echt toll und fantastisch und alles!", sagte er und deutete abwechselnd auf sich und auf mich. „Und du ... du bist unglaublich! Ich kann mich nicht daran erinnern, dass je eine meiner Frauen so ran gegangen ist! Glaub mir, das finde ich ... das ist einfach ... Hammer! Aber ..." Er zog sich das Laken über seine Hüften. „Welcher Teufel hat dich denn geritten?"

Etwas frustriert, weil er sich mir verweigerte und ich noch so richtig in Fahrt war, überkreuzte ich meine Arme. „Willst du wirklich wissen, was dahinter steckt?"

„Wirklich. Schon allein aus zweckmäßigen Gründen. Ich muss doch wissen, wie ich dich wieder in so eine Stimmung kriegen kann!"

Ich lachte und fuhr mit beiden Händen durch meine Haare. „Gut." Ich setzte mich aufrecht hin. „Ich wurde heute von meinem Job gefeuert."

Er zuckte die Achseln. „Passiert."

„Nein. Ich wurde heute von meinem Job, den ich zwei Stunden lang hatte, gefeuert, weil ich bei so einer blöden Elektrolok einen Kohleofen kaputtgemacht habe, für den ich 600 Euro bezahlen muss, und mein Teilzeitjobmanager hat mir gesagt, er hätte unter diesen Umständen im Moment keine neue Stelle für mich. Da ich aber auf die eine oder andere Weise doch versuchen will zu überleben, musste ich meinen Vater darum bitten, mir einen Job zu geben, damit ich Geld verdienen kann." Ich verengte meine Augen. „Weißt du was das heißt? Ich werde meinen Vater fast jeden Tag sehen und er kann mir fast jeden Tag zu verstehen geben, ich wäre die größte Versagerin dieser Welt, die noch nichts in ihrem Leben zu Ende gebracht hat. Ich werde mir klein und blöd vorkommen und ihm immer mehr die Schuld dafür geben. Als würde ich ihm nicht jetzt schon für alles die Schuld geben!" Ich lachte und pustete mir eine Haarsträhne aus dem Gesicht.

Jayce runzelte die Stirn. „Er lässt dich für dein Geld arbeiten? Anstatt es dir zu geben oder zu leihen?"

„Ähm. Ja. Schon." Mein Gesicht wurde heiß. Das entsprach nicht der Wahrheit, aber die Wahrheit könnte er nicht verstehen. Niemand schien meinen Standpunkt nachvollziehen zu können. Bei Ellie hatte ich das schon oft genug versucht. Warum sollte es bei Jayce anders sein?

„Wow. Nicht gerade die besonders väterliche Art."

Ich schluckte. „Naja. Der Mensch ist ein bisher noch nicht gelöstes Rätsel."

Seine Augen folgten meinen. „Und das ist dein einziges Problem, das mit dem Job dort? Wirklich?"

Ich zuckte die Schultern. „Meine Lebensplanung wird auch ein wenig nach hinten verschoben."

Er hob hellhörig seine Augenbrauen. „Deine Lebensplanung?"

„Du weißt schon." Ich schnalzte mit der Zunge.

„Nein. Bestimmt nicht."

Ungläubig sah ich ihn an. „Doch sicher. Deine Ziele im Leben. Und all das."

Er lehnte sich zurück und legte seine Arme in den Nacken. „Jetzt bin ich aber gespannt."

„Ich habe mein Leben perfekt durchgeplant", sagte ich und reckte mein Kinn, „und dafür muss ich mich nicht schämen."

„Du bist ja doch ein Kontrollfreak!"

„Ich hab es nur gerne im Griff", verteidigte ich mich und warf mit einem Kissen nach ihm. Er fing es auf und legte es sich in den Rücken.

„Leg schon los. Wie sieht deine Planung aus. Du willst es doch unbedingt loswerden."

Ich schob meine Unterlippe vor, doch er hatte Recht. Ich wollte es gerne erzählen, deshalb holte ich tief Luft und legte los. „Also: Ich mache mein Studium zu Ende. Werde in einem Verlag angestellt, steige auf, weil ich den Bestseller des Jahrhunderts gefunden habe. Ich verdiene dreimal so viel Geld wie mein Vater und er muss anerkennen, dass ich alles allein hinbekommen habe. Dann verdonnere ich meine Mutter dazu, sich einen Mann in ihrem Alter zu suchen, und wegen meinem Geld und meiner Macht wird sie mir nicht widersprechen. Wenn ich das geregelt habe, finde ich den perfekten Mann. Wir verlieben uns auf den ersten Blick und heiraten ein Jahr später. Dann kriegen wir drei Kinder, zwei Jungen und ein Mädchen, und reisen durch die Welt. Irgendwann werde ich mich mit ihm zur Ruhe setzen und meinen Enkeln dabei zusehen, wie sie in meinem Garten spielen. Dann sterbe ich."

Jayce runzelte die Stirn und hob eine Hand, als wären wir in der Schule. „Ich hab eine Frage, Miss Sanddorn."

„Ja?"

„Wann hast du vor, Spaß zu haben und dein Leben zu genießen?"

„Nur weil ich einen Plan habe, heißt das nicht, dass ich keinen Spaß haben kann."

Mit ernsten Augen fixierte er mich. „Es hört sich aber verdammt so an."

„Ich habe Spaß", sagte ich verärgert. „Aber ich habe auch ein Ziel. Was ist daran so schlimm?"

„Nichts. Nur was bringt dir ein Ziel, wenn der Weg total beschissen ist? Meistens dauert der Weg nämlich länger als das Glück, wenn man am Ziel angekommen ist."

„Willst du mir jetzt sagen, dass ich aus den Augen verliere, was wirklich im Leben wichtig ist?", fragte ich sarkastisch. „Freundschaft, Liebe, Zufriedenheit?"

Er stöhnte: „Hab ich mich so schwul angehört?"

„Ziemlich, ja", grinste ich und schlug ihm leicht auf den Arm. „Aber Ende der Durchsage. Können wir nicht wieder zu ... zu dem, was wir gerade gemacht haben, zurückkehren?", fragte ich hoffnungsvoll.

Jayce schüttelte diabolisch lächelnd den Kopf. „Eine Frage noch: Wie passe ich in die Planung? Bin ich auch das Mittel, um deinem Vater zu zeigen, dass du es alleine hinbekommst?"

Ich grinste breit. „Nein. Du wärst eher destruktiv in diesem Sinne. Du bist eher ... meine Auszeit."

Er lächelte anzüglich: „Ach so ist das. Ich bin ein Picknick für dich. Ein Buffet, wo du dich bedienen kannst?"

Ich biss mir schmunzelnd auf die Unterlippe. „Wenn du es so ausdrücken willst ..."

Er fuhr mit seinen Fingern meinen Arm hinauf. „Das klingt irgendwie dreckig. Als würdest du mich benutzen."

„Und? Macht dich das an?"

„Unglaublicherweise schon."

„Du bist ein Mann. Dich macht alles an."

„Nicht wahr. Meine Mutter zum Beispiel ..."

Ich legte ihm meine Hand auf den Mund: „Ehrlich? Du willst deine Mutter zum Gespräch zwischen uns beiden im Bett machen? Das ist dreckig! Und abartig irgendwie auch."

„Okay." Er beugte sich über mich und sah mir in die Augen. „Zeit, das Thema zu wechseln." Er wollte mich küssen, doch ich tauchte unter seinem Arm hinweg. „Moment."

Er seufzte. „Wieso habe ich den Verdacht, dass jetzt noch irgendetwas kommt, auf das ich keinen Bock habe."

„Weil es stimmt. Du hast mich gequält. Jetzt bin ich dran. Du kannst mir nicht erzählen, dass meine Lebensplanung dämlich ist, obwohl du auch irgendetwas vor Augen hast."

„Vor Augen? An was hast du da so gedacht?"

„Du arbeitest wie ein Tier. Ich kann dich von nebenan bis spät in die Nacht telefonieren hören. Und letzten Donnerstag bist du nachts aufgestanden, um irgendetwas aufzuschreiben. Wahrscheinlich etwas, was mit der Arbeit zu tun hat."

Er zuckte seine Achseln. „Mein Job ist mir wichtig."

Ich bewegte keine Miene. „Was hast du für ein Ziel?" Ich wollte es wirklich wissen.

Wir lieferten uns ein längeres Blickduell, dann gab er nach. „Du hast Recht. Ich habe auch Ziele. Aber Ziele, die ich innerhalb der nächsten zwei Jahre erreichen will. Nicht in den nächsten fünf Jahrzehnten! Mein Ziel ist es, meinen Job so gut wie möglich zu machen. Zufrieden?"

Nein. Bestimmt nicht. Aber seine abweisende Art hinderte mich daran, weiter nachzuhaken. Die Stimmung war von einem Moment auf den anderen umgeschlagen. „Okay. Und jetzt ...", sagte ich und ließ mich nach hinten in die Kissen kippen, im Versuch, die Situation zu retten.

„Kann ich weitermachen ...", murmelte er und umschloss meine Hände, so dass ich mich nicht mehr gegen ihn wehren konnte, selbst wenn ich gewollt hätte.

Der nächste Monat war der beste seit den letzten fünf Jahren.

Olivier zog nach fünf weiteren zermürbenden Tagen zu Paul zurück. Er habe sich überlegt, dass er auf den Sex nicht verzichten könne und dass es erbärmlich für ihn wäre, jetzt, wo sogar ich welchen habe, keinen zu bekommen.

Auch wenn er nach einer Woche wieder bei mir auf der Couch saß - Paul hätte indirekt verlauten lassen, Ollie wäre nicht mehr so attraktiv wie zu Anfang ihrer Beziehung -, war ich bester Laune. Dann hatte ich wenigstens einen Grund, öfters die Nacht bei Jayce zu verbringen.

Ich hatte geglaubt, es wäre kompliziert, Sex zu haben mit jemandem, den man nicht wirklich kannte und den man nicht als festen Freund haben wollte. Aber ich lag vollkommen falsch. Es war besser als jeder Sex, den ich je mit einem potenziellen Anwärter auf diesen Titel gehabt hatte!

Es war toll! Es war besser als toll und toller als besser als toll!

Wenn Jayce fragte, ob ich mit ihm, Ellie und ein paar seiner Freunde in die Bar wolle und ich keine Lust dazu hatte - dann konnte ich ihm das sagen, weil wir ja nicht zusammen waren.

Wenn ich einen Film nicht mochte und ihn nicht gucken wollte: Dann ging ich einfach in mein Apartment zurück.

Wenn ich lernen musste, konnte er mir keine Vorwürfe machen.

Wenn ich bei ihm klopfte und er lieber arbeiten wollte, war ich nicht sauer auf ihn.

Er war mir nicht böse, ich ihm nicht und wir hatten keinerlei Verpflichtungen gegenüber dem anderen.

Und: Ellie nervte mich nicht mehr damit, dass ich doch öfters ausgehen solle und keinen Spaß hätte.

Es war alles so einfach.

Ich bekam drei Angebote von Hotelbars, die mich als Sängerin haben wollten, und zu meinen Seminaren und Vorlesungen konnte ich meistens auch gehen. Der Job bei meinem Vater war anstrengend, schon alleine, weil ich wusste, dass er im Raum nebenan saß und Gabi, meine direkte Vorgesetzte, mir noch nie Sympathie entgegengebracht hatte. Aber auch damit kam ich klar. Die Arbeit ließ mich noch mehr Spaß an meiner Freizeit haben. Weil mir noch bewusster wurde, wie schön die Zeit außerhalb der Kanzlei war.

Es war wirklich der beste Monat meines Lebens!

Aber Glück ist eine kurzweilige Sache. So wie Sorglosigkeit.

Ich hätte es besser wissen müssen.

Kapitel 9

Oh sweet imagination
Oh you my faked reality
All these roads I used to run
Weren't you my inspiration?

„Wapfrum kampf dapf Lepfen nipft impfer so aussepfen?", fragte ich selig mit vollem Mund und übersäte Jayce' Laken und Kissen mit Eiströpfchen. Aber es war egal. Weil es ihn nicht störte, dass er jedes Mal die Bettwäsche wechseln musste, wenn ich bei ihm gewesen war.

Jayce nutzte meine Ablenkung und nahm den halbbepackten Löffel in den Mund. Ich hatte zu viel Eis im Mund, um zu protestieren.

„Der Philosoph würde jetzt sagen, weil Gutes nicht ohne Schlechtes existieren kann", bemerkte er gelassen, nachdem er sein Eis sorgsam hinuntergeschluckt hatte.

Ich leckte meine Lippen ab. „Und was würde Jayce zu dieser Frage sagen? Da ich ja sozusagen aus erster Hand weiß, dass seine philosophische Seite nicht besonders ausgeprägt ist?"

Er lehnte sich zurück und die Decke rutschte von seiner nackten Brust. „Ich würde sagen, dass das Leben nicht durch die guten Momente lebenswert gemacht wird, sondern durch die guten Momente, die auf die schlechten folgen."

Verdutzt sah ich ihn an. „Wow. Das war jetzt irgendwie doch schon wieder philosophisch."

„Tja. Du hast meine vielen geheimnisvollen Seiten eben noch nicht alle ergründet", sagte er und hob vielsagend seine Augenbrauen.

„Oha. Das war jetzt aber eine Ansage." Einen Augenblick lang blieb ich still, weil ich nachdenken musste, doch dann fingen meine Augen an zu leuchten. „Okay." Ich grinste, steckte mir einen weiteren Löffel Eis in den Mund und schlang das Laken enger um meine Schultern. „Ich nehme die Herausforderung an."

„Was für 'ne Herausforderung?"

„Deine geheimnisvollen Seiten weiter zu ergründen", erklärte ich einen Zeigefinger erhebend. „Aber: Du musst vollkommen ehrlich sein."

„Wann war ich nicht ehrlich?"

„Weiß ich nicht", sagte ich schulterzuckend. „Aber für den Fall, dass du es einmal nicht warst: Von nun an sei es!"

Er verkniff sich ein Lächeln und setzte einen übertrieben ernsten Gesichtsausdruck auf. „Okay." Er räusperte sich: „Ich bin ehrlich. Ich schwöre es auf die Bibel."

Ich lachte laut. „Du bist ja nicht einmal gläubig!"

„Ich glaube an mich und meine Fähigkeiten."

Ich biss immer noch lachend auf meine Unterlippe. „Was denn? Hast du die Bibel geschrieben und glaubst daran, weil es deine Fähigkeit, dramatische Geschichten zu erfinden, beweist? Wenn es so wäre, wäre das nämlich echt ekelig, weil es bedeuten würde, dass ich mit einem circa 2000 Jahre alten Greis geschlafen habe. Mehrmals!"

Jayce hob vielsagend die Augenbrauen und zog das Laken noch weiter von seinem Oberkörper, sodass er bis zur Hüfte nackt war. „Sieht dieser Körper aus, als wäre er 2000 Jahre alt?"

„Nicht auf den ersten Blick, aber etwas gebrechlich bewegen tust du dich ja", meinte ich provozierend.

„Über meine Bewegungen hast du dich vor zwanzig Minuten aber nicht beschwert."

Ich klopfte mir mit meinen Fingerspitzen auf die Lippen. „Mhm. Vielleicht müsste ich deinen Körper trotzdem noch einmal anfassen, um mir ganz sicher zu sein."

„Du bist dir sicher", grinste er selbstgefällig. „Sonst lägst du nicht in meinem Bett und würdest nackt Eis essen. Oder machst du das bei jedem alten Typen?"

Das stimmte. Andererseits: Woher wollte er wissen, wie oft ich schon nackt bei irgendwelchen Männern im Bett Eis gegessen hatte?

Ich lächelte geheimnisvoll, mein Blick auf seinem Oberkörper. „Über manche Dinge redet man nicht."

Jayce hüllte sich wieder in die Decke ein.

„Hey! Was soll das!", beschwerte ich mich.

Er leckte mir das Eis von meiner Unterlippe, indem er mich küsste. „Mein Körper scheint dich abzulenken. Du wolltest schon vor einer Ewigkeit eine Frage stellen, die ich unbedingt beantworten sollte."

„Ach ja. Richtig." Ich schüttelte meinen Kopf und sah ihm ins Gesicht. „Okay. Dann sag mal: Was war die brutalste Art, mit der du mit einem Mädchen Schluss gemacht hast?"

Für einen Moment schwieg er. Dann schmunzelte er: „Nein. Über manche Dinge redet man einfach nicht."

Ich legte meine Hand unter der Decke auf seinen Oberschenkel. „Bitte."

Sein Mund wurde hart. „So bekommst du mich höchstens dazu, dass ich gleich über dich herfalle, aber doch nicht dazu, dass ich mit der Wahrheit rausrücke."

Naja. Ehrlich gesagt hatte mich das gerade selbst ziemlich angemacht. Also nahm ich die Hand wieder weg.

Seine Mimik veränderte sich nicht. „Zu spät: Ich bin eindeutig scharf."

Ich lachte laut und rückte ein wenig von ihm ab. Dann reichte ich ihm das Eis. „Hier. Das hilft mir in solchen Situationen immer."

„Du bist aber auch kein Mann und hast keine heiße Blondine vor dir sitzen, die nichts anderes als ein Laken bedeckt."

„Warum seid ihr Männer immer scharf, wenn man sich mal vernünftig mit euch unterhalten will?"

Ich presste meine Lippen zusammen, um mich von einem erneuten Lachen abzuhalten. „Komm schon. Ich verrate dir dann auch meine mieseste Geschichte. Und glaub mir ..." Ich nickte vielsagend. „Ich habe in dem Punkt eine Menge Dreck am Stecken." Ein Haufen Wärmflaschen, nur wenige Meter von uns entfernt, konnte das beweisen. Ich hatte bereits auf so viele Arten und Weisen, basierend auf so vielen Lügengeschichten, Schluss gemacht, dass es schon peinlich war.

„Blödsinn", meinte Jayce und schnappte mir Eis vom Löffel weg. „Ich kenne deine Masche. Du behauptest einfach, dass du auf einem Selbstfindungstrip bist, und verscheuchst die Männer damit scharenweise."

Ich legte meinen Kopf schief und sah an die Decke. „Nein. Das hat nur bei einem geklappt. Den anderen Kerlen musste ich immer noch andere Erklärungen liefern. Einmal hab ich behauptet, ich sei eine Prostituierte und er schulde mir für den vergangenen Monat 200.000 Euro. Das war die einzige Variante, die augenblicklich funktioniert hat. Außerdem hat er seine Handynummer und seinen Festnetzanschluss direkt danach geändert."

Jayce sah mich einige Sekunden forschend an und schüttelte dann den Kopf. „Das ist doch gelogen."

Ich grinste breit. „Wahrscheinlich wirst du die Wahrheit nie erfahren."

Plötzlich lehnte er sich nach vorne und umfasste sanft und warm meine Oberarme.

Meine Augen wurden groß und komischerweise hüpfte mein Herz ein bisschen vor Aufregung. Dabei hatte ich doch vor zwanzig Minuten mit diesem Kerl geschlafen. Warum also sollte ich nervös sein?

„Ich kenne Wege …"

„Ach, wirklich?" Ich fuhr mit meinen Fingernägel seinen Rücken entlang und kreiste dann über seinen Bauch. Ich konnte ihn schlucken sehen. „Siehst du?", flüsterte ich und leckte mir über die Lippen. „Ich bin gar nicht so hilflos wie du denkst."

„Ich hab nie gedacht, dass du hilflos bist. Ich wusste schon immer, dass du keine Skrupel hast."

„Skrupellos?" Ich tat so, als müsse ich überlegen. „So wie … so?" Ich drückte ihm das Eis an den Bauch. So schnell hatte ich einen Mann noch nie auf seine Betthälfte verschwinden sehen.

Ich fing laut an zu lachen und konnte nicht mehr damit aufhören. Mir kamen die Tränen und ich hielt mir den Bauch, während ich meine Beine anzog und mich auf dem Bett herumkugelte. Ich konnte mich nicht erinnern, in letzte Zeit so ehrlich und laut gelacht zu haben. Ich wischte mir mit meinem Handrücken über meine Augen, doch ich konnte nicht aufhören, Lachtränen zu weinen, weil ich erst jetzt Jayce' Gesichtsausdruck bemerkt hatte.

Prustend zog ich mir das Laken über den Kopf und versuchte mich zu beruhigen - weniger Luft, weniger Sauerstoff, weniger Lachen -, aber mein Plan ging nicht auf. Stattdessen japste ich nach Luft und musste das Laken ruckartig wieder herunterziehen, aus Angst, an meinem Gekicher zu ersticken.

Ich rang nach Luft, verschluckte mich und fing an zu husten, und als ich mit Husten aufgehört hatte, lachte ich darüber, dass ich vom Lachen hatte husten müssen.

Mein Blick fing Jayce' Miene ein. Er grinste breit und sah mir unentwegt in die Augen.

„Was?", fragte ich und presste meine Lippen aufeinander, um meine Atmung zu regulieren.

Er grinste nur weiter vor sich hin.

Das brachte mich wieder zum Lachen. „Was!", japste ich und schlug ihm sanft gegen den Oberarm.

„Nichts", meinte er die Schultern zuckend. „Ich habe nur gerade gedacht, dass du wohl das einzige Geschöpf auf dieser weiten Welt bist, das so hinreißend und gleichzeitig so furchtbar diabolisch sein kann."

Mein Atem verlangsamte sich, doch mein Herz schlug schneller. „Oh." Ich strich mir meine Haarsträhnen hinters Ohr und sah ihn von unten herauf an. „Weißt du was?", flüsterte ich. „Das ist wahrscheinlich der beste und süßeste Anmachspruch, den ich je gehört habe."

„Ach ja?" Jayce legte seinen Arm um mich und hinterließ an den Stellen, wo er mich berührt hatte, eine Gänsehaut. „Und was kriege ich dafür?"

„Ich glaube, mir würde da schon etwas einfallen ...", murmelte ich und kam seinem Mund näher. „Ich habe da noch so ein paar Ideen, die es wirklich wert wären, umgesetzt zu werden."

„Tatsächlich?" Seine andere Hand verirrte sich irgendwo unter dem Laken. „Wenn dir die Fantasie ausgeht, kann ich dir auch gerne Vorschläge machen."

„Mir? Die Fantasie ausgehen?" Ich lächelte. „Du kennst mich wirklich noch nicht lange genug, denn dann wüsstest du, dass meine Spezialität ..." Mein Handy klingelte so laut, dass ich Jayce beinahe auf seine Lippen gebissen hätte, die meinen schon wieder verdächtig nahe gekommen waren.

Ich grinste und nahm es von dem Nachttisch. „Ich behalte meinen Gedanken im Kopf", sagte ich und hielt meinen Zeigefinger hoch. Dann hob ich ab, ohne auf den Display zu schauen. Den Fehler daran bemerkte ich zu spät.

„Summer Sanddorn?", lachte ich in den Hörer.

„Summer? Hier ist dein Vater."

„Oh." Ich richtete mich unweigerlich auf und stellte den Eisbecher ab. „Hallo."

Mein Vater räusperte sich und ich hatte automatisch das Bild von ihm im Kopf, wie er da in seinem Chefsessel saß und nebenbei E-Mails checkte. „Ich hoffe, ich störe nicht."

„Nein. Du störst nicht. Was gibt es denn?" Ich zog meine Füße an und vermied Blickkontakt mit Jayce. Ich wollte gar nicht wissen, was er gerade dachte.

„Ich wollte dich nur noch einmal an unser Essen in einer Woche erinnern."

„Das Weihnachtsessen?"

„Richtig."

„Und das konnte nicht bis Montag warten, sondern du musstest nachts um halb zwölf anrufen?"

„Ich werde Montag und bis zu den Feiertagen nicht in der Kanzlei sein", sagte er mit klarer Stimme. „Außerdem will Regina unserer Köchin die Einkaufsliste geben. Damit sie Montag schon alles einkaufen kann. Und ich weiß, dass du am Wochenende kaum vor zwölf im Bett sein würdest."

Ich schluckte und nickte. „Dann soll deine Frau das doch machen."

„Gut." Er schwieg einen Moment. „Also du, plus eins?"

Ich runzelte die Stirn. „Plus eins?"

„Ja. Ich hatte deinen Freund doch auch eingeladen."

Meinen Freund? Ich blickte verwirrt zu Jayce. Er war doch nicht mein Freund und … Mist! Klar. Mein Freund. Der, mit dem ich vor über sechs Monaten Schluss gemacht und mit dem Mama vor meinem Vater angegeben hatte! Richtig, ich hatte behauptet, er existiere noch.

Verdammt, verdammt, verdammt … Ich schlug im Viervierteltakt mit meiner Faust gegen meine Stirn. „Richtig", murmelte ich. „Natürlich. Ja." Ich holte tief Luft, um überzeugend lügen zu können. „Natürlich bringe ich ihn mit, Papa. Er freut sich schon sehr. Er hat es längst in seinen Kalender eingetragen!"

„Gut. Das freut mich." Es hörte sich wirklich so an, als würde es ihn freuen.

„Ja. Mich auch. Um acht Uhr war das?"

„Korrekt. Gut. Wir sehen uns dann. Eine angenehme Woche noch und die besten Grüße von Regina."

Am liebsten hätte ich das Kissen vor mir auf mein Gesicht gedrückt in der Hoffnung, daran zu ersticken, doch irgendwie gelang es mir „Okay. Bis dann. Grüße zurück" herauszuwürgen und aufzulegen.

Ich ließ das Handy langsam sinken und sah, wie Jayce das Kissen von meinem Schoß nahm und auf den Boden warf.

Verwirrt blickte ich ihn an. „Was tust du?"

„Ich weiß nicht recht." Er musterte mich. „Aber dein Blick, den du diesem Kissen gerade zugeworfen hast, hat mir und ihm Angst gemacht. Entweder du wolltest dich mit ihm ersticken oder es aufschlitzen. Beides wäre eine große Sauerei geworden, also habe ich es lieber entwendet."

Ich lachte wider Willen. „Du kannst wirklich gut Gesichter lesen."

Er zuckte nur die Schultern. „Also? Woher der plötzliche Todeswunsch?"

„Ach. Nur ein Weihnachtsessen bei meinem Vater."

„So weit war ich schon." Jayce sah mich schräg an. „Und wen bringst du mit? Von wem hast du da gesprochen?"

Ich ließ meinen Kopf nach vorne kippen und stöhnte. „Meinen festen Freund, mit dem ich bereits ein Jahr liiert bin!"

Ungläubig sah Jayce mich an. „Was!? Ich schlafe seit anderthalb Monaten mit dir und du …?"

„Reg dich ab!", lachte ich, erst jetzt realisierend, wie das bei ihm angekommen sein musste. „Dieser Typ existiert nur im Kopf meines Vaters. Es gibt diesen Freund nicht. Meine Mutter hat gedacht, es gäbe ihn, und hat das meinem Papa erzählt, der jetzt auch glaubt, es gäbe ihn, und ich habe versäumt zu erwähnen, dass meine Mutter schlichtweg keine Ahnung hat!"

Jayce sackte erleichtert zusammen und legte sich klischeehaft eine Hand auf die Brust. „Gott sei Dank. Ich hatte schon Angst, irgendein Brocken würde vor meiner Tür auftauchen und mich zusammenschlagen."

Ich kniff meine Augen zusammen und trommelte mit meinen Fingerspitzen auf meine Schläfen. „Keine Sorge. Da kommt niemand. Und Brocken waren sowieso noch nie mein Typ."

Jayce machte es sich wieder gemütlich, als wäre die Krise nun bewältigt. Nun ja. Für ihn war sie es ja!

„Und? Wer ist der Auserwählte? Wen nimmst du mit? Hast du dir schon einen ausgeguckt?"

„Nein! Natürlich nicht!", fluchte ich und verbarg mein Gesicht zwischen meinen Armen. „Wie sollte ich auch?"

„Dich scheint das ja ziemlich mitzu…"

„Oh Gott!", fuhr ich auf. „Was, wenn es niemanden gibt, der mitkommt! Wenn kein Schauspieler mehr Zeit hat oder … Oh mein Gott! Mein Vater wird … wie stehe ich denn dann da! Entweder mache ich mit ihm Schluss oder er mit mir. Oder er ist verreist? Wegen der Arbeit vielleicht? Oder er stirbt plötzlich! Einen Schlaganfall!" Gedanken flogen mir zu und verflüchtigten sich wieder. „Aber mein Vater wird wissen, dass es nicht stimmt und dann … Oh Gott!"

„Stopp." Jayce' Hände umgriffen fest meine Arme. „Hör auf, so herumzufuchteln, sonst verletzt du noch jemanden." Er drückte mich ins Kissen zurück und beugte sich über mich. „Weißt du was. Ich gehe mit. Ganz einfach. Du drehst ja sonst noch völlig am Rad!"

„Was?"

„Ich sagte: Du wirst sonst noch völlig verrückt."

„Nein!" Ich wollte mich aufsetzen, doch er hielt mich fest.

„Doch. Du bist gerade etwas verrückt. Du wolltest schon deinen imaginären festen Freund umbringen!"

„Nein!", fuhr ich wieder auf und schüttelte heftig den Kopf. „Ich meine, du kannst nicht mitkommen."

Er hob die Augenbrauen. „Warum? Bin ich nicht gut genug? Nicht das, was dein Vater von seinem Mädchen erwartet?"

Wieder schüttelte ich den Kopf. „Das meine ich nicht. Auch wenn es stimmt. In den Augen meines Vaters wird keiner gut genug sein. Aber wenn du mitgehst, redest du nachher nie wieder ein Wort mit mir. Und ich schlafe doch so gerne mit dir!"

Er lachte heiser. „Süß. Aber wenn ich nicht mehr mit dir reden werde, können wir ja schweigend Sex haben."

Meine Mundwinkel zuckten, doch ich kämpfte dagegen an. „Jayce", sagte ich ernst. „Du willst nicht mitkommen. Niemand würde das wollen. Man ist wie eine Marionette in seinem Haus. Man bewegt sich nur, wenn er mit den Fingern schnipst."

„Übertreibst du jetzt nicht ein bisschen?"

„Nein! Es gibt kein Übertreiben, wenn es um meinen Vater geht!", versuchte ich ihm verzweifelt klar zu machen. „Du wirst dich sehr unwohl fühlen."

Er ließ meine Hände fallen. „Da habe ich keinen Zweifel. Aber ich bin diese Situationen gewöhnt. Ich habe selbst so einen Dad und glaub mir: Ich werde mit ihm zurechtkommen. Sieh es doch einfach als den Gefallen eines Freundes an."

Ich presste meine Lippen aufeinander und schwieg für kurze Zeit. Dann sagte ich: „Willst du mich danach zu Sex erpressen? Mit diesem Gefallen könntest du das nämlich tun. Damit ich je wieder auf der gleichen Gefallenshöhe bin wie du, könntest du mich für zwei Jahre zur Sklavin machen. Nicht nur für Sex. Für Putzen und Kochen genauso. Und ich würde dir immer noch etwas schulden."

Jetzt lachte Jayce laut. „Du bist sehr dramatisch, hat dir das schon einmal jemand gesagt?"

Ich atmete langsam aus. „Ich kann das wirklich nicht von dir verlangen."

„Hältst du bitte mal die Klappe? Du verlangst gar nichts von mir. Ich biete es dir an. Und wenn ich so eingebildet sein darf: Einen besseren Begleiter als mich wirst du nicht finden."

Damit hatte er ohne Zweifel Recht.

Meine Augen fixierten seine. „Bist du dir sicher?"

„Ja! Um Gotteswillen. Alles, damit du aufhörst, dich wieder so psychopathisch zu verhalten!"

„Okay. Aber ich habe dich gewarnt!"

„Hast du." Seine Mundwinkel zuckten. „Mehr als deutlich. Glaub mir. Gott. Du tust ja geradezu so, als wäre dein Dad der beste Freund des Teufels."

Dazu wollte ich lieber keinen Kommentar geben. Meine Gedanken würden nicht helfen, ihn von meiner geistigen Gesundheit zu überzeugen.

„War es das jetzt?", wollte er wissen und kam mir wieder etwas näher.

Breit grinsend hielt ich ihm meinen Zeigefinger auf die Brust. „Wieso willst du das wissen? Erwartest du noch etwas von mir?"

„Erwarten? Nein. Verlangen. Ja. In zweierlei Sinnen."

Ich lachte über sein Wortspiel und war schon drauf und dran, wieder alles andere um mich herum zu vergessen, als erneut mein Handy klingelte.

Genervt nahm ich meinen Finger von seiner Brust und fischte es von dem Tisch. Diesmal guckte ich aber erst auf den Display: meine Mutter.

„Ich mach es kurz!", versprach ich Jayce und hob stöhnend ab. „Mama, was immer es ist, ich habe da gerade keinen …"

„Summer Sanddorn?"

Ich verstummte. Das war nicht meine Mutter. „Ja? Hallo. Entschuldigen Sie, wer spricht denn da?"

„Hier ist Gabriel Hamas. Ich glaube, wir kennen uns nicht, aber offenbar ist es Ihre Mutter, die bei mir in der Bar ihr Bewusstsein verloren hat und nach ihrem Knock Out partout nicht gehen möchte. Sie sind als ihre Notfallnummer in ihrem Portemonnaie eingenäht, also dachte ich, ich versuche es einmal."

Ich stieg abrupt aus dem Bett. Die Nacht heute konnte ja nur noch besser werden!

„Sagen Sie mir Ihre Adresse, ich bin sofort da und hole sie ab."

Ich brauchte die Daten gar nicht aufzuschreiben. Ich kannte den Ort. Meine Mutter war dort öfters betrunkener Gast. Der Barkeeper musste neu sein.

„Okay …" Ich versuchte mich anzuziehen, ohne das Telefon fallen zu lassen. „Sagen Sie, Sie wissen nicht zufällig, ob sie mit dem Auto da ist?"

„Doch. Sie fuchtelt die ganze Zeit mit einem Schlüssel vor meinen Augen herum und sagt, sie würde wieder fahren, wenn es ihr passe."

Ich gönnte mir zwei Sekunden tiefes Durchatmen und Fluchen, dann antwortete ich: „Gut. Danke. Das hilft mir sehr." So würde ich sie wenigstens nicht auf meinem Fahrrad nach Hause bugsieren müssen. „Geben Sie ihr nichts mehr zu trinken und lassen Sie sie nicht auf die Toilette. Sie darf nicht brechen, das ist sehr wichtig, verstanden?" Brechen hatte eine absolut verheerende Wirkung auf meine Mutter. Da nahm ich lieber eine lange Nacht mit viel Tränen und Schreien in Kauf.

„Nun gut", sagte der Barkeeper perplex. „Ich gebe mein Bestes."

„Gut. Ich bin in einer viertel bis halben Stunde da!" Ich legte auf und setzte mich aufs Bett, um meine Socken anzuziehen.

„Ist irgendetwas passiert?", fragte Jayce besorgt.

Ich lachte freudlos. „Meine Mutter ist passiert." Ich sah ihn wehleidig an. „Wenn ich ihr nicht helfe, schläft sie heute auf der Straße. Das hatte ich schon einmal."

Jayce' Miene sagte mehr als tausend Worte. Er musste mich für verrückt halten. Vielleicht war ich es ja. Meine Familie war es auf jeden Fall und meine Mutter war die Verrücktheit in Person.

„Tut mir leid, tut mir leid, dass du das miterleben musst. Das passiert nicht wieder." Ich hielt inne und setzte ein „In nächster Zeit" dahinter.

„Ich kann dich fahren."

Ich schüttelte den Kopf. Jayce, der meine betrunkene Mutter miterlebte, war das Letzte, was ich haben wollte! „Nein. Es ist lieb gemeint aber, nein. Danke."

Jayce runzelte die Stirn. „Passiert das öfter? Diese Anrufe?"

Ich schluckte und sah in Richtung Decke. „Sagen wir einfach, es ist nicht das erste Mal, okay?" Ich griff nach meiner Handtasche und dem Handy und eilte aus dem Zimmer. „Bis später irgendwann …" rief ich noch unsicher. Dann verließ ich die Wohnung.

Es war eiskalt. Als ich mein Rad vor der Bar abstellte, war ich völlig durchgefroren. Ich hätte mir doch eine Winterjacke holen sollen, aber ich wollte nur schnell genug hier ankommen, bevor noch Schlimmeres passierte.

Mamas Wagen erkannte ich auf Anhieb. Schief stand er auf zwei Parkplätzen gleichzeitig. Ihr Parkstil ähnelte ihrer Persönlichkeit: sehr einnehmend.

Ich atmete noch einmal kurz durch, dann stieß ich die Tür zur abgewracktesten Bar auf, die ich kannte. Es roch nach abgestandenem Wein und Schimmel.

Mama meinte, sie ginge hier gerne hin, weil sie niemanden kannte. Ich glaubte, sie ging hier gerne hin, weil man sich kostengünstig die Kante geben konnte.

Der Barkeeper wischte gerade ein Glas aus und blickte auf, als er die Tür zugehen hörte. Ich nickte ihm zu und sah mich um, aber da gab es nicht lange zu suchen. Meine Mutter lag sehr offensichtlich und gut sichtbar über der Bar. Ich seufzte und trat an sie heran.

„Mama. Was ist los? Hängst du hier nur so rum?" Niemand würdigte mein Wortspiel, doch das hatte ich auch nicht erwartet. „Mama", sagte ich nun lauter. „Was ist los!"

Der Barmann warf mir einen traurigen und mitleidigen Blick zu, bevor er mir seinen Rücken zeigte. Von ihm konnte ich schon einmal keine Hilfe erwarten.

Ich beugte mich zu ihrem Ohr herunter. „MAMA!", schrie ich jetzt beinahe und nahm ihr das leere Ginglas aus der Hand.

„Mama!" Ich wischte ihr eins. Erst rechts, dann links. Dann auf den Hinterkopf. Es würde ihr nicht wehtun. Ich war mir ziemlich sicher, dass ihr Körper zu diesem Zeitpunkt schon taub war.

„Was soll das?", murmelte sie und fischte mit ihrer Hand nach dem Glas. „Ich war noch nicht fertig!"

Ich schloss meine Augen. „Mama. Das Glas war leer. Du hast genug getrunken!"

„Von `nem guten Stoff, kann man nieeee genuch haben!", philosophierte sie lallend und richtete sich auf. Ich konnte sie gerade noch auffangen und vor dem Hintenüberfallen retten.

„Mama. Komm schon. Ich bringe dich nach Hause."

„Nein!", schnappte sie laut auf. „Ich bleibe hier! Ich hab so einen Spaß."

Ich atmete tief ein und legte meinen Kopf in den Nacken. „Mama. Komm. Jetzt. Sofort. Zuhause gibt es noch Wein."

Sie schaute mich einen Moment verwirrt an, dann sprang sie auf. „Richtig!" Sie stolperte Richtung Ausgang.

„Gib mir die Autoschlüssel, Mama. Ich fahre dich, in Ordnung?"

Wie ein kleines Kind zog sie die Arme an sich heran und schob ihre Unterlippe vor. „Nein! Ich fahre. Mein Auto. Das ist mein Auto!"

„Wow …" Ich sah auf den Boden. „Ist da eine glitzernde Ameise?"

„Wo!?"

Ich entriss ihr den Schlüssel und ging aus der Tür heraus zum Auto. Wie lange ertrug ich das noch?

Kaum hatte ich mich ins Auto gesetzt, kam meine Mutter aus dem Pub getorkelt. Sie stand ein paar Minuten bei mir auf der Fahrerseite herum und deutete mit dem Zeigefinger abwechselnd auf sich und auf mich. Ich sah starr geradeaus und tat, als würde ich sie nicht bemerken. Plötzlich lief sie um die Motorhaube herum und riss die Beifahrertür auf. „Ich fahre. Das ist mein Auto. Mein BMW!" Sie versuchte mich vom Sitz zu schubsen, konnte aber kaum ihren Arm heben. Schließlich ließ sie sich auf den Beifahrersitz fallen und kippte gegen mich. „Ich sollte fahren!", beschwerte sie sich noch einmal und griff dreimal nach einem imaginären Anschnaller, bevor sie den richtigen fand.

Ich nickte abwesend, parkte rückwärts aus und musste mich kurz orientieren, bis ich wieder wusste, wo es zu Mamas Apartment ging. Meine Mutter saß auf ihrem Sitz wie ein Schulmädchen. Ihre Arme auf ihrem Schoß, ihre Hände gefaltet. Ihr Blick desorientiert nach draußen gerichtet, in den Weiten der Welt nach einer Antwort suchend. Ihrer Miene nach schien sie zu wissen, dass Alkohol nicht die Lösung war, die sie suchte. Aber wie sollte man eine Antwort finden, wenn man nicht wusste, was die Frage war?

„Mama. Was ist passiert? Heute? Warum warst du in der Bar?"

„Kann man nicht einfach so Spaß am Tresen haben?", hickste sie und rieb sich ihre Augen.

„Schon", murmelte ich. „Aber du neigst dazu, in Bars aufzutauchen, wenn es dir schlecht geht oder du deprimiert bist. Wenn du glücklich bist, gehst du normalerweise in ein Spa oder eine andere Wellnesseinrichtung."

Einige Momente schwieg sie und sah sich die Lichter an, die an ihrem Fenster vorbei flogen, erst als ich an ihrem Apartmentblock anhielt und parkte, wandte sie sich wieder mir zu.

„Was ist es, das ich dir als Erstes beigebracht habe?"

Ich kniff meine Augen zusammen. „Ähm ... Wenn man vorhat, etwas zurückzugeben, dann ist das kein Stehlen?"

Sie schüttelte pikiert den Kopf. „Davor."

„Erst die Wimperntusche, dann das Make Up." Ich öffnete meine Fahrertür und lief um den Wagen herum, um ihr beim Aussteigen zu helfen. Doch es war zu spät. Während meine Mutter auf ihren High Heels aus dem Auto auf den Asphalt kullerte, bemerkte sie etwas schwammig: „Noch weiter davor!"

Ich seufzte. Ich hatte keine Lust auf diese Spielchen. „Warum sagst du es mir nicht einfach?"

Sie rappelte sich auf und klopfte den Dreck von ihrem Rock. Nur leider an der falschen Stelle. „Weil du-wichtige DingefürsLeben von mir gelernthastund ich-dich gerade teste!" Ihre Worte waren so nah aneinander gedrängt, dass ich sie kaum verstand. Ihre klaren Momente schienen sich mit den völlig schwarzen Blackouts abzuwechseln.

„Okay", sagte ich ruhig und legte einen Arm um sie. „Du hast mir erklärt, dass man nichts anfasst, was auf dem Boden liegt, außer es ist Geld. Du hast mir erklärt, dass Schule zwar wichtig, sozialer Status jedoch überlebenswichtig ist. Und wenn die Leute keine schlauen Menschen mögen, dann sollte ich eben dumm sein."

Sie fing an zu giggeln und ich hatte Mühe, sie zu halten und unter ihrer Last nicht zur Seite zu kippen.

„Neeeein. Das mein ich nich! Ich meine das *Wichtigste*! Das *Allerwichtigste*!"

Alles war in den Augen meiner Mutter wichtig!

Wir steuerten auf die Eingangstür zu und ich stöhnte, als ich die Treppen hinauf sah. Ich nahm die ersten Stufen in Angriff. Meine Mutter hing wie ein Baby an meiner Brust. „Du hast mir nicht geantwortet", murmelte sie.

„Keine Ahnung, Mama. Uniformen machen heiß? Nicht stehlen, außer der Cop ist süß? Eins und eins sind drei, wenn der Kerl, den du haben willst, das behauptet? Ich weiß es wirklich nicht!"

„Männern darf man nicht trauen!", nuschelte sie. „Das habe ich dir gesagt. Schon als du in meinem Leibe warst!"

„Ach, das! Stimmt, ja, das ist wirklich das Wichtigste. Eine Lehre fürs Leben", sagte ich, während ich sie Stufe für Stufe hoch hievte. Gott sei Dank war ihre Wohnung im ersten Stock.

Ich war schon lange nicht mehr so erleichtert gewesen wie in dem Moment, als ich die Tür hinter uns schloss und Mama auf die Couch sinken lassen konnte. Sie blieb einfach so liegen, wie ich sie abgeworfen hatte. Arme über der Lehne, Kopf gegen das Polster gedrückt. „Das habe ich dir gesagt. Ich habe dir gesagt, dass alle Männer Schweine sind! Das hab ich dir gesagt."

Ich seufzte schwer. „Was ist los. Hattest du Streit mit deinem Freund?"

„Er hat bestritten, dass er eine Affäre hat!"
„Vielleicht hat er keine."
„Er hat nach einer anderen gerochen!"
„Vielleicht trägt seine Sekretärin zu viel Parfüm."
„Er hat nicht nach seinem Mund geschmeckt!"
„Vielleicht hat er davor etwas gegessen."

Ruckartig bewegte Mama den Kopf und sah mich mit leerem Blick an. „Was willst du eigentlich sagen?"
„Nicht alle Männer sind Schweine, Mama."

„Hab ich dir denn nichts beigebracht!?" Sie schien entsetzt.

„Doch. Natürlich", beschwichtigte ich sie seufzend. Ich wollte nur noch ins Bett.

„Also, es sind alle Männer Schweine! Wir haben nämlich Schluss gemacht ...", schniefte sie.

„Was?" Ich war nicht überrascht, wollte ihr das aber nicht zeigen. „Mama, das tut mir leid. Wirklich. Aber vielleicht habt ihr einfach nicht zusammen gepasst. Ihr beide wart die personifizierte Antithetik!"

„Kind, hör auf so zu reden! Mit deiner schlechten Einstellung und deinen hochgestochenen Worten bringst du mich noch in die Wechseljahre."

Ich verdrehte die Augen und ließ mich in einen ihrer Sessel sinken. „Mutter. Deine Wechseljahre sind seit über fünf Jahren hinter dir. Also mach dir darüber mal keine Sorgen."

Entrüstet sog sie die Luft ein: „Nicht so laut! Hier bin ich immer noch vierzig."

„Mama. Glaub mir. Keiner glaubt mehr, dass du vierzig bist. Seit zehn Jahren nicht mehr! Und nein, du bist nicht faltenlos. Und ja, man sieht dir dein Alter an." Ich weiß nicht, warum ich das sagte, doch ich war so erschöpft und ... wütend. Wütend darauf, dass sie nicht wie jede andere Mutter sein konnte. Dass ich es war, die sich um sie kümmerte, und nicht andersherum. Mir ging die Geduld aus. Und der Wille.

Meine Mutter wurde schlagartig nüchtern. Das hatten Gespräche über ihr Alter so an sich.

„Seit wann bist du so kryptisch? Da steckt doch ein Kerl dahinter! Früher warst du nicht so!"

Ich seufzte. „Du meinst sarkastisch. Kryptisch bedeutet geheimnisvoll und unklar und meine Direktheit von eben lässt sich mit diesem Begriff schlecht verbinden."

Eine Weile saß meine Mutter schweigend da, dann stand sie auf und wankte Richtung Küche. „Ich brauche jetzt einen Drink." Einige Sekunden später: „Ich finde nichts."

Ich lehnte mich nach hinten, schloss meine Augen und stellte mir vor, wie ich neben Jayce lag, in seinen Armen und …

„Kind, ich finde nichts, ich brauche was." Die Stimme meiner Mutter katapultierte mich in die Realität zurück.

„Hast du im Ofen nachgesehen?", fragte ich. Wenn meine Mutter schon betrunken war, trank sie besser weiter.

„Oh. Danke!" Sie vergaß immer wieder, dass sie nicht kochte und den Ofen deshalb als Küchenschrank mit verwendete.

Wenige Augenblicke später tauchte sie aus der Küche auf und hielt triumphierend eine Brandyflasche und zwei Gläser in den Händen.

„Nur den Besten", flötete sie, obwohl wir beide wussten, dass er ein Sonderangebot bei Aldi gewesen war. Sie setzte sich wieder auf die Couch und schüttete sich ein. Als sie an das zweite Glas ansetzte, hielt ich meine Hand darüber.

„Warum bist du immer so eine Spielverderberin?" Sie genehmigte sich einen Schluck. „Schon als kleines Kind! Und mit dem Alter wird das noch schlimmer. Du willst nicht einmal mit mir feiern gehen. Was ist los? Warum bist du so eine Spaßbremse?"

Ich schluckte und zog meine Knie an. „Ich bin eine, weil du es nie warst, Mama", sagte ich leise.

„Ich sehe auch keinen Sinn darin, keinen Spaß zu haben!", regte sie sich auf.

„Tja. Ich sehe Sinn darin, auf Spaß zu verzichten, wenn ich dafür etwas Wichtigeres bekomme."

„Sex bekommst du dadurch aber nicht!" Ihre Stimme überschlug sich beinahe. Ich schenkte mir eine Antwort. Weil ich wusste, dass ich im Moment mehr Sex bekam als sie.

„Was willst du denn bekommen? Ich verstehe das nicht." Immer wieder schüttelte sie den Kopf. „Du hast doch alles! Mich. Freunde. Eine Wohnung. Und hübsch bist du auch. Was willst du noch?"

„Erfolg! Ein Einkommen!", fuhr ich auf. „Einen Lebensinhalt! Einen Freund, der für immer neben mir in meinem Bett schlafen wird! Das! Genau das will ich."

Sie kniff ihre Augen zusammen. „Warum heiratest du nicht diesen ... diesen Musiker oder so."

„Tim? Den Musikproduzenten? Wir sind nicht mehr zusammen."

„Warum hast du ihn nicht genommen?" Sie deutete mit einem Zeigefinger auf mich. „Du hast doch Schluss gemacht, so wie ich dich kenne!"

Stimmt. Meine Mutter wartete, bis jemand mit ihr Schluss machte, und ich trennte mich, bevor der andere es tun konnte. „Ich habe ihn nicht geliebt."

Mama prustete in ihr Brandyglas. „Darauf kommt es ja wirklich nicht an. Er hätte Geld gehabt, du müsstest nicht arbeiten und nicht nach deinem ..." Sie nahm einen Schluck und sagte dann abschätzig „... deinem Erfolg suchen!" Ich hatte nichts anderes erwartet und dennoch fing mein Herz an, schneller zu schlagen, und ich konnte spüren wie mir das Blut in den Kopf stieg.

Wie konnte man nur so abhängig von anderen Leuten und damit zufrieden sein! Es machte mich unglaublich wütend, dass meine Mutter sich so aufgab. Sie hatte den Gedanken im Kopf, dass sie alleine nichts erreichen würde, also beschränkte sie sich auf das, was sie am besten konnte: Männer benutzen und verschleißen.

Ich konnte das einfach nicht mit ansehen! Es war so selbst erniedrigend für sie. Sie benutzte ihren Kopf nicht. Sie hatte vielleicht nie erfahren, wie befriedigend es war zu wissen, dass man gerade etwas gelernt hatte. Ich liebte es, mein Wissen anzuwenden und mir jedes Mal aufs Neue zu beweisen, dass ich nicht vollkommen dumm war.

„Ich möchte es alleine schaffen, Mutter", sagte ich mit fester Stimme und krallte meine Finger in mein Knie. „Ich will später auf mein Leben zurücksehen und denken: Ja, ich habe etwas gemacht und erreicht, ich allein, ich selbst und ich hatte Spaß dabei!"

„Aber Summer!" Mama lachte, als hätte ich gerade etwas sehr Naives gesagt. So hatte sie immer gelacht, wenn ich, zum Beispiel, gefragt hatte, ob Sandkuchen wirklich aus Sand war. „Das ist es doch, was uns Frauen ausmacht. Unsere Gabe! Wir brauchen es nicht alleine zu schaffen. Wir haben die Fähigkeit, Männer dafür zu gewinnen. Sie finanzieren uns, sie lieben uns. Mehr brauchen wir nicht. Wir können gar nicht alleine zurechtkommen."

Ich presste meine Lippen aufeinander. „Nein, Mutter. Du bist das, die nicht alleine zurechtkommt. Ich kann mich ohne Männer über Wasser halten. Ich will es allein schaffen und ich kann das auch." Ich ballte meine Hände zu Fäusten. „Seit ich ein Kind bin, fragt jeder nach: Geht es dir gut, Summer? Schaffst du das auch? Bist du der Aufgabe gewachsen? Sicher, dass ich dir nicht helfen soll? Mein Gott, ich bin 28! Ich hätte mir mein Leben bereits mit 14 finanzieren können! Und das, was du machst, ist keine Gabe! Es ist der Rückgang der Emanzipation und letztendlich auch der Evolution!"

„Summer? Hast du noch nie daran gedacht, dass es einen Grund dafür gibt, warum Leute gerade dich danach fragen, ob du zurechtkommst?"

Ja. Sie kennen meine Mutter, dachte ich bitter.

„Ich gehe auf die Toilette", sagte ich tonlos und stand auf. Noch so eine Frage und ich würde heute wirklich noch einen Drink über ihren Kopf schütten. Manchmal fiel es mir schwer zu glauben, dass sie mich zur Welt gebracht hatte. Vielleicht hatte es ja etwas für sich, dass ich einen großen Teil meiner Kindheit bei sehr engagierten Kindermädchen verbracht hatte. Sonst wäre ich am Ende noch so geworden wie meine Mutter.

Ich schlüpfte in das Badezimmer und spritzte mir Wasser ins Gesicht. Mir war abwechselnd heiß und kalt. So ging es mir immer, wenn ich mit meiner Mutter zusammen war. Verachtung und Mitleid. Wut und Ernüchterung. Nacheinander, Hand in Hand.

Ich klammerte mich am Waschbecken fest und atmete mehrmals tief ein und aus. Langsam wusste ich nicht mehr, was ich tun und denken sollte. Ich hasse meine Mutter für das, was sie war und wie sie mich sah, und ich liebte sie … weil sie meine Mutter war. Es machte mich wütend, dass sie immer, wenn sie in Schwierigkeiten steckte, erwartete, dass ich angerannt kam.

Aber wenn ich es nicht tat, wer denn dann? Ich war ihre Tochter, ich musste doch für sie da sein. Vielleicht war das aber auch nur eine alte Gewohnheit, weil ich es als Kind und Jugendliche nicht besser gewusst hatte. Weil mir niemand gezeigt hatte, dass es anders ging.

Ich stellte den Wasserhahn aus und trocknete Hände und Gesicht ab.

Das Leben war ein Kampf und nicht jede Schlacht konnte so angenehm sein wie die mit Jayce.

Ich schmunzelte bei der Erinnerung und schüttelte den Kopf. Sex benebelte mich auf eine seltsame Art. Er zauberte in manchen Situationen ein Lächeln auf mein Gesicht, wo es partout nicht hingehörte.

Im Hinausgehen schaltete ich das Licht aus, holte mir aus der Küche eine Flasche Wasser und seufzte ein letztes Mal. Dann war ich wieder bereit, es mit meiner Mutter aufzunehmen.

Ich fand sie auf dem Sofa. Halb liegend, halb sitzend, hing sie da, die Augen geschlossen, eine Wolldecke bis zum Kinn hochgezogen und mit halboffenem Mund.

Ich blieb neben ihr stehen. Still. So mochte ich sie am liebsten. So wirkte sie am ehesten wie eine Mutter.

Die Kissen raschelten unter mir, als ich mich auf den Sessel setzte, und Mama regte sich. Sie blinzelte kurz und ich konnte sehen, wie sich etwas in ihrem Gesicht veränderte. Traurig und verletzt wurde.

„Er liebt mich nicht, Summer", murmelte sie plötzlich und zog die Decke enger um sich. „Er liebt mich einfach nicht mehr."

„Dein Freund?", fragte ich leise und irritiert nach. „Du kennst ihn doch noch gar nicht lange … und ihr habt euch doch getrennt, sagtest du nicht …"

„Dein Vater! Ich spreche von deinem Vater!" Sie klang aufgewühlt. „Er liebt mich nicht!"

Ich schluckte und mir wurde merkwürdig klamm in der Brust. Ein Gefühl, das auch nicht verschwinden wollte, als ich meine Arme um meinen Körper legte. „Ihr seid geschieden, Mama. Schon lange. Sehr lange", murmelte ich.

„Aber er hätte mich lieben sollen! Ich habe ihm ein Kind geschenkt, er hätte mich dafür lieben sollen." Ihre Stimme war laut und verzweifelt. „Er hat mich nie geliebt! Er hat mich geheiratet, weil es dich gab! Nicht, weil er es so wollte." Ich trank ein paar Schlucke aus der Wasserflasche. Um die Enge loszuwerden. Um Zeit zu gewinnen.

„Doch, natürlich hat er dich geliebt …", murmelte ich schließlich.

„Nein! Er konnte nicht. Er hatte keine Zeit, weil er sich nur um dich gekümmert hat! Nur du! Baby hier, Baby da! Mich hat er nicht mehr beachtet, als du da warst!" Sie sprach immer lauter und ich zog mich immer tiefer in den Sessel zurück. In meiner Brust wurde es immer enger. „Und dann!" Sie funkelte mich durch einen dünnen Tränenschleier an. „Dann hätte er Zeit gehabt, als du alt genug warst, dich alleine um deine Dinge zu kümmern. Aber nein! Du brauchtest noch mehr Aufmerksamkeit! Du hast ihn nur enttäuscht. Deine Noten, deine Freunde … alles noch mehr Gründe, mehr Zeit damit zu verbringen, über dich zu reden! Du hast Schuld!"

Ich zuckte zusammen und meine Unterlippe zitterte.

„Du bist Schuld." Sie schlug auf die Sofagarnitur ein. „Du bist nicht das geworden, was er sich erhofft hat, und weil er dich nie wird lieben können und zu viel Zeit damit verbracht hat, es zu versuchen, konnte er auch mich nicht lieben! Unsere Scheidung, mein Leben: Du bist Schuld."

Meine Augen brannten und ich presste meine Lippen aufeinander, während mein Herz schwer in meiner Brust schlug. „Mama, du weißt nicht, was du sagst. Du bist betrunken."

„Schätzchen", lachte sie hoch, „das war nicht böse gemeint. Nimm es nicht persönlich. Du wolltest das bestimmt nicht. Es ist nur einmal so. Ich spreche hier nur endlich die Wahrheit aus. Dein Vater …"

„Halt die Klappe!", brüllte ich und ließ die Wasserflasche aus meiner Hand fallen. Sie zersprang in tausend Stücke. „Halt einfach die Klappe! Du hast die Ehe versaut, du allein, hör auf, mir die Schuld zu geben! Ich trage keine Schuld daran! Ich. Trage. Keine. Schuld! Du bist eifersüchtig auf die Aufmerksamkeit, die dein Mann deiner Tochter und nicht dir geschenkt hat? Was soll das!? Es ist dein Leben. Ich habe keine Macht darüber und hatte auch nie welche. Es ist allein dein Leben. Dein Leben, das du einfach so aus deinen Händen gegeben hast."

Sie stieß noch einen Lacher aus. „Rede dir das bloß weiter ein, damit du keine Schuldgefühle hast. Aber ich weiß, wenn wir kein Kind bekommen hätten, wären wir heute noch zusammen!"

Ich sagte nichts. Was hätte ich auch sagen sollen?

Ich stand auf, stieg über die Scherben hinweg und griff nach meiner Jacke.

„Frohe Feiertage", sagte ich kalt und ging aus der Tür.

Kapitel 10

See?
That was me. Then.
And now -
I'm going to be the one I always wanted to be.
Not for you. But for me.

Ich lehnte mich mit dem Rücken gegen die Wand und versuchte, meinen Atem zu regulieren. *Nicht weinen, nicht weinen, bitte nicht ...*
Doch alles Ankämpfen half nichts, ich konnte die Tränen nicht zurückhalten. Ich schloss die Augen und ließ einfach los. Immer wieder versuchte ich mir einzureden, dass sie es nicht so gemeint hatte. Dass der Alkohol gesprochen hatte. Doch das Schlimme war: Ich wusste, dass es in ihrem Kopf genau so aussah. In ihrer Vorstellung war wirklich ich es, die Schuld an ihrer Scheidung hatte, und ich war es, die ihr etwas schuldete.

Es war blöd. Es war dumm und falsch, aber genau aus diesem Grund fühlte ich mich für sie verantwortlich. Außerdem war ich die Einzige in ihrem Bekanntenkreis, die überhaupt ein Verantwortungsgefühl besaß.

Ich hatte keine Lust, noch mal bei Jayce vorbeizuschauen. Er stellte das in meinem Leben dar, das meine Mutter soeben beschrieben hatte. Einen Mann, den ich ausnutzen könnte.

Ich schlich den Flur entlang und schloss leise die Wohnungstür auf.

Meine Mundwinkel zuckten, als meine Augen das Bild vor mir wahrnahmen. Ellie, ihren Kopf in Oliviers Schoß gelegt, einen Arm um eine große Packung Eis, liefen Tränen die Wangen hinunter, während sie auf dem

Fernsehbildschirm beobachtete, wie Richard Gere Julia Roberts endlich doch dazu überreden konnte, ihn zu heiraten.

Als sie die Tür hörten, blickten beide auf.

Seufzend zog ich meine Schuhe aus und kickte sie in die Ecke. Dann lief ich ihnen hinterher und stellte sie feinsäuberlich neben den Türrahmen auf.

Nur weil ich angefressen war, musste mein Ordnungssystem ja nicht darunter leiden.

„Kommst du von drüben?", fragte Ellie schniefend und steckte sich einen Löffel Eis in den Mund.

Ich schüttelte müde den Kopf und legte den Rest meiner Sachen ab. „Nein. Von meiner Mutter."

Sofort legte sie den Eiskarton weg. „Och nein, Süße, komm her!" Sie streckte die Arme aus und machte zwischen Ollie und ihr Platz. Dankbar sank ich aufs Sofa, lehnte mich an sie und ließ mir von ihr meinen Kopf tätscheln.

Sie brachte mir so viel Liebe entgegen, dass mir die Tränen kamen, als ich daran dachte, dass meine Mutter nur ein wenig mehr wie sie sein müsste.

„Hey, nein, nicht weinen ... shhh ...", murmelte Ellie und streichelte mir über Haare und Wangen. Ollie legte ebenfalls einen Arm um mich. „Summer, komm, es ist alles gut ... du hast doch uns ..."

Ich hickste leise und schloss die Augen. „Ich weiß ... das weiß ich doch ..." Aber die Tränen liefen trotzdem leise meine Wangen hinab.

„Hey, Sum", flüsterte Ellie und küsste meinen Kopf. „Was immer deine Mutter gesagt hat. Wie auch immer sie sich benommen hat. Es stimmt nicht. Du bist so unglaublich toll. So intelligent. So talentiert. So liebenswert ... so ..."

„… so reinlich!", fügte Olivier hinzu, was mich zu einem kleinen Lachhickser brachte.

Ellie lachte auch leise und zog eine Wolldecke über mich. „Du bist toll. Wir lieben dich. Deine Mutter … du weißt doch, was ich dir immer über deine Mutter sage."

„Sie ist hübsch anzusehen, aber trotz der direkten Verwandtschaft mit mir, kommt nichts Gutes aus ihrem Mund?"

„Genau! Das ist es."

„Es ist bald Weihnachten", sagte ich ruhig. „Es ist bald Weihnachten und ich habe niemanden in der Familie, mit dem ich dieses Fest gerne feiern würde."

„Wir sind deine Familie, Summer. Wir feiern zusammen. Wie jedes Jahr. Und bis Weihnachten hat sich Ollie auch wieder mit Paul vertragen. Der ist auch da. Und Jayce kann ebenfalls kommen. In Ordnung?"

Ich nickte und drückte meine Augen zusammen. „Und dein Geld, ich …"

„Mach dir keine Gedanken!", unterbrach sie mich und kraulte meine Schulter. „Ich brauche dein Geld zurzeit nicht. Ich habe genug … Einnahmen. Du brauchst es mehr. Gib es mir, wenn du kannst."

Ich blinzelte. „Aber sagtest du nicht …"

„Ich brauch es nicht, Summer. Wirklich. Wenn ich Not habe, sage ich es dir sofort. Aber im Moment ist alles gut."

Ich nickte. „Danke."

Olivier zog einen Zipfel meiner Decke weg und reichte mir das Eis. „Guck einfach mit uns mit, das macht glücklich", sagte er aufmunternd. „Danach kommt noch Pretty Woman. Wie sagst du immer? Es gibt keinen Schmerz, den man mit Julia Roberts, Eis und einer heißen Wärmflasche nicht lindern könnte?"

Ich schmunzelte. „Ihr macht mich glücklich", hätte ich am liebsten gesagt. Doch das wäre zu kitschig gewesen. Aber denken tat ich es. Mehrmals.

Jayce und ich schenkten uns nichts zu Weihnachten. Das machten nur Paare. Und wir waren ja keins, also erledigte sich die Frage von selbst. Andererseits fühlte ich mich allein durch sein Versprechen, mich zum Essen bei meinem Vater als mein offizieller Freund zu begleiten, sehr beschenkt, deshalb kaufte ich ihm doch etwas. Etwas Kleines, Praktisches, etwas, das nicht der Rede wert war, sodass ich mir nicht blöd vorkam.

Ich kaufte ihm einen Eiskugelmacher.

Im Duden hieß das Gerät, womit man Eiskugeln aus dem Behälter holen konnte, Eiskugelportionierer. Da ich aber die Idee, Eis portionieren zu müssen, total blöd fand, beließ ich es bei dem Anschluss -macher.

Ich hatte Jayce seit dem Abend bei meiner Mutter nicht mehr besucht und er war auch nicht bei mir gewesen. Wir hatten uns einzig im Flur gesprochen, wo ich ihn zu Weihnachten bei uns eingeladen hatte, doch er feierte zusammen mit seinem Vater und seiner Schwester.

Ich hatte überhaupt nicht gewusst, dass er Geschwister hatte - über so was zu reden, war uns nie in den Sinn gekommen oder wir hatten nicht die Zeit gefunden.

Seine Absage versetzte mir einen größeren Dämpfer in der Vorfreude, als ich gedacht hätte. Jayce war in letzter Zeit einfach ein guter Freund geworden. Nur weil wir ohne Bindung miteinander schliefen, hieß das ja nicht, dass ich ihn als Menschen nicht wertschätzte.

Sonst war Weihnachten toll. Im Grunde endete es wie jedes Jahr, seit ich Ollie, Ellie und auch Paul kannte. Irgendwer - dieses Jahr war es Paul - trank zu viel Eierlikör, begann dann betrunken wahllos alle Geschenke zu öffnen und läutete so die Bescherung ein. Dazu wurde eine Weihnachts-CD eingelegt, die irgendwer aus der Vogue hatte, und wir grölten jedes Lied mit, besonders laut dieses Jahr Paul. Aber der arme Kerl hatte in letzter Zeit auch viele Beinahe-Trennungen durchmachen müssen. Es sei ihm also verziehen.

Der Abend war so schön. Beinahe selig, gefüllt mit Lachen und Freundschaft. Doch der Tag danach und damit Weihnachten bei meinem Vater kam viel zu schnell.

Nervös feilte ich mir gerade meine Nägel, als es an der Tür klopfte. Halb acht. Jayce war pünktlich. Mist.

Ich warf die Feile in meine Toilettenartikelschublade zurück und lief zur Tür.

„Frohe Weihnachten!", flötete ich und lächelte breit.

„Frohe Weihnach…" Jayce stockte mitten im Wort. „Ähm. Wow …" Er betrachtete mich von oben bis unten. Die Frisur, meine Haare hatte ich hochgesteckt, das wirkte seriöser, das Kleid, schlicht und schwarz, das einzige, das ich vor meinem Vater tragen konnte, die Schminke und meine schmucklosen Arme und Hände.

Er kniff seine Augen zusammen und lehnte sich mit seinem Oberkörper etwas weiter zurück. „Wow. Du wärst eine ziemlich heiße Nonne. Und der Schneider ist bestimmt froh, dass er dir für dieses Kleid eine Menge Stoff berechnen durfte."

„Mein Vater steht nicht so auf Haut", erklärte ich lächelnd. „Aber hinten an dem Kleid ist ein Reißverschluss, so kann ich es innerhalb von wenigen Sekunden abstreifen …", sagte ich verheißungsvoll.

Jayce hob seine Augenbrauen. „Jetzt wirkt das Kleid doch irgendwie sehr sexy."

„Das ist nicht das Kleid, das bin ich."

„Mhm ... ich hätte mich anders ausdrücken sollen: Das macht die Vorstellung von dem, was dieses Kleid verbirgt, auf einmal sehr sexy."

Ich lachte. „Besser. Aber solche Kommentare solltest du dir ab jetzt verkneifen."

„Die Autofahrt ..."

Ich verdrehte die Augen und nahm meine Handtasche von dem Couchtisch. „Ja! Ab nach der Autofahrt."

Zufrieden grinsend blickte er mich an. „Zu Befehl."

Fast war ich schon aus der Tür raus, da hielt ich noch einmal inne und kehrte um. „Beinahe hätte ich es vergessen! Ich hab noch etwas für dich."

Er sah mich missbilligend an. „Hatten wir nicht eigentlich vor, uns nichts zu schenken?"

Ich drückte ihm das Päckchen in die Hand. „Du schenkst mir heute Abend. Es ist nichts Großes, du kannst es ja nachher ..." Er riss das Papier auf und ich seufzte, „... oder auch jetzt aufmachen."

„Damit du das nächste Mal wie ein zivilisierter Mensch aus einer Schüssel Eis essen kannst", las er laut vor und sein grübchenlastiges Lächeln ließ mein Herz für einen Moment hüpfen. „Originell", bemerkte er mit blitzenden Augen. „Und du hast tatsächlich etwas gefunden, dass ich noch nicht besitze."

Ich zuckte die Achseln. „Ich gebe zu, ich habe deine Küche ein wenig durchstöbert."

Lachend schüttelte er den Kopf. „Ich wusste doch, dass ich mein Küchentuch woanders hingehängt habe!"

„Feuchte Küchentücher sollte man nicht über Holz hängen! Das macht furchtbare Flecken!"

Ich nahm ihm den Eiskugelmacher aus der Hand und legte ihn auf unsere Küchentheke, dann schob ich ihn aus unserer Wohnung. „Los. Sonst kommen wir noch zu spät. Du kannst ihn dir später abholen."

Schweigend liefen wir zum Auto. Die Luft wehte kalt in mein Gesicht und schließlich durchbrach Jayce die Stille. „Ich hab noch eine Frage ...", meinte er, während er den Motor startete. „Was erzählen wir? Was sind wir für ein Paar? Wie haben wir uns kennen gelernt?"

„Ich dachte, wir nehmen die Wahrheit", sagte ich stirnrunzelnd.

„Aha. Du willst deinem Dad erzählen, dass du ein One-Night-Stand mit mir hattest und dann ..."

Verärgert schnalzte ich mit der Zunge. „Die zweite Wahrheit!"

„Ach, die. Und wie lange sind wir zusammen?"

„Fünf Monate?", schlug ich vor.

„In Ordnung. Was bin ich von Beruf?"

Ich hob meine Augenbrauen. „Du machst dich über mich lustig, oder?"

Er grinste breit. „Ich frage mich nur, warum du deinem Vater nicht einfach die Wahrheit sagst."

„Was denn? Dass ich eine Versagerin in Sachen Beziehung bin?"

„Ja. Wenn du das noch ein wenig netter ausdrücken würdest ..."

„Pffff ...", prustete ich. „Lern du ihn kennen, dann fang an zu urteilen!"

„Gott, Summer, wenn ..."

„Fahr!"

Die nächste Viertelstunde schwiegen wir uns an. Erst als wir auf das Anwesen meines Vaters einbogen, bemerkte ich, wie Jayce zu mir herüber schielte.

„Du willst mir aber nicht erzählen, dass du hier aufgewachsen bist."

Ich verschränkte meine Arme. „Nein. Ich bin im Haus aufgewachsen, nicht in der Auffahrt."

„Dieses Gebäude darf man noch Haus nennen? Und ich dachte, ich wäre in einer reichen Umgebung aufgewachsen." Er senkte seinen Kopf und besah übers Lenkrad hinweg das Gebäude vor uns. „Meine Fresse! Habt ihr fünf Schornsteine?"

Verärgert schlug ich ihm auf den Arm. „Wir sind nicht die blöde Titanic - es sind vier! Und jetzt hör auf so zu tun, als wäre das ein verdammtes Barbieschloss."

„Das ist ein beschissenes Barbieschloss! Es gibt hier vor uns drei Abzweigungen! Wohin führen die? Nach Narnia, nach Hogwarts und in den Himmel?"

Ich verschluckte mich beinahe an meinem Lachen. Irgendwie war es gut, Jayce bei mir zu wissen. „Nein: Zur Haustür, zur Garage und in den Garten ... du musst hier rechts."

Er folgte meinen Anweisungen und schüttelte immer wieder den Kopf. „Deine jetzige Wohnung ist dagegen ja eine Toilette", murmelte er, während er hinter dem Audi R8 meines Vaters parkte. „Eine Toilette, die du dir auch noch teilst."

Das ignorierte ich. Stattdessen stieg ich aus und schritt ohne auf Jayce zu achten voran Richtung Eingang. Plötzlich schlangen sich von hinten zwei Arme um meine Hüfte und zogen mich an einen warmen Körper. Die Spannung wich aus meinen Muskeln. „Eine Frage hätte ich da noch", flüsterte Jayce in mein Ohr. Seine Bartstoppeln kitzelten an meinem Hals und ich hätte beinahe gekichert. „... wie steht dein Vater so zu öffentlichen Liebesbekennungen?"

Ich schlug seine Hände, die an zweifelhafte Stellen vordringen wollten, lachend von meinem Körper. „Wenn du mich am Esstisch auch nur ansatzweise begrabschst, ich schwöre, ich trete dir vor allen Augen in die Eier!"

Er ließ mich los. „Okay. Das ist eine Ansage."

„Naja." Ich schob meine Unterlippe vor. „Aber vor dem Haus ist so ein bisschen Grabschen schon erlaubt."

Er lachte leise. „Du willst doch nur nicht reingehen."

„Doch, schon, doch, aber es ist ... ich glaube, ich habe den Ofen angelassen. Oder den Gasherd. Gebügelt habe ich heute auch und das Bügeleisen ... und wer weiß, was alles passieren kann ..."

Jayce legte eine Hand auf meinen Mund, die andere auf meinen Rücken und stieß mich zur Eingangstür.

„Kampf dupf jepft deipfe Hanpf wiepfer ... Dankeschön!" Ich wischte mir über den Mund. „Ich hoffe, die hast du vorher gewaschen, denn ..."

Jayce klingelte.

Entgeistert sah ich ihn an. „Spinnst du! Ich muss mich noch emotional darauf vorbereiten!"

„Man lernt am besten Schwimmen, wenn man ins kalte Wasser geworfen wird", bemerkte er und legte einen Arm um meine Schulter.

Ich schielte mit gesenkten Augenbrauen zu ihm hoch. „Das ist der dümmste Spruch, den ich je in meinem Leben, auf der ganzen Welt, überhaupt ..."

Ich unterbrach mich, denn hinter der Tür waren Schritte zu hören. Jayce nahm meine Hand und ich lehnte mich an seine Seite, um ein bisschen Halt zu haben. Trotzdem konnte ich nicht verhindern, dass mein Herz schneller schlug, als die Tür sich öffnete.

„Hallo, Regina." Ich lächelte, ließ Jayce' Hand los, umarmte sie leicht zur Begrüßung und übertrat die Schwelle. Die Tür fiel sanft hinter uns ins Schloss. Damit war jeder Fluchtweg versperrt.

Regina drückte mich ebenfalls. Sie war eine kleine, brünette und etwas rundlichere Frau mittleren Alters. Ihre Augen hatten etwas so Liebevolles, dass es jedem Menschen schwer fiel, sie nicht zu mögen. Mich mit eingeschlossen. „Summer, es freut mich, dass du kommen konntest. Hübsch siehst du aus." Ihr Blick blieb jedoch nicht auf mir ruhen. Er flog direkt zu Jayce. Ich konnte ihr da nicht böse sein, weil ich es genauso gemacht hätte. „… und das ist dann …?" Ihre Stimme ging voller Erwartung in die Höhe.

„Das ist …" Ich musste schlucken. „… mein Freund, Jayce."

Regina streckte ihre Hand aus. „Nett, Sie kennen zu lernen, Jayce. Kommen Sie nicht von hier oder ist Ihr Name einfach nur ans Englische angepasst?"

Jayce legte eine Hand in mein Kreuz und erwiderte mit dunkler, noch viel männlicherer Stimme als sonst: „Nein, meine Familie kommt aus England. Ich bin aber teilweise in Deutschland aufgewachsen."

Wir folgten Regina ins Esszimmer, das mir heute noch genauso einschüchternd, riesig und unpersönlich vorkam wie damals als Kind. Alles, was ich mit diesem Raum verband, war, dass mir verboten wurde, ihn zu betreten, außer wenn wir mit der Familie aßen.

Keine Spielereien, kein Turnen auf dem Tisch.

Wie gerne wäre ich jetzt auf den gedeckten Tisch gesprungen und hätte ein Rad auf der langen Tafel geschlagen.

Als hätte Jayce meine Gedanken gelesen, kniff er mir in den Rücken. „Keine Dummheiten ...", flüsterte er. „Du hast so ein Glitzern in den Augen."

Ich unterdrückte ein Lachen. „Für meine Kreativität in Bezug auf Unsinn kann ich auch nichts", lächelte ich und warf ihm einen glühenden Blick zu.

Regina hatte Gott sei Dank nichts mitbekommen. Sie war zu sehr damit beschäftigt, Servietten gerade zu richten und unsere Stühle nach hinten zu ziehen.

Wir wollten uns eben setzen, da betrat mein Vater den Raum. Das merkte man an dem kalten Windzug und dem Schatten, der sich über alles legte. Ich versteifte mich völlig, doch Jayce wirkte dem entgegen, indem seine Haltung noch lockerer wurde und er sich ein wenig näher an mich schob.

Mein Vater bemerkte jede einzelne Bewegung. Das wusste ich. Doch seine Miene verriet seine Gedanken nicht.

Mit festem Schritt ging er auf uns zu, küsste mich kurz auf die Wange und wandte sich dann Jayce zu. „Guten Abend, ich bin Christopher Sanddorn, Summers Vater." Er reichte ihm die Hand. Irgendwie war es genugtuend zu sehen, dass Jayce' Hand größer war. „Sie müssen dann ihr Freund sein?"

Jayce nickte. „Freut mich, Sie kennen zu lernen, Herr Sanddorn, ich bin Jayce Brooks."

„Schön." Mein Vater musterte Jayce so ungeniert, dass ich am liebsten unter den Tisch gekrochen wäre. Seit ich vierzehn war, hatte sich etwas nicht geändert: Wenn es um Jungen ging, fühlte mein Vater sich dafür verantwortlich zu überprüfen, ob derjenige, den ich mir ausgesucht hatte, es wert war. An welchen Punkten er das festmachte, wusste ich nicht, aber ich war mir sicher, dass er so etwas wie einen Bewerbungsbogen für den Posten als meinen festen Freund erstellt hatte. Bestimmt mit irgendeinem seiner Anwaltskollegen erarbeitet.

Gerade bevor das Schweigen peinlich wurde, wandte mein Vater sich an Regina. „Können wir dann essen?"

Sie nickte: „Unsere Köchin kommt sofort. Möchte vorher schon jemand einen Drink?"

„Ich hätte gerne einen Martini", sagte ich und ließ mich auf einen Stuhl nieder.

Regina sah Jayce an. Der schüttelte den Kopf. „Nein, danke. Ich muss noch fahren."

Sie nickte anerkennend, bevor sie meinem Vater nacheilte, um mit ihm unsere Drinks zu mixen.

Jayce hatte sich neben mich gesetzt und ich sah ihn mit gehobenen Augenbrauen an. „Du machst keinen Eindruck auf meinen Vater, wenn du nichts trinkst", erklärte ich. „Viel mehr würde es ihn beeindrucken, wenn du vier Scotch trinkst und trotzdem noch gerade laufen kannst."

Jayce grinste. „Das kann ich. Aber ich werde trotzdem nicht meinen Führerschein und unsere Leben riskieren, nur damit du dich daran ergötzen kannst, wie ich deinen Vater unter den Tisch trinke."

Ich verdrehte die Augen, fühlte mich aber ertappt. Jayce legte sanft eine Hand auf meinen Oberschenkel. Es war so, als würde seine warme Berührung mir sagen, dass ich mich entspannen sollte, und mein Körper gehorchte ihr.

Als wir unsere Drinks und Jayce sein Wasser vor uns stehen hatten, fixierte mein Vater uns beide gleichzeitig. „Also ... Woher kennt ihr beiden euch?"

Wow. Kein Smalltalk. Er verblüffte mich immer wieder. Allerdings wusste ich, dass die „Mit der Tür in das Haus fallen"-Taktik bei seinen Klienten oft zu guten Ergebnissen führte (Die Wände in seiner Kanzlei waren dünner als man glauben sollte), also: warum nicht?

Ich legte instinktiv meine Hand auf die von Jayce und lächelte. „Er ist mein Nachbar. Wir haben uns auf dem Flur kennen gelernt."

„… und dann habe ich sie auf einen ihrer Auftritte verfolgt, weil sie nichts mit mir zu tun haben wollte."

„Ich wollte dir nur zeigen, dass ich nicht leicht zu haben bin!", beschwerte ich mich.

Regina lachte. „Das hört sich ja süß an! Wie eine richtige Liebesgeschichte. Jayce musste sich anstrengen, um dich zu erobern." Sie sah gerührt in ihr Weinglas.

„So kann man es auch sagen …", murmelte ich und starrte etwas betreten auf das blütenweiße Tischtuch.

Mein Vater räusperte sich. „Sie wohnen also auch in diesem … Apartmentblock?"

„Ja." Jayce nickte und ging nicht auf den abwertenden Tonfall meines Vaters ein. „Es ist eine schöne Umgebung und die Wohnung ist ziemlich geräumig."

„Tatsächlich? Und Sie wohnen alleine?"

Die Türen gingen auf und Teller mit Salaten wurden gebracht. Froh über die Unterbrechung leerte ich mein Martiniglas und bat eine der Angestellten, es aufzufüllen.

„Tut mir leid", flüsterte ich unter dem allgemeinen Geklapper des Geschirrs. „Für den Spießrutenlauf werde ich dich noch entschädigen, versprochen."

Jayce' Hand wanderte ein wenig weiter meinen Oberschenkel hinauf, als hätte er bereits eine Idee, wie ich meine Schuld begleichen könnte.

„Also …" Mein Vater nahm den Faden gleich wieder auf, sobald wir die ersten Bissen gegessen hatten. „Sie wohnen alleine?"

„Ja", nickte Jayce und spießte ein Salatblatt auf seine Gabel. Ich bewunderte, wie unglaublich ordentlich er Salat essen konnte. Ohne Flecken auf Decke oder Hemd zu hinterlassen. Und er sah dabei auch noch cool aus. Dabei war es doch ein Naturgesetz, beim Salatessen merkwürdig auszusehen, weil man den Mund dafür so groß wie einen Tennisball werden lassen musste.

„Darf ich fragen, was Sie von Beruf machen?" Die Stimme meines Vaters riss mich aus meinen Gedanken.

„Ich bin Hotelmanager. Ich manage das Radisson Blue Hotel und bin bei diversen anderen Hotels als Management Consultant angestellt."

Für einmal konnte mein Vater nicht verbergen, wie beeindruckt er war. Damit hatte er nicht gerechnet. Ein Mann, der zwei Sprachen fließend beherrschte, studiert hatte und offenbar erfolgreich im Hotelbusiness angestellt war, passte einfach nicht. Nicht in Verbindung mit mir als seiner Freundin! Ich lächelte und war irgendwie stolz auf Jayce. Auch wenn er meinen Freund ja nur spielte.

„Das scheint ja sehr … anspruchsvoll zu sein."

„Naja, ich mache es gerne", erwiderte Jayce.

„Arbeiten Sie dann nicht oft sehr lange?"

„Er arbeitet noch im Schlaf …", hustete ich und das war nicht gelogen. Mehrmals hatte ich ihn belauscht, wie er Zahlen und Marketingstrategien abgespult hatte, als er eigentlich in seiner Remschlafphase hätte sein sollen.

Jetzt trat er mit seinem Fuß gegen meinen.

„Es stimmt, dass meine Arbeit mich zurzeit sehr beansprucht. Allerdings befinde ich mich noch am Anfang. Sobald ich mich eingearbeitet habe, werde ich, denke ich, um vier oder fünf Arbeitsstunden reduzieren können."

„Oh. Ja. Das klingt vernünftig."

Bevor mein Vater Jayce weiter mit Fragen löchern konnte, wurde der Hauptgang serviert. Bei Tisch redeten wir dann über andere Themen. Wie den Börsenkurs oder die neusten Entwicklungen bei der Bekämpfung des Ozonloches und anderes, von dem ich keinen Schimmer hatte. So nickte ich einfach ab und zu und tat im Übrigen so, als wäre ich mit meinen Kartoffeln beschäftigt. Zu meiner Erleichterung schien Regina genauso wenig Ahnung zu haben. Sie beschäftigte sich damit, mir mit glänzenden Augen mysteriöse Blicke über den Tisch zu zuwerfen.

Wir hatten den Hauptgang beendet und ich entspannte mich eben ein wenig, als mein Vater sich räusperte. „So. Sie scheinen ja erfolgreich und intelligent zu sein, Jayce."

„Danke, es freut mich, dass Sie das so sehen."

„Und ..." Papa lehnte sich zurück. „Haben Sie denn vor, mit meiner Tochter zusammenzubleiben?"

Jayce verschluckte sich an seinem Wasser und hustete in seine Faust.

Regina räusperte sich. „Christopher. Ich glaube nicht, dass diese Frage angebracht war."

Papa legte seine Hände auf dem Tisch ineinander. „Ich finde, mir sollte es vorbehalten sein, jede Frage zu stellen, die ich möchte."

„Papa", sagte ich leise und senkte meinen Blick. „Hör auf damit. Man fängt eine Beziehung immer mit dem Willen an, sie lange aufrecht zu erhalten." Das war natürlich gelogen. Manche Beziehung wurden nur angefangen, weil man sich dachte: Ach ja. Da wäre ja mal wieder irgendjemand. Und was Jayce und ich da machten, gehörte nicht einmal zu dieser Kategorie. Jayce und ich, das war - man konnte es gar nicht definieren.

Mein Vater würdigte mich keines Blickes. Stattdessen starrte er Jayce zu Boden, der sich wacker hielt und nicht wie ein Häufchen Elend auf seinem Sitz versank, wie es jeder seiner Vorgänger getan hatte.

Das heißt: Der eine Vorgänger, den ich mitgebracht hatte. Nach dem Essen hatten wir uns getrennt, deswegen hatte ich es seither vermieden, Papa meine Freunde vorzustellen. Mein Plan war, dass meine große Liebe - die ich laut meinem Lebensplan ja bald finden würde - meinen Papa frühestens an unserer Hochzeit kennen lernte. Vielleicht auch erst zur Taufe unseres ersten Kindes. So genau festlegen wollte ich mich da nicht.

„Ich möchte doch nur herausfinden, was dieser junge Herr sich aus seiner Beziehung mit meiner Tochter verspricht. Was er für Hintergründe hat."

Ich funkelte ihn böse an, aber er bemerkte es nicht einmal, da er weiter nur Jayce anstarrte.

Der beugte sich näher über den Tisch und sagte ruhig: „Nun, Herr Sanddorn. Ich verspreche mir nichts von der Beziehung mit Summer. Ich werde sehen, wo es hinführt, Pläne mit ihr habe ich keine. Summer ist keine Person, mit der man plant. Meist ist sie es, die schon geplant hat. Ich habe da nicht viel zu sagen. Und meine Hintergründe: Ich mag Ihre Tochter. Aus anderen Gründen ist man ja kaum mit jemandem zusammen."

Meinem Vater verschlug es tatsächlich für einen Moment die Sprache. Er schaukelte auf seinem Stuhl hin und her und runzelte die Stirn. Dann hatte er sich wieder gefasst. „Bleiben Sie denn in Hamburg? Überhaupt in Deutschland? Wollen Sie sich etwas aufbauen oder planen Sie, einfach ein Hotel zu übernehmen?"

„Papa! Komm schon …"

„Christopher …", mischte sich auch Regina ein, doch Papa ließ sie nicht aussprechen. „Ich darf ja wohl fragen." Er sah mich für den Bruchteil einer Sekunde an. „Wo die Zukunft meiner eigenen Tochter offensichtlich auf wackeligen Beinen steht, darf man doch hoffen, dass ihr Partner festen Fuß fassen kann und es auch vorhat." Er starrte Jayce an, doch der erwiderte standhaft den Blick.

Ich presste meine Lippen aufeinander und konzentrierte mich auf das Brot, das noch übrig war. Schön braun mit Kruste. So wie ein gutes Brot auszusehen hatte. Brot ritt auch nicht auf Entscheidungen herum, die man vor acht Jahren getroffen hatte. Brot schwieg. Brot war kein Anwalt und konnte Menschen nicht dazu bringen, ihre eigene Meinung und Existenz anzuzweifeln.

„Ich stehe nicht auf wackeligen Beinen …", murmelte ich und meine Hände verkrampften sich ineinander. Am liebsten wäre ich jetzt zu winzigen Staubkörnern zerfallen. Mir gefiel die Summer nicht, zu der ich bei meinem Vater wurde. Eine kleine, verletzliche, unsichere Summer. Ich wollte nicht, dass Jayce mich so sah.

„Christopher!", sprach Regina jetzt laut dazwischen. „Hör bitte auf, unseren Gast über sein Leben auszuquetschen!" Sie lachte, warf ihrem Ehemann aber einen bösen Blick zu. „Wir wollen doch, dass er wieder kommt!" Das war eine eindeutige Warnung und endlich lenkte Papa ein.

„Na also …", murmelte Regina erleichtert und nahm einen Schluck von ihrem Wein. „Summer." Ihr Blick lag freundlich auf mir. „Wie geht es dir denn in der Uni. Machst du nicht bald deinen Abschluss?"

Ich räusperte mich. Mein Studium war nicht gerade ein neutrales, wünschenswertes Thema.

„Ähm. Richtig", sagte ich und drehte mein Martiniglas zwischen den Fingern. „Jetzt bald, im Februar."

„Wow, das ist ja echt bald." Sie zwinkerte - warum auch immer. Ich nickte einfach mal. „Ja. Das stimmt."

„Wie viele Semester waren das denn?"

„Zehn. Mit meinem Master."

„Zehn", wiederholte mein Vater.

Mein Mund wurde trocken. „Ja, Papa. Es waren zehn." Ich sah nicht auf. Ich wollte nicht wissen, wie er mich anschaute. „Noch irgendetwas, was du dazu sagen willst?"

„Nun. Du bist ja offenbar schon sehr lange dabei."

„Ich bin so gut wie fertig!"

„So gut wie."

Ich legte meinen Kopf in den Nacken. „Papa, ich habe in einem Monat meine Abschlussprüfung! Ich gebe meine Masterarbeit ab, verteidige sie und das war es dann. Für immer!"

Er machte ein Geräusch, das mich an ein Kieferknacken erinnerte. „Du hast also dieses Mal vor, das Studium zu beenden?"

„Ja. Diese fünf Jahre meines Lebens will ich nutzen", murmelte ich.

„Naja. Das hattest du ja bei anderen Studiengängen auch vor. Wie zum Beispiel bei deinem Jura-Studium. Wie viele Semester hast du dort noch einmal gemacht, die ich dir gezahlt habe?"

„Christo…"

Mein Herz schlug schneller und ich biss auf meine Zunge. Ich sah weder Jayce an, noch meinen Vater. „Drei, Papa. Das weißt du sehr gut." Meine Fingernägel krallten sich in die Serviette auf meinen Schoß.

„Richtig. Damals hattest du kein Problem damit, dass ich dir das Studium gezahlt habe."

„Es war eine völlig andere Situation!", fuhr ich auf. „Und ich wollte nun mal keine Anwältin werden!"

„Richtig." Mein Vater schwenkte den Scotch in seinem Glas. „Wie treffend hattest du es noch formuliert: *Ich möchte kein Mensch werden, der sein Leben damit verbringt, dem Gesetz nachzujagen, um dann von sich behaupten zu können, er habe etwas Nützliches getan und seine Arbeit sei es wert gewesen, seine Familie zu vernachlässigen und seine Tochter alleine zu lassen. So wie du, Papa.* So etwas in der Art?"

„Ich weiß nicht mehr, was ich damals gesagt habe. Das ist lange her." Natürlich wusste ich es noch und mein Vater hatte meinen genauen Wortlaut getroffen.

„Nun. Ich weiß es. Und ich erinnere mich auch daran, dass du mir an deinem ersten Tag an der Uni erzählt hast, dass du dir unglaublich gut vorstellen kannst, in meine Fußstapfen zu treten." Seine Stimme war so trocken wie Sägespäne.

Mein Magen zog sich zusammen. „Anwältin war immer dein Traum für mich. Nicht meiner. Ich wollte, dass du stolz auf mich bist. Herrgott! Ich war zwanzig. Mit zwanzig hatte ich noch keine Ahnung, was ich vom Leben wollte."

„Jetzt weißt du es, natürlich." Er sah mich ausdruckslos an und ich schaute ihm zum ersten Mal in die Augen.

„Ich weiß es. Ich arbeite hart für das, was ich will."

Plötzlich fing er lauthals an zu lachen und beugte sich über den Tisch. „Natürlich tust du das! Ohne Grund! Du müsstest nicht so hart arbeiten. Du könntest noch besser in deinem Studium sein, wenn du deine Zeit nicht damit verschwenden würdest, Geld zu verdienen, das du schon hast!"

„Was?", flüsterte Jayce und ich spürte, wie ich rot wurde.

„Fang nicht damit an, Papa. Bitte. Lass es, okay?"

Aber er ließ es nicht. Natürlich nicht. Er wandte sich an Jayce und sah ihn über sein Glas hinweg an. Ich hob meinen Kopf und schielte aus den Augenwinkeln zu ihm herüber.

„Wussten Sie, dass meine Tochter zu stolz ist, um Geld anzunehmen?" Mein Vater machte eine belustigte Miene, die nicht zu ihm passte. „Von ihrem eigenen Vater. Sie arbeitet lieber harte Stunden bei mir ab, als sich von mir das Geld zu leihen oder gar schenken zu lassen."

Jayce' Augenbrauen hoben sich und sein Blick flackerte zu mir herüber. Ich senkte nur meinen Kopf. Dieser Abend war einfach zu viel. Doch ich würde nicht anfangen, mich zu bemitleiden.

„Was ist so falsch daran, dass ich mir mein Geld verdienen will? Jeder andere macht das auch!", sagte ich mit fester Stimme und - wie ich hoffte - mit festem Blick.

„Christoph…"

„Ja, es macht jeder. Jeder, der nicht anders kann."

„Was ist dann dein Problem!?", sagte ich lauter als gewollt.

„Naja, ich habe offensichtlich eine Tochter, die mich so sehr hasst, dass sie lieber wie eine Pennerin haust, als mein Geld anzunehmen!", donnerte er.

Ich richtete mich gerade auf. Das reichte. „Ich lebe nicht wie eine Pennerin!", schrie ich ihn an. „Du hast kein Recht, so mit mir zu reden! Und ich habe dir meine Gründe genannt!"

Er schnaubte. „Was? Deine Unabhängigkeit? Deine Selbstständigkeit?"

„Ja! Verdammt!", fluchte ich. „Du hast mich bei meinem Jura-Studium unterstützt und reibst mir jedes Mal unter die Nase, dass ich dein Geld offenbar verschwendet habe!" Meine Stimme wurde unabsichtlich noch lauter. „Also: Ich bezahle selbst. Und damit bist du auch unzufrieden? Weil ich auf eigenen Füßen stehen will?"

Für wenige Momente war nur mein schwerer Atem zu hören.

„Lass es gut sein, Christopher", brach Regina die Stille und legte meinem Vater beruhigend den Arm um die Schulter. „Wir haben doch Weihnachten."

Doch mein Vater hörte nicht auf. Natürlich nicht. Er würde stets das letzte Wort haben. „Was?", sagte er plötzlich leise. „Du verlangst von mir, dass ich mit ansehe, wie sich meine Tochter prostituiert, damit die Männer ihre Rechnungen bezahlen?" Seine Hand flog zu Jayce und sein Gesicht rötete sich. „Du willst, dass ich mit ansehe, dass du so wirst wie deine Mutter!?"

Es wurde drückend still im Raum. Nur mit eisern antrainierter Willenskraft konnte ich meine Tränen zurückhalten. Wenigstens das hatten mir die achtzehn Jahre gebracht, die ich in diesem Haus gelebt hatte.

„Ist gut, Papa. Du hast deine Standpunkt mehr als deutlich gemacht", sagte ich schließlich ruhig, obwohl ich am ganzen Körper zitterte. Ich atmete ein paar Mal ein und aus, erhob mich dann langsam von meinem Stuhl, drehte mich um und verließ den Tisch. Jayce musste mir gefolgt sein, denn plötzlich umschloss seine warme Hand meine. Als ich die Tür in den Eingangsbereich öffnete, wandte ich mich noch einmal um. „Nur damit du es weißt", sagte ich kalt, „eher würde ich wirklich zur Nutte werden, als mir von dir auch nur einen Cent geben zu lassen. Frohe Weihnachten."

Ich nickte Papas Frau zu und die Tür fiel mit einem dumpfen Aufschlag hinter mir ins Schloss.

Kapitel 11

<u>You are an egoistic idiot</u>
You say you love me because it's a challenge
And when I defend myself and say as revenge
That I don't even like you much
You prove me the opposite with your touch

Ich hätte es besser wissen sollen. Ich hätte die Einladung nicht annehmen dürfen, ich hätte Jayce nicht mitnehmen sollen. Ich hätte mich über Modellbaueisenbahnen informieren sollen, als ich noch die Wahl hatte.

Stumm stand ich auf dem Kiesweg, der zur Einfahrt führte. Meine Arme hatte ich um meinen Oberkörper gelegt, um gegen das Zittern anzukämpfen. Mit dem Absatz meiner High Heels zog ich Kreise in den Weg, meine Augen geschlossen. Ich wollte an was anderes denken, aber alles, was ich sah, war das Gesicht meines Vaters. Wütend. Enttäuscht. Abschätzig.

Ich kannte diesen Blick doch. Warum machte er mich dann jedes Mal aufs Neue fertig?

Ich hob den Kopf und schaute in den Sternenhimmel. Meine Augen fühlten sich plötzlich feucht an.

Meine Jacke wurde mir um die Schultern gelegt und eine Hand drückte sie. Schnell sah ich wieder auf den Boden und blinzelte mir die Tränen aus den Augenwinkeln. Mich hatte noch nie ein Mann weinen sehen. Damit wollte ich nicht anfangen.

Aber als Jayce sein Kinn auf meinen Kopf stützte und sich seine Hände von hinten um meine legten, konnte ich nicht anders.

Ich vergaß, wo ich war und mit wem ich hier war. Ich weinte einfach nur. Ohne Schluchzen, ganz still und leise.

„Hey, hey", flüsterte Jayce und umschloss mich fester. „Alles gut." Er küsste mich neben mein Ohr und seine Bartstoppeln kitzelten mein Gesicht. Ich hickste und zog meine Nase hoch.

„Und, zu viel versprochen?", fragte ich schließlich, als ich mich wieder beruhigt hatte.

„Nein", murmelte er. „Das Preisleistungsverhältnis scheint ganz vernünftig."

Ich lachte kurz. „Wenigstens das."

„Ist doch nicht schlimm. Väter sind immer kompliziert!"

„Aber sie sollten einen normalerweise nicht zum Weinen bringen und einen wie einen kompletten Versager fühlen lassen!"

Ich spürte seine Wange an meiner. „Der Punkt geht an dich."

Ich nickte schniefend.

„Summer?", fragte Jayce nach einigen Momenten leise. „Warum willst du das Geld von deinem Vater nicht annehmen?"

„Ich will mich nicht bestechen lassen", murmelte ich.

„Wie meinst du das?"

„Mein Vater benutzt das Geld, weil er das Gefühl hat, er könne wettmachen, dass er nie eine meiner Ballettaufführungen gesehen hat. Er versucht, meine Liebe zu erkaufen."

„Warum nimmst du dann kein Geld von anderen?"

„Anderen?" Ich ließ mich nach hinten gegen seine Brust fallen. „Wie meinst du das?"

„Olivier? Ellie?"

„Ellie hat mir schon genug Geld vorgeschossen. Und Ollie ... ich möchte nicht auf Kosten anderer leben. Geld macht Beziehungen kaputt. Ich möchte nicht das Gefühl haben, irgendwem etwas zu schulden. Ich möchte nicht, dass einer meiner Freunde bei einem Streit seine Geldkarte rausziehen kann und ich dann klein beigeben muss. Ich möchte nicht sein wie meine Mutter, die durch das Geld ihrer Partner lebt und teure Geschenke nimmt, um sie in Geldnotzeiten zu verscherbeln!"

Jayce schwieg. „Also, wenn ich dir Geld anbieten würde ..."

„Nein!", fuhr ich auf, stand wieder auf eigenen Füßen und wandte mich um, sodass ich Jayce direkt ins Gesicht sehen konnte. „Ich möchte dein Geld nicht. Ich möchte das alleine schaffen, sodass ich zurückschauen und stolz sein kann. Wenn du mir Geld zujubeln würdest, das wäre der größte Vertrauensbruch für mich! Das wäre, als würdest du mich hintergehen und ..." Ich kam nicht dazu, den Satz zu vollenden oder mich in Rage zu reden. Mein Handy klingelte. Genervt, wütend und mit vertrockneten Tränen und Wimperntusche unter meinen Augen nahm ich den Anruf an. „Frohes Feheeest!", flötete es.

Gott!

Meine Mutter wartete gar nicht auf eine Antwort, sondern sprudelte munter drauflos: „Schon was vor? Ich habe gerade einen unglaublichen Kerl kennen gelernt, der einen wirklich süßen kleinen Bruder hat ..."

Mir stand der Mund offen und ungläubig schüttelte ich den Kopf. „Hast du sie noch alle!? Ich rede nicht mehr mit dir und ich werde dir nicht wieder helfen, wen aufzureißen!"

„Was? Bist du etwa immer noch wütend wegen meiner betrunkener Albernheit?"

„Du hast mir die Schuld an eurem Eheaus gegeben und gesagt, mein Vater könne mich nie lieben!", keifte ich.

„Schätzchen … ich war nicht ganz bei mir. Mein Freund hatte mich verlassen. Du nimmst dir immer alles so zu Herzen. Ich liebe dich, das weißt du doch."

„Ich nehme mir alles zu sehr zu Herzen!? Hätte ich mir alles, was du mir schon an den Kopf geworfen hast, zu Herzen genommen, hätte ich mich längst vor einen Zug geworfen!"

Meine Mutter lachte. „Schätzchen. Also wirklich. Ich weiß, es war nicht nett, aber du musst doch ver- …"

„Nein, muss ich nicht!", schrie ich. „Ich habe keine Lust mehr zu verstehen. Du bist diejenige, die verstehen muss! Du. Musst. Was. Ändern. Mama! Ich kann dich nicht glücklich machen und hör endlich auf zu erwarten, dass ich dir hinterherlaufe. Und ich verzeihe dir auch nicht."

„Summer … warum so bockig? Wir sind doch ein Team!"

„Jetzt gerade nicht, Mama", murmelte ich leise. „Und weißt du, was das Schlimmste ist?" Zwanghaft versuchte ich die eine Träne, die meine Wange hinabkullern wollte, zurückzuhalten. „Das Schlimmste ist, dass du dich noch nicht einmal, nicht ein einziges Mal bei mir bedankt oder entschuldigt hast." Ich legte auf und vergrub mein Gesicht in meinen Händen. „Scheiße."

Als ich wieder aus der Versenkung auftauchte, sah Jayce mich an. Nicht mitleidig. Auch nicht bedauernd. Ich wusste nicht recht, wie ich seine Miene deuten sollte. Ich wusste nur, dass er alles irgendwie richtig machte. Er zog mich an sich und strich über meine Haare. Nicht wie ein Liebhaber, sondern wie ein Freund. Jemand, der wollte, dass ich mich besser fühlte.

„Weißt du", schluchzte ich leise, „ich möchte doch einfach nur glücklich sein! So wie jeder andere Mensch das auch will. Ich will mein Leben genießen und wissen, dass ich es mir verdient habe. Aber jedes Mal, jedes verdammte Mal, gibt mir irgendwer das Gefühl, dass dem nicht so ist. Dass ich es nicht wert bin. Das ich nicht gut genug bin. Für meine Mutter, für meinen Vater, für mich! Ich habe das Gefühl, ich muss es allen recht machen. Aber ich schaffe das nicht! Ich kann nicht allen alles recht machen." Bitter floss Träne für Träne über meine Wange und sickerte in Jayce' Hemd, in das ich meine Finger gekrallt hatte. „Und wer bin ich eigentlich, wenn ich die ganze Zeit versuche, es allen anderen recht zu machen? Was ist mir denn wichtig, wenn ich nur darauf schaue, was meine Mutter von mir hält und denkt? Wie soll ich mich glücklich machen? Ich weiß nicht, wer ich bin, wie ich bin, was ich will. Ich kann das einfach nicht mehr! Ich habe genug Probleme! Ich habe keine Zeit, auch noch das Leben meiner Eltern zu regeln. Ich will nicht so jemand sein!"

„Du bist nur ein Mensch, Summer", flüsterte Jayce. „Du musst es niemandem beweisen, außer dir selbst. Du musst dich glücklich machen. Wenn du nicht glücklich bist, wie sollten es dann deine Eltern sein?"

„Aber sie wären glücklich!", schluchzte ich verzweifelt. „Sie wären es, wenn ich sie nicht jedes Mal aufs

Neue enttäuschen würde. Meine Mutter hat Recht! In allem, was ich bin und was ich tue, bin ich eine pure Enttäuschung für meinen Vater! Wie könnte er mich lieben!?"

„Das war das Dümmste, was je ein Mensch gesagt hat. Wie könnte dein Vater dich nicht lieben!"

„Ich bin ich, Jayce!"

„Hey …" Sein Zeigefinger strich über meine Wange. „Dein Vater ist stolz auf dich, er kann und will es nur nicht zeigen. Deine Mutter wäre es, wenn sie sich nicht so sehnlichst wünschen würde, du sein zu können."

„Woher willst du das wissen?", murmelte ich.

Er drückte mich ganz fest an sich. „Ich wiederhole mich: Wie könnten sie nicht stolz sein auf dich? Sieh dich doch mal objektiv an. Du bist wunderschön, witzig und mehr als nur durchschnittlich intelligent. Du bist ein Organisationstalent und verlierst dein Ziel nicht aus den Augen. Für Ellie und Olivier bist du die erste Ansprechpartnerin, wenn sie ein Problem oder Sorgen haben. Und als sei das alles nicht schon genug, kannst du auch noch singen wie eine Göttin!"

Ich musste einfach lachen. „Wenn ich so wäre, wie du mich gerade beschrieben hast, warum fühle ich mich dann so furchtbar?"

Langsam löste Jayce seine Umarmung und stellte mich auf meine Füße. „Du siehst nicht an die richtigen Stellen, Summer."

Ich sah auf und versuchte, aus seinen Augen zu lesen. Er blickte schweigend zurück in meine.

„Woher nimmst du solche Weisheiten?", fragte ich leise. „Wieso bist du mit dir so im Reinen? Du bist der ausgewogenste und relativierendste Mensch, den ich kenne."

Er lächelte. „Ich weiß, wer ich bin, Summer. Ich weiß, was ich kann und was nicht. Und das habe ich akzeptiert, um das Beste daraus zu machen."

Ich blinzelte. „Bist du Yoda?"

Er lachte und fuhr sich mit seiner rechten Hand durch die schwarzen Haare. „Nein. Ich bin nur auch überdurchschnittlich intelligent."

Ich nickte. Weil ich wusste, dass es stimmte, obwohl er es im Scherz gesagt hatte. „Weißt du", sagte ich langsam, „meine Mutter hat vielleicht nicht Recht. Aber sie hat auch nicht ganz Unrecht."

„Summer. Alles, was deine Mutter dir betrunken an den Kopf geworfen hat, ist vollkommener Blödsinn. Was ich eben am Telefon gehört habe …"

„Ja. Schon. Aber …" Ich sah ihm nicht in die Augen, sondern konzentrierte mich auf diverse Sternenkonstellationen. „Aber … Du bist mein Manko", flüsterte ich schließlich. „Ich kann all ihre Anschuldigungen von mir weisen, bis auf die, dass ich Männer ausnutze. Ich nutze dich aus!"

Er lachte leise. „Aber doch nur, weil ich es dir erlaube und es gar nicht anders haben will."

Ich war gezwungen zu lächeln. „Aber Benutzen tue ich dich trotzdem irgendwie."

„Aber auf einer symbiotischen Ebene, glaub mir. Du gibst mir genauso viel. Das ist nicht mit deiner Mutter zu vergleichen."

Unsicher sah ich ihn an. „Meinst du?"

„Ich dir versichere: Mutter und du aus verschiedenen Galaxien tun stammen."

Ich lachte mit vorgehaltener Hand. „Okay. Aber deine Yoda-Imitation ist lausig."

Er legte einen Arm um mich. „Komm. Ich bring dich nach Hause."

„Aber wo ist dein Zuhause? Von welchem Planeten kommst du?"

Die Frage war nur zum Teil im Scherz gemeint gewesen.

Jayce ignorierte sie.

Das gleichmäßige Ruckeln des Autos und Jayce' Hand, die auf das Lenkrad klopfte, beruhigten mich. Ich sah aus dem Fenster und die Sterne an und befand mich beinahe in einem zenartigen Zustand. Ich konnte nachdenken, verlor mich aber nicht in meiner Verzweiflung. Aber mir kamen da bestimmte Gedanken, die ich zu gerne ausgesprochen hätte, allerdings ...

„Was ist los?"

Ich wandte meinen Blick vom Fenster ab. „Was soll sein?"

„Du hast geseufzt."

Oh. Ich musste wirklich lernen, meinen Körper besser zu kontrollieren. „Okay, darf ich dich etwas fragen?" Ich würde mich einfach ins kalte Wasser werfen.

„Jap."

„Bin ich beziehungsgestört?"

Jayce dachte nicht einmal nach. „Jap. Definitiv."

„Was? Warum!"

„Summer, du schläfst mit mir, während du einen wunderbaren, einfühlsamen, festen Freund haben könntest, der dir Sicherheit und Liebe bietet. Aber du ziehst ein lockeres Techtelmechtel mit mir vor, anstatt dir etwas auf Dauer zu suchen."

„Oh." Er hatte absolut Recht. „Okay."

Er schwieg einige Sekunden, dann sah er kurz von der Straße auf und blickte mich an. „Und? Gibt es einen Grund dafür, dass du dir nichts Festes suchst?"

Ich zuckte die Schultern. „Ich schätze schon."

„Und das wäre?"

„Keine Ahnung, ich … naja. Ich habe einfach das Gefühl, ich war immer nur mit Losern zusammen, die mir nicht wichtig waren." Ich wandte ihm meinen Kopf zu. „Mir wurde noch nie das Herz gebrochen. Aber ich war auch noch nie verliebt. Also ist das wohl nur fair."

„Noch nie?" Seine Augenbrauen hoben sich.

Ich schüttelte den Kopf. „Nein. Ellie meint, ich würde mir meine Freunde wie ein Hobby zulegen. Wenn ich Lust habe, fange ich etwas an, wenn ich müde und gelangweilt werde, trete ich aus dem Verein aus und mache Schluss."

„Wow."

„Jap. Ich bin eiskalt."

„Scheint so."

Ich schob meine Haare hinter meine Ohren. „Und du? Was ist es denn bei dir?"

Jayce grinste. „Was? Warum ich beziehungsgestört bin?"

„Genau das."

„Ich beschreibe mich lieber als Junggeselle aus Leidenschaft."

„Nun. Ich beschreibe dich als bindungsunfähig."

„Das Wort gefällt mir nicht", stellte er fest.

„Mhm", ich machte eine künstliche Pause, „und ich dachte, du wüsstest, wer du bist, und nimmst dich so an, damit du das Beste daraus machen kannst."

Er grinste breit und beschleunigte den Wagen. „Ich vergesse immer wieder, dass du Germanistin bist, alles wörtlich nimmst und dir auch noch alles merkst, was man dir sagt."

Ich ging nicht darauf ein, sondern hakte nach. „Also? Warst du schon einmal richtig verliebt und wolltest deiner Freundin die Welt vor die Füße legen? Und sie hat sie dann kaputt gemacht?"

„Ehrliche Antwort?"

„Natürlich ehrlich!"

Er schnalzte mit der Zunge. „Bis jetzt hat es sich für mich noch nie gelohnt, alles für eine Beziehung zu geben."

„Willst du damit ausdrücken, dass deine Vorstellungen, wie eine feste Freundin sein soll, einfach überdimensional und für niemanden erreichbar sind?"

Er überlegte kurz. „Mhm. Nein. Denke ich zumindest. Aber ich brauche einfach eine Art von … Wettbewerb …"

„Wettbewerb? Was denn? Du musst dich erst mit jemandem duellieren, damit du dir vorstellen kannst, für immer mit einer Frau zusammen zu sein?"

„Nein." Er lachte laut. „Nenn mich einen egoistischen Idioten, aber ich … eine Frau sollte meine Bedürfnisse erfüllen oder erfüllen können, bevor ich mir darüber Gedanken mache, ob ich auch sie glücklich machen könnte. Herausforderungen - du weißt schon."

„Uähhh!"

„Ich spreche nicht von Sex!", bremste Jayce mich schnell aus. „Ich meine auf seelischer und intellektueller Ebene."

Kopfschüttelnd sah ich ihn an. „Psycho. Du willst nur nicht zugeben, dass du Angst davor hast, dich jemandem vollkommen zu öffnen. Dein Gerede von Wettbewerb und Bedürfnis macht null Sinn. Du suchst

Herausforderung nach Herausforderung, weißt aber gar nicht, wonach du dich wirklich sehnst."

„Ach! Und was wäre das?" Er tat übertrieben interessiert. „Wonach sehnt sich mein verkümmertes Herz?"

Ich seufzte dramatisch. „Liebe. Geborgenheit. Du sehnst dich nach jemandem, der dich versteht und für dich da ist. Deiner Seelenverwandten! Einer, die dir zuhört und sich um dich kümmert! Die über deine Witze lacht und selbst gute Anekdoten erzählen kann. Einem Fels in der Brandung! Jemandem, der dein Gehirn vernebelt und den du nicht mehr loslassen willst. Bei der dein Herz anfängt zu klopfen, wenn sie anruft, und deren Lächeln dich zu den Sternen fliegen lässt. Danach sehnst du dich - so wie jedes andere primitive Menschlein auch."

„Jetzt verletzt du meine Gefühle. Ich bin kein primitives Menschlein."

Ich zuckte die Achseln. „Wahrscheinlich nicht. Aber du willst trotzdem das haben, was jeder haben will."

„Du auch?"

„Natürlich ich auch! Ich bin eine Frau! Ich will all das kitschige Zeug! Ich will eine Beziehung, die so einfach ist wie atmen! Ich hätte gerne jemanden, der mir jeden Tag sagt, ich sei wunderschön und er würde mich lieben. Aber das ist schwer zu finden!" Außerdem hatte ich den Verdacht, dass ich nicht fähig war, richtig zu lieben. Aber das würde ich ihm nicht sagen.

„Wow. Als eine solche Frau habe ich dich nie gesehen. Ich dachte irgendwie immer, du wärst … cool."

Ich boxte ihm gegen den Oberarm. „Idiot. Ich bin obercool. Vollkrass drauf und so! Bähm! In your face!"

Er grinste unverschämt und sah verschmitzt zu mir rüber, als wir in unsere Einfahrt einbogen. „Schon klar, Big Sum, aber dein Cappy fehlt."

„Ich bin soo cool, ich brauche kein Cappy." Die Tür hinter mir zuschlagend, machte ich eine Tanzbewegung. Jayce' lautem Lachen nach zu urteilen, musste ich wohl mehr als bescheuert aussehen.

„Geh lieber schnell ins Haus", riet er mir. „Sonst wirft gleich noch irgendwer einen Blumentopf nach dir. Ich fürchte, deine Coolness kann den nicht abwehren."

„Pöh. Meine Coolness könnte deiner Coolness in den Arsch treten." Ups. Ich hatte wohl doch einen Martini zu viel intus. Meine Coolness würde vor Jayce' Coolness weglaufen, damit sie nicht gegen sie antreten müsste.

Jayce schloss die Tür auf. „So gefällst du mir schon besser. Die sich überschätzende, selbstbewusste Summer, die es der ganzen Welt zeigen will." Er griff nach meiner Hand.

„Was heißt hier will …", grummelte ich und strich mir eine Haarsträhne aus der Stirn. „Ich tue es."

Inzwischen waren wir in unserem Stockwerk angelangt. „Also, kommst du noch auf einen Drink mit rein?" Jayce schaute mich fragend an.

Unbehaglich trat ich von einem Fuß auf den anderen. „Ich weiß nicht. Ich sollte wahrscheinlich lieber schlafen gehen."

„Das kannst du auch bei mir, und da wärst du nicht einsam."

„Jayce", sagte ich langsam. „Ich bin nicht in Stimmung für …"

Er stöhnte. „Summer. Ich kann mich beherrschen. Ich muss nicht immer mit dir schlafen, wenn wir Zeit miteinander verbringen, klar?"

Mein Kopf lief mehr als nur rot an. „Ähm, klar … das meinte ich auch nicht, ich …"

„Doch, genau das meintest du!", grinste er. „Also, wie wäre es, wenn wir heute eine strikte Nicht-Berühren-Regel machen? Wir hängen rum. Wie alte Freunde."

Skeptisch sah ich ihn an. „Rumhängen? Wie alte Freunde?" Ich seufzte. „Nein. Ich sollte wirklich lieber zu mir gehen …"

„Sei nicht albern", sagte Jayce ernst. Meine Hand hielt er immer noch fest in seiner. „Du bist unglücklich! Du solltest nicht alleine sein."

„Ellie …"

„… ist bestimmt ausgegangen."

Das war sie. Aber ich war müde, sah furchtbar aus und schämte mich. Ich hatte die Hälfte des heutigen Abends geweint, gekeift und mein Gesicht verzogen. Ich hatte im Moment nicht mal Lust, es mit mir selbst und meinen Komplexen auszuhalten.

Wie konnte Jayce mich noch um sich haben wollen?

„So unglücklich bin ich dann auch nicht …"

Mir wurden die Füße unter den Beinen weggerissen und plötzlich lag ich waagerecht in Jayce' Armen. „Du denkst mir einfach zu viel", lächelte er und schloss mit einer Hand seine Wohnung auf. „Ich bin ein Gentleman und lass eine traurige Frau doch nicht alleine im Flur stehen."

Ich sah vorwurfsvoll zu ihm auf und strampelte mit den Beinen. „Das ist Entführung! Und was ist mit deiner

Nicht-Berühren-Regel? Die hast du jetzt schon gebrochen ..."

„Sich über den Anziehsachen anzufassen ist erlaubt! Hatte ich das nicht erwähnt? Und das ist keine Entführung. Das ist ein Angebot, noch einen Eierlikör zu trinken, der dich vom Hocker reißt."

„Ich liebe Eierlikör", bemerkte ich leise in Richtung meines Bauchnabels.

Jayce lachte leise. „Das weiß ich, Süße. Du sprichst im Schlaf von Essen."

Ich verdrehte meine Augen. „Tu ich nicht!" Tat ich wohl. Das hatte mit acht Jahren angefangen.

„Du weißt es besser." Das war alles, was Jayce sagte.

„Hast du wenigstens Vanilleeis dazu?"

Er stieß die Tür mit seinem Fuß zu und ließ mich sanft auf die Couch gleiten. Dann grinste er. „Besser. Ich habe weißes Schokoladeneis."

Meine Augen öffneten sich ein kleines bisschen weiter. „Oh. Okay ... was auch immer ... kannst du mir eine Schüssel geben?"

Es war gar nicht so merkwürdig, mit Jayce zusammen zu sein, ohne ihn anzufassen. Wir redeten, aßen Eis. Eigentlich das, was wir sonst immer machten, nur ohne die viele nackte Haut und die Knutscherei. Es war schön und gemütlich und trotzdem fiel es mir unglaublich schwer, ihn nicht anzufassen. Ich war nicht in Stimmung gewesen. Das stimmte. Aber er sah so gut aus! Er hatte eine Boxershorts und ein altes T-Shirt an und ich konnte mir nicht vorstellen, was toller an ihm aussehen konnte! Das Deprimierende war: Er schien keinerlei Probleme zu haben, seine Nicht-Berühren-Regel einzuhalten. Er machte jedenfalls keine Annäherungsversuche, während ich mich stark am Riemen reißen musste, um nicht auf ihn zu springen.

Nachdem wir das Eis gegessen hatten, legten wir uns zusammen in sein Bett. Ohne uns zu berühren. Nicht einmal mit unseren Fingerspitzen. Dass wir uns so nah waren und gleichzeitig doch so fern, machte mich fertig. Im gleichen Moment war ich aber auch aufgeregt und glücklicher, als ich es in seinen Armen gewesen war.

Das Fenster zum Hof stand offen und der eiskalte Wind ließ die Vorhänge auf und nieder schwingen. Es war dunkel. Selbst die Sterne schienen keinen Weg durch die Dunkelheit zu finden und der Mond hatte sich hinter einer Wolkendecke versteckt.

„Ich dachte früher immer, die Sterne würden einem etwas sagen", flüsterte ich mit geschlossenen Augen und zog meine Beine unter der dicken Decke an.

„Und? Was haben sie gesagt?" Jayce Atem strich über meine Wangen.

„Sie haben mir gesagt, dass ich sie nur ansehen und fest daran glauben müsste, dann würden sich meine Träume erfüllen." Meine Stimme wurde mehr und mehr zu einem Nuscheln.

„Was sind deine Träume, Summer?"

Ich lächelte und öffnete meine Augen einen Spalt breit. Jayce sah mich direkt an und mein Lächeln breitete sich über mein Gesicht aus. „Das verrate ich dir doch nicht, du Dummkopf. Dann gehen sie ja nicht in Erfüllung."

„Ah."

Ich nickte nur und zog die Decke enger um meine Schultern, während mein Geist immer weiter abschweifte und in meine Fantasiewelt abtauchte.

„Summer?", hörte ich eine leise Stimme flüstern. „Warum hast du dich nicht verabschiedet? Vor fünf Jahren. Warum bist du einfach so verschwunden?"

Ich blinzelte nicht einmal mehr. „Das hätte alles kaputt gemacht", gähnte ich. „So hast du mich als heiße, mysteriöse Frau in Erinnerung gehabt und ich dich als undurchsichtigen, heißen Fremden. Wenn wir uns verabschiedet hätten - dann wäre es real gewesen und wir hätten uns nicht gefragt, ob wir nicht doch nur geträumt haben."

„Okay."

Ich hörte die Laken rascheln und wusste, dass ihm die Antwort genügte. Ich wollte aber noch etwas sagen.

„Hey, Jayce", murmelte ich.

„Ja?"

„Ich finde diese Nicht-Berühren-Regel blöd."

Dann schlief ich ein.

Ich wachte auf, weil sich neben mir etwas unsanft bewegte.

Blinzelnd drehte ich mich auf den Rücken und öffnete meine Augen. „Was machst du?", fragte ich mit kratziger Stimme.

Jayce streifte sich ein T-Shirt über und schwang seine Beine aus dem Bett. „Schlaf weiter. Ich bin sofort wieder da."

„Wohin gehst du?", murmelte ich verschlafen.

„Ein Notfall bei der Arbeit, schlaf weiter."

„Ein Notfall? Aber in dem Hotel arbeiten doch tausend andere Leute, die nicht am Schlafen waren. Warum kümmern die sich nicht darum?"

„Schlaf", sagte er bestimmend. „Müde wirst du grumpig."

Es lohnte sich nicht, ihm zu widersprechen, weil ich wusste, dass er Recht hatte und Ellie Videomaterial besaß, das dies bewies.

„Du bist ein Workaholic und du solltest dir Hilfe suchen!", murmelte ich, als er mich sanft wieder ins Kissen zurück drückte.

Er grinste und küsste mich. „Steht auf meiner To-Do-Liste. Direkt hinter: nie wieder eine Nicht-Berühren-Regel aufstellen." Er küsste mich gleich noch mal, diesmal mit etwas mehr Zunge und etwas mehr Händen auf meinem Körper. Doch bevor ich anfangen konnte, es zu genießen, ließ er von mir ab und sprang außer Reichweite des Bettes.

„Schlaf schön." Weg war er.

Dieser gemeine Verbrecher.

Als könnte ich jetzt noch schlafen!

Frustriert schnipste ich mit den Fingern gegen die Bettdecke. Ich konnte mich nicht wieder hinlegen, deshalb stand ich auf, lief zum Kühlschrank, holte mir den Rest Eis und Eierlikör und hockte mich vor den Fernseher. Ich trank den ganzen letzten halben Liter Likör aus.

„Was machs duda?" Irgendwas erschütterte meine ganze Umgebung. Die Erde schien auf und ab zu wippen und mein Kopf kullerte hin und her.

Ich öffnete die Augen und sah direkt in Jayce' Gesicht. „Was machs duda?", wiederholte ich mich.

„Ich trage dich ins Bett."

„Oh." Also bewegte er sich und nicht die ganze Welt. „Und warum?"

„Weil du auf der Couch eingeschlafen bist." Vorsichtig legte er mich auf die eine Hälfte des Bettes und stieg über mich rüber, um sich daneben lang zu machen.

„Oh."

„Und ich dachte, ich hätte dir gesagt, du sollst wieder schlafen gehen."

„Hasdu", murmelte ich leise, kuschelte mich in seinen Arm und legte meinen Kopf auf seine Brust. „Und bin ich ja auch. Nurnich da wodu meintest."

Er zog mich an sich. „Bist du betrunken? Von dem Eierlikör, der leer neben dem Sofa steht?"

Ich schüttelte ernst den Kopf und nuschelte. „Nein. Binichnich."

Sein Lachen kitzelte in meinem Ohr. Dann zog er seinen Arm fester um mich und küsste meinen Kopf. Am nächsten Morgen erinnerte ich mich nur an eines: Es war die schönste Art und Weise gewesen, in der ich je eingeschlafen war.

Kapitel 12

<u>You infringe on all my basic principles</u>
And I know there are far too many
But with your eyes and your smile
And your hand on my cheek - just for a while
I wished that I wouldn't have any

B *rutal Honesty.*
Scaring Severity.
Was für Gefühle wollte ich eigentlich ausdrücken?

Ich legte meine Gitarre neben mein Bett und ließ mich rückwärts in die Kissen fallen.

Da hatte ich nach Jahren endlich wieder eine Melodie im Kopf, die ich sogar mit Schlagwörtern und Ideen in Verbindung bringen und tatsächlich schon auf der Gitarre hatte anspielen können, aber wusste einfach nicht, worauf ich hinaus wollte.

Der Song war so greifbar, aber ich konnte ihn nicht schreiben, solange ich nicht wusste, was der Grund für ihn war. Die Botschaft, die ich vermitteln wollte. Ich konnte von nichts singen, dass ich selbst nicht verstand!

Der Refrain und das Sinnbringende fehlten.

Gedankenverloren drehte ich eine Haarsträhne um meinen Zeigefinger. Ich könnte die Melodie natürlich mit meiner Mutter in Verbindung bringen ... aber nein. Das machte jedes Lied kaputt. Oder auch mit der Beziehung zu meinem Vater ... ha! Zu traurig.

Ich seufzte und drehte mich auf den Bauch. Eigentlich wusste ich genau, über wen ich schreiben wollte.

Ich wollte über mich schreiben!

Das Problem war nur, dass das einzig Aufregende in meinem Leben Jayce war, und Jayce in ein Lied von mir einzubauen, kam mir doch etwas intim vor.

Ich meine: Theoretisch gehörte er ja noch nicht einmal zu meinem Leben!

Ich ließ meinen Arm an dem Bettpfosten hinunterhängen und zupfte an den Saiten der Gitarre.

Oh, sweet creativity. Where are you?

Dumpf hörte ich, wie eine Tür zugeschlagen wurde. Wenige Sekunden danach rief jemand: „Ich bin wieder mit Paul zusammen!"

Ich blieb liegen und schloss meine Augen.

„Hallo? Ist hier irgendwer?"

Nicht hier, nicht hier, nicht ...

Meine Tür wurde aufgerissen und Ollie sprang bei mir aufs Bett. „Hast du mich nicht gehört?", fragte er aufgeregt und hüpfte auf meinem Bett auf und ab.

„Doch."

„Warum freust du dich dann nicht und kommst mir entgegen geflogen?", fragte er beinahe beleidigt.

Ich drückte meine Augen noch fester zusammen. „Ich freue mich total", sagte ich monoton. „Wenn vielleicht auch nicht so sehr wie bei dem ersten Mal, als du mir verkündet hast, ihr wärt wieder zusammen. Oder beim zweiten und dritten Mal. Oder letzte Woche. Oder vorgestern."

„Spielverderberin", flötete er.

„Hast du denn jetzt eingesehen, dass du Unrecht hast?"

„Niemals! Sei nicht albern. Aber ich brauche doch jemanden, den ich heute Nacht um zwölf küssen kann."

Ich stöhnte. „Dieses Land wird mir zu sehr amerikanisiert! Abiballkönigin, Socialbackround und überall

Pepsi und Dr. Pepper! Und jetzt auch noch der typische Silvesterkuss. Das ist doch ätzend. Ich will keine Hot Dogs und McDonalds, ich will Sauerkraut mit Bockwürstchen! Und wie blöd ist es bitte, dass man Geschenke erst am 25. bekommt? Dann ist die ganze abendliche Stimmung doch weg! Und Linksverkehr!?"

„Das sind die Engländer, Schätzchen."

„Oh. Richtig. Naja. Ich schätze, dann ist Linksverkehr doch in Ordnung. Ich meine: Ist doch egal wo man sitzt."

„Natürlich. Aber was machst du eigentlich noch im Bett? Letztes Jahr um diese Zeit hast du in aller Hektik das ganze Haus geschrubbt, damit die Silvesterfeier unglaublich hygienisch sein kann." Er lächelte anzüglich. „Zumindest zu Anfang."

„Ich bin müde!", quengelte ich.

„Hat Jayce dich etwa wach gehalten? Dieser Schwerenöter."

„Nein! Hat er nicht. Außerdem habe ich noch Zeit, die Leute kommen erst um neun."

„Es ist schon sechs, meine Liebe."

Erschrocken fuhr ich hoch. „Was!? Aber ich muss noch duschen und sauber machen und Snacks anrichten und …"

„… und diesen hässlichen Kissenabdruck aus deinem Gesicht bekommen, also wirklich!"

Hektisch zog ich mir dicke Wollsocken über. „Wo ist Ellie!"

„Einkaufen, schätze ich."

„Einkaufen? Seit vier Stunden!?" Ich quälte mich vom Bett hoch und lief gerade in die Küche, als sich die Tür öffnete und Ellie hereinspaziert kam. Mit einem breiten Lächeln auf dem Gesicht und zig Einkaufstüten unter dem Arm.

„Ihr werdet nicht glauben, was mir passiert ist", legte sie los.

Ich verdrehte die Augen. „Du hast einen unglaublich süßen Typen kennen gelernt, der dir alle Einkaufstüten getragen hat, und deshalb hast du ihn heute Abend eingeladen?"

„Oh." Ihr Lächeln verblich. „Woher wusstest du das?"

„Weil das jedes Jahr so ist, Ellie!", lachte ich und zog mir meine Gummihandschuhe über. „Du lernst irgendeinen Typen kennen und Ollie meckert wegen Paul rum, während ich die Wohnung putze."

„Hey … Naja, es stimmt." Ollie zuckte die Schultern. „Aber ich mache ausgezeichnete Dips."

„Stimmt und damit fängst du jetzt an!" Ich drehte ihnen meinen Rücken zu, hockte mich auf den Boden, holte Schüsseln, Schalen und Reiniger aus den Fächern und stellte sie auf den Tresen.

„Was mache ich?", fragte Ellie eifrig und gesellte sich zu mir.

Kopfschüttelnd warf ich einen Blick auf die vielen Tüten, die sie im Gang stehen gelassen hatte. „Du räumst die Einkäufe ein?", schlug ich langsam sprechend vor.

Sie tippte sich gegen den Kopf und streckte ihren Finger dann in Richtung Decke. „Genialer Kopf bist du. Ich weiß nicht, was ich ohne dein organisatorisches Talent machen würde."

Ich wusste es. Sie würde anfangen mehr nachzudenken, anstatt sich darauf zu verlassen, dass ich die wichtigen Dinge - mich oder sie betreffend - schon nicht vergaß. Also theoretisch gesehen tat ihr unsere Freundschaft nicht gut.

„Schon okay. Und jetzt los! Ich will heute Abend auch noch gut aussehen!"

Ich nahm einen Lappen, wischte alle Oberflächen ab, die mir staubig erschienen, und räumte alle Gegenstände vom Boden, die nicht mir gehörten, auf Ellies Bett. Sie kannte dieses Prozedere und hatte sich schon mehrmals darüber aufgeregt, aber wer nicht lernen wollte, musste eben fühlen. Olivier hatte vollkommen vergessen, ob er seine Dips mit Quark oder Jogurt anrührte und hatte deswegen Paul angerufen, der ihm das Rezept schnell vorlesen sollte - lag nun aber seit über einer halben Stunde plaudernd in meinem Bett. Das war ja schön. Wirklich. Aber nicht, wenn es bereits halb acht war und ich noch nicht einmal staubgesaugt hatte!

Ellie wollte andauernd wissen, ob Dinge in den Kühlschrank gehörten oder nicht. („Ich meine, Nutella ist auch Schokolade und die schmeckt kalt am besten! Andererseits ist es ja ein Brotaufstrich. Obwohl: Marmelade ist doch auch im Kühlschrank, oder?")

Mein Stresspegel hätte in den Himmel schießen müssen. Das Merkwürdige war nur: Er tat es nicht.

Ich war so ruhig und entspannt, wie noch nie an Silvester. Ich seufzte nicht entnervt, als Ellie wissen wollte, ob Dosenpfirsiche wirklich echte Pfirsiche seien oder nur mit Gentechnik veränderte Äpfel, sondern fing an zu lachen. Ich schmiss Olivier nicht aus meinem Zimmer, sondern schloss nur die Tür. Ich empfand nicht mal den Wunsch, die Küchenflächen nachzuputzen.

Ich war von mir selbst überrascht. Es war, als wäre ich eine witzigere und weniger verkrampfte Version meines Selbst.

Ordnung war nicht alles im Leben. Struktur war nicht immer nötig. Manchmal machte es viel mehr Spaß, einfach abzuwarten und nicht schon alles geplant zu haben!

Leise prustend wusch ich meinen Lappen aus. Wenn ich das laut ausgesprochen hätte, wäre Ellie, glaube ich, ernsthaft besorgt gewesen.

„Fertig!", flötete meine Freundin und ließ sich auf die Couch fallen, auf der ich soeben die Kissen gerade gerichtet hatte. Was sollte es? Das Sofa würde so oder so wieder unordentlich werden. Warum nicht früher als später?

„Ich hab sogar schon Schüsseln für Chips und Co. herausgesucht und ..." Sie imitierte mit ihren Fingern einen Trommelwirbel. „Nutella steht nicht im Kühlschrank!"

Ich warf die Krümel, die ich zusammengetragen hatte, in den Mülleimer. „Das hast du doch gegoogelt."

„Blödsinn! Mir ist nur eingefallen, dass harte Nutella nicht so gut schmeckt wie weiche! Ich ... was grinst du eigentlich so?" Sie legte ihre Beine auf den frisch geputzten Tisch. „Den ganzen Abend schon. Als wärst du gar nicht gestresst!"

Ich verdrehte die Augen und meine Mundwinkel zuckten.

„Da! Schon wieder! Richtig unheimlich!"

„Du tust ja geradezu so, als sei ich ein Kontrollfreak!"

„Du, meine Liebe", prustete sie, „bist die Ehefrau von Kontrolle! Das Kind von Planung! Die Mutter von ..."

Gott sei Dank klopfte es in diesem Moment an der Tür, denn ich wollte nicht wirklich wissen, wovon ich die Mutter war.

„Gehst du?", forderte ich meine Freundin tadelnd auf, die schließlich seufzend vom Sofa aufstand.

„Und da ist sie wieder ... Miss Ich-hab-die-Macht", murmelte sie und ich hörte wie sie die Tür öffnete. Dann vernahm ich einen Augenblick nichts, außer das Geräusch von meinem Lappen auf der Marmoroberfläche und schließlich ein: „Immer herein, lieber Nachbar."

Ich sah von meinem Lappen auf und wurde rot, als Jayce mir zum Gruß zulächelte.

Erstens, weil ich furchtbar aussah! Mein Outfit konnte meine ehemalige Putzhose zwar nicht toppen, war jedoch bestimmt an zweiter Stelle der Hässlichkeitsliste.

Zweitens, weil zwar jeder - heißt Ellie und Ollie - wusste, dass ich mit ihm schlief, wir uns aber außerhalb meines Zimmers oder seiner Wohnung noch nicht einmal küssten. Also hatten meine Freunde theoretisch doch keine Ahnung.

Das war alles so merkwürdig.

Unter Freunden waren wir eben auch nur Freunde.

Naja. Das war es ja auch, was wir waren, oder? Wir waren Freunde, die miteinander schliefen.

Der Punkt war: Ich wusste überhaupt nicht, wie ich mich unter anderen Menschen ihm gegenüber verhalten sollte. War ich zu nett, hatte ich das Gefühl, alle würden mich wissend ansehen. War ich gemein, wäre er bestimmt total durcheinander. Konnte mir mal bitte jemand helfen?

„Hey", sagte ich lächelnd und versuchte, meine Verwirrung zu verbergen. „Was machst du denn schon hier? Es geht erst um neun los."

„Ich weiß. Aber mir war furchtbar langweilig und ich hatte keine Ahnung, was ich mit meiner Zeit anfangen soll, also", er schob seine Hände in seine Jeanstaschen, „hier bin ich."

„Langweilig?" Ich konnte mir nicht vorstellen, dass Jayce langweilig war. Er hatte immer irgendetwas zu tun! Seine Arbeit ließ keine Langeweile zu. Aber ihm vorwerfen, dass er aus einem Vorwand früher gekommen war, wollte ich auch nicht. „Jap."

„Okay."

Hinter seinem Rücken konnte ich sehen, wie es Ellie schwer fiel, nicht laut loszulachen.

Warum auch immer - oder lachte sie über mich und meinen Gesichtsausdruck?

„Also? Kann ich helfen? Beim Putzen zum Beispiel? Du machst das doch bestimmt nicht alles alleine."

Naja. Eigentlich schon. Immer. Ich putzte immer alleine. Hatte ich auch schon immer. Alle anderen neigten dazu, falsche Mittel zu benutzen oder waren nicht gründlich, und am Ende hatte ich mehr Arbeit, als wenn ich es alleine gemacht hätte.

Ich stockte in meiner Bewegung, doch dann, als er lächelte, wurde ich ruhig. Locker. Was war schon dabei? Er wollte mir helfen. Das war doch nett. Ich lächelte ebenfalls. „Klar. Hol doch schon mal den Staubsauger."

Ellie lachte nicht mehr. In ihren Mund hätte ein ganzer Apfel hineingepasst, während sie die Worte *„Oh mein Gott!"* formte.

„Geht klar." Jayce zog seine Schuhe aus und stellte sie zu den anderen. „Wo ist der?"

Er wollte mir wirklich helfen. Er. Wollte. Putzen.

Ich schluckte. „Ähm … neben meinem Zimmer in einer Kammer. Fang doch mit dem Badezimmer an."

Er nickte und verschwand um die Ecke.

Mit einem Satz stand Ellie neben mir. Ihre Augen waren so groß wie Untertassen und ihr Mund stand noch immer offen. „Oh mein Gott. Du hast verloren!", hauchte sie tonlos. „Oh mein Gott. Das erklärt alles! Einfach alles."

Verärgert schnalzte ich mit der Zunge. „Wovon redest du, bitte?"

„Du. Hast. Verloren!"

„Die Einzige, die etwas verloren zu haben scheint, bist du. Und zwar deinen Verstand!"

„Oh mein Gott!", zischte sie. „Oh mein Gott!"

„Ellie! Kannst du aufhören, Gott anzurufen und mir stattdessen die Erleuchtung geben! Meine hellseherischen Fähigkeiten reichen nur von eins bis drei, das weißt du doch!"

„Du magst ihn wirklich!", stieß sie hervor. „Aber so wirklich wirklich! Ich dachte, ich bilde mir das nur ein, weil ich unbedingt gewinnen wollte, aber jetzt? Ich habe die Wette gewonnen!"

Ich wurde rot und verzog verärgert mein Gesicht. „Blödsinn!"

„Doch!" Sie packte meinen Arm. „Du bist ihm verfallen!"

„Wovon redest du?", sagte ich und schüttelte ihren Arm ab. „Wir sind gut befreundet. Und schlafen miteinander. Hab ich doch schon gesagt! Da sind keine Gefühle. Da werden nie welche sein! Da …"

„Ha! Als ob!" Sie bohrte mir ihren Zeigefinger schmerzhaft gegen die Brust. „Es gibt Beweise!"

„Beweise? Was zum Teufel hast du dir in deinen Kopf …"

„Du lässt ihn putzen! Du! Du Ordnungsfanatikerin!", stieß sie triumphierend hervor.

Ich runzelte die Stirn. „Wovon redest du! Ich lasse alle mit putzen."

Ellie verschluckte sich und spuckte prustend auf die Ablage, die ich eben sauber gemacht hatte. „Du hast auf alle Putzlappen deinen Namen geschrieben und mir verboten, sie anzurühren!"

„Hab ich nicht." Hatte ich wohl.

„Du lässt nicht einmal die Spülmaschine ihre Arbeit machen!"

„Manchmal muss man eben nachpolieren!"

„Du hast mir auf die Finger gehauen, als ich dir das Staubsaugen abnehmen wollte!"

„Weil du nicht darauf achtest, auf Teppich umzustellen!"

„Woher weißt du, dass Jayce das tut?"

Ich schwieg einen Moment belämmert, da lachte Ellie laut auf und ein Glitzern erschien in ihren Augen. „Oh mein Gott, du bist ja richtig verliebt! Dass ich das noch erleben darf: Miss Ich-verliebe-mich-nicht hat ihr Gegenstück gefunden."

„Was? Blödsinn! Ich bin nicht verliebt und mein Gegenstück ist Jayce schon gar nicht!"

„Oh, oh", flötete Ellie, „da habe ich wohl einen wunden Punkt getroffen."

„Du redest Schwachsinn. Ich lasse ihn putzen, weil ich nicht will, dass er denkt, ich sei ein Psycho! Wir sind gute Freunde und ich will ihn als Freund behalten."

Ellies Augenbrauen küssten den Himmel. „Als Freund behalten oder als festen Freund bekommen?"

„Du bist richtig blöd", stellte ich fest, und verschränkte meine Arme. „Aber so richtig, richtig."

Meine beste Freundin bildete ein Herzchen mit ihren Fingern. „Ich bin blöd, du bist blind - vor Liebe!" Sie seufzte und hielt sich eine Hand an die Brust. „Hach. Das ist so schön. Du hast ihn gefunden. Deinen Prinzen. Denjenigen, der ..."

„Pscht! Halt die Klappe!", fuhr ich sie an. „Ich bin nicht verliebt! Hörst du? Ich. Bin. Nicht. Verliebt. Jayce ist niemand, in den man sich verliebt!"

Ellie nahm ihre Hände wieder herunter. „Mhm. Schön. Dann habe ich das alles eben falsch gedeutet."

Erleichtert nickte ich. „Einsicht ist der erste Schritt zur Besserung!"

Ich und verliebt. Das waren zwei Wörter, die wurden nicht in einen Topf geschmissen. Schon gar nicht in Bezug auf Jayce!

Er sah zwar gut aus und war süß und witzig und alles, aber man musste mehr als blöd sein, sich in diesen ewigen Junggesellen zu verlieben!

Da schlief man mal ein paar Monate mit dem gleichen Typen und schon dachte die beste Freundin, man sei verliebt!

„Also ..." Ellie grinste breit. „Soll ich dir beim Putzen der Flächen helfen? Du hast ja kein Problem damit."

Dieses kleine, unschuldige Weiblein war so gemein!

Bevor ich mich aus dieser Bredouille manövrieren konnte, trat Jayce ins Wohnzimmer. Er hatte eine ernste Miene aufgesetzt und sein Blick flackerte zwischen mir und Ellie hin und her. „Ich glaube, ihr habt ein ernsthaftes Problem", sagte er schließlich ruhig.

Stirnrunzelnd sahen wir ihn an. „Und was wäre das?", fragte ich skeptisch.

„Oh, das kann ich euch nur zeigen. Ihr würdet es mir sonst nicht glauben."

Ich wechselte einen Blick mit Ellie. „Ich kann mir vorstellen, worum es geht", sagte sie und strahlte so penetrant, dass es mir Angst machte. „Ich muss nicht mitgehen. Glaub mir. Ich bin mir unseres Problems bewusst."

Ich verdrehte die Augen und seufzte. „Schön, Jayce. Zeig mir das Problem."

„Aber es könnte dich vom Hocker hauen."

„Ich riskiere es."

Ich folgte ihm ins Bad und sah mich um. Da war nichts. Nichts, was irgendwie auffällig erschien. Keine Überschwemmung, kein Aquarium in der Toilettenschüssel.

„Machst du dich über mich lustig?" Langsam drehte ich mich zu Jayce um, der am Türrahmen hinter mir lehnte.

Gemächlich zog sich ein Grinsen über sein Gesicht. Von der einen zu anderen Gesichtshälfte.

„Nein. Aber wenn du mir sagst, dass das hier deine sind ..." Mit seinem Fuß stieß er den Badezimmerschrank auf, der unter dem Waschbecken stand, und ein riesiger Haufen Wärmflasche kam zum Vorschein. „... dann ist das schon lustig."

Ich blickte Jayce nicht an, sondern sah stur in den Schrank. Gut, es war peinlich, dass ich so viele davon besaß, und die Motive mancher Hüllen waren kindisch und albern. Doch das musste nicht bedeuten, dass ich nicht zu meiner Sammlung und zu dem, was sie repräsentierte, stand!

Ich verschränkte meine Arme und drehte mich auf den Fersen um. „Und, was ist jetzt witzig daran?"

Jayce brauchte nichts zu sagen. Sein Gesicht sprach mehr als tausend Worte. „Warte. Ich zeig es dir." Er legte seine Hände auf meine Schultern und drückte mich in die Hocke, er direkt hinter mir. „So und jetzt: Guck nur in den Schrank und blende alles andere darum herum aus. Was siehst du?"

Ich tat, wie mir geheißen, und konzentrierte mich vollkommen auf den Inhalt des Schrankes.

Den kompletten Inhalt.

Der Schrank bestand nur aus Wärmflaschen.

Bunten, kitschigen, schreienden Wärmflaschen.

Meine Mundwinkel zuckten und schließlich musste ich lachen.

„Gut, es sieht irgendwie bescheuert aus", gab ich zu. „Aber sie halten die Füße warm!"

„Bestimmt", lachte Jayce leise in mein Ohr. „Aber das würden sie auch ..." Er griff mit beiden Armen um mich herum und zog eine als Schwein verkleidete Wärmflasche heraus. „... Ohne ein Schweinekostüm!"

„Das wäre aber nur halb so komisch."

„Hm. Stimmt. Also? Gibt es eine Geschichte dazu?" Er stand auf und zog mich an meinen Ellenbogen mit hinauf. „Oder machen dich Wärmflaschen einfach nur wild?"

„Mhm. Zu welcher Wärmflasche willst du die Geschichte?"

Jayce überlegte kurz und zuckte die Achseln. „Das Schwein."

Ich kniff ein Auge zusammen und versuchte mich zu erinnern. „Das war Max."

Irritiert sah er auf den Schrank. „Sag mir nicht, du hast ihnen Namen gegeben. Dann könnte ich nie wieder mit dir schlafen."

Lachend stieß ich gegen seine Brust. „Nein, du Idiot. Die habe ich gekauft, nachdem ich mit Max Schluss gemacht habe."

Er brauchte einige Zeit, bevor sein Verstand mitkam. Dann runzelte er die Stirn und starrte auf jede einzelne Wärmflasche. „Was ist mit dem Froschkönig?"

„Zwei Monate mit Sebastian."

„Die Prinzessin?"

„Manuel. Sechs Wochen."

„Die Piratenbraut?"

„Das ist Pocahontas!"

„Schön. Dann Pocahontas."

„Julian."

„Oh mein Gott! Du bist ja schlimmer als ich! Wie viele Wärmflaschen aka Männer sind das!? Vierzig?"

Verärgert kniff ich ihn in den Arm. „Keine Vierzig! Vielleicht zwanzig. Ein paar davon habe ich mir auch so gekauft!"

„Und ich dachte, ich müsste mich bei meiner Geschichte schämen."

Beleidigt sah ich auf den Boden. „Ich muss mich nicht schämen. Ich merke halt nur sehr früh, wenn jemand nicht der Richtige für mich ist! Und das mit den Wärmflaschen hat sich irgendwie so ergeben!"

„Mhm."

„Hast du jetzt Angst vor mir? Weil ich eine Psychopathin bin?"

Jayce' Hände schlangen sich um meine Hüfte, und als ich verwundert zu ihm aufsah, grinste er. „Ehrlich gesagt, macht mich das irgendwie an."

Ich prustete. „Wie das?"

„Naja, mich hast du noch nicht abgesägt." Er zuckte die Schultern. „Und jetzt muss ich den anderen Kerlen beweisen, dass ich besser bin als sie. Du scheinst ja viele Vergleichsmöglichkeiten zu haben."

„Nein! Halt! Ich hab doch nicht mit jedem von diesen Idioten geschlafen! Für wen hältst du mich!" Ich wollte entrüstet aus dem Badezimmer stürmen, aber Jayce' Arme um meinen Körper waren stärker. „Unglaublich! Ein paar Wärmflaschen und schon bin ich eine Schlampe!"

„Du bist keine Schlampe, glaub mir", flüsterte Jayce in mein Ohr und küsste meinen Hals. „Ich weiß das. Ich hab nämlich mit einer Menge davon geschlafen."

Abrupt stieß ich ihn weg und er taumelte überrascht gegen die Toilette. „Toll. Wow, Jayce. Jetzt fühle ich mich besser. Wirklich! Danke! Warum denkt ihr Männer, wir Frauen wollten so etwas hören?"

Ich stapfte aus dem Bad, drehte mich aber noch einmal um und deutete mit meinem Zeigefinger auf die Wärmflaschen. „Noch was: Hör auf in meinen Schränken herumzuwühlen!"

Kapitel 13

You hate it when I talk to men
You couldn't guarantee me their safety
As if I was your very own property
But there's a thing I can't decline
Your jealousy is nothing compared to mine

Um halb elf war es in unserer Wohnung brechend voll und mich beschlich die Ahnung, dass ich zirka einen Drittel der Gäste noch nie gesehen hatte und sie auch nicht eingeladen worden waren. Aber die Musik war gut, der Sekt war lecker und es war Silvester! Während ich mich durch das Gewimmel zur Bar drückte, sah ich mich um, konnte Jayce aber nicht entdecken. Seit den Wärmflaschen hatte ich nicht mehr mit ihm geredet. Bestimmt flirtete er gerade mit einer anderen, unglaublich heißen Frau. Einer der Schlampen, mit denen er schon geschlafen hatte.

Und selbst wenn, Summer! Er ist ein freier Mann, ihr habt keine Beziehung ... und wenn er mit einer hohlen Schlampe schlafen will, soll er das doch machen!

Arschloch.

Ich füllte mein Glas nach, stürzte es runter und schüttete mir einen neuen Drink ein, an dem ich brav nippte. Als ich mich auf den freien Tresen setzen wollte, stieß mir jemand subtil den Ellenbogen in die Seite.

„Ist es wirklich so warm hier oder liegt das an dir?"

Empört wandte ich mich um, bereit, meinen Sekt auf diesen primitiven Anmacher zu verschütten, als ich erkannte, wer da neben mir stand.

„Fynn!" Ich lächelte breit und umarmte ihn. „Du bist gekommen!"

Er drückte mich ebenfalls und gab mir einen Wangenkuss. „Es ist traurig, aber ich hatte tatsächlich nichts anderes vor."

Ich lachte. „Wie, mit so einem Spruch kein Date bekommen?"

Er zuckte bedauernd mit den Schultern und schenkte sich Bacardi in seine Cola. „Absurderweise, nein. Oder ja. Du wärst überrascht, wie viele Frauen solche Sprüche gut finden und mit mir ausgehen würden, aber jedes dieser Mädchen ist strohblöd!"

Ich verschluckte mich vor Lachen an meinem Sekt. Fynn klopfte mir auf den Rücken und lehnte sich, als ich mich von meinem Hustenanfall erholt hatte, näher an mein Ohr, damit ich ihn besser verstehen konnte. „Ernsthaft! Das ist meine Masche! Es funktioniert!"

Nach Luft ringend richtete ich mich auf. „Was? Deine Masche ist, solche Sprüche anzuwenden und dann mit zurückgebliebenen Mädchen auszugehen!?"

Tadelnd hob er einen Finger. „Ich sagte blöd, nicht zurückgeblieben. Und nein, das ist nicht meine Masche: Ich wende solche Sprüche an und wenn das Mädchen darauf steht, weiß ich, dass ich nie mit ihr ausgehen werde." Er sah sehr stolz auf sich aus, runzelte allerdings nach einigen Schlucken seiner Bacardi-Cola die Stirn. „Naja. Der Nachteil ist natürlich, dass ich die Frauen, die für ein Treffen in Frage kämen, damit vergraule." Er zuckte die Achseln. „Das System bedarf eben noch einiger Updates."

Ich prustete und leerte mein Glas. „Fynn! Glaubst du nicht, dass du deine Chancen, je mit mir auszugehen, schmälerst, indem du mir solche Dinge erzählst?"

Er grinste schelmisch und schüttelte überzeugt den Kopf. „In einer Beziehung sollte man immer offen und ehrlich zueinander sein."

„Du bist total verballert!", stellte ich fest und füllte sein Glas nach. „Und wenn Frauen auf so einen Spruch eingehen, dann nicht, weil sie ihn wirklich gut finden, sondern nur, weil du süß und charmant bist!"

Er legte seinen Kopf schief. „Das wird es sein! Ich bin süß, charmant, witzig - und intelligent!"

„Oh ja", unterstützte ich seinen Ego-Boost, „und bescheiden!"

„Trotzdem gehst du nicht mit mir aus!"

Schulterzuckend tätschelte ich seinen Kopf. „Du willst es zu sehr. Es ist ein Naturgesetz, dass du es dann nicht bekommst."

Er legte einen Arm um mich und seine Fingerspitzen trommelten auf meine Schulter. „Und ich dachte immer, dass man etwas gerade dann bekommt, wenn man es unbedingt will."

„Allgemein falsch verbreitetes Gerücht."

„Ist das so?"

Ich seufzte gespielt emotional. „Ich fürchte."

Er ließ mich los und grinste mich an. „Wir beide sind noch nicht fertig", sagte er langsam und prostete mir zu, dann verschwand er in der Menge.

Dieser Mann war ein Unikat. Hätte ich mich nur ansatzweise zu ihm hingezogen gefühlt, wäre ich längst mit ihm ausgegangen. Aber man konnte sich ja leider nicht aussuchen, was man fühlte.

Ein Arm kroch plötzlich von hinten um meine Taille und ein Kopf wurde auf meine Schulter gelegt. „Ich bin so glücklich, dass ich wieder mit Paul zusammengekommen bin", säuselte es in mein Ohr.

Ich musste lachen. „Dass dir das doch so früh auffällt, Ollie."

Ich spürte, wie er nickte. „Tust du mir einen Gefallen?"

„Was?"

„Gib mir deinen Zimmerschlüssel. Bitte?"

Schnaubend zeigte ich ihm einen Vogel. „Sicher nicht."

„Du brauchst dein Zimmer doch nicht selbst! Du gehst mit Jayce sowieso lieber in seine Wohnung."

„Nicht der Punkt. Das ..." Ich verschluckte mich, als ich sah, wie Jayce auf der anderen Seite des Raumes mit einer hoch gewachsenen Brünetten sprach, deren Beine in einem anderen Land bestimmt angebetet worden wären. Hustend stellte ich mein Glas auf den Tresen. Mein Herz raste, mein Kopf wurde glühend heiß. „Nicht der Punkt!", wiederholte ich und drehte mich zu Ollie, um Jayce nicht mehr sehen zu müssen. *Außerdem bin ich mir nicht sicher, dass ich heute diejenige bin, die zu ihm in die Wohnung geht.*

Gott, war das ätzend. Er sollte da nicht mit einer ... er sollte mit mir ... und überhaupt!

Ich goss mir Sekt nach. „Ich will dich nicht mit Paul in meinem Zimmer haben."

„Warum denn nicht?", flehte Ollie.

„Weil es einfach ... Uähhh!"

Pikiert ließ er mich los und lehnte sich neben mich an die Anrichte. „Du schläfst auch mit Männern in deinem Bett! Ich mache doch nur genau das Gleiche", sagte er mit unschuldiger Miene.

„Naja, der Unterschied ist: Es ist mein Bett!"

„Ja ... und?"

„Ollie! Ich schlafe auch nicht mit einen von meinen Typen in deinem Bett!"

„Ich würde dir das erlauben."

„Ollie, bitte", seufzte ich, während ich meinem inneren Druck nachgab und doch wieder zu Jayce herüber sah.

Die Brünette beugte sich nach vorn und lachte affektiert. Die blöde Kuh. Jayce reichte ihr ein Sektglas und fuhr sich durch seine dunklen Haare. Hey! Das war der Move, den er immer bei mir machte! Das war nicht fair. Er durfte nicht die gleichen Dinge, die mich anmachten, für andere Frauen verwenden! Das war so nicht abgemacht gewesen!

Ich leerte aufs Neue mein Sektglas, wühlte dann in meiner kleinen Handtasche und überreichte Olivier den Schlüssel. „Hier", sagte ich trocken. „Amüsiere dich."

„Danke", flötete er.

„Aber wechselt die Bettwäsche!", murmelte ich und ging auf die Tanzfläche zu Ellie. Zufällig stand sie ganz in der Nähe von Fynn und Jayce.

Ich wusste nicht woher das kam, aber ich hatte das Verlangen, ihn eifersüchtig zu machen. Auch wenn das wahrscheinlich ein unmögliches Unterfangen war, weil Jayce kaum Besitzanspruch auf mich erhob. Aber vielleicht …

„Wo warst du die ganze Zeit?", fragte Ellie über die Musik hinweg.

Ich nickte zur Bar hinüber. „An der Bar. Hab mich mit Fynn unterhalten."

„Fynn?"

„Ja."

„Was ist mit Jayce?" Sie drehte sich zu ihm, tarnte es aber als Tanzschritt, indem sie sich um die eigene Achse drehte.

Ich zuckte die Achseln. „Was soll sein? Ich hab doch gesagt, wir sind nur befreundet."

Sie nickte, aber ich wusste, dass sie sich ihren eigenen Teil dachte. Sollte sie doch.

Die Zeit verging schnell. Kaum hatte man ein bisschen Sekt getrunken und schon war es viertel vor zwölf. Ollie und Paul waren immer noch in meinem Zimmer und so langsam bereute ich meine Entscheidung, sie dort tun zu lassen ... was immer sie auch taten.

Ellie lachte sich halb kaputt, als ich ihr davon erzählte. Sie lenkte mich ab - bis sie einen blonden hochgewachsenen Mann, den Kerl aus dem Supermarkt, sah und mich verlassen musste.

Und schon schweiften meine Gedanken wieder zu Jayce. Er hatte immer noch nicht mit mir geredet, dafür aber mit einer Menge anderer Frauen. Wenigstens hatte er nicht mehr gemacht, als sich mit ihnen zu unterhalten und ...

Aber was redete ich denn da! Er konnte sie anfassen. Er konnte sie ablecken. Er konnte sie dafür bezahlen, mit ihm zu reden. Was ging mich das an? Ich war nicht seine Freundin, wir hatten keine feste Beziehung ... wir waren ...

„Man muss es euch ja echt lassen: Eure Partys sind immer die phänomenalsten!"

Ich lächelte Fynn halbherzig zu. „Danke. Liegt wohl an den Gästen. Amüsierst du dich denn?"

Er nickte. „Jap. Aber ich muss dir etwas mitteilen: Die Hälfte eurer weiblichen Gäste hat einen IQ unter fünfzig."

„Aha. Und woher weißt du das?"

„Eine von Zweien fand meine Anmachsprüche gut!"

„Mhm. Müssen Ellies Freunde gewesen sein. Meine Freunde gehen alle zur Uni und kennen deine billigen Anmachen."

„Oho. Warum denn so gemein?" Fynn riss sich etwas von dem Baguette ab, das auf der Ablage lag.

Ich drehte meine Augen in Richtung Hinterkopf. „Müde. Zu wenig Alkohol …"

„Dem kann man abhelfen." Grinsend füllte er Tequila in mein Sektglas und prostete mir zu.

Ich kniff meine Augen zusammen. „Das letzte Mal, als ich Tequila getrunken habe, musste ich meine Seele aus dem Leib kotzen."

„Nein. Das war mit Wodka. Ich war dabei."

Ich sah mein Glas an. „Na, dann." Weg war der Tequila.

„Und? Irgendwelche Vorsätze für das neue Jahr?"

Ich wiegte meinen Kopf hin und her. „Doch. Schon", kam ich zum Schluss. „Ich will aus den Fehlern in diesem Jahr lernen."

„Irgendwelche bestimmten?"

„Liebe, Leben, Leidenschaft. Und meine Familie."

Lachend hob er sein Glas. „Darauf trinke ich."

„Und deine Vorsätze?", hakte ich nach und stellte mein Glas ab.

„Keine Vorsätze", sagte er ohne nachzudenken. „Ich halte sie ja doch nicht ein. Ich konzentriere mich lieber noch auf dieses Jahr."

„Das sind noch zehn Minuten. Worauf musst du dich in zehn Minuten konzentrieren?"

„Naja. Ich muss noch jemanden finden, der mich um Mitternacht küsst."

Augenblicklich wurde ich rot und musste husten. „Ähm. Achso ... Also, Fynn, ich weiß nicht, ich ..."

„Sie küsst schon mich." Ein Arm legte sich um meine Schultern und zog mich an eine breite Brust heran. „Also schlag dir mal aus dem Kopf, was du gerade gedacht hast. Sonst übernehme ich das für dich."

Ungläubig sah ich zu Jayce hoch. Ich hatte zwar mit ihm reden wollen - und ja, ich wollte ihn küssen! - aber so einen Machoauftritt musste er trotzdem nicht hinlegen.

„Jayce, ich will ..."

„Du entschuldigst uns?", unterbrach er mich, packte mich am Arm und drückte mich an den Schultern Richtung Tür. „Wir haben noch was zu besprechen."

„Ähm ... okay", sagte der arme Fynn und blieb verdattert zurück.

„Hey!", sagte ich verärgert und versuchte mich loszureißen. Jayce hatte mir jedoch Muskeln und Größe voraus und so blieb mir nichts anderes übrig, als mich von ihm in den Flur schieben zu lassen.

Sobald die Wohnungstür hinter ihm ins Schloss fiel, ließ er mich los und ich verschränkte trotzig meine Arme.

„Was gibt dir das Recht, mich einfach aus meiner Wohnung zu entführen!? Ich habe mich gerade nett unterhalten."

„Was? Mit dem Idioten, der dich schon den ganzen Abend anbaggert und mit den Augen auszieht?"

„Das ist ein guter Freund aus der Uni! Er ist nur nett!", zischte ich.

„Blödsinn. Ich weiß, wie solche Blicke aussehen, ich mache sie doch selbst bei dir!"

Verwirrt blinzelte ich. „Ernsthaft?"

Jayce trat auf einmal peinlich berührt von einem Bein aufs andere. „Das war jetzt nicht der Punkt."

„Stimmt, der Punkt ist, dass du mich hier rausgeschleppt hast, obwohl ich mich gerade unterhalten habe!"

„Du wolltest den Typen nicht küssen!"

„Nein, natürlich nicht, aber deswegen musst du nicht so tun, als wärst du meine Verabredung oder so ... du ... du ... Blödi!"

Er zuckte die Achseln. „Ich dachte, du hättest mich als dein Date heute Abend eingeladen", erklärte er und zwirbelte eine Haarsträhne von mir um seinen Zeigefinger. „Deswegen war ich davon überzeugt, dieses Recht zu haben."

„Dachtest du? Wir haben heute Abend nicht ein einziges Mal geredet!"

„Aber nur, weil du dich so über die Geschichte im Badezimmer aufgeregt hast!"

Ich verschränkte meine Arme nur noch fester. „Nur, weil du unbedingt erzählen musstest, dass du mit diversen Schlampen geschlafen hast. Es ist nicht gerade freundlich, mich hinter deinen billigen Bimbos einzureihen."

Er hob seine Augenbrauen. „Sagt das Mädchen mit den tausend Wärmflaschen?"

„Es sind vielleicht zwanzig!", zischte ich beleidigt. „Und ich habe nicht mit allen geschlafen!"

Er seufzte und fuhr sich durch seine Haare.

Sein Move. Diesmal für mich.

„Du bist keine Schlampe!"

„Sagtest du schon."

„Aber warum glaubst du dann, dass ich dich in die lange ..." Er hielt inne und korrigierte sich schlauerweise. „Warum glaubst du, du seist auch so eine unbedeutende Frau?"

Ich schob meine Unterlippe vor. „Weil es sich so angehört hat", murmelte ich beleidigt.

„Hm." Jayce kam ein weniger näher. „Das hast du falsch interpretiert. In Wirklichkeit bist du nämlich etwas ziemlich Besonderes."

Ich sah auf seine Brust, die gefährlich nah an meinem Körper war. „Mhm. Tatsächlich?"

„Tatsächlich." Seine Hand fuhr an meinem Hals hoch und glitt in meine Haare und meinen Nacken, sodass ich gezwungen wurde, ihn anzusehen. „Soll ich dir was verraten?"

Ich nickte ernst. „Bitte."

„Das wird das erste Mal in meinem Leben sein, dass ich eine Frau an Silvester küsse, die ich nicht am selben Abend kennen gelernt habe und die intelligent, schön und witzig zugleich ist."

In meinem Körper stieg so ein Gefühl der Glückseligkeit auf, dass ich für einen Moment glaubte, Jayce hätte mich hochgehoben. Aber ich stand noch mit beiden Füßen auf dem Boden.

„Soll ich dir auch etwas gestehen?", flüsterte ich. Meine Hände lagen auf seiner Brust. „Das wird das erste Silvester in meinem Leben sein, dass ich überhaupt jemanden küsse."

„Na, wenigstens hast du mir jetzt indirekt verziehen und mir gestattet, dich zu küssen." Er grinste breit.

„Als hätte ich dich davon abhalten können."

Sein Lächeln zauberte kleine Fältchen um seine Augen und mir fiel es schwer, mein Gleichgewicht zu halten. Mein Magen zog sich zusammen und verschwand irgendwo in meinem Körper, wo ich ihn nicht mehr spüren konnte.

„Wie lange, meinst du, dauert es noch, bis es zwölf ist?", flüsterte ich.

Er lachte und sein Atem hinterließ eine Gänsehaut auf meinem Gesicht. „Ich glaube, ich habe die Uhr eben schlagen gehört", murmelte er und beugte sich zur gleichen Zeit herunter, in der ich mich auf die Zehenspitzen stellte.

Der Kuss war anders als sonst. Langsamer, zärtlicher. Oder vielleicht wollte ich nur so sehr, dass er anders war, dass ich es mir einbildete. Ich wollte, dass er nur mich so küsste. Ich wollte, dass er seine Haare nur in meiner Gegenwart aus seinem Gesicht strich und dass ich die Einzige war, die in seinem Bett Eis essen durfte. Ich wollte die Erste sein, der er von seinem Tag erzählen wollte, und die Erste auf seiner Schnelldurchwahl. Ich wollte ihn küssen, wenn alle zusahen, und ich wollte, dass die noch so schönen, neidischen Mädchen keine Chancen bei ihm hatten, weil er nur an mich denken konnte.

Ich wollte nie wieder eine Wärmflasche kaufen und auch nie wieder eine brauchen müssen.

Ich wollte … Ich wollte … ihn.

Ach, Mist. Ich war ja doch in ihn verliebt.

Kapitel 14

You are brutally honest
But every word you say about me
You say with scaring severity
And again my barrier, it crushes
My heart beats faster and my face: it blushes

„Erzähl mir etwas über dich. Und über mich!", flüsterte ich und schlang mein Bein um seine Hüfte. „Bitte."

Gedankenverloren schob mir Jayce eine Haarsträhne aus meinen Augen. Meine Kopfhaut kribbelte und ich ignorierte meinen Tango-Herzschlag. „Du musst dich schon für eines entscheiden."

„Nein. Muss ich nicht. Ich will etwas hören, das uns beide betrifft, ich aber noch nicht weiß", erklärte ich.

Jayce stöhnte in sein Kissen. Ein kleiner Spalt Mondlicht reflektierte sich in seinen Augen und ich musste die Augen schließen und schlucken, um nicht wieder anzufangen, ihn zu küssen.

„Aber das könnte peinlich werden", bemerkte er und fuhr sich seufzend über sein Gesicht. Ich folgte seiner Hand mit meinem Blick. Sein Kinn, seine Nase, seine Augen, seine Stirn, seine Wangenknochen. Wie konnte ein Gesicht so einzigartig und besonders, aber dennoch so perfekt sein?

„Okay", sagte er schließlich, zog mich an seine Brust, legte einen Arm um meinen Hals und hielt mich so an sich gedrückt.

„Was soll das denn?", röchelte ich. „Ist das dein Schutzmechanismus?"

Er grinste auf mich herab, das konnte ich spüren. „Wenn ich dir schon so was erzähle, muss ich wenigstens das Gefühl bewahren, ich hätte die Überhand und stehe höher als du." Er strich über meine Haare und ich konnte nicht anders, als seine nackte Brust zu küssen.

„Ah. Der Männer-Jedi-Quatsch."

„Was?"

„Nichts. Schieß los."

Er legte seinen Kopf in den Nacken. „Okay. Ich bin ehrlich und sage, dass ich nicht ganz unwissend war, als ich hier einzog."

Ich kniff mein rechtes Auge zusammen und versuchte zu deuten, was er gerade gesagt hatte. „Soll das etwa heißen, du ... das ist unglaublich!", sagte ich entgeistert. „Du hast sozusagen nachspioniert, wo ich wohne! Du bist ja doch ein Stalker!"

Oh Gott. Das war so süß. Es machte mich zu etwas Besonderem und das wollte ich so sehr sein!

„Nicht spioniert. Es war eigentlich reiner Zufall. Weil ich verschiedene Wohnungen besichtigt und deinen Name an der Klingel gesehen habe. Ich hab dann ein bisschen recherchiert und als ich wusste, dass du es wirklich bist, war für mich klar, wo ich hinziehen wollte." Er grinste.

„Weil du schon geplant hast, wieder mit mir zu schlafen?"

„Nein. Weil ich dein Gesicht sehen wollte, wenn ich plötzlich vor deiner Tür stände. Und das Gesicht war es wirklich wert!"

Blödmann.

Süßer Blödmann.

„Stalker."

„Es war alles nur zu deinem Besten."

„Klar. Das war natürlich das Einzige, woran du gedacht hast."

„Genau."

„Pf."

„Jetzt du."

„Davon war nie die Rede", wehrte ich ab.

„Schön. Dann verlange ich es eben jetzt."

„Antrag abgelehnt!"

Er prustete. „Die Macht besitzt du überhaupt gar nicht."

„Ich besitze jede Macht, die ich besitzen möchte", sagte ich weise. „Ich bin eine Frau."

„Ich bin stärker als du!"

„Und?"

Er spannte seinen Bizeps an und diesmal hatte ich wirklich Probleme mit dem Atmen.

Trotzdem wiederholte ich meine Aussage. „Und?", keuchte ich.

Er zuckte die Schultern. „Ich schmeiß dich aus dem Bett, wenn du mir nicht etwas ebenso Peinliches - über mich und dich! - gestehst."

„Das würdest du nie …"

Im nächsten Moment lag ich auf dem kalten Fußboden. „Was …" Halb lachend, halb wütend sah ich ihn an, wie er da auf dem Bett thronte.

„Ich hab es dir gesagt", meinte er locker. „Also? Du darfst wieder ins Bett, wenn ich deine Geschichte höre."

Das Schlimme war, es gab da sogar etwas. Aber wenn ich ihm das … Für einige Momente blieb ich stur auf dem Boden sitzen. Dann wurde mir eiskalt und der Wunsch, ins Bett zurück krabbeln zu können, übermächtig.

„Schön", gab ich mit hoch erhobenem Kopf nach. „Aber nur, weil Silvester ist und ich mir als Vorsatz fürs nächste Jahr volle Offenheit vorgenommen habe."

Er grinste kopfschüttelnd und schlug die Bettdecke für mich zurück. „Das ist so schwer gelogen, dass es dafür einen eigenen Begriff geben sollte."

„Halt die Klappe."

„Also?"

„Mhm …" Ich stöhnte und fluchte. „Okay." Ich hielt meine flache Hand hoch. „Nicht lachen."

Er hielt zwei Finger in die Höhe. „Pfadfinderehrenwort."

Nach einem tiefen Schlucken atmete ich noch einmal durch und brach einfach damit hervor: „Ich muss zugeben, dass ich nach unserer Nacht regelrecht von deinem Gesicht verfolgt wurde."

Für eine Zehntelsekunde blieb er ernst, dann fing er an zu lachen.

Beleidigt überkreuzte ich meine Arme. „Du hast gesagt, du lachst nicht!"

„Ich war nie Pfadfinder", erklärte er und lachte weiter. „Aber mit verfolgt, meinst du da, dass du überall mein Gesicht gesehen hast?"

„Ja", knurrte ich.

„Im Supermarkt?"

„Ja."

„In Autofahrern?"

„Ja!"

„Überall?!"

„Ja! Und du brauchst dir da nichts drauf einzubilden. Ich hatte nur solche Angst, dich wieder zu treffen, dass ich dich natürlich sofort überall gesehen habe."

„Mhm. Ich bilde mir trotzdem etwas darauf ein." Er fuhr sich durchs Haar. „Wann hat das aufgehört?"

„Nie ganz. Aber es wurde besser, als ich angefangen habe zu studieren." Ich lächelte ein kleines Lächeln. „Danke, übrigens."

Er hob seine Augenbrauen. „Wofür?"

„Wegen dir habe ich angefangen zu studieren."

Verwundert sah er mich an. „Ohne Witz?"

Ich nickte. „Jap. Durch dich wurde mir klar, wie unzufrieden ich mit meinem Leben war. Es war so ungeregelt. Durcheinander. Und ich liebe die deutsche Sprache. Es gibt für alles Regeln, man kann theoretisch bei jedem Satz nachweisen, dass er richtig oder falsch ist. Und nach unserem …" Ich räusperte mich. „Du weißt schon was. Das war der Tropfen, der das Fass zum Überlaufen gebracht hatte. Ich wollte was ändern und nach dir … es war der Abschluss und der Anfang."

„War das ein Kompliment?"

Ich stieß meine Faust gegen seine Schulter. „Das war überhaupt nichts! Das war nur der Anfang eines neuen Abschnittes meines Lebens, bei dem du ein Auslöser warst."

„Aber es war positiv."

„Für mich. Mein Vater sieht das, glaub ich, anders."

Germanistik! Das ist doch kein richtiges Fach! Ich schloss meine Augen und drehte mich auf die andere Seite, sodass mein Rücken an Jayce' Brust lag. Er legte seinen Arm um mich und ich fühlte mich so geborgen, dass ich hätte weinen können, wäre ich nicht so unglaublich glücklich gewesen.

„Hey, Sum", flüsterte Jayce und streichelte meine nackte Schulter. „Du bist gut genug."

Ich ließ mich völlig gegen ihn fallen. „Was? Für was?"

„Für alles und jeden."

„Danke", flüsterte ich. Mehr konnte ich nicht sagen, sonst hätte ich noch angefangen, ihm zu beichten, dass ich ihn liebte. Ich, die sich nie verliebte.

Im Nachhinein wusste ich, dass ich es ihm gar nicht hätte sagen können. Ich war nun einmal ich, und ihm gehörte die ganze Welt.

Als ich aufwachte, war die Seite des Bettes neben mir leer. Erst bekam ich Panik, weil ich glaubte, Jayce hätte seine Koffer gepackt und wäre zurück nach England geflogen, weil er genug von mir hatte und so viele Kilometer wie nur möglich zwischen uns bringen wollte. Dann dachte ich, dass es blöd von Jayce wäre, nach England zu fliehen, weil Afrika oder Australien doch viel weiter weg waren. In Australien sprachen sie auch Englisch, also war das wahrscheinlicher.

Im nächsten Augenblick wurde mir klar, dass ich vollkommen verrückt war, aber nur, weil ich die Dusche rauschen hörte.

Mein Gott! Ich hatte ja keine Ahnung gehabt, wie anstrengend es sein konnte, verliebt zu sein!

Für die Nerven, für das Herz und die Lungen. Am Schlimmsten war es wohl zu wissen, dass man sich in einen Playboy verliebt hatte, der seine Freiheit genoss und für eine feste Beziehung völlig ungeeignet war.

…

Auf der anderen Seite: Ich war für eine feste Beziehung auch völlig ungeeignet! Könnte man das nicht unglaublich erfolgreich kombinieren?

Ich schluckte und schloss stöhnend meine Augen.

Was machte ich nur? Warum musste ich mich verlieben, warum jetzt, warum er?

Ich hätte gerne in ein Kissen geschrien, aber die Dusche war eben abgestellt worden und so schallgedämpft war ein Kissen dann doch nicht.

„Warum duschst du schon?", rief ich ins Bad und setzte mich auf. Vielleicht würde ein Gespräch mich ja ablenken.

Von was auch immer.

Die Dusche ging wieder an. „Ich musste vor einer halben Stunde auf der Arbeit sein."

Ungläubig sah ich Richtung Bad. „An Neujahr? An einem Feiertag? Ist das dein Ernst?"

„Hotels haben auch am Feiertag offen."

Richtig. „Ist es schlimm, dass du zu spät bist?"

Einige Sekunden kam keine Antwort. Dann: „Es war es wert!"

Ich lächelte in mich hinein und wollte gerade etwas erwidern, als es an der Tür klingelte. Stirnrunzelnd sah ich auf den Wecker neben mir. Es war acht Uhr morgens.

Wer klingelte um acht Uhr morgens - an Neujahr?

Mhm.

Eine betrunkene Ellie, die mit einem merkwürdigen Mann in ihrem Bett aufgewacht war, oder ein ernüchterter Olivier, der sich wieder mit Paul gefetzt hatte.

Das waren die einzigen Möglichkeiten, die mir einfallen wollten.

„Ich gehe schon!", flötete ich und krabbelte in meinem Sleepshirt und den Boxershorts aus dem Bett. Es war kalt, deswegen zog ich mir noch eine Sweatshirt-Jacke von Jayce über und schlüpfte in seine viel zu großen Puschen, bevor ich zur Tür schlurfte, an die jetzt mit Nachdruck gehämmert wurde.

Da musste jemand ein ernsthaftes Problem haben!

Ich öffnete die Tür und wich erschrocken einen Schritt zurück. Da stand ein älterer Herr in teurem schwarzen Anzug, Krawatte und Hugo Boss-Schuhen auf der Schwelle. Seine schwarzen, angegrauten Haare trug er stilvoll raspelkurz. Er hatte etwas Würdevolles, Privilegiertes, Autoritäres an sich. Und diese dunklen Augen, die mich da musterten, erinnerten mich an …

„Ach du liebe Güte. Sie sind Jayce' Vater!", rutschte es mir heraus. Ich wurde puterrot und zog das Sweatshirt enger um meine Schultern.

Der Mann hob überrascht die Augenbrauen. „Wenigstens hat er dieses Mal jemand halbwegs intelligenten aufgegabelt", bemerkte er trocken, mit leicht britischem Akzent, und sein Blick schweifte von den zu großen Puschen an meinen Füßen bis zu meinen verstrubbelten Haaren.

Ich wurde noch röter, auch wenn ich nicht ganz verstand, was er meinte. Aber die erste Begegnung mit Jayce' Vater hatte ich mir doch anders vorgestellt. In meinem inneren Auge hatte ich zumindest immer etwas angehabt und nicht ausgesehen wie ein verwahrloster Penner oder ein niveauloses Luder, das sich keine Haarbürste kaufen konnte.

Fahrig strich ich mir über meine Haare. „Äh, Herr Brooks, sehr erfreut, Sie kennen zu lernen, ich bin …"

„Sparen Sie sich das", sagte er mit festem Ton und trat ohne weitere Nachfrage in die Wohnung. „Ich merke mir grundsätzlich nur Namen, die ich für einen längeren Zeitraum behalten muss. Jayce' Flittchen gehören wahrlich nicht dazu. Nichts für ungut."

Ich wurde noch röter. Diesmal vor Scham und Wut.

„Ach, kein Problem", stotterte ich. Dieser Mann machte mir Angst! „Auch wenn ich mich noch nie als

Flittchen gesehen habe … aber Sie haben da offenbar Erfahrung."

Jayce' Vater räusperte sich. „Ist mein Sohn nun da? Oder schläft er seinen Rausch aus?"

Was hatte dieser Mann nur für eine Vorstellung von seinem Sohn? Ich spürte, wie ich zornig wurde. Vielleicht war es ja arrogant, mir einzubilden, ich würde Jayce besser kennen als sein eigener Vater, aber … ich tat es!

„Nein, Jayce schläft nicht seinen Rausch aus. Er duscht, weil er gleich zur Arbeit muss."

„Er hätte vor einer halben Stunde da sein müssen."

„Er hat verschlafen! Das kann passieren!"

„Er hat Sex mit Ihnen gehabt und die Zeit vergessen, weil er im Rausch war."

Die Art und Weise, in der Herr Brooks über seinen Sohn sprach, so trocken, respektlos und abwertend, regte mich nur umso mehr auf.

„Er arbeitet wie ein Tier und er weiß, wie viel Verantwortung er hat!"

Sein Vater lächelte verkniffen. „Seit wann? Seit Franz Kafka sich nicht ermordet hat?"

Ich verschränkte meine Arme und sah ihn kalt an. „Seit ich ihn kenne. Und nur zu Ihrer Information: Franz Kafka ist an einer Lungentuberkulose gestorben. Und es gibt einige Parallelen zu Ihrem Sohn. Sein Vater hatte nämlich auch eine völlig falsche Einstellung ihm gegenüber."

Ich war innerlich stolz auf mich, als ich bemerkte, wie Mr. Brooks mich beeindruckt und etwas verwirrt taxierte. Doch er fasste sich schnell. „Machen Sie sich nichts Falsches vor", meinte er. „Schon viele Frauen haben sich eingebildet, sie seien dazu fähig, meinen

Sohn zu ändern. Glauben Sie, auch ich dachte das. Aber man lernt nie aus. Jayce ist und bleibt ein Mann, der nur an sich und sein eigenes Wohl denkt. Ein Mann, der es bevorzugt, seinen Vater wütend zu machen, anstatt anzufangen, anständig zu arbeiten."

Anständig zu arbeiten? Wenn Jayce nicht arbeitete, wo ging er denn sonst jeden Morgen pünktlich um acht hin? Warum stand er sonst nachts um drei auf und führte Telefonate, überlas Verträge und schrieb an irgendwelchen Briefen? Ich wusste genau, dass er hart arbeitete!

„Ich will ihn nicht ändern", gab ich zurück. „Er muss nicht geändert werden."

Der Mann seufzte und sah gelangweilt in die Küche. „Schön. Lassen wir das. Ich sehe, wir werden nicht auf einen Nenner kommen. Ich muss jetzt auch weiter. Richten Sie meinem Sohn nur aus, dass er sich an unsere Abmachung halten muss. Er sollte sich mehr auf seine Karriere konzentrieren, als mit Frauen auszugehen. Die Folgen kennt er. Auf Wiedersehen."

Er würdigte mich noch nicht einmal eines letzten Blickes, sondern schritt einfach energisch aus dem Flur heraus und schlug die Tür hinter sich zu.

Einige Momente stand ich paralysiert vor der Wohnungstür, dann ging ich steif zum Bad und öffnete es.

Jayce stand nur mit einem Handtuch um seine Hüften vor dem Spiegel und rasierte sich, doch ich war sogar zu verstört, um diesen Anblick ausreichend zu würdigen.

„Ich habe deinen Vater kennen gelernt", sagte ich.

Er sah mich von oben bis unten an. „In dem Aufzug?"

„In dem Aufzug."

Er grinste. „Mein Mädchen."

„Das war wirklich nicht lustig!"

„Ja, das hat mein Vater so an sich. Er saugt jede Art von Spaß aus einem Raum."

„Ich hatte Angst vor ihm!"

„Auch das: Eine Eigenschaft von ihm ... Was hat er gesagt?"

„Du meinst, außer dass ich ein Flittchen sei?"

Jayce sog die Luft ein. „Sorry. Ich hatte einfach schon ..."

„... zu viele Flittchen, ich weiß!", unterbrach ich ihn wirsch und machte eine abwinkende Handbewegung. „Außerdem meinte er noch, dass du dich an eure Abmachung halten sollst."

Jayce' Augenbrauen flogen in die Höhe, dann wusch er sich sein Gesicht ab und sah mich fragend an. „Hat er das?"

Ich nickte verwirrt. „Ja ... von was für einer Abmachung hat er denn da geredet?"

Jayce drehte sich zum Spiegel und begann, sich seine Haare zu kämmen. „Ach, nichts."

„Jayce? Komm schon." Ich fing seinen Blick im Spiegel auf. „Erzähl es mir doch einfach, dann müssen wir keinen Tanz um das Thema herum anfangen."

„Es ist wirklich nichts", wich er aus.

Ich stemmte meine Hände in die Hüften. „Witzig, das sage ich auch immer, wenn es um etwas Wichtiges geht."

„Summer ..."

„Wenn es Nichts ist, erzähl es mir doch einfach!"

Er seufzte schwer und lief in sein Schlafzimmer, wo er sich ein blaues Hemd überzog. „Gut. Also." Er legte seine Rolex um sein Handgelenk. „Mein Vater und ich haben eine Abmachung getroffen, als er mich von England nach Deutschland versetzte."

Ich blinzelte. „Er hat dich versetzt?"

Er zuckte die Achseln und zog sich eine Boxershorts an. „Mich hat nichts mehr in London gehalten. Meine Mutter war bereits gestorben, meine Schwester hat ihr eigenes Leben ... Ich wollte mein eigenes Ding machen und er hat mir eine Chance gegeben."

Nickend sah ich ihn an. Das wusste ich bereits alles. „Okay. Und weiter?"

„Mein Vater verlangt von mir, dass ich innerhalb der nächsten vier Monate die Belegungsraten von drei seiner Hotels um zehn Prozent steigere, sonst ..." Er hielt inne und suchte sich eine Anzughose aus dem Schrank. „Naja, zehn Prozent sind eine Menge und ich arbeite wirklich hart, aber mein Vater will das nicht sehen." Wieder zuckte er die Achseln.

Ich setzte mich auf sein Bett und sah zu ihm hoch. „Du hast deinen Satz nicht beendet", sagte ich leise. „Sonst ...?"

Er stöhnte. „Summer, warum willst du das überhaupt wissen."

Weil ich dich liebe, du Blödmann! „Du interessierst mich eben, du Blödmann!"

Er wandte mir den Rücken zu, während er sein Hemd zuknöpfte. „Sonst werde ich wieder nach England versetzt und werde wahrscheinlich dort bleiben."

Mein Herz sank auf Grundeis und ich vergaß vollkommen, dass mein Körper Sauerstoff benötigte. „Was? Für immer? Und - wie, du gehst dann zurück?"

Er seufzte und band sich seine Krawatte. „Ich finde das nicht prickelnd, okay? Ich habe mir hier mein Leben eingerichtet und Deutschland ist einfach meine Kindheitsheimat, aber so ist das Geschäft."

So war das Geschäft? Es war sein Vater, über den wir hier sprachen. „Dann b…" Aber ich konnte nicht weiterreden. Ich hatte nicht das Recht weiterzureden. Wie hatte ich, seine Affäre, das Recht, ihn darum zu bitten, trotzdem hier zu bleiben und sich einen neuen Job zu suchen?

Ganz einfach. Ich hatte es nicht. Ich konnte ihn nicht mal fragen, ob ich auch ein kleines bisschen damit zu tun hatte, dass er gerne in Deutschland bleiben wollte.

Jayce sah auf und fing meinen Blick ein. „Was wolltest du sagen?"

Ich lächelte nur. „Nichts. Du wirst das schon schaffen."

Seine Mundwinkel zuckten. „Wenn du meine Zahlen sehen würdest, würdest du das nicht sagen."

Meine Brust zog sich schmerzhaft zusammen und ich versuchte angestrengt, einen neutralen Gesichtsausdruck aufzusetzen. „Egal. Du schaffst es oder nicht. Es ist ja nicht wichtig, oder? Für mich." Meine Augen fingen an zu brennen. „Wenn du weg bist, werde ich mir eben jemand anderen suchen müssen."

Jayce sah mich ausdruckslos an. „Richtig", sagte er nach einer Weile trocken. „So wird es wohl sein. Wir haben ja keinerlei Verpflichtungen gegenüber einander, richtig?"

Seine Stimme ließ mich frieren, doch ich nickte nur und versuchte, diesen verdammten Kloß in meinem Hals hinunter zu schlucken. „Richtig", bestätigte ich und jetzt brannten meine Augen wirklich alarmierend. Mehrere Sekunden saß ich reglos da, und Jayce und ich sahen uns an. So als wollten wir etwas sagen - aber taten es nicht.

Ich ließ meinen Blick sinken. „Also, ich geh dann mal rüber ... aufräumen und so. Du musst ja jetzt auch zur Arbeit." Ich lächelte noch einmal kurz und flüchtete dann aus dem Zimmer, bevor Jayce auf die Idee kommen konnte, mir einen Abschiedskuss zu geben. Damit hätte er alles nur noch schlimmer gemacht.

Dieser Tag war einfach trostlos.

Wenn mir eines durch den Besuch von Jayce' Vater klar geworden war, dann war es, dass er Recht hatte!

Ich *war* eine von vielen.

Eine von vielen Frauen, die mit Jayce im Bett gewesen waren, und wahrscheinlich auch eine von vielen Frauen, die sich in ihn verliebt hatten.

Aber ich konnte nichts dagegen machen. Das Gefühl wollte nicht weggehen. Ich räumte auf und das Gefühl war da, ich duschte und das Gefühl war da, ich sprach mit Ellie und das Gefühl war da, ich fing an, meinen Lernplan für meine Abschlussprüfung zu machen, und das Gefühl war immer noch da!

Wie viele andere Gefühle dieses eine Gefühl mit sich ziehen konnte, wurde mir erst jetzt bewusst.

Das Glück, weil es die Person gab. Das Bedauern, weil man eigentlich wusste, dass es die falsche war. Der Schmerz, weil man wusste, dass man nie das sein konnte, was er für einen war, und die Angst, dass er womöglich bald ganz weg war.

Und dann war da noch die Wut.

Auf mich selbst, auf ihn, auf seinen Vater, auf meinen Vater.

Auf mich, weil ich meine Gefühle machen ließ, was sie wollten.

Auf Jayce, weil er meine Prinzipien über den Haufen warf und sich von seinem Vater regieren ließ.

Auf seinen Vater, weil er nicht an Jayce glaubte und mich als Flittchen sah.

Schließlich auf meinen Vater, weil ich mir ziemlich sicher war, dass er an allem Schuld war. Ich konnte zwar noch keine direkte Verbindung ziehen, doch ich brauchte jemanden, dem ich das ganze Schlamassel in die Schuhe schieben konnte.

Jayce meldete sich den Rest des Tages nicht mehr und ich war einerseits erleichtert, weil ich nicht wusste, wie ich mich ihm gegenüber verhalten sollte, und andererseits verletzt, weil er eben nicht anrief!

Liebe war unfair!

Erst tat sie so, als gäbe sie einem alles, und dann, dann fiel sie dich hinterrücks an und nahm dir alles weg und noch viel mehr.

Ich schlief schlecht in der Nacht, weil mein Bett leer und kalt war, genauso wie die Wohnung.

Um halb sieben Uhr morgens wachte ich auf und konnte nicht mehr einschlafen, deswegen tat ich das Einzige, was mir in diesem Moment als sinnvoll erschien.

Ich googelte Jayce' Vater.

Adam Brooks.

Ältestes von vier Kindern. Zwei Schwestern, einen Bruder, Scheidungskinder. Übersprang zwei Jahrgangsstufen, wurde Karatebundesmeister. Bester Schüler seines Jahrgangs in Oxford, mit sechsundzwanzig bereits zwei Hotels geführt, mit achtundzwanzig bereits vier gegründet. Heiratete mit dreißig das sieben Jahre jüngere Zimmermädchen Katherina Eliaha, zwei Kinder.

Das Zimmermädchen. Das war süß. Es musste wohl echte Liebe gewesen sein.

Vergrößerte sein Imperium, expandierte nach Deutschland - Heimatland seiner Frau - und ließ sich dort nieder. Entdeckte den Aktienmarkt und wurde Millionenschwer.

Millionenschwer!? Kein Wunder, dass Jayce unter Druck stand - bei diesem Lebenslauf seines Vaters! Wer sollte denn da mithalten? Der Weihnachtsmann war weniger erfolgreich!

Mit fünfzig erkrankte seine Frau an Krebs und starb wenige Jahre später an den Folgen.

Heute ist Adam Brooks ein bekanntes Gesicht und ein geschätzter Geschäftsmann im europäischen Raum. Während seine Tochter als Kindergärtnerin tätig ist ...

Wow. Die würde ich gerne mal kennen lernen. Sie schien sich aus Ruhm und Geld nicht viel zu machen. Das fand ich überaus sympathisch.

... folgte ihm sein Sohn, ein in Großbritannien nicht unbekannter Playboy, in das Hotelfachgeschäft.

Mein Kopf wurde rot vor Wut, als ich den Ausdruck *Playboy* las. Nicht wegen Jayce, sondern weil ich nicht im Stande war, mich in einen vernünftigen, lieben, treuen Menschen zu verlieben! Nein, ich musste den Mann lieben, der durch seine Affären in die Klatschpresse gekommen war.

Mir war nicht bewusst gewesen, dass das Business von Adam Brooks so ein großes Imperium darstellte, geschweige denn, dass sie der High Society von London angehörten. Wie hätte ich das auch ahnen sollen.

Ich las die Zusammenfassung zu Ende - *Heute ist Adam Brooks einer der erfolgreichsten Unternehmer Europas, an dessen Leben es im sozialen wie auch ökonomischen Bereich an nichts mangelt. Er lebt zurzeit in Deutschland und kümmert sich um seine neuste Ersteigerung, das Blue Sea Side Hotel, in Hamburg* - und klappte meinen Laptop zu.

Es mangelte ihm an nichts?

Wie wäre es mal mit Respekt? Verständnis? Höflichkeit? Glaube an seinen Sohn?

Gehörte das etwa nicht zum sozialen Teil eines Lebens?

Jetzt noch viel wütender, blickte ich auf den Wecker. Es war zwanzig nach sieben, ich war hellwach … und ich ahnte, wo sich Adam Brooks befand.

Die Eingangshalle des Blue Sea Side Hotels hatte ungefähr die Größe eines Fußballfeldes. Mal drei! Eine hohe Decke wurde von altrömisch wirkenden Pfeilern gehalten und war mit Stuck und Wandmalereien verziert.

Keine Frage, es war eindrucksvoll, was Herr Brooks hier aufgebaut hatte, aber nicht so eindrucksvoll, wie ich gleich sein würde.

Den Aushängen an den Fahrstühlen folgend, ging ich mitten durch die Eingangshalle einen Flur hinunter, der laut Schild zu den Büroräumen führen sollte.

Ich sah gar nicht auf die Türen, an denen ich vorbeilief. Herr Brooks, nahm ich an, würde das größte und letzte Büro haben, und ich sollte Recht behalten.

Der Gang machte eine Biegung nach links und endete mit einer schweren Tür, neben der das Schild *Adam Brooks, Eigentümer und Geschäftsführer* hing.

Ohne nachzudenken, klopfte ich an. Die gleiche bestimmende und tiefe Stimme, die ich in Erinnerung hatte, rief „Herein". Jetzt war ich doch irgendwie nervös, aber bevor die Nervosität meine Beinmuskeln zur Flucht bringen konnte, trat ich ein.

Jayce' Vater hatte den Kopf über Papiere gebeugt. Als er aufsah, stand ihm die Überraschung und Verwirrung ins Gesicht geschrieben. „Ja?", fragte er nur.

Ich verschränkte meine Arme und trat näher an den breiten und sicherlich antiken Schreibtisch.

„Erinnern Sie sich noch an mich? Das namenlose Flittchen?"

Adam Brooks sackte in seinen Stuhl zurück und seufzte schwer. „Hören Sie, es tut mir leid, dass ich Sie als Flittchen bezeichnet habe, wenn Sie mich anzeigen wollen wegen Beleidigung oder sonstigem, werden sich meine Anwälte darum kümmern …"

Wütend schnaubte ich. „Als ob ich mich hierher bewegen würde, damit mein verletzter Stolz getätschelt wird oder damit ich Geld aus Ihnen herauspressen kann!"

„Sie wären erstaunt, was Jayce' *Freundinnen* schon alles getan haben, um aus meiner Familie Geld zu gewinnen", sagte er tonlos.

„Nein. Ich wäre nicht überrascht. Ich habe eine ungefähre Vorstellung", widersprach ich. „Aber ich bin nicht wegen Geld hier! Und ich bin auch nicht eine seiner *Freundinnen*!"

Brooks richtete sich wieder auf. „Überraschen Sie mich! Wollen Sie einen Job? Eine Weiterempfehlung, Kontakte?"

„Es geht nicht um mich. Es geht um Ihren Sohn!", sagte ich wütend.

Sein Blick wurde hart und geschäftsmäßig. „Was ist mit meinem Sohn? Sind wieder Fotos von ihm in Umlauf gekommen? Wollen Sie mich erpressen?"

Ungläubig schüttelte ich den Kopf. „Was sind Sie nur für ein Mensch? Was erwarten Sie von Ihrem Sohn und seiner Umwelt?"

Seine Miene zeigte keine Regung. „Ich spreche aus Erfahrung."

„Ich scheiß auf Ihre Erfahrung!", fluchte ich. „Ihr Sohn rackert sich ab! Er arbeitet Tag und Nacht. Er steht nachts auf, um seine Ideen aufzuschreiben, geht jeden Morgen früh und pünktlich aus dem Haus, macht sich Sorgen um die Angestellten. Wie können Sie ihm vorwerfen, faul und unnütz zu sein, ohne überhaupt zu wissen, wie wichtig ihm sein Beruf ist und wie ernst er Ihre bescheuerte Abmachung nimmt! Sie sollten sich schämen! Sie kennen Ihren Sohn nicht, unterschätzen ihn aber aus Prinzip, weil er vor fünf Jahren ein anderer Mensch war. Was gibt Ihnen das Recht, ihm zu drohen, ihn nach London abzuschieben, ohne wirklich zu recherchieren, wie er seine Arbeit macht? Sie haben einen so guten Mitarbeiter gar nicht verdient. Und so einen Sohn schon gar nicht!"

Jayce' Vater war einen Moment sprachlos, fing sich aber rasch wieder. „Und Sie kennen meinen Sohn? Sie wissen wie er ist?", fragte er kühl.

Ich überlegte kurz, dann nickte ich. „Ja. Ich kenne ihn. Und wissen Sie was? Jeder macht Fehler. Aber man sollte trotzdem eine Chance bekommen."

Wieder verzog er keine Miene. Er sah mich abschätzend an und fragte schließlich langsam. „War es das?"

Etwas vor den Kopf gestoßen, blinzelte ich. Rein aus Prinzip setzte ich hinterher: „Nein!"

„Was denn noch!"

Ähm … „Es wäre nett, wenn Sie Jayce nichts von meinem Besuch bei Ihnen erzählen würden!", fiel mir schließlich ein.

„Gut."

„Gut!", erwiderte ich fest und ging zur Tür, doch bevor ich sie öffnen konnte, fragte Brooks: „Wie heißen Sie?"

Überrascht drehte ich mich noch einmal um. „Summer Sanddorn. Wieso müssen Sie das wissen?"

Er schien wirklich fast zu lächeln. „Dann werde ich Sie das nächste Mal nicht mehr mit ‚Flittchen' ansprechen müssen."

„Oh." Das nächste Mal? „Okay. Na dann, auf Wiedersehen …"

Ich wollte gerade die Tür hinter mir zuwerfen, als er mich erneut zurückrief. „Summer, warten Sie noch einmal!"

Unbehaglich wandte ich mich um. Wollte er mich jetzt schlagen, weil ich die erste Frau war, die ihm je ihre Meinung gesagt hatte?

„Was ist?", fragte ich.

Mr. Brooks sah mich forschend an. Seine zusammengekniffenen Augen blickten mich direkt an und ich konnte ihn beinahe erneut lächeln sehen. „Sie lieben meinen Sohn doch nicht etwa?"

Eine innere Panik breitete sich in mir aus. Was sollte ich darauf sagen? Ich machte meinen Mund auf, schloss ihn wieder und öffnete ihn erneut. „Dazu kann und werde ich Ihnen nichts sagen", erwiderte ich schließlich. Mit einem Kloß im Hals und einem seltsamen Gefühl in meinem Bauch verließ ich das Hotel.

Was hatte ich da überhaupt gemacht?

Mich in Jayce' Leben eingemischt?

Oder versucht, mein Leben zu ändern, indem ich Mr. Brooks dazu bewegte, seinen Sohn hier zu lassen?

Egal, wie es war. Was erwartete ich eigentlich?

Dass Jayce froh um das war, was ich gerade getan hatte?

Dass er, wenn er wüsste, dass er für immer hier sein könnte, mir in die Arme fallen und mir seine Liebe gestehen würde?

Was wollte ich überhaupt von ihm!?

Ich ... Also ... ich ...

Ich wollte nicht, dass er nach England ging.

Ich wollte, dass er mich fragen würde, ob er gehen sollte.

Ich wollte, dass er von sich selbst aus entschied, wegen mir nicht zu gehen.

Ich war draußen vor dem Hotel angekommen und sah in den Himmel.

Ich wollte ihn für mich.

Aber das würde ich nicht bekommen. Nicht bevor wir aus unserem Tête à Tête nicht eine feste Beziehung machten.

Was, wenn Jayce das nicht wollte? Wenn es ihm nur um Sex ging und er nichts für mich empfand?

Das wäre ...

Scheiße! Das wäre richtig, richtig scheiße!

Kapitel 15

Your appearance is an unreasonable demand
Every girl in the world has a foible for it
But honestly I don't give a shit
As long as your eyes stay on my face
And you assure me no one ever will take my place

„Was tigerst du hier so herum?" Ellie schlug ihre Beine übereinander und beobachte mich, wie ich von einer Seite des Zimmers zu der anderen lief, während sie sich in regelmäßigen Abständen Chips in den Mund warf.

„Ich werde gleich etwas tun, was ich wahrscheinlich bereuen werde ...", antwortete ich abgehackt.

„Mhm." Wieder verschwanden Chips in ihrem Mund. „Und das wäre?"

Das war der Punkt, den ich eigentlich hatte verschweigen wollen. Ich schluckte und sah sie nicht an. „Ich werde zu Jayce gehen und sagen, dass ich eine ernste Beziehung anfangen will."

„Ha! Ich wusste es!" Begeistert sprang Ellie von der Couch auf und strahlte mich breit grinsend an. „Ich wusste es einfach. Mein Verliebtheitsradar ist eben doch nicht kaputt. Ich habe die Wette gewonnen!"

Ich war nicht im Stande, sie mit mehr als einem bösen Blick zu bestrafen.

„Jetzt schau nicht so", sagte sie lachend. „Ich freue mich doch nur für dich! Wirklich! Ich freue mich unglaublich, dass du jemanden gefunden hast, den du liebst! Das ist doch was Tolles!"

Meine Mundwinkel zuckten nicht einmal. Ich atmete tief durch, dann schritt ich entschlossen zur Tür und öffnete sie. „Naja. Das werden wir jetzt ja sehen", sagte ich und schloss die Tür zur gleichen Zeit, in der ich an die von Jayce klopfte. Ich wusste, dass er zuhause war, weil ich am Spion gewartet hatte, bis er daran vorbeigegangen war.

„Hey", sagte er, als er mich sah, und mein Herz begann zu hüpfen.

„Hey", hauchte ich mit kratziger Stimme zurück.

Er hob die Augenbrauen. „Alles in Ordnung? Du siehst aus, als hättest du etwas auf dem Herzen."

„Also …" Meine Hände verkrampften sich ineinander. „… ich wollte eigentlich mit dir über etwas reden."

Er nickte, ein kleines Lächeln auf seinen Lippen, und trat zur Seite, damit ich eintreten konnte. „Okay, dann leg mal los."

„Ich … also … ich meine, es ist so …" Das Telefon unterbrach mein Gestammel. Jayce warf einen Blick auf die Anzeige und runzelte die Stirn. „Mein Vater. Aber wenn du erst das loswerden willst, was du sagen möchtest …"

Schnell schüttelte ich den Kopf. „Nein, nein!", sagte ich und fuhr mir fahrig durch die Haare. „Geh ruhig ran! Ich bin nicht in Eile."

Er nickte. „Es dauert bestimmt nicht lange." Dann hob er ab und verschwand mit einem „Ja, hallo?" in seinem Schlafzimmer.

Mir wurde schlecht.

Was hatte ich mir dabei gedacht, hier einfach reinzuplatzen? Vollkommen unvorbereitet! Ich, von allen Menschen. Warum hatte ich mir keine Worte zurechtgelegt? Das konnte nur schief gehen. Was genau sollte ich ihm eigentlich sagen?

Jayce, ich weiß wir sind nur Freunde, aber ...

Nein. So ging das nicht.

Jayce, ich will nichts Lockeres mehr, ich ...

Nein. So auch nicht. Ich sollte gehen und Jayce sagen, ich hätte doch keine Zeit, weil ... weil ... meine Mutter ... oder mein Vater ... Irgendwas. Egal. Ich ging ruhelos auf und ab und hin und ... Moment.

Mein Blick blieb auf der Kommode neben der Tür hängen, auf der ein gelber Umschlag lag. Ein gelber Umschlag, mit Ellies Namen drauf. Stirnrunzelnd beugte ich mich über den Schrank. Eindeutig.

Ellie stand da. In Jayce' Handschrift.

Was machte ein Umschlag mit Ellies Namen in Jayce' Wohnung? Was hatte Jayce mit Ellie am Hut? Zögernd hob ich ihn hoch. Er war dick und nicht zugeklebt. Hatte ich nicht das Recht, ihn zu öffnen? Ich steckte meinen Finger in die Lasche.

Es war Geld darin. Viel Geld.

Das mussten mindestens vierhundert Euro sein.

Mir wurde ganz schwindelig. Warum sollte Ellie Geld von Jayce bekommen? Mein Herz flatterte und in meinem Hals bildete sich ein dicker Kloß. Ich wollte den Umschlag wieder schließen, als ich zwischen den Scheinen einen weißen, kleinen Zettel entdeckte. Mit zitternden Fingern zog ich ihn heraus.

Ellie
Hier die nächste Miete.
Gib Summer den Tipp für das Four Seasons am Hafen. Die brauchen für mehrere Abende eine gute Sängerin.

J.

Mir wurde schlecht.

Mein Gehirn schien keine Sauerstoffzufuhr mehr zu haben und meine Augen begannen zu brennen.

Ich bemerkte nicht einmal, dass Jayce ins Wohnzimmer zurückkam. Erst als er zu sprechen anfing, landete ich in der Realität. „Woher weiß mein Vater deinen Namen?", fragte Jayce irritiert. „Er will, dass du mit uns essen gehst, das ist wirklich ..." Als er mich ansah, hielt er plötzlich inne. „Was ist los? Geht's dir nicht gut?"

Starr sah ich ihn an, dann hielt ich den Umschlag hoch. „Was ist das?", fragte ich leise.

Er runzelte fragend die Stirn. Als er erkannte, was ich da hochhielt, trat Schuld in seine Augen. Blanke, unbestreitbare Schuld. „Summer ..."

Ich senkte meinen Kopf. „Deswegen brauchte Ellie mein Geld nicht?", sagte ich leise zu meinem Füßen. „Weil du es ihr die ganze Zeit über vorgeschossen hast?"

„Summer, bitte ..."

„Und meine Gigs? Die kamen auch von dir? Alle meine Jobs im letzten Monat hast du angezettelt? Und wahrscheinlich sogar bezahlt!?" Ich sah ihn an, flehend. Ich wollte, dass er mir sagte, dass ich Unrecht hatte. Dass dieser Gedanke blödsinnig war, dass er so etwas nie tun würde, dass er mir so etwas nie antun würde. Ich wollte nichts sehnlicher, als zu hören, dass es für diesen Umschlag eine einfache Erklärung gab.

Aber er sagte nichts. Er stand nur da, mit dieser Schuld in den Augen.

„Summer, lass mich ..."

Ich starrte weiter auf meine Füße. „Erklären?", fragte ich. „Wenn du mir nicht sagen kannst, dass dieser Umschlag nicht real ist, dann will ich gar nichts hören."

„Summer, bitte."

Mit Tränen in den Augen ließ ich den Umschlag fallen. „Warst du auch da? Letzte Woche, wo ich dir gesagt habe, dass es der größte Vertrauensbruch für mich wäre, wenn du mir Geld geben würdest? Genau da hättest du Worte wie ‚Ich schiebe dir Geld zu!' fallen lassen müssen!"

„Summer ..."

„Hör auf, immer meinen Namen zu sagen!", brüllte ich. „Ist das dein Geld oder etwa nicht!?"

„Ja, aber ..."

„Nein! Nicht aber!" Wütend blinzelte ich meine Tränen weg, dann blickte ich ihn kalt an. „Ich bin fertig mit dir." Meine Lippen zitterten. „Werde doch glücklich mit deinem Geld!"

Ohne noch einmal zurück zu sehen, öffnete ich die Tür und knallte sie hinter mir zu.

Als ich in unsere Wohnung stürmte, stand Ellie neugierig von der Couch auf. „Und?", fragte sie mit breitem Lächeln.

Mit Tränen in den Augen sah ich sie an. „Du wusstest davon?"

„Was ist denn los? Ich dachte ..."

„Wusstest du alles!? Die ganze Zeit!?" Zornig wischte ich mir die Tränen von der Wange. „Das Geld? Du steckst in allem mit drin?"

Ellie musste nichts sagen. Ihr Blick sagte mehr als tausend Worte.

„Du hast es gewusst!", schrie ich. „Du weißt genau, wer ich bin und was meine Prinzipien sind und du hast das Geld und die Tipps trotzdem angenommen, ohne mir etwas zu sagen?"

„Summer", stammelte Ellie, ohne mich anzusehen, „ich brauchte das Geld, du wärst sonst aus der Wohnung geflogen, ich hatte doch keine Wahl …"

„Es gibt immer eine Wahl, Ellie! Mir sagen, dass du ohne Geld auskommst, und hinter meinem Rücken Jayce' Geld annehmen, ist nicht unbedingt der richtige Weg, oder!?", fauchte ich.

„Hör zu, bitte …"

„Warum sollte ich? Es gibt nichts, was du sagen könntest, was die Sache okay macht. Weil es das nämlich nicht ist. Es ist nicht okay!", brüllte ich und rannte wutentbrannt in mein Zimmer.

Es war alles so surreal. Eben hatte ich noch gehofft, ja, mir gewünscht, dass Jayce mich lieben könnte, und nun hatte ich die Wahrheit an den Kopf geworfen bekommen.

Liebe.

Was war schon Liebe?

Ein Mensch brauchte keine tiefe Liebe. Er brauchte kein Drama, keine Funken. Alles, was man brauchte, war ein Mensch, dem man vertrauen konnte, der einen verstand und akzeptierte. Mehr nicht. Jayce war nichts davon.

Aber warum wunderte mich das? Ich hätte das doch ahnen, nein wissen müssen. Ich hätte die Realität sehen sollen, statt mich in Träumereien zu verlieren. Jayce war nicht der Mann, den ich brauchte oder wollte, und er würde es nie werden.

Er würde nie das sein, was ich brauchte, um meine Träume zu verwirklichen. Er würde mich nie so behandeln können, wie ich es wollte. Er …

„Summer!" Es hämmerte an meine Zimmertür. „Mach auf, lass mich mit dir reden!"

„Ich will nicht mit dir reden!", brüllte ich und wischte meine Augen an meiner Bettdecke ab. „Geh, Jayce! Ich will nie wieder mit dir reden! Ruf nicht an, denk nicht an mich ... Geh!"
„Summer, mach auf! Sofort."
„Verschwinde, Jayce!", schrie ich. „Du gehörst nicht in mein Leben und ich nicht in deins!"
Ein Schweigen breitete sich hinter der Tür aus. War er ...
„Du *bist* mein Leben, Summer." Seine Stimme war leise. „Bitte, mach auf."
Paralysiert saß ich auf meinem Bett.
Wie konnte er ...! Wie kam er auch nur auf ...! Wie wagte er ...!
Wutentbrannt sprang ich vom Bett hoch und riss die Tür auf. „Du hast kein Recht, so was zu sagen!", schrie ich. „Kein, verdammtes Recht!"
Eindringlich sah er mich an, aber diesmal brachten mich seine Augen nicht zum Schmelzen, diesmal versetzten sie mich noch mehr in Rage.
Wie hatte er mich so ansehen können? Wie hatte er die letzten zwei Monate so ein Vertrauen mit diesem Blick auslösen können, während er hinter meinem Rücken das Einzige tat, was ich ihm als unverzeihlich geschildert hatte?
Wie konnte er auch nur ansatzweise sagen, dass ich ihm wichtig sei, obwohl er genau gewusst hatte, wie ich mich fühlen würde, wenn ich erfuhr, dass ich ihm meine ganzen Jobs und mein Leben in dieser Wohnung verdankte!?
„Summer, ich verstehe, dass du sauer bist ..."
„Oh! Du verstehst das! Ja dann, dann ist ja alles gut. Dann ist ja nichts passiert!" Krampfhaft umklammerte

ich den Türrahmen und lachte ironisch. „Weißt du, was so beschissen an dem Ganzen ist? Ich wollte dir eben gerade sagen, dass ich mich in dich verliebt habe. Dass du mir wichtig bist!" Verbittert schüttelte ich den Kopf. „Warum konnte ich nur glauben, dass ich dir vertrauen könnte? Warum konnte ich in dir je mehr sehen als diesen Egoisten, der sich nur für sich und sein Leben interessiert?" Zornig wischte ich mir die Tränen von der Wange. „Weißt du, ich dachte wirklich, du verstehst mich! Ich habe dir von Anfang an gesagt, dass ich es alleine schaffen will. Und du?" Meine Stimme brach. „Du hast mir nicht mal zugehört. Du hast mich überhaupt nicht ernst genommen!" Meine Augen füllten sich immer wieder neu mit Tränen, die ich wegblinzelte. „Du weißt gar nichts über mich! Wenn du auch nur einen Funken von meiner Denkweise verstanden hättest, wüsstest du, dass ich dir nie verzeihen kann, was du getan hast! Hätte ich Geld gebraucht, wäre ich zu meinem Vater gegangen, anstatt mir einen reichen Zuhälter zuzulegen!" Mein Atem ging schwer und er war das Einzige, was die Stille füllte.

Jayce hatte nicht einmal mit der Wimper gezuckt. Sein Blick lag so eindringlich auf meinem Gesicht, dass ich mir entblößt vorkam.

„Summer, Dinge alleine schaffen zu wollen, zeugt nicht von Stärke!", sagte er ruhig. „Es zeigt nur deine Angst davor, anderen Menschen zu vertrauen und dich auf sie zu verlassen, weil du das Gefühl hast, früher oder später verlangen sie eine Gegenleistung, damit sie bei dir bleiben. Wenn du dir helfen lässt, bedeutet das nicht, dass du versagt hast, es heißt nur, dass du nicht allein bist. Du musst endlich damit anfangen, dein Leben so zu leben, wie es dir gefällt. Nicht so, wie du glaubst, dass andere es von dir erwarten oder gerade nicht tun. Fang doch endlich damit an, dich nur um dich selbst zu kümmern!"

Ich schüttelte nur den Kopf. „Das ist Blödsinn, Jayce!"

Fahrig warf er seine Hände in die Luft. „Diese Diskussion ist doch scheiße, Summer! Wenn wir verheiratet wären, würde ich dich genauso unterstützen, auch mit Geld! Wenn wir …"

Ungläubig sah ich ihn an. „Verheiratet? Wir sind noch nicht einmal richtig zusammen!"

Aufgebracht schüttelte er den Kopf. „Wenn sich zwei Menschen lieben, ist das normalerweise eine Beziehung!"

„Liebe?", ich spuckte das Wort auf den Boden. „Gerade du willst von Liebe reden? Es existiert keine Liebe! Wir hatten einen Deal! Das war alles!"

„Ich scheiß auf unseren Deal!", fuhr er mich an.

„Du weißt doch gar nicht, was Liebe ist!", schrie ich und stieß ihm gegen die Brust. „Wie kannst du plötzlich behaupten, mich zu lieben!? Wie waren nie zusammen!"

Jayce' Blick brannte sich in meine Augen. „Summer, ich habe drei Monate lang nur dich geküsst, nur an dich gedacht, nur dich in meinem Bett gehabt! Ich hatte noch nicht einmal das Verlangen, jemand anderen anzusehen!"

Er kam einen Schritt auf mich zu. Wütend schubste ich ihn weg. „Hör auf damit! Hör auf zu reden, hör auf, so was zu sagen oder zu denken! Du kannst nur nicht ertragen, dass du diesmal abgesägt wirst."

Fest umfasste er mein Gesicht und zwang mich, ihn anzusehen. „Summer. Ich liebe dich. Irgendwie liebe ich dich schon seit dem Tag vor fünf Jahren."

Ich machte mir keine Mühe mehr, meine Tränen wegzuwischen. Stattdessen schlug ich seine Hände weg und funkelte ihn an. „Such dir jemand anderen, der deine Spiele spielen möchte, Jayce. Irgendwen, aber nicht mich."

Ich schob meine Hände in meine Hosentasche und zog alles Geld, das ich finden konnte, aus meinem Portemonnaie, und drückte es ihm in die Hand. „Hier. Nimm das als Anzahlung. Den Rest kriegst du monatlich per Check."

Dann schloss ich die Tür und mit ihr Jayce aus meinem Leben aus.

Kapitel 16

You are such a shitty asshole
You lie, betray and smile at the same moment
And me you expect to be forgiving
Nevertheless this angry way of living
Is the best way my time was ever spent

Die nächsten sechs Tage sprach ich nicht ein Wort mit Ellie. Ich ging vor sechs aus dem Haus, nahm mir Arbeitsmaterial mit und lernte in der Universitätsbibliothek.

Ich nahm keine Anrufe an. Nicht von meiner Mutter, nicht von Olivier - und Jayce rief nicht mehr an. Die ersten zwei Tage nach dem Streit hatte er es versucht, doch dann hatte ich einmal abgenommen und ihn angebrüllt, er sollte mich in Ruhe lassen. Danach hatten die Anrufe und das Klopfen an der Tür aufgehört. Ich wusste, dass es besser so war, dennoch versetzte es meinem Herzen einen kleinen Stich, dass er so schnell aufgegeben hatte.

Vorher waren die Stunden bei meinem Vater in der Kanzlei eine Qual für mich gewesen, jetzt waren sie eine Erleichterung. Eine Möglichkeit, aus meinem Alltag zu fliehen und mein Leben aus einer anderen, weniger schmerzhaften Perspektive zu betrachten.

Mein Vater sprach das, was Weihnachten vorgefallen war, überhaupt nicht an. Wir grüßten uns und tauschten Smalltalk aus, wie eh und je, und ich war dankbar dafür. Es machte es einfacher für mich, den Tag zu überstehen.

Ich war froh, als die Uni wieder anfing und ich strikt auf meine Abschlussprüfungen hinarbeiten konnte. Ohne Ablenkung, ohne Jayce.

Professor Siepe ließ mich nach zwei Wochen wieder mal länger bleiben und bemerkte, wie konzentriert ich die letzten Wochen doch gewesen wäre, und er sei überzeugt, dass ich so einen sehr guten Abschluss machen würde.

Ich nickte nur und lächelte. Merkwürdigerweise ließ mich sein Lob kein bisschen besser fühlen.

Die Sache war: Wenn man sich auf nichts anderes konzentrieren musste, konnte man alles geben. Doch: Wenn man nichts anderes hatte, auf das man sich konzentrieren konnte … dann hatte man eben nichts anderes!

Schön, ich hatte einen Plan, aber was, wenn der nie aufgehen würde? Was, wenn ich keinen Bestseller entdecken würde? Und was, wenn ich diesen Mann, den Traummann, nie finden würde? Was wäre dann mein Leben?

Ich wusste es nicht. Ich wusste es einfach nicht. Das war traurig. Das war nicht nur traurig. Das war nicht das, was ich wollte.

Ich wollte … ich wollte wissen, was ich wollte. Wissen, wer ich war, was mich ausmachte. Ich wollte wissen, was mich glücklich und stolz und zufrieden machte, und es dann umsetzen.

Aber wie?

Hastig schloss ich die Haustür auf und schlüpfte in unsere Wohnung. Dann schloss ich die Augen und lehnte mich gegen die Wand. Ich zitterte am ganzen Körper. Vor Kälte. Aber nicht nur. Soeben hatte ich mich über eine halbe Stunde in Ellies Garage versteckt. Ich war gerade mit dem Fahrrad von der Uni gekommen, als Jayce anfing, erst sein Auto und dann sein Motorrad zu waschen. Ich hatte mich nicht getraut, an ihm vorbei zur Tür zu gehen, aus Angst davor, dass er wieder anfangen könnte zu reden, und deswegen war mir nichts anderes übrig geblieben, als mich auf den kalten Boden zu setzen - es war ja immerhin noch Februar - und mit mir selbst Tic Tac Toe zu spielen.

Im vergangenen Monat hatte ich Jayce nicht gesehen, nicht gesprochen, nicht gehört. Es war wahrscheinlich so, wie ich gedacht hatte: Er hatte mich aufgegeben, hatte mich durch eine andere ausgetauscht, und das tat weh. Vermutlich mehr weh, als wenn er mir jeden Tag fünftausend Nachrichten hinterlassen hätte.

Ich hatte mich immer damit gerühmt, dass mir noch niemand das Herz gebrochen hatte, aber insgeheim gehofft, zu wissen, wie es sich anfühlte.

Jetzt wusste ich es und wünschte mir, es nie herausgefunden zu haben.

Während ich meine Tasche fallen ließ, reckte ich meine Nase in die Luft. Es roch göttlich. Rasch zog ich meine Schuhe aus und ging neugierig Richtung Küche, woher der Duft kam. Mir fielen fast die Augen aus dem Kopf. „Ellie ... backst du etwa?"

Mit hochrotem Kopf und Mehl am ganzen Körper wandte sie sich um. „Ja."

Ich zog einen Mundwinkel hoch. „Was backst du?"

„Eine Bestechung."

„Für wen?"

„Für dich." Sie stellte einen dampfenden, doppelten Schokoladenkuchen auf die Theke und sah mich flehentlich an. „Bitte. Rede wieder mit mir! Ich hasse es, wenn du mich nicht magst! Ich halte das nicht aus. Du weißt, was ich für ein Waschlappen in dem Bezug bin."

Das wusste ich. Ich wusste auch, dass sie alle Dinge hasste, die in der Küche gemacht wurden, und ein Kuchen war deshalb schon ein großer Liebesbeweis.

Ich seufzte. „Ich bin nicht wütend auf dich", sagte ich und lief um die Theke herum, um mir eine kleine Gabel zu holen. Ich drückte auch Ellie eine in die Hand und stach in den Kuchen. „Nicht mehr."

„Es tut mir wirklich leid." Ellie seufzte tief. „Ich weiß, wie sensibel du in dieser Sache bist. Ich wusste, dass du so reagieren würdest, aber ich konnte dich nicht auf die Straße setzen, und als Jayce mir das mit dem Vorschuss vorgeschlagen hat ... Es tut mir wirklich leid."

Ich nickte. „Okay ..." Stillschweigend aßen wir den Schokokuchen und sahen uns nicht an. Irgendwann konnte ich nicht mehr anders. „Hast du ... hast du in letzter Zeit mal mit ihm gesprochen?"

Ich konnte sie nicken sehen. „Ja. Nicht oft, aber als ich ihn gesprochen habe, da hörte er sich echt beschissen an, wenn dir das hilft."

Ich lächelte. „Mhm. Du bist eine echt gute Freundin. Aber ich glaub nicht, dass er wegen mir so aussieht."

„Summer, willst du ihm nicht ..."

„Nein. Er schert sich doch nicht um mich! Er kämpft ja nicht einmal."

„Vielleicht muss er sich erst einmal über sich selbst klar werden und ..."

„Nein."

„Gut. Nur ..."

„Nein. Ich kann nicht mit ihm reden. Immer wenn ich an ihn denke, fange ich an zu heulen! Wenn ich ihm gegenüberstehe, werde ich ihn erst umbringen und dann heulen! Was sollte daran positiv sein?"

„Mhm. Wenn man es so sieht, aber …"

„Er wird wahrscheinlich nur genervt von dem kleinen Mädchen sein, das ihm nachweint!"

„Das stimmt doch nicht. Ich glaube, er …"

„Du hast mir nie gesagt, dass es sich so beschissen anfühlt, wenn man von dem Kerl, den man liebt, betrogen und hintergangen wird", bemerkte ich, um das Thema zu wechseln.

Sie zuckte die Achseln. „Ich hab dir auch nie gesagt, dass es den Weihnachtsmann nicht gibt, und trotzdem gehe ich davon aus, dass du es weißt."

„Mhm." Gegen so eine Logik kam ich nicht an.

„Wie hoch würdest du deinen Zuckerstatus einschätzen?", fragte Ellie schließlich, als ich noch mehr Kuchen verdrückt hatte.

„Traubenzuckerstatus, wieso?"

Sie sah mich mitleidig lächelnd an. „Dann bist du vielleicht nicht so entnervt, wenn ich dir sage, dass deine Mutter wieder angerufen hat. Schon zum fünften Mal heute."

„Mhm." Sie hatte Recht, der Zucker half. Die Schokolade machte mich ganz schummrig, ich atmete erst einmal durch und konnte die Anrufe - die jetzt jeden Tag durchschnittlich viermal eintrudelten - rational einschätzen.

„Was hat sie gesagt?", fragte ich gelassen. Nicht dass die Wahrscheinlichkeit, dass es etwas Wichtiges war, groß wäre. Aber wie gesagt: Rationalität. Alles bisher Gesehene noch einmal neu überdenken. Alles kritisieren und in Frage stellen, auch mein eigenes Verhalten. Wie in der Aufklärung. Genau. Goethe war mein Vorbild. Nicht mehr Sturm und Drang. Auf zu neuen Gewässern! Ich würde ruhig und gelassen an die Dinge herangehen.

Temperament und Leidenschaft hatten mich zu Jayce und meiner jetzigen, nicht gerade sonnigen Situation geführt, also würde ich diesen Gefühlen nicht mehr Glauben oder gar Aufmerksamkeit schenken.

„Hör es dir selbst an", sagte Ellie, lief um den Tresen herum und drückte auf den Abspielknopf.

12.25: „Hallo", flötete die Stimme meiner Mutter. *„Ich wollte eigentlich mit dir shoppen gehen, aber du hast ja offenbar etwas Besseres zu tun. Ruf an!"* Piep.

12.36: „Kind! Diese Bluse ist unglaublich, die würde perfekt zu dir passen ... ruf an!" Piep

Oh. Mann.

14.47: „Ich hab dir gerade einen Termin bei Fernando gemacht. Deine Haare sahen das letzte Mal furchtbar aus. Für dich macht er einen Sonderpreis: 60 Euro der Haarschnitt. Ist das zu fassen? Ein Schnäppchen. Nächsten Montag wirst du um zwölf erwartet." Piep.

14.48: „Ruf an!" Piep.

„Diese Frau ist unglaublich!" Das war es mit der Rationalität. Hinfort mit der Gelassenheit, hallo Temperament! „Ich rede seit knapp einem Monat kein einziges Wort mit ihr, habe ihr gesagt, dass ich ihr nicht verziehen habe! Habe ihr gesagt, dass sie sich entschuldigen muss und was macht sie? Sie ruft an und hat mir einen Frisörtermin gemacht!? Sie will mit mir shoppen gehen!? Sie ... Harggggghhh!" Ich spreizte meine Finger, bis es wehtat, und hielt beide Hände in die Luft.

„Es kommt noch härter", sagte Ellie fast entschuldigend.

18.27: „Du musst sofort kommen! SOFORT! Es ist ein Notfall. Ich bin zuhause und muss sofort in die Innenstadt. Mein Bingoabend fängt in einer halben Stunde an und ich habe gedankenverloren getrunken! Ich kann so nicht fahren. Du musst das machen: sofort! Beeil dich. Ich erwarte dich in einer viertel Stunde vor der Tür. Das ist deine Aufgabe, Marie! Du kannst dich nicht deiner Pflichten entziehen. Mein Stand hängt davon ab. SOFORT!" Piep.

…

Haaaaaaaaaaaaaaaarrrrrrrrggggggggggggggggggghhhh!

In meinem Kopf wiederholte ich das Wort ‚Scheiße' in sechs verschiedenen Sprachen.

„Ich möchte dich nicht abholen, du Psycho!", brüllte ich den AB an. „Ich habe kein Auto! Ich müsste mit dem Fahrrad zu dir hin, dich fahren, wieder mit dem Fahrrad zurück. Ich werde nicht …" Ich hielt inne und richtete mich auf. „Nein. Weißt du was!" Zornfunkelnd betrachtete ich den AB, dann guckte ich zu Ellie. „Ich werde gehen. Ich regele das ein für alle Mal. Ich habe genug! Ich möchte keine Anrufe von einem Schulmädchen, ich möchte eine Mutter haben. Und das werde ich jetzt sagen!" Ich seufzte. „Nein. Das kann ich nicht machen." Ich verbarg mein Gesicht zwischen meinen Händen. „Ich muss gehen und sie fahren …"

Ich brauchte nicht aufzusehen, um zu wissen, wie Ellie mich ansah. „Nein! Summer, nein! Du musst nichts. Du musst überhaupt nichts! Dein Ansatz war gut! Sag ihr, was du denkst!"

„Sie ist meine Mutter", stöhnte ich.

„Die dich behandelt, als wärst du ihr Butler."

„Aber dennoch ist sie …"

„Summer." Ellie schlug mir auf den Kopf. „Wach auf!"

Gequält sah ich hoch, in ein Gesicht, das ich so ernst noch nie gesehen hatte. „Summer. Sie ist deine Mutter, nicht dein Kind. Du bist nicht für sie verantwortlich. Du bist zu nichts verpflichtet und schon gar nicht dazu, nach ihrer Pfeife zu tanzen. Sie liebt dich so oder so. Auf ihre Weise. Und wenn du dich dadurch definierst, ihr alles recht zu machen, macht das keinen von euch beiden besonders glücklich."

„Sie ist ..."

„... ein egoistisches, falsches, forderndes Miststück! Du bist ihr nichts schuldig! Nichts!"

Nachdenklich seufzend sah ich sie an. Da war schon was Wahres dran. Jayce hätte jetzt gesagt, ich sei mehr wert, als meine Mutter denken würde. Er hätte gesagt, dass meine Mutter eine Tochter wie mich nicht verdient hätte, dass ich wichtig war, dass mein Gefühl von mir selbst ...

Hey! Ich war mehr wert! Das, was ich wollte, war mehr wert! Das sollte meine Priorität sein. Ich war wichtig! Wichtiger als das, was meine Mutter wollte. Wichtiger als das, was alle anderen in mir sehen wollten.

„Du hast Recht, Ellie", stellte ich fest und die Kühlschrankmagneten verschwammen vor meinem Auge. „Du hast absolut Recht!"

Verblüfft sah Ellie mich an. „Oh. Wirklich? Äh ... ich meine, ja! Aber du siehst das ein?"

Energisch zog ich meine Jacke wieder über. „Ja. Ich sag ihr meine Meinung. Das hätte ich schon früher machen sollen. Kann ich dein Auto haben?"

Ellie warf mir den Schlüssel zu.

„Bin gleich wieder da", murmelte ich. „Lass mir Kuchen übrig."

Als ich vor dem Haus hielt, in dem meine Mutter ihr Apartment bewohnte, stand sie bereits vor der Tür. Wie gewohnt trug sie grelle Farben und leuchtete wie ein radioaktives Glühwürmchen in der Nacht und ihre Stilettos würden als Tatwaffe durchgehen. Ihr Gesichtsausdruck sagte schon alles. Sie war genervt und am Ende ihrer Geduld. Nun, das war ich auch.

Ich atmete durch und hielt neben ihr an, dann stieg ich aus, bevor sie einsteigen konnte, und schloss die Tür elektronisch ab.

Meine Mutter sah mich verwundert an. „Schätzchen, was soll das denn? Du bist schon spät dran. Ich muss meinen Termin wahrnehmen!"

Ein Kribbeln stieg in meiner Brust auf und ich musste mehrmals tief einatmen, bevor ich wagte, ihr das zu sagen, was ich vorhatte.

„Mama. Ich werde dich nicht fahren."

Sie stutzte einen Moment, dann brach sie in hohes Gelächter aus. „Natürlich, Schätzchen, und jetzt mach die Tür auf." Sie zog an dem Griff.

„Nein. Das werde ich nicht. Mama: Ich bin nicht für dich verantwortlich! Dass wir verwandt sind, macht mich nicht zu deinem Diener! Und ich werde auch erst wieder mit dir reden, wenn es in dem Gespräch auch einmal um mich geht. Um meine Bedürfnisse und um meine Wünsche. Das habe ich nämlich verdient. So, wie du mich behandelst und so, wie du mit mir umgehst: Das ist nicht okay. Das tue ich mir nicht mehr an." Ich wusste, dass ich mich gestelzt und steif anhörte, aber ich sah nicht, wie ich es sonst hätte sagen sollen.

Meine Mutter verdrehte die Augen. „Schätzchen, ich weiß, du liebst das Drama, aber dafür habe ich jetzt wirklich keine Zeit, in Ordnung?" Sie sah mich fordernd an.

Wieder atmete ich durch. „Nein." Diesmal war meine Stimme fester. „Ich habe das ernst gemeint. So funktioniert das nicht mehr."

Irritiert schüttelte meine Mutter ihren Kopf. „Wovon redest du?" Plötzlich zeigte sie mit einem Finger auf mich. „Da geht es doch um einen Mann! Deine rebellischen Phasen haben immer mit einer Trennung zu tun! Wie hast du denn diesmal Schluss gemacht?"

„Nein. Diesmal geht es um mich, Mutter!", erwiderte ich und hielt Blickkontakt. Ich fand das schon ziemlich mutig von mir. „Ich bin kein Kind mehr. Ich habe keine Phasen, ich habe eine Meinung! Und meine Meinung ist es, dass es ausnahmsweise mal um mich gehen sollte." Ich hielt kurz inne. „Um mich und um das, was ich will. Und im Moment will ich dir sagen, was ich über dich und dein Verhalten denke." Ich räusperte mich. „Gut, ich fange mit den kleinen Dingen an." Sie sah mich perplex an, aber ich fuhr eisern fort. „Du bist alt, Mutter. Sehr alt. Das kannst du mit noch so viel Schminke nicht verdecken, im Gegenteil. Und du solltest den Inhalt deines Kleiderschrankes verbrennen! Du suchst dir jüngere Freunde, weil du dir einbildest, du könntest deine verlorene Jugend wiedergewinnen - aber deine Jugend lässt sich nicht zurückholen. Du lebst jetzt, und ich finde es furchtbar, dass du dich nicht wie eine normale, erfahrene Frau und Mutter benehmen kannst. Außerdem verletzt du mich jedes Mal, wenn du im Suff über mich herziehst und mir Vorwürfe machst. Ich habe keine Schuld an deinem Versagen. In Bezug auf deine Ehe, auf deine Karriere oder sonstiges. Und ich sag dir noch was: Du wirst nie lieben können, bevor du nicht anfängst, dich selbst zu lieben. Als alte, faltige Frau, die du bist."

Sie war sprachlos. Sie stand einfach da und regte sich nicht. Dann blinzelte sie verwirrt lächelnd. „Was willst du damit andeuten, Liebes?"

Andeuten? Man konnte bei dem, was ich ihr eben gesagt hatte, wohl kaum von einer Andeutung reden. „Mama. Ich werde jetzt gehen und erst wieder mit dir reden, wenn du bereit bist, an dir selbst zu arbeiten. Das meine ich so. Du machst dich unglücklich und ich habe keine Lust mehr darauf, dass du mich mit runter ziehst." Meine Stimme war gelassen. Beinahe kühl und sachlich. Aber mein Herz zog sich zusammen, als ich einen Anflug von Verletzlichkeit in ihren Augen sah. Mein Mitgefühl schwand aber, als sich ihr Gesicht zu einem verächtlichen Lächeln verzog. Ich kannte dieses Gesicht. Das hatte sie immer gezeigt, wenn ich als kleines Mädchen etwas kaputt gemacht hatte, es aber nicht hatte zugeben wollen.

„Schätzchen." Sie spitzte ihre roten Lippen. „Ich hasse es, das zu sagen, wirklich, aber … du wirst mich nie verlassen." Sie lachte kurz auf. „Du wirst immer zu mir zurückkommen und weißt du warum? Du brauchst mich! Weil ich die Einzige bin, die dir immer bedingungslose Liebe entgegenbringen wird. Niemand anderes tut das oder wird es je bei dir können. Nicht dein Vater, nicht deine beste Freundin und schon gar kein Mann. Du wirst nie solche Liebe erfahren. Tut mir leid! Aber mach dir keine Vorwürfe, Frauen wie wir sind dafür eben nicht geschaffen. Männer lieben uns nicht, sie schlafen mit uns, halten uns am langen Arm, geben uns Geld und verlassen uns dann wieder."

Ich musste beinahe lachen. „Mama. Ich bin nicht du! Ich war es nie!"

Sie verdrehte die Augen. „Mach dir ruhig etwas vor, Liebling. Du hast trotzdem noch keinen Mann länger als ein paar Monate halten können."

„Du liegst falsch. Ich habe es nur nie gewollt." Ich hob meine Hand. „Also dann. Ich schätze du rufst an, wenn du wirklich in Betracht ziehst zu verstehen, dass ich nicht du bin?"

Meine Mutter stand mit offenem Mund da und antwortete nicht.

„Gut", überging ich sie deshalb. „Wir sehen uns."

Als ich wegfuhr, war es, als würde ein Mammut von meinem Herzen fallen. Ich hatte so ein Hochgefühl, dass ich beinahe dachte, ich würde gleich mit dem Auto in die Luft steigen.

I got a pocket, got a pocket full of sunshine ...

Summend warf ich einen Blick auf mein Handy. Keine neuen Nachrichten. Eine Schwere legte sich wieder über mein Herz und ich schluckte mehrmals.

Naja. A very very small pocket full of sunshine.

„Summer ..."
„Mhm."
„Summer ..."
„Mhähm."
„Summer!"
„Geh weg!"
„Sag mal, schläfst du schon?"
„Wie sieht es denn aus?" Ich zog meine Decke über meinen Kopf.
„Es ist halb neun!"
„Mhm."

„Das kann nicht dein Ernst sein! Steh auf, sofort."
„Geh weg, Ollie! Was machst du überhaupt hier?"
„Paul ist auch hier."
„Hey, Summer."
„Geht weg!"
„Summer ..."
„Du musst hier mal rauskommen! Wann warst du das letzte Mal aus?"
„Gestern früh zur Uni!"
„Nein, abends, in einer Bar oder irgendwo."
Ich stöhnte und legte meine Arme über meinen Kopf. „Mir ist nicht nach Ausgehen."
„Summer ..."
„Herrgott noch mal!" Ich warf das Kissen von meinem Bett und richtete mich auf. Ollie und Paul, die im Türrahmen standen, wirkten erschreckt. „Geht aus meinem Zimmer! Ich möchte schlafen." Ich streckte meinen Arm in Richtung Küche. „Jetzt! Ich gehe nicht mit euch aus. Nächste Woche habe ich meine Abschlussprüfungen!"
Ollie seufzte und warf Paul einen vielsagenden Blick zu.
Ich stöhnte noch lauter. „Seht mich nicht an, als wäre ich labil! Mir geht es gut."
„Du bist depressiv."
„Ja, wenn ihr noch länger in meinem Türrahmen steht, werde ich bestimmt depressiv! Raus! Spielt Scrabble mit Ellie. Geht in eine Schwulenbar, mir egal! Nur seid woanders als hier!"
„Summer. Du sprichst nicht mehr mit deiner Mutter, du willst Jayce nicht sprechen, du bist nur noch in deinem Zimmer und lernst! Wir machen uns Sorgen ..."
„Weil ich gute Prüfungsergebnisse haben will?"

„Nein, weil du keine sozialen Kontakte mehr hast und nichts tust, was dir Spaß macht."

„Ich wollte schlafen. Das macht mir Spaß. Und. Jetzt. Geht."

Die beiden hoben ihre Hände. „Schon gut! Wir sind weg."

Ollie warf mir noch einen besorgten Blick zu, dann schloss er die Tür. Seufzend sackte ich in mir zusammen.

Das Schlimmste war, dass Ollie vollkommen Recht hatte. Ich wusste ja selbst, dass ich mich trostlos verhielt! Ich hatte auf nichts Lust, nichts machte mir Spaß, nichts ergab mehr einen Sinn. In meinem ganzen Leben hatte ich mich noch nie so leer und nutzlos gefühlt.

Und er war Schuld!

Warum rief er nicht an?

Er war es, der in meinen Kopf eingedrungen war, sich in meinem Herzen eingenistet hatte und nicht mehr ging. Ich wollte nicht in ihn verliebt sein!

Aber warum rief er nicht an!?

Ich hatte keinen Bock mehr auf den ganzen Herzschmerz und das ständige Unglücklichsein.

Warum rief er denn nicht an!?

Ich konnte nicht in ihn verliebt sein! Das ging nicht mehr. Ich würde mich auch nie wieder in ihn verlieben …

Weil:

Er ein egoistischer Idiot war!

Er mich an meinen Grundsätzen zweifeln ließ!

Er „Ich liebe dich" sagte, um sich etwas zu beweisen!

Sein Aussehen viel zu viele Frauen anzog!

Er brutal ehrlich war und außerdem unglaublich ernst dabei bleiben konnte!

Er einfach so dickköpfig war, selbst wenn er von nichts eine Ahnung hatte!

Er mich zum Lachen brachte, wenn ich es nicht wollte, er an mich glaubte, wenn ich es nicht mehr tat, sein Lächeln meine Welt wieder normal erscheinen ließ ...

Aber er rief nicht an!

Meine Lippen zitterten und ich sah in Richtung Decke, doch die Tränen tropften trotzdem auf meine Bettdecke.

... warum rief er nicht an?

Kapitel 17

You're so bigheaded!
Actually you don't have a clue of anything
But that doesn't stop you from talking
Nevertheless: Every gesture, every word
Is the best I've seen, the best I've heard

Gläser klirrten aufeinander, doch die laute Musik in der Bar übertönte die Geräusche vollkommen. „Auf Summer, eine brillante Germanistin!"

„Und eine heiße!"

Ich verdrehte die Augen und grinste. „Danke, Fynn. Das habe ich gebraucht. Und ihr wisst nicht, ob wir die Prüfungen bestanden haben!"

Ellie prustete: „Und es kümmert uns auch nicht!"

Ollie hob den Arm. „Summer, du bist immer …" Dann kippte er vom Stuhl. Paul sank neben ihn und brach in ein unbändiges Kichern aus, als er bemerkte, wie Ollie der Alkohol aus dem Mund lief, während Fynn seinen Bierkrug mit Wasser füllte und ihn über Ollies Kopf ausschüttete. Ohne ersichtlichen Erfolg - außer dass Ollie nun in einer Pfütze aus Alkohol und Wasser lag.

Jetzt musste sogar ich ernsthaft mit mir ringen, um nicht vor Lachen zusammenzubrechen. Paul saß Gott sei Dank schon am Boden, deswegen passierte nicht viel, als er kichernd zur Seite kippte, „Mir geht's gut!" rief und sich danach nicht mehr bewegte.

„Ach, unsere Schnapsies", flötete Ellie und kippte selbst ein Pinnchen hinunter. Sie kniff die Augen zusammen und schüttelte zuckend den Kopf. „Uäh." Dann klopfte sie auf die Theke und der Barmann füllte nach. „Du auch?" Sie blickte mich fragend an.

„Nein", wehrte ich ab. „Nach dem letzten Pinnchen habe ich drei Stunden lang einen Zungenkuss mit der Toilette ausgetauscht. Danke."

Sie zuckte die Schulter und stürzte das nächste herunter. „Uäh. Ekelig." Sie grinste. „Und wie fühlst du dich? Bereit, um in die Arbeitswelt einzutauchen?"

„Natürlich, ich …" Aus den Augenwinkeln sah ich, wie die Tür der Bar geöffnet wurde und eine Lederjacke aufblitzte. Erschrocken fasste ich mich an mein schnell klopfendes Herz … ich könnte jetzt nicht, ich … oh.

Es war nur irgendein Mann.

Ein Schwindelgefühl breitete sich in meiner Brust, meinem Kopf und meinem Magen aus.

„Summer?" Ellie wedelte mit ihrer Hand vor meinem Gesicht herum. „Was ist? Geht es dir gut?"

„Ja, nein. Keine Ahnung", murmelte ich abwesend. „Ich geh mal kurz an die frische Luft. Das ist mir hier zu stickig."

„Okay, aber …"

Ich hörte ihr nicht zu. Draußen atmete ich mehrmals tief durch und schloss die Augen. Was war nur los mit mir? Ich fühlte mich so allein, hielt es aber trotzdem nicht aus, lange unter Menschen zu bleiben, die miteinander lachten, tranken und Wasser über sich gossen. Warum fiel es mir so schwer, ein Kapitel meines Lebens abzuschließen? Jayce hatte es ja offensichtlich getan!

Blinzelnd schaute ich zum Haus, in dem wir unsere Apartments hatten und das am Ende der Straße zu erkennen war. Die Lichter in einem der unteren waren an und ich war mir ziemlich sicher, dass es sich dabei um Jayce' Apartment handelte.

Was er wohl gerade machte? Wahrscheinlich arbeiten. Dachte er an mich? Wohl kaum. Es machte mich verrückt zu wissen, dass er direkt nebenan wohnte, dass er so nahe war und so weit weg.

Stöhnend sank ich auf ein niedriges Mäuerchen direkt neben der Eingangstür zur Bar, aus der Johlen und Musik drangen.

Warum scherte er sich nicht um mich? Warum rief er nicht an? Warum kam er nicht rüber, um mich um Verzeihung zu bitten? Nicht, dass ich ihm verziehen hätte! Aber zumindest ein Versuch wäre nett!

Gut, die ersten Tage hatte er es probiert und ich hatte ihn kalt abgewimmelt. Aber ein wenig mehr kämpfen hätte er schon können. Von wegen er würde mich lieben. Was war schon Liebe? Es waren kurze Momente der Glückseligkeit, die manche mit diesem Begriff verwechseln. Sobald das Glück vorbei ist, trennt man sich und wartet darauf, sich auf ein Neues diesem absurden Irrtum hinzugeben. Mit jemand anderem.

Warum rief er nicht an?

Warum klopfte er nicht an die Tür?

Er hatte sicher schon eine andere. Damit hatte er ja noch nie Probleme gehabt, wenn man der englischen InTouch Glauben schenken konnte.

Ich hielt meine kalte Hand an meine Stirn. Oh Gott. Menschen änderten sich eben nicht! Sie würden ihr Muster behalten. So wie ich mein Muster behielt.

„Willst du erfrieren?"

Fynn legte seine Anzugjacke um meine Schultern.

Ich sah auf. „Nein. Nicht heute."

„Du bist also nicht lebensmüde."

Ich schüttelte den Kopf. „Nur blöd."

Er grinste und setzte sich neben mich. „Das stimmt nicht. Du hast heute eine atemberaubende Abschlussklausur hingelegt und jeder Verlag wird sich um dich reißen."

Prustend steckte ich meine Arme in die Ärmel. Es war wirklich kalt. „Woher weißt du das?"

„Ich habe nur als Tarnung studiert. Eigentlich bin ich Wahrsager. Aber davor haben die meisten Leute Angst."

„Wusste ich es doch. Deine rote Aura habe ich schon immer gespürt", bemerkte ich trocken.

Fynn sagte einen Moment lang nichts. Dann: „Und deshalb bist du das perfekte Mädchen."

Stirnrunzelnd sah ich ihn an. „Was?"

„Du bist das perfekte Mädchen."

Meine Mundwinkel zuckten doch tatsächlich. „Warum?"

„Weil du die Witze verstehst. Und mitspielst."

Ich sah auf meine Füße und musste noch mehr grinsen. „Tja. Dann bin ich wohl wirklich das perfekte Mädchen, wenn das deine Maßstäbe sind."

Fynn suchte meine Augen. Dann fiel er plötzlich vor mir auf die Knie. „Summer", sagte er feierlich. „Nun, wo unsere Studenten-Ära zu Ende geht, das letzte Mal. Weil es sich sonst falsch anfühlen würde." Er legte eine dramaturgische Pause ein und sah mich schmachtend an. „Gehst du mit mir aus?"

Ich wandte meinen Kopf nach unten. „Weißt du was, Fynn? Warum eigentlich nicht?"

Er rappelte sich vom Boden hoch und starrte mich schweigend an. „Was?", fragte er schließlich perplex.

„Ja. Ich gehe mit dir aus."

„Jetzt ernsthaft?" Der arme Kerl schien völlig überrumpelt.

„Ja! Aber wenn du noch einmal nachhakst, überlege ich es mir vielleicht anders."

Er klappte seinen Mund zu. „Okay. Aber …?"

„Wenn du nach dem Warum fragst, nehme ich mein Ja zurück …"

Er grinste. „Okay. Aber … Wann? Das wollte ich sagen."

Natürlich. „Mhm."

Ich zuckte die Schultern. Soweit hatte ich noch nicht gedacht. Meine Gedanken waren nur bis zu dem Punkt gekommen, bei dem ich mit einem Mann ausgehen wollte, der nicht Jayce war.

„Freitag?", fragte ich.

„Diesen Freitag?"

„Ja. Genau."

„Das ist morgen."

„Stimmt. Ja." Ich schob meine Haare hinter die Ohren und lächelte unsicher. „Naja. Wir …"

„Alle raus!" Die Tür der Bar wurde aufgerissen und ein Barmann mit hochrotem Kopf schob einen Keil auf die Schwelle, damit sie geöffnet blieb. „Und nehmt euren Freak mit!"

Erschrocken sah ich in die Bar. Ollie lag immer noch auf dem Boden, mit einer Orange im Mund und einer Boxershorts auf dem Kopf.

Kichernd und schunkelnd löste sich die Menge langsam auf. Fynn verabschiedete sich breit grinsend mit einer Umarmung von mir, zog seine Jacke von meinen Schultern, rief noch „Ich hol dich so um sieben ab, okay?" und ergriff mit seiner Mitfahrgelegenheit die Flucht.

Ich fühlte mich merkwürdig. Irgendwie leer. So, als könne ich nicht mehr denken. Aber gleichzeitig fühlte ich mich auch gut. Fynn war ein toller Kerl und er war das Gegenteil von Jayce. Er war lieb und respektierte meine Wünsche. Er war kein egoistisches Arschloch. Es war gut, dass ich mit ihm ausging. Es war …

Meine Jacke wurde auf meinen Schoß geworfen und ich sah zu einer kichernden Ellie auf. „Du hast was verpasst, Süße! Das war der einmaligste Striptease, den ein Schwuler je gemacht hat!" Sie lehnte sich etwas nach vorne, um durch die Tür in die Bar zu gucken, wo ein paar Leute versuchten, den völlig ausgeknockten Ollie hochzubekommen, zog ihren Kopf aber schnell zurück, als ein Schuh aus dem Rahmen geflogen kam. Es war Pauls Schuh. Kein anderer trug Lacoste, Schlangenleder.

„Paul hat sich ausgezogen?"

Meine Freundin prustete laut los und trippelte von der Tür weg. „Gehen wir! Schnell! Bevor noch mehr Anziehsachen geflogen kommen."

„Brauchen sie keine Hilfe …"

„… Steh auf, du Sack!"

Ich hielt inne. „Okay! Gehen wir", entschied ich spontan. Ellie hakte sich bei mir unter und tätschelte meinen Arm. „Solche Abende machen das Leben erst lebenswert", klärte sie mich auf.

Nickend setzte ich einen Fuß vor den anderen. Bei Jayce war noch Licht. Ich presste meine Lippen aufeinander.

Plötzlich seufzte es neben mir. „Sag mal, Summer, was ist eigentlich los? Du hast den ganzen Abend nicht einmal gelacht. Du hast keinen Sekt getrunken. Scheiße! Du hast es geschafft! Du hast die Prüfungen hinter dir. Du solltest betrunken sein und vor Glück jauchzen."

„Ich bin glücklich."

„Hast du mal dein Gesicht gesehen?"
„Nein."
„Kein Wunder, dass du glaubst, du wärst glücklich."
„Du bist auch nicht betrunken!", verteidigte ich mich.
„Es ist ja auch nicht mein Abschluss, oder?"
Ellie öffnete die Haustür und auf Zehenspitzen trippelten wir zu unserem Apartment.
„Ich bin schon vernebelt genug", flüsterte ich. „Da brauch ich nicht noch Alkohol."
„Naja", zischte sie. „Aber vielleicht hättest du heute Abend mehr Spaß gehabt! Du solltest dein Leben weiterleben! Wieder neue Leute treffen, wenn du Jayce schon nicht zurück willst."
Das Schloss klickte und wir schlüpften schnell in unser Apartment. Stöhnend warf ich die Schuhe von meinen Füßen, bevor ich mich neben Ellie fallen ließ, die auf direkten Weg zur Couch gelaufen war.
„Ich hatte Spaß", sagte ich nach einer Weile leise und legte meine Beine auf den Couchtisch. „Und ... ich habe ein Date."
Skeptisch schielte Ellie von unten herauf zu mir hoch. „Hast du?"
Ich nickte stolz. „Ja."
„Mit wem?"
„Mit ... Fynn."
„Fynn?"
„Fynn."
„Oh."
„Nichts, oh! Ich bin froh, dass alles vorbei ist, und ich bin stolz auf mich, und Fynn ist ein toller Kerl."

Ellie hatte die Augen geschlossen und legte einen Arm auf mein Bein. Dann seufzte sie tief. „Sum. Du bist wirklich richtig blöd."

Ich schob trotzig meine Unterlippe vor. „Wenn du das sagst. Dann wird es wohl stimmen."

Ellie unternahm keinen Versuch, ihre Anschuldigung zurück zu nehmen, sie gähnte nur. „Soll ich dir sagen, warum du blöd bist?"

„Du wirst es mir doch so oder so …"

„Du bist blöd, weil du dir dein Leben verbaust, nur weil zu zwanghaft unter der Angst leidest, dass alle Menschen unzufrieden mit dir sind und dich dann verlassen. Auf Grund deiner Furcht, dass du nie jemanden genügen kannst, hast du dir früher immer Partner gesucht, die dir nicht genügt haben. Deswegen machte es dir nichts aus, wenn es Aus war. Weil du sie ohnehin nur gebraucht hast, um dein Ego aufzubessern. Und jetzt: Jetzt kommt der erste Mann, der deinen Anforderungen gerecht wird. Der sogar noch über deine Anforderungen hinausschießt. Und was machst du? Du trennst dich von ihm, damit er dir nicht das Herz bricht, und brichst es dir somit selbst. Wie destruktiv ist das denn! Du verletzt dich selbst, nur damit er es nicht tun kann. Ernsthaft. Und dann willst du dich mit Fynn trösten? Ich nehme alles zurück. Du solltest keine neuen Kerle kennen lernen. Du solltest dich selbst kennen lernen und dann das Richtige tun."

Ich schwieg. Aber nur für ein paar Momente. „Bist du fertig?"

„Nein", sagte sie mit fester Stimme. „Ich wollte noch sagen, dass ich deiner gestörten Beziehung zu deinem Vater die Schuld gebe. Er und die Erwartungen, die du nicht erfüllen konntest, sind der Knackpunkt. Und ich glaube, dass du, wenn du mit ihm dein Leben noch einmal aufgearbeitet hast, eine fünfprozentige Chance hast, wieder vollkommen normal zu werden."

„Ellie", sagte ich ruhig. „Du kannst sagen und denken, was du willst. Aber warum soll ich dir, der beziehungsgestörtesten Person der Welt, die ich kenne, glauben?"

Sie verdrehte die Augen. „Nur weil ich dauernd meine Liebhaber wechsle, heißt das nicht, ich bin beziehungsgestört. Ich mag eben die Abwechslung."

„Das ist der größte Blödsinn der Weltgeschichte."

Sie zuckte die Schultern. „Von mir aus. Solange du dir das, was ich gesagt habe, zu Herzen nimmst. Das stimmt nämlich, und wenn du das verarbeitest, könnte es dich emotional auf eine neue Ebene bringen."

Das Gespräch gefiel mir ganz und gar nicht. Ich hatte gedacht, Ellie würde sich freuen, dass ich ein Date hatte! Dass ich weitermachte. „Ellie", seufzte ich, „ich brauche keinen festen Freund, den ich unglaublich liebe und der mein Märchenprinz ist! Du bist doch auch glücklich und lebst, wie du lebst."

„Pff." Meine Freundin sah an die Decke. „Summer. Sei nicht blöd. Jeder will einen Prince Charming als Mann. Klar bin ich im Moment glücklich. Aber ich weiß genau, dass es nicht ewig so weitergehen kann. Ich will auch irgendwann einmal einen Mann haben, dem ich nicht vormachen muss, dass ich nur Salat esse. Ich will vielleicht auch mal Kinder. Aber so lange ich den Richtigen noch nicht gefunden habe, werde ich meinen Spaß haben. Aber nur, weil ich weiß, dass ich damit sofort aufhören könnte, wenn ich diesen einen Mann finde. Und du? Du hast ihn gefunden und suchst ihn schon dein Leben lang. Du bist nicht wie ich. Du brauchst jemanden, der auf dich aufpasst." Sie lachte. „Oder zumindest jemanden, der darauf aufpasst, dass du nicht den Boden wegbonerst!"

Meine Mundwinkel machten sich selbstständig. Ellie streichelte mir über den Kopf. „Noch etwas: Du solltest nie so leben wie ich, Schatz, du könntest es nicht. Du bist viel verletzlicher und sensibler als ich. Komm schon, Summer! Spring über deinen Schatten. Arbeite an dir. Lass einfach mal zu, dass jemand anderes die Kontrolle übernimmt! So jemand wie Jayce. Was hast du zu verlieren?"

„Mein Herz?", sagte ich trocken.

Ellie lachte laut. „Das hast du doch längst verloren!"

Da war er wieder. Der Riesenkloß, der sich in meinem Hals eine Ferienwohnung eingerichtet zu haben schien. Ich schloss meine Augen, damit keine Tränen aufsteigen konnten.

Ellie nahm mich in den Arm. „Du bist unglücklich! Schon seit Wochen!"

„Aber noch habe ich eine Chance, mein Herz zurückzubekommen", sagte ich leise. „Vielleicht kann ich ja …"

„Summer", unterbrach sie mich. „Ich gebe dir ein Rätsel auf: Nehmen wir an, eine Person war glücklich. Richtig glücklich! Sie hat gesungen, gebacken und weniger neurotisch geputzt als sonst. Sie genoss ihr Leben in vollen Zügen. Und dann schmiss sie eine der Zutaten, die ihr Leben ausmachten, einfach weg und wurde todunglücklich." Sie machte eine Pause. „Also, meine Studentin, was soll diese Person tun?"

Ich seufzte schwer. Ellie stellte das alles so einfach dar. Sie sah die Dinge so simpel und unkompliziert. Aber das Leben war nicht so, wie sie es ausmalte. „Ich kann nicht zurück, Ellie. Ich kann nicht einfach die Zeit zurückdrehen!"

„Warum nicht!", sagte sie laut in den Raum hinein. „Warum denn nicht? Es wäre so einfach!"

„Nein!", widersprach ich ihr lauter. „Es wäre nicht einfach. Ich würde wahrscheinlich noch unglücklicher werden als jetzt!"

„Summer, er ..."

„Er liebt mich nicht!", schoss es aus mir heraus. „Verstanden? Er behauptet es, weil ich ihn fallen gelassen habe! Das ist ein Spiel für ihn! Eine Herausforderung. Er respektiert mich noch nicht einmal. Er ruft doch nicht mal mehr an!"

„Du hast ihm gesagt, er soll es lassen! Er respektiert dich."

Da hatte sie Recht. „Selbst wenn, ich habe da auch meine ..."

„Was denn?", schnaubte sie. „Deine Prinzipien?"

„Meine Prinzipien sind ..."

„... großer Blödsinn, Sum! Diese Prinzipien erfindest du nur, damit du einen Grund für deine Häschen-in-der-Grube-Spiele hast! Es gibt keine Prinzipien, die untersagen, mit dem Menschen zusammen zu sein, den man liebt!"

„Aber er ..."

„Er liebt dich!"

„Nein! Wie könnte er? Er hat meine Wünsche vollkommen ..."

„Deine Wünsche sind auch großer Blödsinn, Sum!" Jetzt wurde ihre Stimme wirklich, wirklich laut. „Ich bitte dich! Wer will denn nicht, dass ein starker Mann mit verdammt viel Kohle einen rettet? Niemand kann leben, ohne dass andere ihm helfen. Niemand!"

„Du kannst es!", sagte ich aufgebracht. „Du bist die Selbstständigkeit in Person! Du schaffst alles, was du willst, und du schaffst es allein!"

Ellie sah mich einige Sekunden bewegungslos und eindringlich an. Dann bekam sie einen Lachanfall. Die Lachtränen liefen ihr übers Gesicht und sie wischte sie fahrig von ihren Wangen und verschmierte all ihre Wimperntusche. „Sum! Ich schaffe nichts allein. Nichts! Du bist meine Hilfe. Du hilfst mir bei allem. Dabei, die Mikrowelle heile zu machen, dabei, ein Kleid auszusuchen, dabei, sauber zu machen, dabei, Spaß zu haben, dabei, mich zu trösten, mich auf den Boden der Tatsachen zurückzuholen! Wenn ich dich nicht hätte, mit der ich über tiefsinniges Zeug reden kann: Ich würde mental total auf der Strecke bleiben. In meinen Gehirnzellen würden sich Informationen über Nagellack und Sommermode anhäufen und mein wundervoller Intellekt würde sich dematerialisieren! Ohne dich wäre ich wie jede andere Barbiepuppe. Ohne dich wäre ich ein Wrack! Wie kannst du nicht sehen, dass ich mein ganzes Leben nur mit Hilfe von dir aufgebaut habe!?"

Mein Gesicht wurde heiß. „Aber das ist doch etwas anderes. Das hat nichts Materielles an sich." Wieso verstand niemand meinen Standpunkt!?

„Was ist der Unterschied, Summer?", sagte Ellie nun ruhig und schüttelte den Kopf. „Ob man dir mit Geld aushilft oder mit Liebe und Fürsorge. Beides ist genauso kostbar. Und wenn der andere dir das wert ist und du das Gleiche für ihn machen würdest, warum darf er dir dann nicht aushelfen?"

Ich presste meine Lippen fest aufeinander und rang die Tränen hinunter, die in mir aufsteigen wollten. „Ich hab Nein gesagt. Er hat nicht auf mich gehört."

„Nur, um dich vor dir selbst zu schützen! Ist dir eigentlich klar, wo du jetzt wärst, hätte er dir nicht geholfen? Du säßt auf der Straße. Du wärst verhungert. Du hättest dein Studium nicht beenden können. Du …"

Wütend stieß ich ihren Arm weg. „Du bist einfach auf seiner Seite. Weil du da genauso mit drin gesteckt hast!"

Ellie richtete sich auf. „Summer. Das glaubst du doch nicht wirklich. Ich bin deine beste Freundin. Mir ist Ehrlichkeit wichtig! Du bist mir wichtig! Ich will nicht, dass du in zehn Jahren bereust, es nicht mit Jayce versucht zu haben! Du machst es dir schwer."

Ich stand auf und überkreuzte die Arme. „Du nimmst alles so furchtbar pragmatisch. Du machst dir das Leben einfach! Du weißt nicht, wie es enden wird? Egal. Versuch es einfach. Du hast Angst davor? Egal. Wird schon schief gehen, du wirst ja nicht sterben! Du glaubst, man solle halt mal Fehler machen, es würde sich schon wieder alles fügen. Und wenn es diesmal nicht der Richtige war, dann eben das nächste Mal. Oder das übernächste. Aber ich kann es mir nicht leisten, es einfach so auszuprobieren!" Aufgebracht holte ich mit meinem Arm aus. „Ich bin jetzt schon am Boden, dabei hatte ich noch nicht einmal eine Beziehung! Wenn ich eine anfange und dann bemerke, dass er mich nicht liebt und nie lieben wird … ich kann das nicht einfach abhaken! Ich kann nicht einfach sagen: Egal! Ich habe es ausprobiert, da gibt es nichts zu bereuen!"

Ich drehte mich um und lief in mein Zimmer, schloss die Tür aber erst, nachdem ich „Denk das nächste Mal einfach mal nach, bevor du den Mund aufmachst!" gebrüllt hatte.

Zornig warf ich mich aufs Bett. Warum schienen alle zu glauben, sie wüssten besser, wie ich mit meinem Leben umzugehen hatte, als ich selbst? Wirkte ich so blöd und hilfsbedürftig, dass sich jeder meiner annehmen musste?

Wütend stand ich auf und trat gegen meinen Kleiderschrank. Die Tür sprang auf und das oberste Regalbrett krachte mitsamt Inhalt auf den Boden.

Das ernüchterte mich etwas. Plötzliche Unordnung hatte immer diesen Effekt auf mich.

Mein Gott.

Ich ließ mich im Schneidersitz auf den Fußboden sinken und vergrub meinen Kopf in meine Hände.

Die Tage war ich echt eine witzige Zeitgenossin und Fynn, der Idiot, hatte immer noch mit mir ausgehen wollen. Vielleicht war er ja genau das, was ich brauchte. Jemand, der mich wirklich mochte und wertschätzte. Vielleicht war …

Oh Mann. Da hatte ich jetzt echt keinen Nerv zu. Ich sollte das Denken ganz von meinem Terminplaner streichen.

Damit ich etwas zu tun hatte und weil es mich beruhigte, fing ich an, die Habseligkeiten, die auf dem Boden verstreut lagen, zusammenzusuchen und zu ordnen. Von manchen Sachen hatte ich schon längst vergessen, dass sie existierten.

Meine Sailor Moon Barbiepuppen. Golfbälle, die ich als Kind bemalt hatte. Mein Tagebuch, in das ich zwei Pferde und sonst nichts gemalt hatte. Eine Stoffserviette mit meinem Namen drauf gestickt.

Sorgfältig besah ich mir die Dinge und legte sie dann auf einen Stapel beiseite. So viele Erinnerungen und was hatte ich davon? Alles, was ich wollte, war eine Gegenwart, die mir gefiel.

Ich kniete mich hin und begann die Kleider zu falten, die mit aus dem Schrank geflogen waren. Das war wie eine Meditation für mich. Hose für Hose, T-Shirt für T-Shirt, Socke für Socke, bis nichts mehr auf dem Boden lag ... außer einem quadratischen Päckchen, etwa handgroß, in Silberpapier eingewickelt und mit einer pinkfarbenen Schleife.

Stirnrunzelnd hob ich es auf und setzte mich damit aufs Bett.

Es war mein Geburtstagsgeschenk von meinem Vater. Das hatte ich ganz vergessen. Ich hatte nie vorgehabt, es zu öffnen, aber ... es war mir praktisch in die Arme gefallen. War das nicht so ähnlich wie bei *Drei Haselnüsse für Aschenbrödel*? Was einem vor die Nase fiel, hatte eine besondere Bedeutung? Etwas Magisches?

Vorsichtig zog ich an der Schleife, die sogleich von dem Papier glitt und es offen legte.

Eine blaue Schachtel lag darin. Mit Perlen bestickt. Sie sah fast so aus wie mein Schmuckkästchen, das ich als Kind zum siebten Geburtstag von meinem Vater bekommen hatte. Ich hatte dieses Kästchen geliebt und dann hatte meine Mutter es bei einem Streit mit Papa an die Wand geworfen und es war am Boden in tausend Stücke gesprungen.

Mein Magen wurde flau und beinahe ehrfürchtig öffnete ich es.

Doch es war leer.

Kein Schmuck, kein teurer Diamant. Nur ein Zettel lag zusammengefaltet am Boden der Dose.

Meine liebe Summer,
Da ich weiß, dass du keinen Wert auf Materielles legst, schenke ich dir nichts Wertvolles.
Ich weiß nicht, ob du dich an die Dose erinnerst?
Ich habe sie aufbewahrt und wollte sie immer schon wieder für dich zusammenkleben.
Du hast Recht. Zeit ist wertvoller als jedes Schmuckstück. Ich hoffe, du verbringst deine damit, das zu tun, was und mit wem du willst.
Ich liebe dich
Dein Vater

Meine Hände zitterten. Mit geschlossenen Augen ließ ich mich auf den Rücken sinken und streckte die Arme über meinen Kopf aus, während meine Tränen an meinen Wangenknochen hinab auf das Kissen tropften.

„Aber was ist das, Papa?", flüsterte ich leise und hielt das Kästchen umklammert. „Was will ich?"

Kapitel 18

You never say "I love you" in an ordinary way
You'd probably yell it in any place crowded
But you make me love you, I couldn't doubt it
And furthermore I have to tell
You're the first one who makes me feel loveable

„Hey, Summer. Bist heute aber früh dran."

Ich lächelte Frank zu. „Ich hatte meine Abschlussprüfungen. Nie wieder Uni. Das heißt, ich kann pünktlich zur Arbeit kommen, ohne ein schlechtes Gewissen haben zu müssen, dass ich zu wenig lerne."

„Herzlichen Glückwunsch", brummte er mit einem offenen Lächeln und drückte auf den Fahrzugknopf. „Weiß dein ..." Er nickte nach oben.

Ich zuckte die Schultern. „Er weiß es bestimmt. Aber ob er was dazu sagen wird ..."

„Hmh. Ihr solltet eure Klamotte wirklich begraben."

„Ich weiß, Frank. Das sollten wir wirklich", sagte ich, während die Fahrzugtüren sich schlossen.

Ich wollte gerade hinter meinem kleinen Schreibtisch Platz nehmen, auf dem ich die Ablage machte, als die Bürotür meines Vaters sich öffnete und er einen Kunden hinausgeleitete.

„... ich fürchte, ihre Versicherung wird nicht zahlen, Herr Steinherr. Mutwillige Beschädigung fremden Eigentums fällt, so leid es mir tut, nun einmal nicht unter Unfall."

Erstaunt sah ich meinen Vater an. Hatte er sich tatsächlich über seinen Kunden lustig gemacht? Solch ironische Untertöne waren mir vorher noch nie aufgefallen.

„Hallo, Summer", grüßte er mich, nachdem er seinen Klienten verabschiedet hatte. „Du bist aber früh dran heute."

Ich zuckte die Schultern und mein Herz schlug schneller. „Ich hab gestern meine Abschlussprüfungen gemacht", erklärte ich, aufgeregt wie vor dem ersten Schultag.

Er räusperte sich. „Gratuliere."

Eine unangenehme Stille breitete sich aus und ich trat von einem Fuß auf den anderen. „Ja. Danke, also dann geh ich jetzt mal an die Arbeit …"

Wieder ein Räuspern. „Summer, kann ich dich kurz in meinem Büro unter vier Augen sprechen?"

„Ähm. Klar. Natürlich", murmelte ich ein wenig verwundert.

Während er noch etwas mit seiner Sekretärin besprach, setzte ich mich in einen der breiten Sessel, in denen ich mit meiner Größe fast versank, und schaute mich im Büro um. Es war wie mein Vater - jeder Quadratmillimeter zeugte von Seriosität. Was wollte er von mir?

„Summer", leitete er das Gespräch ohne Umschweife ein, sobald er gegenüber von mir Platz genommen hatte. „Noch einmal meine Glückwünsche. Ich finde es beeindruckend, wie du dein Studium allein durchgezogen hast."

Ich nickte. „Oh. Danke."

„Aber deswegen habe ich dich nicht sprechen wollen." Er faltete seine Hände. „Ich weiß, es ist schon …" Er räusperte sich. „Irgendwie war nie der richtige Zeitpunkt, aber … also ich wollte dir seit längerem sagen, dass mein Verhalten an Weihnachten ungerechtfertigt und unhöflich war, und es tut mir ehrlich leid, dass ich dich und deinen Freund in diese unangenehme Situation gebracht habe."

Ich blinzelte. „Oh. Ja, also, ja, ist schon gut." Ich war zu verblüfft, um mehr zu sagen. Es waren so einfache Worte, doch ich wusste nur zu gut, wie viel dieser Satz meinen Vater gekostet hatte. Er war da so wie ich. Worte waren schwerer als so manche Tat.

Mein Vater richtete sich im Sessel auf. „Nun, ich wollte auch…"

„Ich hab dein Geschenk aufgemacht", platzte ich heraus.

„Wie bitte?" Er war irritiert.

„Dein Geschenk. Zu meinem Geburtstag, ich habe es geöffnet."

„Oh." Seine Überraschung war seinem Gesicht abzulesen. „Gut. Hat es dir gefallen?"

„Ich liebe es! Es ist wirklich, wirklich toll."

„Das freut mich."

„Papa." Ich lehnte mich nach vorne. „Warum hast du mir nie gesagt, dass du dir solche Gedanken darum gemacht hast, was du mir schenken könntest, was mir wirklich Freude machen würde? Vielleicht hätte das ja etwas geändert."

„Nun." Unbehaglich rutschte er etwas höher in seinem Sessel. „Ich dachte wohl, du würdest es öffnen, wenn du dazu bereit bist."

Ich nickte. Das hörte sich nach ihm an. So dominant er sonst auftrat, in der Beziehung war er richtig schüchtern. Dieses Gespräch war wie ein Meilenstein. Etwas, an dem man anknüpfen konnte. Na gut. Vielleicht nicht direkt anknüpfen. Aber es war ein Anfang!

Mein Vater räusperte sich. Ich blickte zu ihm hoch und sah, wie er mich nachdenklich musterte.

„Sum." Wieder ein Räuspern. „Wenn es dich nicht stört, hätte ich noch eine Frage."

„Klar."

„Was ist mit dir los?"

Mir wurde heiß. „Wovon sprichst du?", fragte ich, um Zeit zu gewinnen.

„Ich weiß, ich habe viel von dir verpasst. Ich kenne dich kaum, aber dennoch genug, um zu sagen, dass du in den letzten Wochen sehr zerstreut warst und nicht so fröhlich wie sonst."

Matt lächelte ich. „Kann ich nicht einfach schlecht geschlafen haben?"

„Schon als Kind warst du umso aufgedrehter, wenn du schlecht geschlafen hast."

Ich senkte meinen Kopf. Da war was Wahres dran. „Es ist schon okay, Papa. Du brauchst dir keine Sorgen machen."

„Ich halte es für meine Pflicht, mich zu sorgen."

Da war er wieder. Der Kloß in meinem Hals, das Brennen in den Augen. „Das ist lieb. Aber, ich … mir … es ist einfach so …"

„Es ist wegen diesem Mann. Oder?"

Ich war so verblüfft über Papas Worte und darüber, wie gut er mich doch kennen musste, um mich so zu durchschauen, dass ich einfach nur stumm nickte und nicht einmal auf die Idee kam zu lügen.

Er beugte sich nach vorne und sein Blick wurde warm, ja fast liebevoll. Er sah aus wie ein Vater, der sich sorgte. Der nicht wollte, dass seinem kleinen Mädchen irgendein Leid zustieß. Er sah aus wie der Vater, den ich mir als Kind immer gewünscht hatte. „Willst du mir erzählen, was passiert ist?"

Meine Augen schwammen in Tränen und ich wich seinem Blick aus. Warum, verdammt, war ich die letzten Wochen nur so schrecklich nah am Wasser gebaut? „Es … Er … Es war nicht so, wie es wirkte. Es war alles ein dummer Fehler." Meine Hände rangen miteinander und mein Herzschlag hämmerte in meinen Ohren. „Es ist einfach nicht richtig."

„Du bist unglücklich." Es war eine Feststellung.

„Nein, ich … es …"

„Summer." Seine Stimme war weich. Wie mein Teddybär es gewesen war. „Ich weiß, ich bin kein guter Vater. War es nie. Das bestimmte Gen hat mir gefehlt. In deiner Kindheit ist einiges schief gelaufen. Ich kann mich da nur wiederholen. Aber die Liebe zu deiner Mutter und unsere chaotische Beziehung war nie ein Fehler. Liebe ist nie ein Fehler. Man muss sich nur auf sie einlassen."

Ich schloss meine Augen und atmete durch. „Liebe ist … Liebe ist nur ein Wort. Es sind Buchstaben. Wer weiß schon, was das wirklich ist? Man nimmt es viel zu oft in den Mund."

Sein Blick folgte meinem. „Du solltest es öfter benutzen. Und du liebst ihn doch."

„Das spielt in meiner Situation keine Rolle."

„Wie könnte es nicht?"

„Weil er … er nicht das ist, was ich brauche."

Mein Vater lachte. „Leider ist das, was wir brauchen, oftmals nicht das, was wir wollen." Er berührte meinen Arm, der jetzt auf dem Schreibtisch lag. „Im Grunde bist du so wie ich. Dein Stolz ist größer als dein Herz. Aber es gibt Zeiten, da steht einem der Stolz im Weg für sein Glück." Seine Augen lagen in meinen und ich musste mir alle Mühe geben, nicht wieder in Tränen auszubrechen. Wegen meinem Vater. Weil ich seine Liebe zu mir spürte. Wegen Jayce. Weil ich seine Liebe wollte. Wegen …

„So." Steif rückte mein Vater seinen Rücken wieder gerade, als wäre sein Verhalten ihm peinlich. Er strich seinen Anzug glatt und stand auf. „Das sollte dir nur mal jemand sagen. Und von deiner Mutter kann man so etwas ja nicht erwarten."

Verdattert und mit offenem Mund stand ich da. „Ähm. Ist das … ein Rat?"

Er nickte ruckartig und lief um den Schreibtisch herum. „Ja. Das ist mein Rat."

Er hatte mir noch nie einen Rat gegeben. Oder es auch nur versucht. „Danke, aber es ist komplizierter, als du glaubst", sagte ich mit trockenem Hals und erhob mich ebenfalls.

„Liebe ist nicht kompliziert. Entweder sie existiert oder sie tut es nicht." Das war der logisch denkende, sachliche Anwalt.

„Ich …"

„Summer", unterbrach er mich bestimmt, „du hast jetzt alles, wovon du geträumt hast. Du hast deinen Abschluss. Du hast es allen bewiesen und ich bin wirklich stolz auf dich. Aber bist du glücklich?"

Ich schloss meine Augen. Warum fingen alle an, mich solche Dinge zu fragen? „Ich will glücklich sein! Wirklich."

„Du hast die Wahl. Willst du deinen Stolz bewahren und deinen Träumen nachjagen, die sich irgendwann vielleicht erfüllen werden … oder willst du glücklich werden. Jetzt. Auch ohne all das?"

Perplex sah ich zu meinem Vater hoch. So viele Emotionen und tiefgründige Gedanken hatten wir seit zehn Jahren nicht mehr ausgetauscht.

Irgendeine Sicherung in meinem Kopf schnappte schlagartig zu. „Papa." Ich schluckte, machte eine kleine Pause und reckte mein Kinn. „Würdest du mir 2000 Euro leihen?"

„Habe ich das richtig verstanden?" Ellie schob sich einen Löffel Nutella in den Mund. „Du hast deinen Vater um Geld gebeten. Und gehst mit Fynn aus. In diesem verdammt heißen Kleid, bei dieser kalten Jahreszeit. Jetzt. Und er holt dich ab. Obwohl Jayce zuhause ist und das sicherlich bemerken wird?"

Ich zog meinen Mantel über und warf meine Handtasche um meine Schultern. „Keine Zeit darüber zu diskutieren. Er müsste gleich da sein."

„Fynn? Fynn!"

„Fynn ist ein toller Typ!"

Sie räusperte sich. „Ja, schon, aber … das ist bis jetzt auch alles, was du über ihn gesagt hast! Ich meine … fühlst du dich denn gut dabei?"

Ich bekam ein flaues Gefühl in meiner Magengegend, überspielte es jedoch mit einer enthusiastischen Antwort. „Und wie. Wirklich. Ich freue mich!"

„Summer." Ellies Skepsis war nicht zu überhören. „Du hast deinen Vater um Geld gebeten! Verzeihe mir, wenn ich deinen Geisteszustand zurzeit ein wenig anzweifele."

„Das wolltest du doch die ganze Zeit." Ich zog den Gürtel meines Mantels etwas enger. „Du wolltest, dass ich über meinen Schatten springe und ihn um Geld bitte! Was ist daran plötzlich falsch!?"

Ellie sah mich ernst an. „Ich frage mich nur, woher das auf einmal kommt."

„Es hat sich nun einmal so ergeben."

Seufzend ließ sie ihren Blick schweifen. „Sum, bei dir hat sich noch nie etwas einfach so ergeben."

Ich zuckte die Schultern. „Nun, vielleicht fange ich ja gerade damit an."

„In letzter Zeit passiert 'ne Menge, mit dem du anfängst! Erst Jayce, dann das mit deiner Mutter und nun dein Vater …"

Zum Glück klingelte es an der Tür. „Sei nett!", warnte ich Ellie und öffnete, bevor sie ‚Nein' sagen konnte.

Fynn sah gut aus. Er trug Jeans und ein schwarzes Hemd, das ein wenig unter der Jacke heraushing. Seine Augen strahlten, als er mich umarmte. „Schön, dass es doch noch mit uns geklappt hat", flüsterte er mir ins Ohr.

Jede Frau wäre glücklich, Fynn als Freund zu haben. Auf Fynn war Verlass, Fynn würde einen nie betrügen oder belügen.

Dennoch musste ich mich zu einem Lächeln zwingen.

Kapitel 19

<u>You see, I'm not falling in love with you</u>
About that I can be sure
I'm not falling in love with you
You're not the one I'm looking for
I can be alone, yes I can

...

Fynn war mit einem Auto da, das aussah, als wäre es gerade vor der Schrottpresse gerettet worden. Das brachte mich zum Lachen und hinderte mich sogar daran, einen Blick in Richtung Jayce' Apartmentfenster zu werfen.

Die Lichter waren sowieso alle aus. Er schien ausgeflogen zu sein.

„Ich wusste gar nicht, dass du … einen Schrotthaufen besitzt."

Fynn lächelte und schloss auf. „Das ist kein Schrotthaufen. Das ist ein antikes Auto."

„Ahhh …", machte ich und setzte mich auf den Beifahrersitz. „Wie kommt es, dass ich dich damit noch nie bei der Uni gesehen habe?"

Fynn ließ den Motor an. „Ich habe Angst, die Professoren würden mich nicht mehr ernst nehmen, sobald sie mich in diesem hübschen Gefährt gesehen haben."

Ich prustete. Er war lustig. Wirklich lustig. „Und mit mir?"

„Geht das. Eine schöne Frau wertet das Auto sofort auf."

Und charmant war er auch noch. Aber das hatte ich ja bereits gewusst. Sehnsüchtig wartete ich auf irgendeine Art von Prickeln oder Aufregung. Vergebens. Egal. Der Abend war ja noch lang.

Einige Momente schwiegen wir und ich überbrückte die Zeit, indem ich einen Blick auf mein Handy warf. Überrascht bemerkte ich eine ungelesene, gerade eingegangene SMS.

Summer, wie sind deine Prüfungen gelaufen? Mama

Es waren einfache Worte, doch ein Satz von meiner Mutter, in dem nicht das Wort „ich" vorkam, bedeutete mir eine Menge. Es war ein Anfang und mein Lächeln war diesmal echt.

„Alles okay?", fragte Fynn von der Seite her, eine Augenbraue gehoben.

Ich nickte. „Alles bestens. Wohin fahren wir eigentlich?"

„Zu der besten Bar in ganz Hamburg."

„Ahhh." Ich hatte keine Ahnung, was das für eine Bar sein sollte.

„Es wird dir gefallen, glaub mir. Lass dich überraschen."

Wieder schwiegen wir und tuckerten die Hauptstraße entlang, verließen sie aber relativ schnell und kamen in eine Gegend, die mir merkwürdig bekannt vorkam. Ich konnte aber nicht einordnen, woher ich sie kennen sollte. Fynn bog in eine Einfahrt und parkte geschmeidig hinter einem großen Pick Up. „Wir sind da: Das berühmte Sinsa Black!"

Sinsa Black? Da klingelte irgendetwas …

Ich stieg aus und … oh nein. Hier konnte ich nicht rein.

Mir wurde schwindelig und mein Gehirn schien von den großen leuchtenden Buchstaben, die den Namen des Hotels schrieben, vernebelt zu werden.

„Hier willst du hin?", fragte ich heiser. „In ein Hotel? Sicher, dass das gut ist?"

Fynn sah überrascht aus. „Die Bar wird in ganz Deutschland angepriesen."

Ich schluckte und blickte mit großen Augen die Eingangstür an.

„Na komm schon, Sum. Wenn es uns hier nicht gefällt, gehen wir einfach woanders hin." Er hakte sich bei mir unter. Was hätte ich tun sollen?

Das Innere des Hotels sah noch exakt so aus wie vor fünf Jahren, an meinem denkwürdigen dreiundzwanzigsten Geburtstag. Die hohe, mit Stuck verzierte Decke, die viel zu große Eingangshalle, die Bar mit einem Jüngling als Barkeeper.

Nur war ich jetzt mit Begleitung hier. Das war vor fünf Jahren nicht so gewesen.

Fynn, die Bar, die ganze Umgebung, vor allem aber all die Erinnerungen, die in meinem Kopf herumspukten, gaben mir ein beklemmendes Gefühl. Nichts, was man nicht mit ein paar guten Drinks wieder hinbekommen könnte. Obwohl. Eigentlich hätte ich lieber ein schönes Eis.

Fynn klopfte auf die Holztheke und der junge Barmann wandte sich freundlich zu uns um. „Kann ich Ihnen etwas bringen?"

Nickend bestellte Fynn einen Wodka Cranberry und sah mich dann fragend an.

„Eigentlich hätte ich gerne Eis", murmelte ich zu mir selbst und sagte dann lauter. „Gin Tonic?"

Der Barmann räusperte sich schüchtern und sah mich mit großen Augen an. „Ähm. Miss. Ich konnte nicht umhin, ihr Gemurmel zu hören, und … also … wir hätten Eis."

„Wie bitte?" Irritiert sah ich den jungen Mann an.

„Wir haben Eis. Vanille, Schokolade und Choco Chip."

„Aber … Wieso? Vor fünf Jahren, da … warum?"

Der Junge lächelte und lehnte sich nach vorne. „Glauben Sie mir, das ganze Personal war erstaunt und hat sich dasselbe gefragt, aber das Eis einzuführen, war die erste Amtshandlung unseres neuen Managers."

Wow. Dieser Mann schien die Frauen zu verstehen. „Dann würde ich gerne Choco Chip haben."

Fynn grinste. „Den Nachtisch zuerst?"

„Du verstehst das nicht", sagte ich ebenfalls grinsend. „Das ist mein persönlicher Sieg! Endlich bekommen die verzweifelten Frauen das, was sie schon immer wollten!"

Fynn nickte. „Du hast Recht, das verstehe ich nicht."

Der Barmann bückte sich, mixte Fynns Drink und stellte mir das Eis hin.

Während Fynn seinen ersten Schluck nahm, öffnete ich die runde Packung und entspannte mich augenblicklich. Vielleicht wurde das ja doch ein toller Abend.

„Also … Summer. Jetzt möchte ich es doch gerne wissen: Warum gehst du auf einmal mit mir aus?"

„Ich dachte, ich hätte dir gesagt, dass ich es mir anders überlege, wenn du nach dem ‚Warum' fragst", tadelte ich ihn und schob mir noch einen Löffel Eis in den Mund.

„Jetzt bist du schon hier. Also: Warum?"

Ich zuckte die Achseln. „Ich finde, du hast es dir verdient. Hartnäckigkeit sollte belohnt werden."

Er lachte. „Da will ich dir wirklich nicht widersprechen, nur …"

Erwartungsvoll sah ich ihn an. „Was?"

„Nun, ich …" Er räusperte sich. „Ich dachte, du und dieser Typ von Silvester …"

Oh Mann. Warum machten Kerle immer alles kaputt?

Ich seufzte. „Dieser Typ von Silvester ist ein Arschloch."

Fynn hob die Augenbrauen. „Inwiefern?"

Ich nahm zwei weitere Löffel und schob stöhnend nach: „Sorry, ich korrigiere mich, damit du mich besser verstehst: Er ist ein britisches, egoistisches, arrogantes, hinterhältiges, verratendes Arschloch, das …"

„Ich bitte dich. Besser beschreiben kannst du mich nicht?"

Mein Mund klappte auf und mein Herz sprang mir in den Hals, als Jayce sich plötzlich neben Fynn niederließ. Was zum Teufel machte er hier! Warum war er nicht in der Hölle, wo er hingehörte?

„Hallo." Er reichte Fynn die Hand. „Ich bin das britische, egoistische, arrogante, hinterhältige, verratende Arschloch. Freunde nennen mich auch Jayce."

Fynn wurde hochrot und er sah sichtlich überfordert aus. „Oh. Hallo … also …"

„Was zum Teufel machst du hier!", zischte ich Jayce an. „Verfolgst du mich? Schon wieder?!"

Jayce klopfte auf den Tisch und der Barmann stellte hastig einen Drink vor ihn hin. „Nein. Ich arbeite hier, Liebes."

„Du …" Hilfesuchend wandte ich mich zum Barmann um, der aber nickte nur kurz und stotterte: „Mister Brooks ist der Manager, Miss. Er darf hier sein."

Er war ... aber das Eis und ... nein! Nein!

„Dann geh woanders arbeiten, ich habe gerade ein Date!"

„Das sehe ich", bemerkte Jayce trocken. „Deswegen habe ich mich ja auch höflich vorgestellt. Habe ich doch, oder?", fragte er an Fynn gewandt.

„Ähm, also ..." Der arme Fynn, der zwischen uns saß, schien immer kleiner zu werden.

„Du störst!", sagte ich laut und deutlich.

„Was störe ich? Deine Gedanken? Deinen großen Lebensplan? Deine Idee von Unabhängigkeit?"

„Uns. Unser Date", machte Fynn sich nun auch bemerkbar. Doch unter Jayce eisenhartem Blick verstummte er gleich wieder.

„Kleiner, es ist wohl besser, wenn du jetzt nach Hause gehst", sagte Jayce. „Das hier ist mein Mädchen."

Ungläubig riss ich meinen Mund auf. „Ich bin kein Mädchen mehr, dein Mädchen schon gar nicht und Fynn: Du bleibst!"

„Summer ..." Er sah sichtlich unwohl aus. „Es scheint, als hättet ihr da noch was zu regeln und ..."

„Es gibt nichts zu regeln!", fauchte ich.

„Geh!", war alles, was Jayce sagte.

Fynn blieb sitzen.

„Geh", wiederholte Jayce. „Oder ich hetze dir die Security auf den Hals."

Fynn wand sich von seinem Barhocker. „Summer ... ich ... es ist besser, wenn ihr ... also ..." Er verstummte unter Jayce Miene, packte seinen Mantel und flüchtete in die Eingangshalle.

Den Eislöffel wie eine Waffe auf Jayce gerichtet brüllte ich: „Was zum Teufel soll das! Du kannst nicht einfach meinen Freund bedrohen!"

„Ich bin der Manager des Ladens, ich darf hier alles. Schau hin." Er wandte sich zum Barkeeper. „Nehmen Sie sich für eine Stunde frei, Malte."

Der Mann nickte und weg war er.

„Du ..." Kopfschüttelnd rang ich nach Worten. „Bist so ein egoistisches ..."

„Das hatten wir schon, Summer, und es tut mir wirklich leid, dass ich ein Arschloch bin. Zu meiner Verteidigung: Ich bin ein verliebtes Arschloch!"

„Nein!", sagte ich laut und stand vom Barhocker auf. „Du bist ein Arschloch, das mich schon wieder stalkt, obwohl ich es ihm verboten hatte!"

„Oh, das hast du. Aber du hast gesagt, ich darf dich nicht verfolgen, bis ich dich kenne, und ich kenne dich jetzt. Deine Träume, deine Ängste, die Dinge, die dich beeinflussen. Ich weiß genug von dir und über dich. Also darf ich dir folgen, wohin ich will."

Ich verschränkte meine Arme und sah ihn ausdruckslos an. „Und? Wer bin ich?"

Jayce lehnte sich nach hinten. Er war sich seiner so sicher. Er war so, wie er schon immer war. Er stand auf und beugte sich zu meinem Ohr hinunter.

„Du bist die Frau, die nicht weiß, wie unglaublich schön sie ist. Du bist die Frau, die es hasst, wenn sie nicht alles kontrollieren kann. Die auf eigenen Füßen stehen will und dickköpfig und unglaublich aufbrausend ist. Du bist die, die grundlos anfängt zu lachen und für eine halbe Stunde nicht mehr aufhört. Du bist sarkastisch, würdest für deine Freunde töten und singst wie ein Engel. Du bist die stärkste Person, die ich kenne, und du verabscheust es zu lügen. Du fühlst dich für alles verantwortlich und ... du hast einen Putzfimmel, der einem Angst macht."

Mein verräterisches Herz klopfte heftig in meiner Brust. Ich presste meine Lippen fest zusammen und sah Jayce steinern an. Die Zeit ging vorüber und nach einer gefühlten Ewigkeit flüsterte ich: „Das stimmt ja alles nicht."

Jayce lachte leise. „Liebes." Er strich mit einem Zeigefinger über meine Wange. „Schon vor fünf Jahren hast du mein Bier im Hotelzimmer auf einen Untersetzer gestellt! Und du hast meiner Putzfrau erklärt, dass man immer in Richtung der Holzmaserung wischt."

Meine Kiefermuskeln knackten. „Schön. Ich habe vielleicht einen Putzfimmel. Schön. Vielleicht sind auch ein paar andere Dinge, die du gesagt hast, wahr. Aber wenn du mich so gut zu kennen meinst, wie konntest du mich so hintergehen? Wie konntest du einfach so meine Prinzipien und meine Wünsche vom Tisch blasen und auf ihnen herumtrampeln?"

Er richtete sich auf und sah mir fest in die Augen. „Ich habe das gemacht, was am besten für dich war."

„Du hast nicht das Recht, so zu tun, als würdest du wissen, was das Beste für mich ist!", fauchte ich.

„Ich konnte nicht mit ansehen, wie deine Dickköpfigkeit dein Leben versaut!"

„Aber die Auftritte, die …"

„Sie hätten eine Sängerin gebraucht. So oder so. Warum dann nicht du?"

„Weil ich es mir nicht selbst verdient hatte", fuhr ich auf. „Da draußen gibt es hunderte gute Sängerinnen. Warum ich?"

„Summer", sagte er nun ernst, „manchmal hat man eben Glück. Manchmal braucht man Vitamin B. Denkst du, ich würde so ein Hotel managen, wenn mein Vater nicht der wäre, der er ist? Bin ich deswegen schlechter in dem was ich tue?"

Ich funkelte ihn an. „Das ist was anderes!"

„Und was, bitte, ist der Unterschied?"

Ich kaute auf meiner Unterlippe.

„Richtig. Es gibt keinen. Es ist einfach: Ich liebe dich, Summer, und wenn man sich liebt, tut man Dinge für einander. Ende der Geschichte."

„Du hast mich zweimal angerufen. Dann nie wieder. Das ist Liebe?"

Jayce grinste breit. „Schöner Themenwechsel, aber: Du hast mir gesagt, ich soll dich in Ruhe lassen. Ich hab dich in Ruhe gelassen. Aber als ich dich mit diesem Pavian hier sitzen sah ... also bitte. Das geht zu weit."

Ich schlug ihn wütend gegen die Brust. „Für wen hältst du dich eigentlich? Für meinen Freund oder was!?"

Er zuckte die Achseln. „Ja. Schon irgendwie."

Ich lachte freudlos. „Nein. Bist du nicht."

Er runzelte die Stirn. „Doch. Bin ich. Da bin ich mir zu hundert Prozent sicher."

Meine Kinnlade klappte herunter. Wie konnte man so ein selbstsicherer Vollidiot sein? „Und ich dachte immer, zu einer Beziehung gehören zwei Personen."

Er sah sich im Raum um. „Ich sehe nur zwei Personen."

„Jayce, verdammt!", fluchte ich. „Hör doch endlich auf damit! Du willst doch gar nicht mit mir zusammen sein!", sagte ich bestimmt. „Du hast gerade gesagt, dass du mich kennst. Ich bin launisch. Ich werde wütend ohne jeden Grund und im nächsten Moment bin ich zahm wie ein Kätzchen ohne Krallen. Ich bin viel zu emotional für diese Welt und habe Neurosen, die ich selbst nicht nachvollziehen, geschweige denn ändern könnte. Ich verliere meine Nerven viel zu schnell und bin dann unzurechnungsfähig. Ich bin abwesend, ohne es zu bemerken. Ich neige dazu, die Schuld nie in mir zu sehen, was bedeutet, dass du alles abbekommen würdest. Das kannst du nicht wollen. Du kannst mich nicht wollen."

Jayce wartete ab, bis er sicher sein konnte, dass ich nichts mehr zu sagen hatte, dann räusperte er sich. „Jetzt nur rein hypothetisch: Was, wenn ich all diese Eigenschaften unglaublich liebenswert und heiß finde?" Sein Gesicht näherte sich meinem. „Was, wenn ich der Grund dafür sein will, dass du deine Nerven verlierst? Und was, wenn ich es lieben würde, nie zu wissen, woran ich bei dir bin. Wenn ich mir wünschen würde, dass du mich immer wieder überraschst? Wenn ich derjenige sein will, der dich aus deiner Abwesenheit zurückholen kann? Wenn ich der Einzige sein will, der die Schuld für deine Fehler abbekommt?"

Ich musste unfreiwillig lachen. „Das würde bedeuten, dass du vollkommen verrückt bist. Und ich weiß ehrlich nicht, ob ich mit einem Verrückten zusammen sein will."

„Ich gebe dir kein Mitspracherecht."

„Du bist nicht befugt mir irgendetwas zu geben."

Sein Mundwinkel zuckte. „Ja. Ich gebe es dir ja auch nicht. Außerdem, warum sollte ich, offenbar Mister Verrückt, nicht mit dir, Miss Durchgeknallt und Ich-bin-nicht-verliebt, zusammen sein können?"

Ich musste einfach lächeln. „Oh Gott. Ich habe es immer befürchtet. Du bist doch verrückt! Du bist ein Vollidiot ohne jeglichen Verstand und nicht fähig, rationale, begründete Entscheidungen zu treffen."

„Ich fand Liebe immer eine gute Begründung."

Ich biss mir auf meine Unterlippe und mein Herz wurde warm. Ich wollte mich dagegen wehren, ich wollte ihm nicht verzeihen, aber ... Er war Jayce. Er war mein Jayce. Und ich wollte, dass er mein Jayce war.

Ich schüttelte langsam den Kopf. „Nein. Mein Vater hat mir eine Menge Geld dafür versprochen, dass ich mit dir zusammenkomme, wäre definitiv eine bessere Begründung."

Er grinste. „Aber es wäre eine Lüge. Es waren nur hundert Euro."

Ich nickte. „Dein Vater war schon immer ein Geizhals."

Jayce legte seine Hand auf meine Wange, und fuhr mit seinem Daumen meine Lippen nach. „Weißt du, was ich glaube?"

„Nein. Was glaubst du?"

„Du stehst einfach auf das Drama. Du möchtest, dass ich vor dir niederknie und dich um Vergebung bitte."

Ich antwortete nicht. Aber: Niederknien? Hm. Wäre ein Anfang.

„Und weißt du, was ich noch glaube?"

„Was?"

„Ich bin das Erste in deinem Leben, bei dem du dir sicher bist, dass du ihn wirklich willst. Und das macht dir Angst. So eine Angst, dass du bereit wärst, ihn wegzuwerfen."

Ich schluckte. „Du bist zu schwer. Ich könnte dich nicht mal hochheben."

Leise lachend schüttelte er den Kopf. „Da ist was Wahres dran."

„Kann ich dich was fragen? Warum arbeitest du plötzlich hier?"

Sein Lächeln wurde breiter und erreichte seine Augen voll und ganz. „Ich hab die anderen beiden Hotels hingeschmissen."

Überrascht blinzelte ich. „Aber die Abmachung?"

„Ich habe nicht vor, aus Deutschland wegzugehen. Mein Vater fand das sogar ziemlich erwachsen von mir, dass ich endlich meinen Kopf durchgesetzt habe."

Mein Herz wurde noch eine Spur wärmer und der Kloß in meinem Hals verwandelte sich in Schmetterlinge. „Weißt du, was ich glaube", sagte ich ruhig.

„Was?"

Ich lächelte breit. „Du hast für mich Eis eingeführt."

„Eine verzweifelte Frau sollte nicht auf eine Nacht mit einem völlig Fremden zurückgreifen müssen. Und weißt du, was ich glaube?"

„Der zweite Star Wars Film ist furchtbar kitschig?"

„Ich glaube, du liebst mich, und es hat dich verrückt gemacht, dass ich nicht angerufen habe."

„Du musst dich irren", sagte ich leise und ließ meine Augen wieder zu den seinen hinaufschweifen. „Du weißt doch: Ich verliebe mich nicht." Meine Stimme brach.

„Witzig. Das habe ich auch über mich gedacht." Sein Gesicht näherte sich meinem.

„Was machst du da?", flüsterte ich verwundert.

„Ich werde dich küssen." Ich konnte seinen Atem auf meiner Haut spüren.

„Aber ... "

„Hast du Angst? Ich meine, es ist ja nicht so, dass wir uns das erste Mal küssen würden."

„Ich habe dir noch nicht ganz verziehen, ich ..."

Sein Kuss brachte mich zum Schweigen. Und ich hätte mich nicht dagegen wehren können. Sein Griff um meinen Kopf und Hals war bestimmend, seine Lippen waren bestimmend und sein Körper, den er gegen mich presste, hatte etwas sehr zielsicheres an sich.

Ich schloss meine Augen und mein ganzer Körper kribbelte, denn wir ... küssten uns. In der Öffentlichkeit! Jeder Mensch hätte uns sehen können. Meine Hände legte ich auf seine Brust und erst, als Jayce sich langsam von mir löste, öffnete ich meine Augen wieder. Und blickte in seine. Die mich wieder in den Schokoladenträumen versinken ließen.

„Warum bin ich noch einmal sauer auf dich?", flüsterte ich und sah ihn zweifelnd an.

„Ich habe deine Lebensplanung durcheinander gebracht."

Meine Mundwinkel zuckten wieder. „Ich glaube, ich habe meine Lebensplanung soeben über den Haufen geworfen", stellte ich nüchtern fest.

„So gefällst du mir auch viel besser."

Mein Gesicht glühte und die Schmetterlinge stiegen zum Mond. „Meinst du, die haben unser Zimmer noch?"

„Ich bin der Manager, Liebes, ich könnte sie zwingen, es exakt so nachzubauen."

Ich lachte leise. „Worauf wartest du dann noch? Mach einen auf Boss. Das macht mich nämlich ziemlich an."

Er verengte seine Augen. „Eine Sache gäbe es da noch, die du mir versprechen musst."

„Versprechen?"

Er nickte. „Ja. Eine Sache, die nicht verhandelbar ist."

„Und was wäre das?"

„Steig nie wieder aus meinem Bett, ohne dich zu verabschieden."

Ich grinste breit. „Das bekomme ich hin."

Epilog

...But about that "I'm not falling in love with you"
I think I already am

„Summer!"
„Jaaaaa!"
„Komm zurück! Ich war noch nicht fertig mit dir."
Ich prustete leise und öffnete den großen blauen Müllbeutel. „Ich komme sofort."
Pinguin.
Froschkönig.
Pocahontas.
Schwein.
„Was zum Teufel machst du da eigentlich?"
„Ich räume auf."
„Ist mir eigentlich egal, was du machst, aber ich glaube die Tatsache, dass du mich schmachtend in deinem Bett liegen lässt, ist strafbar!"
„Euer sexistisches Gespräch mit anhören zu müssen, ist strafbar!", brüllte Ellie aus dem Wohnzimmer.
Ich fing so laut an zu lachen, dass ich beinahe die Ente, die ich in der Hand hielt, fallen gelassen hätte.
„Du kannst dich wirklich nicht beschweren, Ellie! Die Wände hier sind dünn."
Darauf antwortete sie nicht.
Jayce kommentierte das nur mit einem weiteren.
„Summer!"
Der Sack war voll und bevor ich wieder ins Schlafzimmer ging, warf ich ihn in den Müll.

Jayce hatte alle seine Viere von sich gestreckt und nahm das ganze Bett ein. Aber er war nackt, deswegen durfte er das.

„Was hast du gemacht?", wollte er wissen und hob die Decke für mich an.

Ich lächelte und küsste ihn. „Meine Exfreunde weggeworfen."

Über Buchtalent

Die 2013 gegründete Plattform Buchtalent verknüpft auf innovative Art und Weise Self-Publishing und klassisches Verlagswesen miteinander. Die Geschäftsidee beruht auf der Erkenntnis, dass nur etwa jedes 200. bei Verlagen eingereichte Manuskript veröffentlicht wird. Dadurch entgeht vielen Verlagen die Möglichkeit, Autorentalente zu entdecken. Die Autoren ihrerseits haben nur eine geringe Chance auf eine Veröffentlichung.

Buchtalent ist eine Initiative der tredition GmbH aus Hamburg. Seit 2006 bietet tredition Autoren, Verlagen und Unternehmen Dienstleistungen und Lösungen rund um die Buchpublikation an.

tredition ist darauf spezialisiert, durch das Optimieren von Auflagenmanagement, Vertrieb und Abrechnungswesen die Erträge für Verlage, Unternehmen und Autoren zu maximieren.